Elsie Johansson · Mittsommertanz

Elsie Johansson

Mittsommertanz

Roman

Aus dem Schwedischen
von Katrin Frey

Piper
München Zürich

Die schwedische Originalausgabe erschien 1999
unter dem Titel »Mosippan«
im Albert Bonniers Förlag in Stockholm.

Von Elsie Johansson liegt auf deutsch bereits vor:
Licht im Winter

ISBN 3-492-04607-x

Gesetzt aus der Stempel Garamond
Satz: EDV-Fotosatz Huber/Verlagsservice G. Pfeifer, Germering
Druck und Bindung: Clausen & Bosse, Leck
Printed in Germany

www.piper.de

I

»Kannst du dich an dein Spielhäuschen zwischen den schwarzen Johannisbeeren und dem Holzschuppen erinnern?« fragte Mutter. »Damals warst du noch so klein.«

Wir stippten am oberen Ende des Kartoffelackers Bohnenreihen in die Erde, es war ein Tag im Mai, der Sandweg brannte, und der Boden war wie aus Staub.

Doch, ich konnte mich erinnern. Es war ein guter Ort, grün wie eine Grotte und nicht weit weg. Durch die Äste der Johannisbeersträucher, die damals noch nicht so lang und dicht waren, überblickte ich die Veranda, bemerkte, daß die Innentür offenstand, und wußte, daß Mama dort drinnen war, manchmal sah ich sie durch den dunklen Hausflur huschen, dann fühlte ich mich sicher. Ansonsten hatte ich mein Spielhäuschen ja auch an anderen Orten aufgestellt: hinter dem Erdkeller, unter dem Kammerfenster, in der Laube natürlich und an regnerischen Tagen gelegentlich zwischen den Wurzeln der großen Tanne ein Stück oberhalb des Holzzauns, dort war es immer trocken. Es war ja schnell zusammengebaut, bestand bloß aus ein paar Schwarten vom Holzhaufen, die im Viereck ausgelegt wurden und Zimmer darstellen sollten. Die Stühle waren aus diesen Holzkisten mit Rückenlehne gemacht, in denen der Brauereifahrer die Zehnliterflaschen Malzbier transportierte, und ein alter Schleifstein war mein Herd. Der lag übrigens noch immer in dem Nesselhaufen, wo der Pavillon gestanden hatte.

Mutter dachte gern an die Zeit zurück, als sie zum Kaffeeklatsch ins Spielhäuschen eingeladen wurde. Ich wußte noch, wie übertrieben sie den Phantasiekaffee aus der henkellosen Tasse schlürfte und wie ausholend und deutlich ihre Bewegungen waren, wenn sie sich abmühte, die Kekse und Brötchen zu zerkauen und zu schlukken, die aus dünnen Spänen und Löwenzahnblättern bestanden.

»Uiuiui, Nancy Lütte, was hast du gut gebacken! Darf ich noch ein Brötchen nehmen? Vielen, vielen Dank!«

Eigentlich war es nicht besonders lange her, seit ich dort in dem Viereck gesessen und feine Dame gespielt hatte, die zwei dumme Hausmädchen schelten mußte. Kieselsteinchen in Mamas alter Tasche waren mein Geld, und damit ging ich zum Laden, auf dem Brunnendach, und kaufte mit verstellter spitzer Stimme ein. Nein, es drehte sich in Wirklichkeit nur um sieben, acht Jahre, doch es hätten auch hundert gewesen sein können, so weit schien es mir zurückzuliegen. Jahrzehnte sollten vergehen, bis ich bei der Wasserscheide des Lebens ankam, an der der Strom der Sehnsucht umkehrt und die Kindheit in ein verklärtes Licht hüllt. Weil ich sie so liebte, hörte ich Mutters alten Geschichtchen mit nachsichtigem Lächeln und kleinen mitfühlenden Hms zu, aber meine Gedanken kannten nur eine Richtung, und meine Träume auch.

Selbst wenn ich gern wieder Kind gewesen wäre und zwischen den Sonnenstreifen auf dem Flickenteppich meinen Puppenwagen mit Kissen und Deckchen bestückt, über die Schwelle gehievt und durch den Hausflur auf die Veranda geschoben hätte, über die Treppenstufe mit dem kleinen Vorleger gerumpelt und mit wackeligen Holzrädern weiter über den Kies gezogen wäre, während das Sonnenlicht blendete und sich über mir der Morgen mit Farben, Geräuschen und Düften überschlug und Mama dastünde und riefe: »Geh nicht zu weit weg!« – die Zeit war vorbei.

Damals war ich eins mit meinem Körper, und wenn ich nicht fror oder hungrig war oder mich an Nesseln verbrannt hatte, spürte ich ihn kaum. Jetzt nahm er mich ganz in Anspruch. Mit Taille, Brust und Scheide drängte er sich mir auf, pochte und glühte und ließ mich keinen Moment in Frieden. Sogar jetzt, als ich zusammen mit Mutter einige Reihen trockener Gartenbohnen in die Erde drückte, war er mir bewußt. Die Wärme vom Sandweg strahlte durch meine Fußsohlen hinauf und pflanzte sich entlang den Waden und Oberschenkeln fort, ich spreizte die Beine ein wenig und öffnete mich der Welle, im Ausschnitt meines Baumwollhemdchens sah ich meine Brüste. Ich sah meine Körperlichkeit, die auch meine Last war. Zu gleichen Teilen Last, Lust und Scham.

II

»Hast du keine Scham im Leibe? Da so rumzuliegen und dich so aufzuführen!«

So hatte Vater mich an einem ereignislosen Sonntag nachmittag angefahren, als ich lang ausgestreckt auf der Sprossenbank in der Küche lag und mein Körper sich in aller Unschuld auf schamlose Weise betrug. Vater saß am Tisch und blätterte in der Zeitung, Mutter war irgendwo draußen, vielleicht im Keller, um Kartoffeln fürs Abendessen heraufzuholen. Es war ein elend langweiliger Tag. Ich hatte mich mit einem Buch aus der Schulbücherei auf die Küchenbank gekauert, wurde dann aber des Lesens müde, gähnte, schob das Buch vorsichtig zwischen die Blumentöpfe auf dem Fensterbrett und streckte mich auf dem Rücken aus. Ich knüllte das Kissen unter meinem Nacken zusammen, schob mich mit dem Kissen hinauf zur oberen Lehne und konnte mich gleichzeitig mit den Zehen gegen die untere stemmen, so lang war ich. Dann schob ich die Hände mit den Handflächen nach unten unter meine Pobacken, zog die Schultern zurück und streckte meine Brust raus. Voller Wohlbehagen und möglicherweise auch mit einem lustvollen kleinen Stöhnen dehnte ich Wirbelsäule und Schenkel so stark ich konnte, stemmte mich fest gegen die Lehne und hob meinen Bauch, so daß er sich wölbte wie ein Bogen. Mein Zwerchfell spannte, und mein Kleid rutschte hoch. Während ich in Gedanken versunken dalag, fing ich unbewußt und ganz unschuldig an, mit den Handrücken meine Pobacken anzustupsen, so daß sie ein wenig hüpften, zuerst die rechte, dann die linke, rechte, linke, rechte, linke. Es klatschte leicht gegen das Polster und ergab beinahe so etwas wie eine Melodie, einen Rhythmus, zu dem man summen konnte. Das tat ich nicht, aber mein Bauch hopste im Takt mit dem Klopfen fröhlich auf und nieder.

Da brüllte Vater los. »Hast du keine Scham im Leibe, Mädchen?«

Und ob ich das hatte. Ich glitt von der Küchenbank und trollte mich wie ein Hund. Schlüpfte in die Kammer und setzte mich stocksteif auf den Eichenstuhl mit der geraden Rückenlehne, der in der Ecke vor dem Verschlag stand. Die Scham brannte, ich versuchte krampfhaft, mich dagegen zu wehren, aber die Tränen preßten sich doch heraus. Ich schämte mich so sehr, daß ich weinte, aber in dem Weinen war auch Zorn. Vater war ungerecht gewesen. Er hatte mich tief gekränkt, er hatte etwas Schmutziges von mir gedacht. Er hatte mich angebrüllt, er, der fast nie mit mir redete, er, der mich kaum zu bemerken schien. Obwohl ich ja wußte, daß er es auf eine bestimmte Weise doch tat, daß er mich tüchtig fand und stolz auf mich war. »Das Mädchen, das ist tüchtig. Die hat was im Kopp!« Ich hatte es gehört. Und dann Mutters alte Weise: Du bist lieb, Nancy Lütte, ein Glück, daß ich dich hab! Ja genau. So war es. Mir war es auferlegt, tüchtig zu sein. Ich hatte bereits den Ansatz eines Heiligenscheins. Und nun? Bruchlandung. Hast du keine Scham im Leibe, Mädchen?

An diesem schmachvollen Sonntag nachmittag, als ich ausgestreckt auf der Küchenbank lag und Vater mich anbrüllte, muß ich knapp zwölf gewesen sein. Ich hatte bereits Brüste, klein und vorstehend wie die glasierten

Zitronenspitzen aus Westmans Bäckerei & Café. Und ich wußte, worin meine Schande bestand.

Was Vater wohl getan hätte, wenn er mich und meine Leibesübungen nun, fünf Jahre später, gesehen hätte. Unschuldig war ich zwar immer noch, aber nicht mehr unschuldsvoll. Die Geilheit kribbelte in mir, wenn ich mich am Fahrradsattel rieb. Ich hatte einen guten Platz gefunden, auf der Böschung hinunter zum Acker von HeidePetrus, mitten zwischen dem Graben und dem kaputten Holzzaun. Dort war eine kleine Senke in der Erde, wie geschaffen für mein Hinterteil, und wenn ich mich dort hineinschraubte, lag ein weiches Grasbüschel wie ein Kissen unter Schultern und Nacken. Daß es frei von Ameisen, vor allem von den roten Waldameisen war, hatte ich natürlich sorgfältig untersucht. Dort lag ich mitten in all dem Sommergesang unter dem Himmel, genau wie in einer Schale oder vielmehr wie in einem Suppenteller, hinabgesenkt und abgeschieden und mit leicht gespreizten Beinen, die auf dem Tellerrand ruhten.

Meistens hatte ich zwei oder drei Bücher mit hinaus ins Freie geschleppt, ebenso Stift, Übungsheft und Notizbuch, um mir, vor allem Mutter zuliebe, den Anschein zu geben, ich wäre fleißig mit Lernen beschäftigt und müßte mich daher zurückziehen, um Ruhe zu finden. Mutter war in diesem Punkt erstaunlich leicht hinters Licht zu führen, sie hatte einen solchen Respekt vor den Büchern und den gräulichen, schwarzlinierten Unterrichtsbögen, die ich auf dem Kammertisch ausbreitete, daß sie sich nie in meine Tätigkeiten einmischte. Sie sagte bloß: »Jaa, du, Nancy, du bist tüchtig, du, immer fleißig. Und helfen kann ich dir auch nicht. Unsereiner hat ja keine Ahnung ... Hat nie was gelernt.«

Ich senkte den Kopf und schämte mich fürchterlich, wenn sie so sprach. Selbst wußte ich ja, wer ich war und was ich trieb. Viel lesen tat ich nicht. Ich ging zwar mit den besten Vorsätzen hinaus, aber wenn ich mit geöffneten Beinen in der Sonne lag und mein Hinterteil von der warmen Grasgrube umschlossen war, dauerte es meist nicht lang, bis die deutsche Grammatik oder die Geometrielehre auf meine Brust sanken und die Phantasien die Oberhand gewannen, schamlos und ungehemmt. Zu Beginn lag ich still in der Sonne und weidete mich an heißen romantischen Liebesszenen, bei denen ich selbst Regie führte und die Hauptrolle spielte, vermutlich von Zeitschriftennovellen, zu meiner Schande jedoch auch von einigen versteckten Exemplaren »Top Hat« inspiriert, die meine Zwillingsbrüder hinter dem Schornstein liegengelassen hatten. Ich ließ die Szenen wieder und wieder vor meinem inneren Auge ablaufen, ergötzte mich an ihnen, wie man genußvoll an einem klebrigen Karamelbonbon lutscht. Doch während die Küsse zwischen den Handelnden heftiger wurden, ihre Hände Knöpfe öffneten und sich langsam und kitzelnd bis zu den geheimsten Stellen vortasteten, steigerte sich meine Erregung, der Mund füllte sich mit Speichel, und ich schwoll zwischen den Beinen, es schmerzte und juckte. Entschlossen schob ich das besorgte und verwunderte Antlitz Gottes beiseite, das über mir schwebte, durchbrach die Gewissenssperren und gab mich mit verbissener Energie der Lust hin.

Wie eine Schlange im Garten Eden schlingerte ich in der Grube, wühlte mich mit den Pobacken tiefer hinein, schaukelte und schwankte. Mein Kampf war blind, das Phantasieren war leichter mit geschlossenen Augen, aber ich war auf der Hut und hatte meinen Hörsinn geschärft. Hätte Vater mich mitten in meiner ächzenden Tätigkeit erwischt, wäre er vermutlich aus den Latschen gekippt, vielleicht hätte er auch seinen Gürtel abgeschnallt und zumindest damit gedroht, mir den Arsch zu versohlen, was er Gott sei Dank nie in die Tat umsetzte.

»Hast du keine Scham im Leibe, Mädchen?«

Hinterher, wenn ich sowieso nichts erreicht hatte, weil ich trotz allem nicht fähig war, mein Geschlecht zu berühren und mit der eigenen Hand zu kreisen und zu reiben, lag ich wie ein Lappen in der Grube und sah in den Himmel. Der Puls klopfte noch eine Weile an meinem Hals, aber die Brust hob und senkte sich nicht mehr so heftig, die Haut kühlte sich ab, und der Wind strich zärtlich über meine Füße. Das geschwollene Geschlecht schloß sich wieder. Ich verabscheute mich selbst. Ich benahm mich ja wie die rollige Katze, wenn sie sich in Mutters Blumenbeet Sandlöcher schaufelte und jaulend ihr Hinterteil in die Luft streckte. Sich aufbockte, wie Vater sagte. Mir war zum Weinen zumute, ich fühlte mich klebrig und entsetzlich einsam.

Über meiner Nase flatterten Schmetterlinge, weiter oben sausten die Schwalben, und der Lerchengesang rieselte wie ein sonniger Sprühregen auf die Äcker und die Dalängenlichtung herab. Wenn ich die Hand wie einen Schirm hielt und in die Sonne blinzelte, konnte ich sehen, wie ein kleiner schwarzer Punkt dort oben ganz still stand, das war die Lerche, die auf Luftkissen ruhte. Ich sehnte mich zu ihr, wünschte, ich könnte mich selbst packen und zu ihrem Aussichtspunkt hinaufheben, dürfte frei dort oben schweben, frisch gebadet im Licht.

Aber vermutlich war die Lerche nicht freier als ich, dachte ich dann. In Wirklichkeit sah sie wohl nichts außer ihrem im Gras verborgenen kleinen Nest. Eier ausbrüten und Junge füttern war ihr Los. Und das wollte ich nicht. Nie im Leben. Nicht wie Betty werden. Und auch nicht wie Mutter, obwohl sie das Liebste war, was ich hatte, das Unentbehrlichste. Und Dora, mein schöner Trauerengel, immer in Weiß gekleidet, wenn sie vor meinem geistigen Auge vorbeiflatterte? Bilder von ihr und ihrem Leben in Stockholm tanzten einst durch meine Tagträume. Doch die Illusion war zerplatzt. Übrig blieb nichts als Leere und Verzweiflung.

Ach, hätte ich doch ein Vorbild, ein Ideal, nach dem ich mich richten könnte. Eine hochgewachsene und entschlossene Person, die voranging und den Weg für mich absteckte. Sie müßte natürlich aus einem Buch stammen, denn was stand hier in Dalängen und Lunda schon zu Gebote? Ich hatte über Florence Nightingale gelesen, sie in Büchern abgebildet gesehen, ernst und gerade und mit straffem Pflegerinnenschleier über der edlen Stirn. Doch wie sollte ich, die ich mich vor Vaters armen Zehen ekelte, die sich nicht vorstellen konnte, Wundsalbe oder Schweinetalg auf die zerschundenen Stellen zu streichen und die in Streifen gerissenen Bettlaken so fein und vorsichtig herumzuwickeln, wie Dora es getan hatte, wie sollte ich blutige Soldaten pflegen?

Hinterm Horizont, weiter unten auf der Karte, rollte und wogte der schreckliche große Krieg. Das Donnern war nicht zu hören und dennoch unüberhörbar. Vaters altes Radio mit der Säure- und der Anodenbatterie in den Eingeweiden und der Garnrollenantenne außen, die sich vom Dachfirst in den Himmel reckte, knatterte und knisterte morgens, mittags und abends, und die Schlagzeilen der Uppsalaer Zeitung, die alle zwei Tage erschien, sprangen einem direkt ins Gesicht vor lauter unheilverkündenden und beerdigungsschwarzen Großbuchstaben in doppelter Höhe.

Am neunten April hatten die Deutschen die Grenzen nach Dänemark und Norwegen überschritten. Da waren die Espen im Wäldchen zwischen unserm Grundstück und dem von Ågrens immer noch starr und ihre Knospen gefroren, der Frühlingshimmel schimmerte bleich, und die Schatten lagen lang und blaugrau auf dem Schnee. Auf dem Weg ins Haus stand ich atemlos in der Stille und lauschte mit zurückgelegtem Kopf in den Himmel, vor allem in der Dämmerung war es ein schreckliches Gefühl. Die Waldschnepfen zogen auch in diesem Frühjahr ihre gewohnten Bahnen über der Lichtung, aber hinter dem Quorren und Surren suchte ich ängstlich nach anderen Geräuschen. Der Knall konnte jederzeit und überall kommen, aber höchstwahrscheinlich von oben – in Form eines Bombenangriffs. Die Gefahr, die vom Himmelsgewölbe drohte, war am allerschlimmsten.

»Keine Angst«, sagte Vater, »der Deutsche opfert doch keine Bomben nicht. Da müßte er schön blöd sein.«

Angst oder nicht, die Verordnung, sich Verdunklungsgardinen zuzulegen, galt auch bei ZehenPelles. Mutter hatte eine Rolle schwarzen Baumwollstoff im Schornsteinverschlag auf dem Dachboden aufbewahrt. Sie sagte, der Stoff heiße Kaliko, aber wie er bei uns gelandet war, wußte sie nicht genau, sie glaubte, er sei möglicherweise in einer Gerümpelkiste gewesen, die Vater vor ihrer Zeit auf einer Auktion ersteigert hatte. Unbrauchbar war er sowieso, man konnte nicht einmal Unterröcke daraus nähen, sagte sie, da er abfärbte und steif war und sofort zerfranste, wenn man hineinschnitt. Nun wurde er immerhin benutzt. Mutter nahm Maß, riß geeignete Stücke ab und begann mit dem Säumen der Kanten, zufrieden, wenigstens um diese zusätzliche Ausgabe herumgekommen zu sein. Abends, bevor wir die Petroleumlampe anzündeten, hängten wir gemeinsam die schwarzen Fetzen über unsere verblichenen blauen Rollos und dichteten die Ritzen an den Seiten sorgfältig ab, indem wir den Stoff an der Tapete festnagelten. Unglücklicherweise rutschte Vater heraus, der vermaledeite Stoff sähe aus wie Sargbezug. »Weiß der

Teufel, ob er nicht eigentlich dafür gedacht war«, sagte er, ohne zu begreifen, was er damit anrichtete.

Von da an erfüllten mich die Verdunklungsgardinen gegen jede Vernunft mit Schrecken, ich hatte das Gefühl, sie wären ein Omen, das Tod und Beerdigung ankündigte. In der Angst, die schwarze Fläche würde sich plötzlich mit furchtbaren Warnzeichen füllen, die nur ich sehen konnte, vermied ich es, die Verdunklungsgardinen mit dem Blick zu streifen.

Wenn ich abends am Tisch saß und zu lesen versuchte, hatte ich die schwarze Bedrohung, die von dem Stoff ausging, wie einen Schlagschatten im Rücken. Natürlich erzählte ich nichts von meiner lächerlichen Angst, ich schämte mich dafür, ich war schließlich sechzehn Jahre alt. Und außerdem, was wäre uns anderes übriggeblieben? Wir mußten ja verdunkeln, das war ein Befehl, und Mutter war so froh über ihren pfiffigen Einfall, das durfte ich ihr mit meinen Sperenzchen nicht kaputtmachen. Jedenfalls war ich ungeheuer erleichtert, als die Abende heller wurden und wir fortan weder die Lampe anmachen noch diese schrecklichen Schabracken aufhängen mußten.

In diesem langen und zähen Frühjahr schien das Dorf zu schaukeln. Alles ging auf und ab, das Gerede blubberte, und wohin man auch kam, standen die Leute in Grüppchen oder zu zweit beieinander, die Fahrräder zwischen die Beine geklemmt.

Die Gesprächsthemen standen fest. Es gingen Gerüchte um, und bei C. G. Perssons wurden sie gesammelt. Wir bei ZehenPelles lebten zwar ein wenig am Rande und waren am liebsten unter uns, aber das Nötigste zum Leben brauchten auch wir, genau wie alle anderen, und Vater ging tagein, tagaus in die Säge. Vollkommen unwissend waren wir nicht, was die Angelegenheiten im Dorf betraf. Wer einen Zettel im Briefkasten vorgefunden und sich auf den Weg zur Post hatte machen müssen, um seinen Einberufungsbescheid abzuholen, erfuhren wir üblicherweise noch am selben Tag. Die Mobilmachung war eine Geißel, das verstand ich, obwohl ich für mein Teil fand, daß sie ganz schön spannend und auch aufregend war. Immerhin passierte etwas, es gab ein wenig Rotation und Veränderung und auf eine merkwürdige Weise etwas mehr Gleichheit und Gemeinschaft. Die Schranken fielen zumindest vorübergehend, alle nahmen teil an den Geschehnissen, lamentierten und jammerten: »Ojemine, wie wird es bloß sein, wie wird es bloß werden?« Was Arbeitskräfte betraf, wurde das Dorf beinahe entvölkert, die Bauern beklagten sich wegen der Frühjahrsbestellung, und in der Molkerei herrschte eine Krise. Zum Glück war immerhin MilchAlbin untauglich und Knutte auf der Ladefläche erst fünfzehn.

Auch in der Säge gab es Verluste, doch Vater konnte darin nicht wirklich etwas Böses erkennen. »Da hat man wenigstens Maloche«, sagte er und schneuzte sich in die Faust. »Der Sägewerksdirektor, der darf sich beim lieben Gott bedanken, daß es Leute gibt, die arbeiten können, sonst müßte er die ganze Pracht dichtmachen!«

Vater war zu alt für den Kriegsdienst und hatte außerdem einen kranken Fuß. Es war bestimmt ein gutes Gefühl, wenigstens an der Heimatfront gebraucht zu werden, das sah man an seinem Gesichtsausdruck. Der war rührend, fand ich. Einerseits bemitleidete ich Vater, andererseits verachtete ich ihn, weil er die Wirklichkeit auf kindische Weise verdrehte, das wurde schmerzhaft deutlich, wenn er sich aufblies und versuchte, den Gokkel zu spielen.

Lennart und Börje waren unter den ersten, die auszogen, ebenso Åke. Keiner von ihnen hatte nach dem allgemeinen Wehrdienst schrecklich viel Zeit gehabt, zu Hause zu sein und zu arbeiten, bevor er einberufen wurde. Börje und Lennart kamen zur Küstenartillerie, sie standen irgendwo an der Ostseeküste auf ihrem Posten und bewachten den Himmel mit Flakgeschützen, so viel hatten wir herausgefunden. Mit diesem Gedanken tröstete ich mich manchmal nachts, wenn ich aufwachte und Angst vor Bombenangriffen bekam. Dann dachte ich daran, daß auch sie wach waren und dort draußen im Dunkeln standen und in die Wolken spähten. Dann fühlte ich mich ein bißchen weniger einsam und sah darüber hinweg, daß sich meine Zwillingsbrüder nie einen Deut um mich geschert hatten, immerhin standen sie dort, ihre graugekleideten Rücken und die runden grauen Helme schienen mich trotz allem zu beschützen. Sorgen um sie machte ich mir nicht. Mit dem armen Åke war das anders, er fror und litt weit oben in Norrland, in der Lappenhölle, wie sie sagten, wo der Schnee bis in den Juni hinein meterhoch lag. An ihn dachte ich auf eine andere, zärtlichere Art. Es lag an Åke, daß man so für ihn empfand.

Per Albin versuchte zwar, uns zu beruhigen, und sagte im Radio, unsere Bereitschaft wäre gut, aber seine Beteuerungen nützten nicht viel. Unsere Tage waren bestimmt gezählt, das war die herrschende Meinung. Überall um uns herum lag der Deutsche auf der Lauer. Er hatte unser armes Heimatland bereits umzingelt, nun konnte er seine gräßlichen Klauen jederzeit zusammenpressen, und dann würde es bloß knirschen, wie wenn man Eierschalen zwischen den Fingern zerdrückt, um sie den Hühnern zu verfüttern. Was hatten wir denn entgegenzusetzen? Ein solcher Darm wie Schweden?

In den schwersten Stunden der Angst suchte Mutter Trost bei der Weissagung der Sibylle. Ein kleines Reich im hohen Norden, auf dessen Thron ein ungekrönter König saß, sollte verschont werden. So war es prophezeit worden. Und Gustav der Fünfte war nicht gekrönt. Also mußte es ja Schweden sein, das überleben würde. Vater rümpfte die Nase. Teufel noch mal, glaubte sie etwa, Hitler würde Notiz von so 'ner alten Wahrsagertante nehmen? Nee, meine Liebe! Wenn es ihm beliebte, würde er schon angestiefelt kommen, da könnte sie Gift drauf nehmen. Hier draußen auf dem platten Land gab es allerdings nicht viel zu holen. Was sollte er mit noch einer alten Hütte? Und einem Kartoffelacker? Der war ja das Schießpulver nicht wert. Sagte Vater. Aber seine Unbekümmertheit war beängstigend leicht zu durchschauen.

Ich las die Kriegsberichterstattung in der Zeitung nicht besonders gründlich, das muß ich zugeben, aber ich saugte alles auf, was zu Hause oder im Dorf geredet wurde, und ich hielt natürlich mitten in der Bewegung inne und blieb auf dem Linoleum stehen, gespannt und konzentriert und mit einer kleinen wachsenden Sorgenschlange im Bauch, wenn der Schicksalston in den Nachrichten dumpfer als sonst klang und Mutter sich die Hand vor den Mund hielt und Vater kerzengerade dasaß und die Linke halb zum Ohr gehoben hatte und den Kopf schräg hielt. Es kam auch vor, daß ich angsterfüllt in der dunklen Kammer aufwachte, weil ich glaubte, ich hätte ein rollendes Dröhnen gehört, das immer näher kam und wie eine Wolke anschwoll und das Häuschen umstürzte; da setzte ich mich mit halbgeöffnetem Mund und gespanntem Gehör aufrecht hin, bis ich begriff, daß das Dröhnen in meinem Kopf gewesen war. Sank zurück unter die Decke: Danke lieber, lieber Gott! Lieber, guter Gott. Bewahre uns! Beschütze uns im Schatten deiner Schwingen.

Trotzdem muß ich zu meiner Schande gestehen, daß mich der Krieg im Grunde nicht berührte. Nicht wirklich. Er war zu weit weg und zu schwer zu begreifen, ich konnte mir nicht vorstellen, wie es sein würde, wenn er tatsächlich käme. Als die Tage und Wochen vergingen, ohne daß etwas passierte, ließ die Spannung nach, und ich wandte mich wieder meiner Hauptaufgabe zu: mich mit mir selbst zu beschäftigen. Dalängen und das Dorf und die Landstraße und der Ort waren für mich die Welt, und ihr alleiniger Mittelpunkt unter dem Himmel war ich selbst.

Täglich und stündlich drehte und wendete ich mein Selbstbild. Die Begutachtung des Äußeren ging vor der Spiegelkommode in der Kammer vor sich. Wenn Mutter draußen war und ich sicher sein konnte, daß sie eine Weile nicht hereinkommen würde, kippte ich den braunen Eichenrahmen in seiner Aufhängung nach vorn und klemmte die Haarbürste darunter, um den Spiegel in dieser Position zu befestigen. Alle drei Schwestern machten es so, zuerst Dora, dann Betty und nun ich. Genau wie ich es bei meinen Schwestern gesehen hatte, machte ich auf dem Linoleum einige Schritte rückwärts und versuchte, meinen Körper in voller Größe zu mustern, zuerst von vorn, dann von den Seiten und schließlich, mit Hilfe des Handspiegels, auch von hinten. Kritisch betrachtete ich Hintern, Brust und Hüften, zog ein oder streckte vor, je nach Bedarf. Manchmal zog ich einen unserer beiden Kammerstühle heran und stellte mich auf die Sitzfläche, hob den Rocksaum über die Knie und überprüfte die Beine. Ich probierte verschiedene Mienen aus: nahm die Brille ab, neigte den Kopf zur Seite, sah nachdenklich aus, schmunzelte, sperrte die Augen weit auf, nickte und schürzte die Lippen. Wenn ich genug Zeit hatte, steckte ich mir auf moderne Art die Haare hoch. Das heißt, ich kämmte die Haare straff vom Haaransatz im Nacken nach oben und versuchte, die Haarspitzen nach innen zu biegen und zu einer Wulst über der Stirn zu plustern, dann befestigte ich das straffe Haar am Hinterkopf mit ein paar braunen Kämmen, die ich Betty heimlich abgeluchst hatte. So übel sah ich gar nicht aus! Ich hielt den Rocksaum hoch und drehte mich hierhin und dorthin. Die Beine waren ganz hübsch. Und die Taille war schmal. Und der Hintern? Nee! Viel zu groß. Und die Nase? Hoffnungslos. Die Geschichte endete meistens damit, daß ich mir achselzuckend die Zunge rausstreckte.

Die innere Begutachtung unterschied sich kaum von der äußeren, im großen und ganzen lief es auf dasselbe hinaus. Natürlich kämpfte ich ab und zu einen Kampf mit meinem Gewissen und betete und quälte mich wegen meiner sündigen Phantasien und weil ich Mutter oft Sand in die Augen streute, was den Korrespondenzkurs betraf. Meist drehte es sich jedoch um Vorstellungen und Befürchtungen hinsichtlich meiner Wirkung in den Augen anderer. Ich sah sozusagen ein inneres Bild von mir, sah, wie ich mich über einen Fußboden oder eine Kiesfläche bewegte, wie ich ging, saß und stand. Ich konnte auch hören, wie es klang, wenn ich sprach; oft studierte ich Sätze ein, ganze Gespräche konnte ich zusammenphantasieren, wo jener so und so sagte und ich so und so antwortete, äußerst intelligent natürlich und möglichst treffend. Wenn ich zu Perssons Gemischtwaren oder zur Post radelte oder mich wegen irgendeiner anderen Besorgung unter die Leute im Dorf mischen mußte, trug ich oft die Nase hoch. Ich wußte selbst, daß ich eingebildet aussah. (Die da, die glaubt, sie ist wer. ZehenPelles Nancy – pah!) Aber ich mußte mich so benehmen, es war eine Art Verteidigung.

Was, wenn die Leute gewußt hätten, wie ich mich wirklich fühlte. Ganz und gar ausgeschlossen, das war die Wahrheit. Einsam. Zweifelnd und unschlüssig wegen des Studiums und der Frage, was aus mir werden sollte. Dumm war ich nicht, das brauchte mir niemand einzureden. Auf fast allen Briefen, die ich zurückbekam, stand mit grüner Tinte *gut!* am Rand. Aber ich wußte so wenig darüber, welche Möglichkeiten es gab und wie man sich anstellen sollte, und es gab niemanden, mit dem ich mich beraten konnte, niemanden, der Ahnung hatte und den Weg für mich absteckte.

Daß die Leute über mich und über uns redeten, betrachtete ich als selbstverständlich. Über ZehenPelles redete man eben, diese Überzeugung war, genau wie das Minderwertigkeitsgefühl, tief in mir verwurzelt. Hängt zu Hause rum, das alte Mädchen. Studieren! Was? Das paßt ja wie Knüppel auf 'n Kopp bei solchen armen Deubeln! Ich meinte es ganz deutlich zu hören – also mußte ich es doch einmal aufgeschnappt haben, oder?

Aber all das raubte mir nicht die Kraft. Im Gegenteil. Während ich das dreckige Gerede wiederkäute, eingebildet oder real, geriet ich davon immer mehr in Rage. Mein Nacken begann sich zu versteifen, und in meinen Zähnen spannte es. Ich wurde Nancy Viktoria, die Siegreiche, wie der Pastor gesagt hatte. Wartet's ab! Euch werd ich's zeigen! Und so schwebte ich von dannen in tastende, formlose Zukunftsträume, die von Zeit zu Zeit abhoben, prall und glänzend wie Kirmesballons, aber ebensooft furzend die Luft abließen und labberig zusammenschrumpelten.

Meine eigene Schwester Betty piekste ein Loch in die verletzlichste Blase. Ob das aus Bosheit oder in Notwehr geschah, weiß ich nicht genau. Aber ich neige eher zu Notwehr.

III

Niemand wird dich haben wollen! Niemand! Hörst du? Renn nur herum und spiel die Vornehme, wenn du glaubst, das hilft! Du bist doch abartig. Und häßlich wie eine Vogelscheuche bist du auch. Du wirst Schimmel zwischen den Beinen ansetzen, genau wie dem bekloppten Ivar seine Margit, weißt du noch? Eine alte Jungfer, das wirst du werden. Und alle reden über dich. Die ist doch nicht ganz dicht, sagen sie. Hängt zu Hause rum und läßt sich von ihren Eltern durchfüttern. Was? Sie lernt? Pah! Leck mich am Arsch! Man muß sich ja schämen, wenn man so eine Schwester hat.

Doch, ich konnte verstehen, warum Betty mich in dieser Nacht so anfuhr, als ich sie auf dem Küchenfußboden erwischte. Ich hätte ihr auch beinahe verziehen. Aber was nützte mir das ganze Verzeihen? Das, was sie mir hinterher an den Kopf warf, biß sich fest. Und ich kam nicht darüber hinweg.

Ansonsten war es eine längere Zeit ungewöhnlich gut zwischen mir und Betty gelaufen. Åke war ja einberufen und Betty, wie so viele andere, eine Bereitschaftswitwe. Man merkte, daß sie darauf ein bißchen stolz war. Ihr angetrauter Ehemann lag draußen im Felde, um das Vaterland zu verteidigen, und von seinem Heldenglanze fiel ein kleiner Teil auch auf sie. Sie war eine diese tapferen Soldatenfrauen, über die man in der Zeitung las, die ihren Kampf allein im stillen kämpften, um das Heim zusammenzuhalten und für die Kinder zu sorgen. Betty mußte zwar nicht hinaus auf Acker und Wiese, sie brauchte sich weder um die Heuernte noch um Brennholz zu kümmern wie die Bäuerinnen, aber sie gehörte immerhin einer Gruppe an, die nicht nur bewundernswert, sondern auch bedauernswert war und auf die das Vaterland mit Recht stolz war. Las man in der Zeitung. Dieses Wissen stimmte sie gnädig.

Betty bekam Geld vom Staat für ihren Lebensunterhalt, genau wie der Pastor es prophezeit hatte, als er im Schlitten angefahren kam und predigte, daß Betty und Åke heiraten sollten. Draußen in der Welt herrschte Unruhe, sagte er damals, wenn es zu einem Krieg käme, würde sich der Staat um Ehefrauen und Kinder kümmern. Und in dem Punkt hatte er recht behalten. Betty kriegte jeden Monat ein paar Groschen, viel war es nach Vaters Ansicht nicht, aber es reichte immerhin für Miete und Essen, und für Busfahrscheine offenbar auch, denn Betty und die kleinen Mädchen statteten uns zu Mutters großer Freude in diesem Winter und Frühling hie und da einen Besuch ab. Mutter war ganz außer sich, wenn Gwendolyn und Dorothy kamen, dann spielte und plapperte sie und holte die Bratpfanne hervor und machte Arme Ritter. Ich muß zugeben, daß ich es auch ganz lustig fand, zumindest unterbrach es die Langeweile, die Küche lebte auf, wenn es mitten am Vormittag qualmte und zischte und wir alle fünf um den Tisch herum saßen und Kaffee tranken und in Milch eingeweichte Brötchen aßen, die in Margarine gebraten und mit etwas Zucker bestreut wurden.

Sogar Dotty bekam einen Schluck Kaffee in die Tasse geschüttet. »Jaaa – das kann nicht schaden! Besser, man bedient sich, solange was da ist«, sagte Mutter und goß Milch dazu, »bald ist mit dem Vergnügen auch Schluß.«

Es war eine Weile gemunkelt worden, daß Kaffeebohnen rationiert würden. Darauf bezog sie sich.

Nach dem Kaffeetrinken holte sie das Knopfkästchen und die Rolle mit dem Eisengarn, und dann bastelten wir gemeinsam Halsketten und Armbänder für die Mädchen. Das Knopfkästchen war eine alte Kaffeedose. Auf der Innenseite des Deckels stand *Hakons, Kaufmännische Einkaufszentrale*, und außen drauf war ein Bild von einem barfüßigen Jungen und einem barfüßigen Mädchen, die auf einem Holzzaun saßen. Sie hielten die Gesichter nach oben und sahen sehnsüchtig aus, aber die blaue Farbe des Himmels war fast vollständig abgeschabt.

Mutter leerte die Dose auf die Wachsdecke, den Inhalt kannte ich auswendig, ich hatte ihn viele Male durchstöbert. Der überwiegende Teil bestand aus schwarzen und braunen Hosenknöpfen und einer Menge langweiliger Hemdknöpfe, weiß oder blauweiß mit Perlmuttglanz. Mit Fäden bespannte Knöpfe gab es natürlich auch, und viele flache Blechknöpfe, die meisten bedeckt mit Resten von rostfleckigem Baumwollstoff, beide Sorten hatten an Leibchen und Strümpfen gehangen, vermutlich auch an Vaters langen Unterhosen. Ein halbes Dutzend Mantelknöpfe, blau- und braungefleckt mit großen Löchern oder mit Ösen auf der Rückseite, war auch in der Sammlung, ebenso zehn, zwölf Seemannsknöpfe aus gelblichem Metall mit Ankern drauf. Strickjackenknöpfe in verschiedenen Größen und Farben gab es in Massen, sogar ein paar rote, aber am schönsten von allen waren fünf einzelne Knöpfe, deren Herkunft nicht einmal Mutter genau kannte. Sie waren geformt wie Blumen, hellblau in der Grundfarbe, und rund um die Löcher waren gelbe Tupfen. Ähnlich wertvoll waren die Knöpfe aus Glas; möglicherweise konnte ein Satz milchweißer runder Knöpfe, glatt wie Perlen und mit kleinen Haken an der Unterseite, ihnen den Rang streitig machen. Die Perlenknöpfe und die Glasknöpfe hatten Kleider und Blusen geziert, Mutters, Doras, Bettys und meine. Die Kleidungsstücke waren vor langer Zeit zu Teppichflicken zerschnitten worden, aber die Knöpfe hatte Mutter vorsichtig abgetrennt und in ihrem Kästchen aufbewahrt.

Wir stocherten eifrig in dem Knopfhügel, beeilten uns, kleine Lager an uns zu raffen, die wir schützend in dem dreieckigen kleinen Nest zwischen Unterarmen und Handflächen aufbewahrten, wir lachten und alberten herum, balgten uns ein bißchen. Die roten da sind meine! Der blaue gehört mir! Nee, du Schlingel, der da war meiner! Wir spielten uns natürlich auf. Wir verstellten uns. Den kleinen Mädchen zuliebe übertrieben wir und taten so, als amüsierten wir uns viel mehr, als es in Wirklichkeit der Fall war. Aber wenn alle guter Laune waren, nahm uns das Spiel gefangen, und auch wir Großen wurden wieder zu Kindern.

Mutter hatte für Gwendolyn einen Baumwollfaden durch eine Stopfnadel gezogen und war nun vollauf damit beschäftigt, Knöpfe zu suchen, deren Löcher groß genug waren für die dicke Nadel. Gwendolyn war schrecklich starrköpfig und wollte alles selbst machen. Dorothy guckte lediglich erstaunt mit ihren großen blanken Augen, als ich ihr eine Kette um den dicken Hals hängte. Sie nahm die Knöpfe vorsichtig in die Hand und betrachtete sie genau. Ein paar Speichelblasen schimmerten und zerplatzten auf der Unterlippe, es zischte ein wenig in ihrer Brust, wenn sie atmete, sie war oft erkältet. LüttDotty war erst anderthalb. Sie hatte kürzlich laufen gelernt und war spät dran mit Sprechen. Sie war etwas schwerfällig, längst nicht so frühreif wie die laute Lynn.

Mutter hatte gerötete Wangen. Es war schön, sie so

aufgeheitert und fröhlich zu sehen. Die Augen glänzten, sie spielte gern und liebte es, sich verrückte Sachen auszudenken, das war schon immer so. Es war fast wie in alten Zeiten, als Kerstin und Barbro mit mir von der Schule nach Hause kamen und Mutter uns die Karten legte.

Bei solchen Gelegenheiten, wenn wir, ohne im geringsten ein schlechtes Gewissen zu haben, am hellichten Vormittag um den Tisch saßen und spielten und Arme Ritter aßen und die Katze auf der Steinplatte neben dem Herd lag und es im Herd knisterte und wir alle froh waren, fühlte es sich manchmal so lebendig und weich an, als säßen wir in einem aufgegangenen Hefeteig, der blubberte und schwoll und uns warm umschloß. Wir waren wir, und das ging niemanden etwas an. Wir sperrten die Außenwelt aus, wir pfiffen darauf, das Radio einzuschalten, wir ließen den Krieg Krieg sein. Wir vergaßen vorübergehend die drohende Rationierungsverordnung und die Geldsorgen. Die Angst um Åke und Börje und Lennart, die irgendwo im Feld lagen, wo, wußten wir nicht, wurde eingebettet in leichtsinnige Zuversicht. Wir pusselten mit den Knöpfen und lachten und spaßten mit Lynn und Dotty. Es war schön, nicht allein zu sein. Es war beinahe wie früher, als Dora noch lebte. Sogar die Sehnsucht nach ihr hing mild wie ein Lächeln oben unter der Decke.

An einem solchen Tag, als Betty mit dem Bus kam und bis zum Abend bei uns blieb, geschah das Unglaubliche; sie bat mich um Hilfe. Sie müsse einen Brief an Åke zusammenkriegen, sagte sie. Er selbst schrieb recht oft, und immer stand in den Briefen, daß sie ihm schnell zurückschreiben sollte. Er wartete auf Antwort. Alle anderen bekamen Briefe, nur er nicht. Aber Betty schrieb nicht gern. Worüber sollte sie schreiben? Es war so schwer, sich etwas auszudenken.

Verzückt machte ich mich ans Werk. Wenn es darum ging, sich etwas auszudenken und Sätze zusammenzubringen, war ich genau die Richtige, und Mutter war in der Hinsicht auch nicht blöd. So spornten wir uns an, lachten und alberten furchtbar herum, während die arme Betty kritzelte und radierte und um ihr Leben schrieb.

»Jetzt beruhigt euch mal«, zischte sie wütend zwischen den Sätzen. »Ich komme nicht mit, ihr seid ja vollkommen verrückt, ihr beiden! So kann man doch nicht schreiben. Da glaubt er ja, ich wär nicht ganz bei Trost.«

Jedenfalls wurde ein Brief daraus, ein richtig langer und inhaltsreicher Brief. Gemäß meinem Vorschlag stand zu Beginn ein bißchen was vom Wetter, darüber, daß der Schnee langsam zurückging und es tagsüber von den Dächern tropfte. Betty wäre zu Hause in Dalängen zu Besuch, dort säße sie am Küchentisch und schriebe, und es ginge uns allen gut und wir grüßten alle ganz herzlich, auch Vater, obwohl er natürlich wie immer in der Säge wäre. Es stand auch drin, daß wir Halsketten für Lynn und Dotty gebastelt und dabei richtig viel Spaß gehabt hatten, sie wären so tüchtig und lieb alle beide, auch wenn Dotty etwas erkältet wäre, aber nichts Schlimmes.

Neuigkeiten aus dem Ort hätte sie nicht, behauptete Betty, das mußten wir also überspringen, aber sie war damit einverstanden, vom alten BusAugust zu erzählen, der jetzt, da Åke einberufen war, das Brotauto fuhr und einmal mit einem Weißbrot angeschlichen gekommen war, und das wäre ja eine nette Sache. Und dann stand da natürlich »Danke für den Brief« und daß sie, Betty, hoffte, daß es Åke auch gutginge und daß sie wünschte, er würde bald Urlaub bekommen, weil sie solche Sehnsucht nach ihm hätte.

Sie weigerte sich zunächst, letzteres zu schreiben, was war denn das für ein Blödsinn? Aber Mutter und ich waren uns in dem Punkt absolut einig, es stand fest, sie mußte unbedingt schreiben, daß sie Sehnsucht hätte, was sollte der Ärmste denn sonst denken? Und im übrigen hatte sie doch wohl Sehnsucht, oder wie? Aber als wir zum Abschluß tausend Küsse von deiner geliebten kleinen Ehefrau vorschlugen, sagte Betty: Stop. Sie würde sich doch nicht lächerlich machen, nachdem sie so lange verheiratet war. Und Ehefrau? Ts ts ts. Wie würde das denn klingen? Pfarrfrauen und solche dürften sich als »Ehefrau« bezeichnen, wenn sie wollten, aber sie? Nie im Leben! Mit großer Bestimmtheit schrieb sie in Druckbuchstaben LIEBE GRÜßE VON DEINER BETTY UND DEN KINDERN. Das mußte reichen. Punkt und Schluß.

Auf der Rückseite des Briefes, den sie von Åke bekommen hatte (den ich für mein Leben gern gelesen hätte), war eine besondere Antwortmarke befestigt. Die löste Betty vorsichtig ab und klebte sie auf den Umschlag, so kostete es nichts. Dann schrieb sie Åkes Soldatennummer und Namen drauf, aber keine richtige Adresse, nur eine Feldpostnummer. Niemand durfte wissen, wo er sich befand, das war ein Militärgeheimnis, sagte Betty und schürzte überheblich die Lippen. Ein Schwede schweigt, das wußten wir doch. Aber es war irgendwo in Norrland, das durfte sie verraten.

In unsere Gegend kam übrigens auch Militär. Irgendeine Spezialeinheit wurde ein paar Dutzend Kilometer nördlich des Ortes stationiert. Dort waren wichtige Lagervorräte in einer in den Berg gesprengten Höhle, die Tag und Nacht von Mannschaft und Hunden bewacht werden mußte. Dies rief natürlich eine gewisse Aufregung im Dorf hervor, auch wenn wir bei ZehenPelles nichts davon spürten.

Ende Mai kam eine Nachricht von Betty, da war sie eine ganze Weile nicht bei uns in Dalängen gewesen, Mutter hatte sich schon gewundert. MilchAlbin hielt mich an, als ich mit dem Fahrrad angeradelt kam und bei Perssons einbog. Er war gerade dabei, in die Fahrerkabine des Lastwagens zu klettern, hatte wohl Zigaretten gekauft, denn er hatte eine frisch angezündete in der Hand, als er mir zurief. »Gut, daß du kommst! Ich hab eine Nachricht von Betty für dich: ›Wenn du Nancy siehst, sag ihr, sie kann Mittwoch oder Samstag abend herkommen und bei mir einhüten. Sag ihr, sie soll bei mir übernachten.‹« Das war die Nachricht. Wortwörtlich.

»Tja«, fuhr Albin fort und grinste bedeutungsvoll, während er die Asche an der heruntergekurbelten Scheibe abstreifte, »nun will sie wohl mal einen draufmachen, deine Schwester! Es fängt wohl an, in ihren Beinen zu zucken, wenn der Frühling kommt, kann ich mir vorstellen. Da lockt anscheinend die *Spezialeinheit*! Haha.«

Ich sagte Mutter, wie es war. Daß Betty wollte, daß ich käme und bei ihr übernachtete. Sie wollte bestimmt ausgehen. Mehr sagte ich nicht, aber Mutter war wie immer mißtrauisch und voller böser Ahnungen. »Ausgehen? Wo will sie denn hingehen? Sie hat doch mit den Kindern zu tun. Das ist sicher diese Irma, die sie mitzieht. Der trau ich nicht für fünf Öre über den Weg!«

Sehr richtig. Als ich am Samstag abend kam, war Irma da. Sie hatten sich alle beide in Schale geworfen, trugen geblümte Kleider mit strammen Gürteln und großen Schulterpolstern. Die Haare hatten sie natürlich hochgesteckt, hatten sich gepudert und die Lippen angemalt und große rote Flecken auf die Wangenknochen gepinselt. Es sah furchtbar aus, fand ich. Während ich an der Tür meine Jacke aufhängte, stelzten sie auf hohen Absätzen zwischen Zimmer und Küche hin und her, jede mit einer Zigarette im Mundwinkel, ganz so, als wollten sie um keinen Preis ihre Kleider zerknittern. Die ganze Zeit wechselten sie vielsagende Blicke und kicherten und gackerten und rempelten sich vorm Spiegel an wie zwei richtige Kinder. Sie fummelten ewig an ihren Haaren herum und sprühten sich Parfüm unter die Arme, bis sie sich endlich auf den Weg die Treppe hinunter machten.

Ich weiß, ich war so eifersüchtig, ich hätte sie kneifen können, aber ich riß mich zusammen und redete mir ein, sie seien kindisch und lächerlich, nie im Leben würde ich mich so auftakeln und so ein Theater veranstalten. Betty sollte sich schämen! Sie benahm sich wirklich nicht wie eine richtige Mutter! Verheiratet und so. Doch sie umarmte zumindest die Mädchen, bevor sie ging, und sagte, daß ich Kaffee kochen solle, und im Schrank sei Saft, und wir dürften alle Brötchen in der Tüte aufessen, die hätte sie extra für uns gekauft.

Es war nicht besonders gemütlich bei Betty, das muß ich sagen. Die Sachen der Kinder lagen überall auf dem Fußboden verstreut, und die Bank und der Tisch waren bedeckt mit Zeitschriften. Auf dem Herd war übergekochte Milch. Dotty hatte auf das Polster der Küchenbank gepinkelt, so daß darauf große eingetrocknete Flecken mit braungelben gezackten Rändern waren. Es roch in der ganzen Küche nach Pisse, das tat es tatsächlich. Nein, niemals wollte ich so leben wie Betty!

Am Sonntag vormittag, als ich mich auf den Weg nach Hause machen wollte, fragte Betty, ob ich auch am nächsten Sonnabend kommen könnte, und das konnte ich durchaus. Sie war richtig liebenswürdig zu mir. »Du bist lieb, wenn du kommst, Nancy«, sagte sie. »Man muß mal ein bißchen raus, verstehst du? Es ist so trostlos, nur mit den Kindern zu Hause zu sein.«

Und das konnte ich bestens verstehen. Ich für mein Teil hätte es nicht eine Woche ausgehalten.

Dann wurde ich für noch einen Sonnabend bestellt, da näherten wir uns Mitte Juni, und die Nächte waren hell. Ich schlief zusammen mit den kleinen Mädchen drinnen im Zimmer, das heißt, ich lag in Bettys Bett, Gwendolyn in Åkes und Dotty im Kinderbett. Wir hatten mit Anziehpuppen gespielt und »Kommt ein Mann die Treppe hoch« gemacht und den zugeschnitzten Garnrollenkreisel mindestens zwanzigmal über die Wachsdecke kreiseln lassen, Dotty heulte auf vor Entzücken, wenn er auf den Fußboden kullerte. Mich belustigte es nicht übermäßig, mit Kleinkindern zu spielen, aber was sollte ich machen? Gwendolyn quengelte sonst, und wir konnten ja auch nicht einfach um sieben Uhr ins Bett gehen.

In der Nacht gab es ein Gewitter. Ich habe fürchterliche Angst vor Gewittern, das war schon immer so. Wenn der Blitz die Dunkelheit durchschneidet, beginne ich sofort, die Lippen zu bewegen und still vor mich hin zu zählen, während ich hektisch mit den Augen blinzle und sehnlich hoffe, daß ich es wenigstens bis zehn schaffe, bevor das Donnern kommt, denn dann ist das Gewitter weit weg, das hatte ich mal gehört. In dieser Nacht schaffte ich es beim erstenmal bloß bis vier, und als der nächste Blitz herunterzischte, schaffte ich es kaum, mit dem Zählen anzufangen, bevor es derart loskrachte, daß die Fensterscheiben schepperten. Da zog ich mir die Decke über den Kopf und steckte mir die Finger in die Ohren, so lag ich durchgeschwitzt und bis zum äußersten gespannt da und betete zum lieben, lieben GOOTT! Dann kam der Regen, und ich bin wohl eingeschlafen.

Ich wachte irgendwann in der Nacht auf, weil ich in der Küche ein geheimnisvolles Geräusch gehört hatte.

Die Tür war geschlossen, obwohl ich sie offengelassen hatte, das wußte ich genau, es war ohnehin stickig genug dort drinnen in der Kammer mit drei schlafenden Personen, das Fenster war wegen des Gewitters verriegelt. Übrigens muß es wohl immer noch geregnet haben, denn es war dämmrig im Zimmer, obwohl es in dieser Jahreszeit rund um die Uhr hell ist. Ich hatte Durst. Zweifellos war das ein hinreichender Grund, um zur Spüle zu tapsen und einen Schluck Wasser zu trinken. Aber in erster Linie trieb mich die Neugierde aus dem Bett, das muß ich zugeben. Was machte Betty da? Hatte sie Irma mit nach Hause gebracht? Und wenn ja, was taten die beiden? Es klang so merkwürdig. So kicherig und keuchend. Ich sah auf die Uhr, es war fast drei.

Entschlossen stand ich auf und öffnete ganz, ganz vorsichtig die Tür, damit das Scharnier möglichst nicht kreischte. Im Grunde wußte ich schon, was los war, denn sobald ich diese Geräusche hörte, hatte ich eine Erregung im Leib verspürt, die ich gut kannte, das Herz schlug etwas schneller als gewöhnlich. Dennoch war ich von dem Anblick überrascht, ja, ich glaube, daß ich dort auf der Schwelle stand und für zehn, fünfzehn Sekunden den Mund nicht wieder zukriegte, länger wird es wohl nicht gewesen sein.

Betty befand sich auf dem Fußboden zwischen Herd und Küchentisch. Sie hatte das karierte Polster der Küchenbank dort hingelegt und auch die kleinen Kissen, das registrierte ich sofort. Zuerst bemerkte sie mich nicht, da sie sich zu intensiv ihrem Tun widmete und mir überdies den Rücken zukehrte, oder besser gesagt das Hinterteil. Das geblümte Sommerkleid lag in einem Haufen auf dem Flickenteppich, sie hatte ihr beiges Unterkleid an, aber das war hochgezogen bis zu den Achseln, irgendwelche Unterhosen trug sie nicht, der Hintern war nackt und rund und bewegte sich rhythmisch auf und ab und vor und zurück, als ritte sie im Jagdgalopp auf einem Schaukelpferd. In Wirklichkeit saß sie rittlings auf dem Unterleib eines fremden Kerls oder Knaben, von dem ich im Schummerlicht nicht viel erkennen konnte, zumal Betty das meiste von ihm verdeckte. Unter ihrer rechten Achsel hindurch erhaschte ich einen Blick auf ein rotes verschwitztes Gesicht mit zugekniffenen Augen und weit von den Zähnen zurückgezogenen Lippen. Er griente selig, das Zahnfleisch glänzte in dem Grinsen, und ein hellblondes Haarbüschel klebte auf seiner Stirn. Die Uniformhose hatte er noch an, auch wenn sie bis zu den Knien runtergerutscht war, die Füße in den schwarzen Socken sahen lächerlich aus, aber das Schiffchen war sorgfältig auf den Schuhen abgelegt worden, und die Jacke hing an einem Stuhl. Und es war weder Åkes Mütze, noch waren es Åkes Schuhe.

Ah, wie er stöhnte, dieser zottelige Bursche. Das war es wohl, was ich gehört hatte. Aaahhh – aaaahhhh – ahh ah!! Es klang fast, als säße er mit Bauchschmerzen auf dem Lokus. Bettys Glucksen dagegen, oder wie man diese Laute nun nennen soll, die sie stoßweise jaulte und zwischen den geschlossenen Lippen hervorpreßte, klangen genauso ungeduldig verzückt wie die, die Lütt-Dotty von sich zu geben pflegte, wenn man ihr die Nuckelflasche in den Mund steckte.

Er entdeckte mich zuerst. Er stützte sich auf die Ellbogen, und im gleichen Moment drehte Betty sich um, ich sah ihre verwirrten Augen und den Mund, der aufgeweicht aussah und herabhing, bevor ich zurück in die Kammer huschte und die Tür zuzog.

Sie fickten. Das machten sie. So ging das also. Ficken. Das Wort war in mir, es hatte etwas Verlockendes, aber es war häßlich und verboten, ich hätte es niemals über die Zunge gleiten lassen können.

Fünf Minuten später, als die Schritte in aller Eile die Treppe hinunter verschwunden waren, brach das Unwetter los. Betty riß die Tür zur Kammer auf, sie hatte sich das Kleid übergezogen, und ihre Finger fummelten vorn an der Knopfleiste. Die Haare standen ihr zu Berge, Zorn schnürte ihr die Lippen zusammen, und die Augen funkelten, ich glaubte fast, sie wollte sich auf mich stürzen. Ich hatte es noch nicht geschafft oder gewollt, wieder ins Bett zu kriechen, ich stand einfach nur wie ein blödes Kaninchen in meinem Nachthemd mitten im Zimmer. Vermutlich waren meine Stirn und mein Mund und im übrigen mein ganzer Körper vor Widerwillen und Ekel verkrampft, keinerlei lustvolle Erregung kribbelte in meinem Unterleib, die Szene dort auf dem Fußboden hatte genau die gegenteilige Wirkung gehabt.

Betty zischte zwischen den Zähnen: »Du verdammter Spitzel! Du glaubst wohl, daß du jetzt ordentlich Oberwasser hast, was? Fahr nach Hause und verpetz mich bei Mutter, dann kratz ich dir später die Augen aus. Pack deine Siebensachen und hau ab. Verschwinde. Ich will dich nicht mehr sehen! Hörst du das? Miststück!«

Gwendolyn bewegte sich unruhig in Åkes Bett. Ich sah, daß sie verschwitzt war. Sie jammerte leise und strampelte gegen die Bettdecke, bis sie ihre Beine befreit hatte, dann rollte sie sich herum, steckte den Daumen in den Mund und kam wieder zur Ruhe. LüttDotty lag auf dem Rücken, und das Windelpaket zwischen ihren gespreizten Beinen war natürlich vollgepinkelt, das konnte man riechen, und den hartnäckigen Fliegen war es auch nicht entgangen.

Möglicherweise hatte Betty während Gwendolyns Manöver kurz eingeatmet, aber ich glaube es kaum, nun schaufelte sie los und kippte aus einer riesigen Kelle alles über mir aus, ich hatte nicht die geringste Chance, sie zu unterbrechen. »Du bist doch nicht ganz richtig im Kopf. Eine richtige alte Jungfer. Abartig bist du. Und häßlich. Keiner will dich. Läufst rum und spielst dich auf. Glaubst, du bist wer. Pah! Die Leute lachen über dich. Man schämt sich ja, daß man so eine Schwester hat. Und verwöhnt bist du, eine Schande ist das. Das bist du immer gewesen. Du schleimst dich bei Mutter ein und machst ihr was vor, das merkt doch jeder. Aber lauf nur hin und reiß das Maul auf. Los!«

Sie machte einen Schritt rückwärts über die Schwelle und schloß die Tür mit einem nachdrücklichen Knakken.

Ich raffte meine Unterwäsche und das Kleid zusammen, nahm meine Schuhe in die Hand und schlüpfte hinaus in die Küche. Betty hatte sich eine Zigarette angezündet. Sie stand vorn an der Zinkplatte und nahm einen heftigen Zug nach dem anderen, steckte dann die Kippe in den Abflußtrichter und erstickte sie mit wütenden und schnellen Bewegungen. Sie war so aufgeregt, daß sie zitterte. Das Kinn preßte sie auf die Brust, die Haare hingen ihr ins Gesicht. Das dünne Polster hatte sie wieder auf den Deckel der Küchenbank geschmissen, auch die Kissen lagen an ihrem Platz. Plötzlich stürzte sie zum Küchentisch, ließ sich auf einen Stuhl sinken und begann zu schniefen und zu schluchzen. Sie stützte sich mit den Armen auf die Wachsdekke, und während sie auf ihren gefalteten Händen biß und kaute, kam all das heraus, was ich so gut kannte, schon so unendlich viele Male gehört hatte: »Glaubst du, das macht Spaß? Hier alleine mit zwei Kindern herumzusitzen. In so einem Rattenloch. Was glaubst du, wie das ist? Aber um mich hat sich ja keiner gekümmert, nee. Nie! Ich mußte allein zurechtkommen. Ich bin nie durchgefüttert worden. Ich mußte arbeiten und mich mit allem abfinden. Vor verdammten Weibsbildern kriechen, das durfte ich. Glaubst du, das hat Spaß gemacht?«

Wieder und wieder leierte sie das alte Lied herunter, schluchzend und keuchend. Sie sah elend aus. Klein und zusammengesunken. All das Aufgedonnerte und Erwartungsvolle vom Vorabend war nun verschwunden. Das Gesicht war voller roter Falten und vom Weinen streifig. Der Rotz lief. Sie tat mir so leid. Das war wirklich so. Aber als ich mich ihr näherte und die Hand auf ihre Schulter legen wollte, nahm das Schluchzen wieder zu, und sie schrie mich an: »Verschwinde! Hau ab! Ich will dich nie wieder sehen!«

Auf dem kleinen Treppenabsatz vor Bettys Tür streifte ich das Nachthemd ab und zog meine Kleider an. Im Morgengrauen radelte ich nach Hause. Eine Armbanduhr besaß ich nicht, aber ich drehte eine Runde beim Uhrmacher vorbei. Die Zeiger der großen Wanduhr über der Eingangstür standen auf dreizehn Minuten vor vier. So früh durfte ich nicht nach Hause kommen! Mutter würde gleich wissen, daß was nicht in Ordnung war.

Bei Forshällan hielt ich an, lehnte das Fahrrad unter die Birken und ging zu Fuß den sandigen Pfad entlang, auf dem Dora und ich damals gewandert waren, an dem reinen, weichen Tag, der in einer schützenden Hülle aufbewahrt wurde und nur mit allergrößter Behutsamkeit betrachtet werden durfte.

Das Unwetter der Nacht hatte sich verzogen. Um mich herum dampfte und qualmte das Grün. Der Flußlauf glitzerte hinter der Erlengardine, doch die Pfützen auf dem Weg waren bereits eingesickert und zeichneten sich nur noch als feuchte Flecken mit einem Muster aus Blütenstaub ab. Am linken Wegrand lag in dichten Haufen der Wildkerbel, und der Storchschnabel blaute in Hülle und Fülle. Die Zeit der Maiglöckchen war vorüber, aber auf dem steinigen Katzenpfötchenhügel weiter im Innern des Wäldchens leuchteten weiß die Mandelblüten, und die klebrigen Pechnelken leuchteten bereits rosenrot.

So früh am Morgen erklang das Singen der kleinen Vögel am lautesten. Es trillerte und pfiff in den Büschen und im Geäst, und um meine Füße und Beine und hoch über meinem Kopf wimmelten und krochen und surrten und flatterten allerlei Insekten. Die Mittsommerzeit näherte sich. Der Höhepunkt des Sommers, des Lebens und der Geilheit. Ich bemerkte es kaum, ich trabte weiter, schnell und blindlings. Die Worte und Bilder der Nacht tobten durch meinen Kopf, und meine Gedanken fanden keinen Halt. Die Phantasien und Zukunftsträume, die mich üblicherweise begleiteten und beschäftigten, suchten vergeblich einen Mittelpunkt, dieser Wirrwarr brachte alles durcheinander.

Es kümmerte mich wenig, was Betty dort auf dem Fußboden getrieben hatte, in dem Zusammenhang tat mir nur Åke leid, aber alles, was sie mir ins Gesicht gebrüllt hatte, das saß fest. Auch wenn ich tief im Innern begriff, daß sie es nicht so ernst meinte, wie es klang, nahm ich es mir doch zu Herzen. Ich wußte es ja selbst. Sie hatte bloß gesagt, was ich in der letzten Zeit so viele, viele Male durchgekaut hatte: Ich war häßlich und abartig. Hochmütig und verwöhnt. Und keiner wollte mich haben. Keiner wollte mich je haben.

Sie hatte recht. Ich war sechzehn Jahre alt. Mit Müh und Not geküßt.

Der schwarzgeteerte alte Kahn lag am Ufer, vertäut an einer Erlenwurzel, zur Hälfte mit Wasser gefüllt. Kein Mensch war so früh am Morgen zu sehen. Nur ein paar Wildenten schwammen mit ihren Jungen im Schlepptau draußen auf dem Fluß. Die Seerosenblätter trieben auf der Oberfläche. Aus dem Schilfgürtel stieg ein schwacher Schlammgeruch.

Ich stellte mich auf die schleimige Felsplatte oberhalb der Bucht und sah blind aufs Wasser hinaus. So blieb ich eine Weile stehen. Stille, die in den Ohren rauschte. Dann, ohne daß ich wußte, was über mich kam, begann ich, mich Stück für Stück auszuziehen, bis ich dort splitternackt stand, so wie Gott mich geschaffen hatte. Diesmal behielt ich nicht einmal das Leibchen an und auch nicht die Unterhose. Die Brille schob ich in eine Falte meines Kleids.

Es war mitten im Juni, das Wasser im Fluß war kühl und machte mich schwindlig, ich wurde steif und bibberte, doch nach wenigen Minuten hatte die Haut sich daran gewöhnt, und es fühlte sich erfrischend und lieblich an. Der Sandboden war angenehm, und ich machte ein paar suchende Schritte hinaus, doch als das Wasser mir bis unter die Brust ging, blieb ich stehen; ich konnte noch immer nicht schwimmen. Damals, an jenem Tag mit Dora, war sie hinaus zur Mitte des Flußlaufs geschwommen, wo das Wasser glitzerte und wo ein wenig Strömung war. Ich hatte ihr zugewinkt und zugerufen, und sie war zu mir zurückgeschwommen, ihre Haarsträhnen um sie herum auf dem Wasser, wir hatten gelacht und geplanscht und waren zusammen untergetaucht. Nun stand ich hier allein. Dora war tot.

Ich bewegte mich vorwärts, vorsichtig mit den Zehen tastend, bis mir das Wasser bis zum Kinn reichte, es stützte meinen Kopf, wie ein Kragen. Fetzen von Sonnenlicht und Schatten hüpften und schlingerten auf und nieder. Eine Schwalbe flog dicht über meinen Kopf, fing ein Insekt, wendete und flog noch einmal vorbei. Alles kam so nah. Trauben von Luftblasen stiegen aus dem Schlamm auf, glitzerten und platzten.

Der Grund war aufgeweicht und versank unter meinen Fersen, ich mußte mich auf die Zehenspitzen stellen, und das machte mich leichter, ich glaubte, ich würde angehoben, und ich schaukelte, mein Kopf schwamm auf der Oberfläche wie eines dieser glatten Seerosenblätter. Das Wasser hielt mich in seinem weichen Griff, ich war ein Teil von ihm, es reinigte mich, lieblich und schön, es streichelte, umarmte mich, es wiegte mich und machte mich schwindlig.

Noch einen Schritt ... Einen einzigen Schritt ...

An die Tiefe darunter dachte ich nicht. Und in dem Augenblick auch nicht an Dora. Nicht an Gott. Und nicht an Mutter.

Ich war ich. Entschied über *mich*.

Es drehte sich in meinem Kopf, und die Zähne wollten zerspringen. Ich schloß die Augen, schwankte, das Wasser stieg übers Kinn bis zum Mund hinauf, und dann, ich weiß nicht, was den plötzlichen Impuls steuerte, löste ich meine Zehen, stieß mich ab, und der Grund verschwand.

Bereits der erste Schluck Wasser, den ich in den Mund bekam, löste Panik aus. Ich ruderte und prustete, meine Ohren verschlossen sich, meine Augen brannten. Die Rückseite meines Körpers drängte nach oben und wollte mich, gerade wie einen Baumstamm, an die Wasseroberfläche legen, doch mein Brustkorb sank, und ich fand keinen Halt. Das Wasser um mich herum trübte sich graugrün – ich sah nichts! – ich wußte nicht, wo außen und wo innen war, ich strampelte mit den Beinen und ruderte mit den Armen, ich mußte hinauf an die Oberfläche, ich brauchte Luft.

Hustend und halb blind stand ich schließlich am Ufer und hielt mich an einer Erlenwurzel fest. Das Wasser rann mir aus den Haaren. Der Hals brannte. Mein Gott! Das war knapp! Betty hatte recht. Ich war nicht ganz dicht.

Meine Kleider, die ich mir hastig übergestreift hatte, klebten noch an mir, als ich im leichten Gegenwind nach Hause radelte. Ich war abgekühlt und vollkommen klar, ich strampelte so schnell, als würde ich gejagt. Den Wahnsinn des Augenblicks wollte ich so weit wie möglich hinter mir lassen, ich wollte ihn verleugnen, ich schämte mich und war verängstigt. Paß auf dich auf, Nancy! So hatte Dora gesagt. Tu nur, was du selber willst. Und ich wollte mich doch wohl nicht ertränken. Wegen des dummen Geschwätzes. Nee, die sollten nur abwarten, die würden schon sehen. Denen würde ich's zeigen.

Indem ich beharrlich das dreckige Gerede dafür verantwortlich machte, versuchte ich, mir Mut zuzusprechen und mich von dem anderen abzuwenden, das mir solche Angst eingejagt hatte. Denn ich wußte ja, daß es um etwas ging, was viel stärker und viel gefährlicher war. Ganz tief innen war ich verzweifelt in meiner Einsamkeit, die Verzweiflung lag und lauerte, ab und zu spürte ich sie, drückte sie aber hinunter, sobald sie auftauchte. Sie hatte eben die Oberhand gewonnen und mich in die Tiefe gelockt, es war eher ein Anflug von Übermut und Rachlust als von Trauer. »Auch gut, auch gut ... Noch ein Schritt ...« Bettys Beschimpfungen hatten nur die Treppenstufen dargestellt, die hinab ins Dunkel führten. Es zog kühl im Rücken, und ich erschauerte. Ich fuhr schneller, nun wollte ich nach Hause.

Es war früher Sonntagmorgen, aber Vater war bereits auf dem Kartoffelacker zugange, er hatte den Hackklotz herangeschleppt, um sich einen Überblick zu verschaffen, bald wurde es Zeit, die Kartoffeln zu häufeln. Als ich durch die Gartentür rollte, sah er auf und hob die rechte Hand.

»Du kommst früh«, sagte Mutter, und ich hörte das Fragezeichen in ihrem Tonfall. »Es ist ja noch nicht mal sieben!« Prüfend betrachtete sie mich von oben bis unten und versuchte wie gewöhnlich, etwas zu wittern. Stimmt was nicht?

Meine Haare waren zum Glück während der Fahrt getrocknet, und ich sah wohl ziemlich normal aus, auch wenn ich das nicht war.

»Nee, alles in Ordnung – aber ich konnte nicht schlafen – es war so heiß! Da bin ich eben nach Hause gefahren. Ich soll übrigens ganz lieb grüßen.«

»Ach so, jaa – danke!«

Mutter nahm einen Herdring weg und zog den Kaffeepott herüber, sie klang nicht ganz zufrieden mit meiner Erklärung, schien sich aber für den Moment damit begnügen zu wollen. Fragte bloß, ob es Betty gutginge und wie es mit den kleinen Mädchen war. Ob sich Lütt-Dottys Schnupfen gebessert habe.

»Zu Mittsommer kommen sie ja vielleicht nach Hause. Wenn Åke auch Urlaub kriegt«, sagte Mutter mehr zu sich selbst.

Sie hatte keine Einwände, als ich sagte, daß ich mich noch einmal hinlegen wollte, um vielleicht ein bißchen zu schlafen.

»Aber deck dich zu«, ermahnte sie, »und schließ die Kammertür!«

Vielleicht hätte es mir gutgetan zu weinen, aber das konnte ich nicht. Mit brennenden Augen lag ich da und starrte hinauf zur Dachpappe, in der Ecke zur Rumpelkammer hin waren gelbe Flecken, ich hatte unzählige Male so gelegen und sie angeguckt. Die Sägespäne auf dem Dachboden waren wohl durchgeweicht, womöglich hatte die Katze da oben zwischen die Balken gepinkelt. Mutter wirtschaftete in der Küche herum. Ich konnte meine Gedanken nicht ordnen, war einfach zu müde. Warum war alles so schwierig? Warum mußte Betty solche Schwierigkeiten machen? Warum war sie so wütend auf mich? Die Szene auf dem Fußboden tauchte vor meinen Augen auf, blieb aber nicht. Das Wasser wieder, das grüne Wasser. Ich zog die Decke rauf bis zum Kinn, meine Mundhöhle war trocken.

Hatte ich wirklich sterben wollen? Nein, nein, nein! Ich wollte das alles von mir abschütteln, ich war verrückt gewesen. Danke, lieber, lieber Gott, daß ich wieder nach oben gekommen bin, hilf mir, lieber Gott, und mach, daß wieder Ordnung in mich kommt. Vergib mir alle Sünden. Und hilf mir, hilf mir!

IV

Früh am Morgen des Mittsommerabends ging ich mit Vater an den Rand des Moors am Ende der Waldlichtung. Da fällte er sechs junge Birken, die wir gemeinsam nach Hause schleppten, er packte sich zwei auf jede Schulter, ich nahm meine beiden unter die Arme und zog sie hinter mir her. Auf der morschen Bretterbrücke über dem großen Graben drehte er sich um: »Na, wie geht's, Mädchen? Faß ein bißchen weiter hinten an, dann hast du ein besseres Gleichgewicht!« Da nickte ich bloß und veränderte meinen Griff mit einer Mischung aus Schüchternheit und Stolz, wie immer, wenn ich mit Vater zusammen war. Im starken Duft des Birkenlaubs schwankten wir am Graben entlang nach Hause.

In der Zwischenzeit hatte Mutter rund um die klapprige Veranda Blechbüchsen mit Wasser aufgestellt, da kamen die Birken hinein, und Vater band die Stämme mit Schnüren fest, die Nägel steckten noch von der weihnachtlichen Tannenzweigveranda. Am Abend zuvor hatte ich aus Margeriten und Kornblumen einen Kranz gefertigt und Heckenrosen hineingesteckt. Der Kranz hatte über Nacht im Holzbottich beim Brunnen gelegen, nun hängte ich ihn an einen abgeblätterten gedrechselten Zapfen mitten über dem Eingang. Blumen gab es genug, Glockenblumen, Hornklee, Mädesüß und

Hopfenblüten. Ich füllte Vasen und Gläser und plazierte sie an allen erdenklichen Stellen: auf dem Küchentisch und auf dem kleinen Klapptisch vor dem Kammerfenster, auf dem Küchenbüfett und der Spiegelkommode, auf der Kommode im Hausflur, in der Dachbodenkammer natürlich und draußen in der Laube. Es wurde so hübsch und so mittsommerlich, Mutter schnalzte mit der Zunge und lobte wie immer: »Ach, Nancy, ein Glück, daß ich dich hab!«

Es hatte die ganze Woche schrecklich viel zu tun gegeben, und nicht einmal jetzt, als eigentlich alles fertig war, konnte Mutter es sich leisten, ein wenig zu verschnaufen. Schon vor sechs war sie aufgestanden, und während Vater und ich die Birken holten, hatte sie die Betten gemacht, dann um den Herd herum und im Hausflur ein letztes Mal gefegt und neue Tischdecken aufgelegt. Mittsommer war Mutters Lieblingsfeiertag. Alles war viel leichter im Sommer, sagte sie, da konnte man ein und aus gehen, wie man wollte, auch draußen essen und abwaschen, wenn es nicht gerade regnete. Und es war einfacher mit den Schlafplätzen, besonders seit Börje und Lennart sich das Zelt angeschafft hatten.

Es war bei uns so, daß wir an Feiertagen bereit sein mußten, es gab ja kein Telefon, wir konnten also nie genau wissen, wie viele Personen zu uns kommen würden. Dora, die Ersehnte, war für immer fort, die Leere, die sie hinterlassen hatte, versuchten wir zu überspielen, doch mit Betty und Åke und den kleinen Mädchen konnten wir rechnen. Zu Åkes Mutter fuhren sie selten, da sie nur ein Zimmer hatte, sie war bei Sohn und Schwiegertochter in der Küche einquartiert. Außerdem mochte Betty ihre Schwägerin nicht besonders. Börje und Lennart, meine Zwillingsbrüder, waren unberechenbarer; wenn sie kamen, kamen sie. Bei C. G. Perssons anrufen und einen Boten bemühen, das tat man nur in Notfällen, und fürs Briefeschreiben hatten sie nicht viel übrig.

Dennoch erreichte uns kurz vor dem Feiertag ein Brief im Militärumschlag. Er war von Börje. Er schrieb, er hätte Urlaub und würde am Mittsommerabend mit dem Mittagsbus aus der Stadt nach Hause kommen und seine Verlobte mitbringen.

»Ei du Donnerwetter! Verlobte!« Mutter sperrte den Mund auf, sie traute ihren Augen nicht.

»Zeig mal her«, sagte Vater und schnappte sich den Brief. Doch die wenigen Zeilen besagten nicht mehr als das, was bereits vorgelesen worden war. Mit der Verlobten nach Hause kommen. Das stand da.

Aus irgendeinem Grund war Vater gerührt, das konnte man am Zucken seiner Mundwinkel sehen und auch daran hören, wie er die Luft in die Nase zog.

»Ja, ja«, sagte er, »nun isser auch 'nen richtiger Kerl geworden! Was soll Lennart denn nun sagen? Der kommt wohl auch bald mit 'nem Frauenzimmer nach Hause.«

Mutter wurde erkennbar nervös. Während sie schlimmer als sonst machte und tat und zwischen Küche und Keller und Holzschuppen und Brunnen hin und her und rein und raus wetzte, wälzte sie die Neuigkeit.

»Ja, nun sieh mal einer an! Daß Börje... Tja. Wie die es hier wohl findet? Ob es ihr gut genug ist? Das kann ja auch eine richtig aufgeblasene Gans sein, man weiß ja nie!«

Es waren Krisenzeiten, und Lebensmittel waren knapper geworden. Mutter pries wie immer den Hering, sie briet eine ganze Fuhre und legte ihn mit Scheiben von roten Zwiebeln und ein paar Dillzweigen in Essigsud ein. Der Fetthering war rot und schlecht, sagte sie, aber sie schlitzte ihn auf, zog die Gräte heraus und wässerte ihn mehrmals, dann goß sie einen Schluck Milch dazu und ließ ihn über Nacht stehen, davon sollte der Hering bleichen und gleichzeitig mild werden.

Mutter war nicht ungeschickt, wenn es ums Essen ging, sie kam mit wenig zurecht und brachte trotzdem etwas zustande. Verschlagen war sie auch. Da so viele Männer draußen im Feld in Bereitschaft lagen, war es um Arbeitskräfte schlecht bestellt, und Mutter war inzwischen vielbeschäftigt, ja, jetzt im Frühjahr geradezu gefragt. Sie hatte Kartoffeln gesetzt und wie gewöhnlich in Norrboda und bei Bergströms beim großen Waschtag und beim Schlagen der Wäsche mit Bleueln geholfen, doch auch von anderen Bauernhöfen war man gekommen und hatte sich erkundigt, ob Frida Zeit hätte. Doooch. Das mochte wohl gehen. Mutter sagte ja, und Vater blieb nichts anderes übrig, als sich damit abzufinden und gute Miene zu machen. Also hatte sie das unterschiedlichste Tagewerk verrichtet, Mutter bekam so einiges hin, konnte notfalls sogar den Pferdepflug führen. Wenn weder die Bäuerin selbst noch der lütte Knecht drüben in Smedåkern es schafften, dem jungen Ardennenpferd ein Halfter überzustreifen, wenn es sich dickköpfig sträubte und mit der weißen Mähne schlug und nach Lust und Laune zwischen den Grasbüscheln herumtrampelte, war es ZehenPelles Frida, die auf die Koppel ging und redete und mit einem Zuckerstück auf der Handfläche lockte. Und das Ardennenpferd ließ sich einfangen und wie ein Lamm führen. Es war eine richtig glanzvolle Tat, die man sich auf den Höfen weitererzählte.

Wenn sie nach einem solchen Arbeitstag nach Hause kam und Vater schon in der Küche saß und sich nach der von mir aufgetischten Mahlzeit in den Zähnen stocherte, brummte er natürlich, es wäre Blödsinn, zu den Bauern zu gehen und sich für sie abzurackern, seiner Meinung nach schlichtweg unnötig. Hatte er Weib und

Kinder früher versorgen können, so schaffte er das jetzt auch, schließlich hatte er Arbeit. Doch Mutter war nicht mehr so nachgiebig, ihr war ein Wert zugestanden worden, und darauf war sie stolz. Außerdem wußte sie natürlich, wie man einen Schleifstein rollen muß, sie spielte das eine gegen das andere aus.

»Bist du etwa der Meinung, ich sollte mich im kirchlichen Nähverein anmelden und rumsitzen und Halstücher für die Bereitschaftler säumen? Vielleicht sollte ich auch anfangen, zusammen mit den Landfrauenweibern den Reichsmarsch zu stiefeln? Oder mich um ein paar Finnenkinder kümmern, wie die Frau des Schullehrers? Nee du, in diesen Zeiten muß jeder sein Bestes geben, und du mußt ja wohl keine Not leiden, solange Nancy zu Hause ist und dir das Essen vorsetzt. Im übrigen kann es nicht schaden, ein paar Groschen dazuzuverdienen.«

Vater gab sich zufrieden. Es kratzte zwar an seiner Ehre, aber tief im Innern war er bestimmt auch ein bißchen stolz, obwohl er das gegenüber Mutter im Leben nicht zugegeben hätte. Vor allem die Geschichte mit dem Ardennenpferd hatte es ihm angetan, ich hörte, wie er vor BiegenArvid damit angab, als er an der Gartentür stand und ich auf dem Klo saß und mit größter Vorsicht Papier knüllte.

Was die Groschen betraf, von denen die Bauern sich nur so ungern trennten, hatte Mutter eine ganz neue Taktik gefunden: »Ach, das... Das mit dem Geld ist nicht so wichtig, aber wenn ihr vielleicht ein bißchen Mehl übrig habt. Und wenn ihr dann zum Sommer räuchert, ein Stück Fleisch wäre gut. Falls ihr es entbehren könnt.«

So kam es, daß wir nun zu Mittsommer volle Brotdosen und auch einen Stoß Roggenbrote hatten, eingewickelt in Handtücher. Im Keller hing der Räucherspeck, ein Stück war fast so gut wie Schinken. Und Hering hatten wir auch. Und Kartoffeln. Stachelbeerkompott konnten wir kochen und zum Nachtisch essen. Es war also keine Not. Was das Essen anbelangte, konnten wir die Verlobte sehr wohl empfangen.

Aufgeräumt hatten wir natürlich, damit nahm Mutter es genau, die Fenster waren blank, die Gardinen frisch gebügelt. Der alte Porzellantopf von Großmutter, der, seit ich denken konnte, in einem Fach im Kellervorratsschrank gestanden und als Aufbewahrungsort für allerhand Kleinkram gedient hatte, Korken, Schraubdeckel und ähnliches, war Mutter zufälligerweise unter die Augen gekommen, nun stand er geputzt neben der Kommode im Hausflur und glänzte.

Ich war in aller Eile bei C. G. Perssons gewesen und hatte ohne nähere Erklärungen eine Waschschüssel gekauft, unsere alte blauweiße war abgestoßen und hatte an der Außenseite schwarze Blechrosen im Email. Die neue war blaßgelb mit hellgrünem Rand, und ich hatte auch die passende Seifendose mit Palmoliveseife genommen. Der Kaufmann sollte sich denken, was er wollte.

»Nun kommt es drauf an, ob sie oben in der Bodenkammer schlafen wollen oder ob Börje vorhat, das Zelt aufzubauen. In dem Fall müssen wir die Waschschüssel wohl auf den Brunnendeckel stellen, den Topf wird sie doch nicht brauchen, es ist ja nicht weit bis zum Lokus... Mensch, der Lokus!« Mutter schlug sich die Hand vor den Mund – das hätten wir beinahe vergessen.

In der Abenddämmerung vor Mittsommer wurde Vater gebeten, Ordnung hinter dem kleinen Bedürfnishäuschen zu schaffen, das wie ein Anhang von der Holzschuppenwand abstand. Dies beinhaltete, die Scheiße durch die hintere Luke herauszuschippen und zwischen den Himbeersträuchern zu verteilen, die üppig, aber fruchtlos im Schatten unter der Dachrinne wucherten. Er ging, ohne zu murren, an die Arbeit, grub um und legte sogar Grassoden auf die Scheiße und die Papierfetzen. Ich bekam den dringenden Befehl, Seifenwasser in einem Eimer zu holen, die Wurzelbürste und den Scheuerlappen zu nehmen und sowohl den Donnerbalken als auch den Fußboden zu schrubben. Ich räumte auch zwischen den Zeitschriften hinter dem Brett auf und rückte sie zurecht und fegte die Spinnweben aus den Ecken. Es roch fürchterlich nach der Leerung, das hätte man unbedingt früher erledigen müssen, aber ich ging los und brach einen Armvoll Farnkraut hinter Ågrens Holzzaun ab, band ein paar Zweige zusammen und hängte sie unter die Decke. Eine Handvoll warf ich auch in das Loch, das würde den Scheißegeruch wohl ein wenig dämpfen, und wenn die Tür über Nacht weit offen stand, würde es schon auslüften. Persönlich fand ich es richtig gemütlich dort drinnen mit dem kleinen Flickenteppich auf dem Fußboden, den Bildchen an den Wänden und dem Farngrün in der Ecke. Ich überlegte, ob ich noch einen Blumenstrauß hineinstellen sollte, aber das wäre denn doch übertrieben gewesen. Wenn es der Dame nicht paßte, wie es war, mußte sie wohl hinausgehen und sich in die Büsche hocken.

Mit männlichen Verlobten hatten wir eine gewisse Erfahrung. Dieser entzückende StockholmCharlie, der Doras Unglück wurde, war eine Sommerwoche lang bei uns gewesen, das war nun bald drei Jahre her. Er hatte in der Dachkammer geschlafen und mit uns sowohl in der Küche als auch in der Laube am Tisch gesessen, er hatte mit Dora auf dem Linoleum Tango getanzt und mit Vater Kaffee mit Schuß getrunken. Und natürlich hatte Mutter ihn genötigt und sich entschuldigt und ihre alte Leier bei jeder Mahlzeit wiederholt: »Ja, er muß wohl damit vorliebnehmen – mehr zu bieten haben wir nicht!« Pfui

Teufel, was für eine Schleimerei! Aber damals wußte sie ja nicht, was für ein Typ der war. Und Vater hatte sich vor den Leuten gebrüstet, ja, guckt mal, dieser Stockholmer, der war doch was Richtiges. Aber ansonsten machte man wohl nicht so ein Getue, soweit ich mich erinnern konnte, wir hatten doch wegen StockholmCharlie nicht das ganze Mobiliar auf den Kopf gestellt.

Und BrotÅke. Gott im Himmel! Bettys Verlobter. Das war was an dem Novemberabend, als er im Hausflur stand und durch das Dunkel tapste und nicht wußte, ob er es wagen sollte, den Fingerknöchel zu heben, um an die Küchentür zu klopfen. Und die Tüte mit dem Mandelgebäck, die er in der Hand hielt, die stellte er auf den Fußboden an der Schwelle, dort stand sie und duftete nach Hirschhornsalz. Der Arme war vor Schüchternheit fast kopflos, seine Hand war naßgeschwitzt, als er uns begrüßte. Vater rümpfte zu Beginn die Nase und murmelte Milchbubi und daß er noch nicht trocken wäre hinter den Ohren, aber Mutter schloß ihn sofort ins Herz, genau wie ich. Er war von Anfang an wie einer von uns. Wegen Åke mußten keine Umstände gemacht werden.

Aber nun war es anders. Nun würde eine Verlobte kommen. Ein Frauenzimmer. Ein Weibsbild. Das kam Mutters Revier gefährlich nahe. Deshalb war sie so nervös. Wer konnte wissen, was für eine Sorte Mädchen Börje da erwischt hatte. Von was für Leuten stammte sie ab? Wir wußten nicht einmal, wie sie hieß, davon stand nichts in dem Brief, und auch nicht, woher sie kam. Ob er sie wohl draußen beim Militär getroffen hatte, oder war sie aus Eskilstuna?

Betty und die Mädchen trafen schon um elf Uhr mit dem Bus aus dem Ort ein. Gwendolyn kam hüpfend und rufend den Hügel herunter, sie war schon von weit her zu hören. Klein Dotty stolperte auf ihren kurzen

Beinchen hinterdrein, kippte um und tat sich weh, es war ein ewiges Geschrei, bis Großmutter auf die schlimme Stelle gepustet und Rotz und Tränen mit einem Schürzenzipfel getrocknet hatte.

Åke hatte keinen Urlaub bekommen, sagte Betty. Keiner von denen, die oben nach Norrland verlegt worden waren, hatte Urlaub bekommen. Dazu war die Lage viel zu KRITISCH, sagte sie und schürzte die Lippen, ob aus Sorge oder um sich wichtig zu tun, weiß ich nicht genau.

Vater sah zum Hügel. Ein kühler Windhauch war plötzlich durch das Grün gezogen, wir erstarrten und wandten unsere Blicke nach innen. Es war doch Krieg. Der Deutsche stand an der Grenze, und es konnte jederzeit passieren, was wir seit langem befürchteten, aber meistens vergaßen. Åke – Gott bewahre! Und Lennart, wo war er? Auch Dora war in dieser Sekunde bei uns, wenn auch ein Stück entfernt, sie gehörte zum Tod. Wenn der lange Schatten sich senkte, war sie immer dabei. Zumindest für mich war es so.

»Oma! Dotty Hunger!«

»Ach du liebe Zeit, Kindchen – dann müssen wir wohl ein Butterbrot schmieren!«

Die Starre war gebrochen. Die Sonne wärmte wieder, und der Jasminbusch duftete. Beim Gedanken an eine Scheibe Roggenbrot mit Räucherspeck wog die Besorgnis leichter. Alle hatten Appetit. Gegen den Krieg konnten wir nicht viel machen, wir konnten höchstens allein im Dunkeln beten. Nun war auf jeden Fall Mittsommer! Und Börje würde kommen und seine Verlobte mitbringen.

»Åke geht es bestimmt gut dort, wo er ist«, sagte Mutter tröstend und legte auf dem Weg in die Küche den Arm um Betty. »Da oben feiern sie sicher auch Mittsommer. Meinst du nicht?«

Betty nickte.

Und, wie wichtig ist dir das, dachte ich. Sagte aber nichts.

Der Bus aus dem Ort fuhr in die Stadt und wendete, kurz vor halb zwei sollte er wieder in Lunda sein. Zu dem Zeitpunkt war die Kiesfläche vor der Veranda geharkt, und die Ränder ringsherum waren mit der Schaufel gelockert und vom Wegerich befreit. Die kleinen Mädchen trugen Blumenkränze im Haar, und Mutter hatte sich umgezogen, ihre einzige weiße Schürze umgebunden und ein kariertes Baumwolltuch um die Haare geknotet. Schweigend hatten Betty und ich in der Laube den Tisch gedeckt, in der Küche wartete eine Schale mit Kaffeegebäck, darüber ein steifgemangeltes Handtuch. Der Kaffeetopf stand bereit.

»Ihr könnt doch raufgehen zum Bus und sie abholen«, sagte Mutter, doch Betty entschuldigte sich damit, daß sie Dotty umziehen mußte, die sich dummerweise gerade in die Hose gemacht hatte. Also nahm ich Gwendolyn an der Hand und ging los.

Mit baumelnden Beinen saßen wir auf dem Milchkannenständer und warteten auf den Bus. Am Straßenrand standen hochgewachsene Ochsenzunge, Hundskamille und staubiggrauer Wermut, es hatte eine Woche lang nicht geregnet, der Kiefernwald am Fuß des Hügels dampfte vor Hitze. Der Landstraßenduft war immer mit einer Unze Erwartung gewürzt, besonders im Sommer. Hier auf der großen Straße, auf dem gelbgrauen Schotter, rauschte das Leben. Weder Ort noch Stadt konnten es aufhalten, die Straße lief weiter in beide Richtungen, womöglich wäre man selbst irgendwann unterwegs zu unbekannten Ebenen, die eingetönt in bläulichem Dunst lagen. Oder es käme ein Fremder von weit her zu mir gereist. Nun hatte ich jedenfalls keine Zeit für Träume und im Augenblick auch kein Bedürfnis danach. Es war Mittsommerabend, meine Augen spähten ohne Unterlaß in Richtung der Senke bei Tvärbäcken, auf deren Kamm der Bus auftauchen sollte – wenn er jemals käme!

»Jetzt kommt er, jetzt kommt er! Heb mich runter, heb mich runter! Schnell, Ansy!«

Sie war nicht schön wie Dora. Nicht glitzernd. Das Haar glänzte nicht kastanienbraun und rot, mit kurzen grünen Flammen, die in der Sonne blitzten. Sie nahm mich nicht in den Arm und betäubte mich mit ihrem aufreizenden Parfümduft, wie Dora es getan hatte. Sie war nicht meine Schwester. Sie wußte nichts! Und trotzdem habe ich sie vom ersten Moment an geliebt. »Ich heiße Sara«, sagte sie und reichte mir die Hand. »Sara Boman. Und du bist wohl Nancy.«

Nancy, sagte sie, auch wenn es nicht so kinntief klang wie bei uns. Jedenfalls sprach sie es nicht Näänsi aus, wie es der Pastor und seine Frau und der Doktor eigensinnig taten. Sie klang überhaupt nicht außergewöhnlich, versuchte nicht, die Dame von Welt zu spielen, und machte kein Getue vor Börje, sie stand einfach da in ihrem hellen Sommerkleid, kleingeblümt auf weißem Grund und mit einem Plisseerock und angeschnittenen Ärmeln. Auf dem Kopf trug sie einen kleinen Hut ohne Krempe, auch weiß, aus einer Art Strohgeflecht. Ihre Haut war hell, und die Haare lockten sich weißblond über der Stirn. Alles an Sara war hell und weiß und leicht und beinahe durchsichtig, ja, sie erinnerte an eine dieser blau-weißen Porzellantänzerinnen, die bei Pastorens hinter den Glastüren im Eckschrank standen. Doch als sie mich anlächelte, fiel mir auf, daß einer ihrer Vorderzähne ein bißchen schräg stand.

Börje sah schick aus in seiner Urlaubsausstattung. Er stand ein wenig breitbeinig da und hatte den Arm um Saras Schultern gelegt.

»Jaa, das hier ist Nancy«, sagte er, »meine jüngste Schwester. Die, die studiert.«

Da sah ich zu Boden und biß mir auf die Lippe, das Blut schoß mir in den Kopf, ich war verwirrt und überrascht. Die, die studiert! Daß Börje so etwas sagte, er, der mich nie zu bemerken schien.

Ich konnte mich zumindest so weit zusammenreißen, daß ich, auch wenn es hölzern klang, herausbrachte: »Willkommen! Willkommen zu Hause – meine ich – ihr beiden. Und fröhlichen Mittsommer!«

Und dann schob ich Gwendolyn vor, die sich mit dem Gesicht in meinen Rockfalten an mich geschmiegt hatte. Sag jetzt guten Tag, Lynn! Aber sie wand sich los und jagte in wildem Galopp den Hügel hinunter. Bei Ågrens Abzweigung fiel der Blumenkranz hinunter. Ich hob ihn auf, drauf und dran, ihn Sara zu reichen, doch dann dachte ich an den Hut und überlegte es mir anders.

Ich glaube, daß ich mich danach sehnte, vorbehaltlos zu lieben und zu bewundern. Mit Figuren aus Büchern ging das gut, ebenso in der Phantasie, aber im wirklichen Lunda war es schwer, Objekte zu finden, die es wert waren, ich war viel zu kritisch und mißtrauisch. Und ängstlich, nehme ich an, das war wohl der größte Fehler. Eine richtige beste Freundin habe ich nie gehabt, höchstens Gefährtinnen, Barbro und Kerstin und vielleicht auch eine kurze Zeit Sylvia, aber ich hatte immer Abstand gehalten und mich nie ganz und gar anvertraut, hatte es nie gewagt, mich mit vollkommenem Zutrauen an jemanden zu lehnen. Ich hatte ihnen nicht vorgejammert, wie ich mich fühlte, als ich in der Schule geärgert wurde, weil Betty schwanger war, oder was ich für einen Schreck bekommen hatte, als das Blut zwischen meinen Beinen herausgeflossen kam und ich nicht wußte, was los war. Sie erfuhren nicht, wie ich litt, als Vater besoffen war und oben an der Landstraße in den Graben plumpste, oder wie unglücklich ich bei Perssons vor dem Ladentisch stand, wenn kein Geld mehr übrig war und ich einen Gruß von Mutter bestellen sollte: Ich möchte fragen, ob ich anschreiben lassen darf. Natürlich hatte keine von ihnen die blasseste Ahnung von diesem grauenhaften Moment im Steinhaufen hinter den Ebereschen, als LüttOskar dastand und mir mit offenem Hosenstall zuwippte und ihm die Kautabaksoße in Streifen das Kinn hinunterlief. Und all das mit Dora – o lieber Gott. Wie sollte ich das jemandem erzählen? Es gab so vieles in meinem Leben, was ich verbergen mußte, es gab soviel Schweres und soviel Schande.

Ich wünschte mir oft, daß es anders gewesen wäre, daß ich anders gewesen wäre. Heiter und gesprächig, ungezwungen und fröhlich und schlagfertig. Dann wäre alles viel einfacher gewesen, ich hätte mich eingefügt und wäre Teil des Rudels geworden, das abends am Automaten herumhing. Aber meine Natur ließ sich nicht ändern. Ob es Natur war? Oder der Stempel der ZehenPelles? Oder hatte ich mir diese Art von Mutter abgeguckt? Hatte sie mich geprägt?

Mutter traute niemandem über den Weg. Sie hatte sich ein für allemal ihre Meinung über das Menschengeschlecht gebildet. Das Mißtrauen galt Frauenzimmern und Kerlen in gleichem Maße, es fragt sich, ob sie nicht den Frauenzimmern am allerwenigsten vertraute. Kommt hierher und schnüffelt, muffelte sie über die Nachbartanten. Neugierig natürlich! Dann rennen sie los und lästern, die Plaudertaschen. Nee, man muß sich zurückziehen. Denk daran, Nancy! Wenn jeder sich um seine eigenen Sachen kümmert, gibt es am wenigsten Ärger. Das hatte ich in all den Jahren unendlich viele Male gehört.

Auch Vater war ein kläffender einsamer Wolf, der den Mond anheulte, doch dann mit eingezogenem Schwanz nach Hause humpelte. Was sollte er machen in einer Obrigkeitswelt, in der ein armer Teufel nichts mitzureden hatte?

Denn natürlich hatten sich sowohl Mutters als auch Vaters Palisaden gegen die Außenwelt in Jahrzehnten voller Erniedrigungen und Demütigungen aufgebaut, das konnte ich gut verstehen. Von ZehenPelles hielt man nichts. Wir standen abseits, und die Leute machten sich gern über uns lustig, zumindest über Vater, den Hinkefuß, der angab und prahlte, obwohl er auf Pachtland saß.

Ich hatte allerdings bemerkt, daß sich sowohl Papa als auch Mama nach Doras Tod veränderten. Er war nicht mehr ganz so weitschweifig und großmäulig, auch wenn man ihn immer noch nicht als kleinlaut bezeichnen konnte. Er hatte ein wenig von seiner Streitlust verloren, er gab eher nach, schwieg und ging seines Weges. Das verursachte manchmal ein Gefühl von Beklemmung und Verlust bei mir. Mama dagegen war selbstsicherer geworden. Nicht mir gegenüber, aber auf jeden Fall war sie Vater gegenüber forscher. Daß sie jetzt als Arbeitskraft sehr geschätzt war und ein Gebiß bekommen hatte und nicht mehr dauernd mit der Hand vor ihrem Mund rumfummeln mußte wie in der Zeit der schwarzen Stummel, das hatte auch dazu beigetragen. Sie war der Dorfgemeinschaft etwas nähergekommen, hatte wohl im verborgenen einige Neubewertungen vorgenommen, doch sie ließ sich niemals gehen. Aus ihrer Haut konnte sie nicht.

Trotzdem war sie so liebevoll, so lebendig und lebhaft. Erfinderisch. Sie wußte immer Rat und konnte alles in Ordnung bringen. Vielleicht war dies der Knackpunkt, daß sie so vielseitig begabt war, sowohl was die Hände als auch den Verstand anbelangte. Sie wußte wohl selbst, daß ihr, so wie vielen anderen, ein besseres Los gebührt hätte. Doch das Leben bröckelte gleich von Anfang an. Der feine Herr, Gutsbesitzer Brundin, der machte seinem Hausmädchen ein Kind, das war Dora. Dann wurde Mutter ZehenPelles Frida, mußte sich damit abfinden, es gab keinen anderen Ausweg. Ich liebte Mutter so, daß es richtig weh tat. Ohne sie wäre ich bestimmt erfroren. Ich sah ihre Fehler und liebte sie trotzdem. Das war, bevor ich begriff, daß Vollkommenheit und Liebe nichts miteinander zu tun haben.

Dora, meine große Schwester, hatte ich ohne Vorbehalt geliebt und bewundert. Nach ihrem Tod hatte ich sie strahlend und rein im Gedächtnis bewahrt, ein unschuldiger Engel, um den ich weinen konnte. Die kleinen giftigen Erinnerungen, die mir ab und zu einen Stich versetzten, an die glimmende Kippe zwischen den langen roten Nägeln, den Zigarettenduft, die stockholmerische Art zu reden, an den Kognak, den sie gemeinsam mit Vater kippte, und vor allem an die braune Tasche, deren Inhalt sie kannte oder nicht kannte, blies ich fort wie Tabakkrümel von ihrer hellblauen Bluse. Nichts durfte Doras Flügel beschmutzen, das ließ ich nicht zu. Dora gehörte mir, wir hatten etwas gemeinsam. In einer Schachtel mit gelben Rosen waren ihre Briefe, doch ich wagte nie, sie aufs neue zu lesen, ich wollte sie in der Erinnerung aufbewahren, dort waren sie am schönsten.

Und nun saß ich in der Laube und wurde von meinem schlechten Gewissen gequält, weil ich mich Hals über Kopf verliebt hatte. In dem abgeschiedenen Raum in meinem Innern versicherte ich Dora wieder und wieder: Niemand ist wie du! Niemand, niemand kann deinen Platz einnehmen. Nicht bei Vater und bei keinem anderen. Aber Sara ist so wunderbar, ich bin sicher, du hättest mir zugestimmt. Vergib mir, Dora, glaub nicht, daß ich dich verrate.

Der Mittsommerabend war lau und windstill, das Tageslicht war ein wenig gedämpft, aber hoch oben der Himmel war hellblau und weiß gestreift und sollte die ganze lange Nacht so bleiben. Vom Tanzboden im Birkenhain unterhalb des Badehauses war die Akkordeonmusik bis zu uns zu hören. Vielleicht würden Börje und Sara etwas später dorthin radeln, davon war die Rede gewesen und auch davon, daß Betty und ich mitkommen sollten. Aber Betty sagte prompt nein, obwohl Mutter anbot, auf die Kinder aufzupassen, und ich wand mich heraus. Ich schämte mich, vor Sara zuzugeben, daß ich kaum tanzen konnte, ich war doch schon sechzehn.

Ich saß da und betrachtete sie heimlich von der Seite. Der Verlobungsring glänzte, sie hatte eine schmale Taille, der Gürtel war bis zum innersten Loch geschnallt. Schwanger war sie nicht, soweit ich sehen konnte. Wie süß sie aussah! Nicht schön wie ein Filmstar, und das war gut so. Niedlich war der passende Ausdruck. Sie war einundzwanzig und arbeitete in der Apotheke, hatte sie gesagt, sie machte eine Ausbildung zur Apothekengehilfin.

Apotheke! Fein. Weiß. Weißer Kittel und saubere blanke Nägel mit rosigen Halbmonden. Zum Tresen trippeln. Das Rezept lesen. Bitte warten Sie einen Moment, setzen Sie sich doch! Schnelle Schritte zu den Glasregalen. Der gerade weiße Rücken. Ich sah das alles vor mir, es gab eine Apotheke im Ort. Und nun saß eine so feine Person hier bei uns. Fast wurde man andächtig. Und zu allem Überfluß hatten wir durch Sara von etwas erfahren, was wir alle kaum glauben konnten. Börje hatte, bevor er einberufen wurde, mit Abendkursen angefangen.

»Was?«

»Doch – das ... Ach was!«

Er gab es widerwillig zu. Wollte Ingenieur werden, sagte er und sah hinunter auf den Tisch. Die brauchte man jetzt in den Maschinenfabriken. Aber der Krieg und das alles – es wußte wohl niemand, wie die Zukunft aussah. Wenn es überhaupt eine Zukunft gab.

Vater wurde stumm. Ingenieur! Donnerwetter!

Auch ich verstummte. Das muß man sich mal vorstellen, wir, Börje. Das hätte man doch nie gedacht! So ein Tunichtgut, wie der gewesen war.

(Und das hier ist Nancy, meine jüngste Schwester. Die, die studiert.)

Mit einemmal schien unser Wert, der Gesamtwert der ZehenPellefamilie, ein kleines bißchen gestiegen, und das verlachte und mit Füßen getretene Unterschichtdasein, das nichts galt in den Augen von Großbauern und feinen Leuten, war ein wenig in den Hintergrund getreten, und nun war da eine Öffnung und ein Leuchten.

Dachte ich wirklich so ausgeschmückt? Nein, bestimmt nicht. Aber ich spürte, wie mich der Stolz ein bißchen anhob, als ich da auf der Bank saß, und möglicherweise witterte ich auch den Hauch von etwas Neuem und Besserem. Hinter dem dunklen Rücken des Krieges wartete die neue Zeit auf uns. Wenn alles gutging.

Es war bald neun. LüttDotty schlief. Betty hatte sich vor einer ganzen Weile mit Gwendolyn auf das bezogene Kammersofa gelegt, um sie zum Einschlafen zu bringen, sie war so müde, daß sie nur noch quengelte. Betty war den ganzen Abend über schlecht gelaunt gewesen, das war mir sehr wohl aufgefallen. Hatte kaum ein Wort gesagt. War sie eifersüchtig auf Sara, oder war es etwas anderes? Wahrscheinlich war sie wütend auf mich. Als wäre das, was in jener Nacht passiert war, meine Schuld. Ich hatte sogar versucht, mit ihr zu reden, während wir die Blumenkränze für die Mädchen flochten. Direkt zum Punkt konnte ich ja nicht kommen, aber ich versuchte zumindest, mich heranzutasten, versuchte, lieb zu sein und zu zeigen, daß ich für mein Teil nicht länger wütend auf sie war. Sie tat mir leid, aber das konnte ich ihr doch nicht sagen. Also nahm ich einen Umweg, indem ich ihr Kleid bewunderte. Und die Haare so hübsch!

Da zischte sie mir zu: »Tu nicht so!« Was sollte man mit einer wie Betty machen? Was ich auch tat, es war falsch. Scheißegal im Grunde. Sollte sie doch denken und von mir halten, was sie wollte. So fies, daß ich petzte, war ich nun wirklich nicht, das mußte sie inzwischen gemerkt haben.

Börje und Sara saßen da und hielten einander an den Händen. Mutter schenkte zum wiederholten Male Kaffee nach, und Vater redete unverdrossen weiter, er hatte leicht einen im Kahn, aber es war unbedenklich. Über das Ingenieursstudium sagte er nicht viel. Zuerst mußte er das Ganze für sich allein drehen und wenden. Aber die Kerle in der Säge, denen würde er was erzählen! Im Augenblick erkundigte er sich bei Börje nach dem Militär und gab seine Ansichten über den Stand des Krieges, über den Deutschen und den Russen und den Engländer zum besten, bis Mutter eingriff und meinte, daß es am Mittsommerabend doch sicher auch andere Themen gäbe! Börje hatte wahrscheinlich sowieso genug davon. Außerdem müßten sich die jungen Leute jetzt langsam auf den Weg machen, wenn sie noch tanzen wollten!

»Tjaa – das ...« Vater sah hinauf zum Himmelsbogen. »Regen werden wir wohl nicht kriegen. Aber gegen Morgen gibt es sicher Tau.«

»Willst du nicht mitkommen, Nancy? Und wo ist Betty geblieben?« Das war Saras Stimme.

Betty schlief. Und ich redete mich damit heraus, daß ich eine Runde zum Moor gehen und gucken wollte, ob ich ein paar Nachtviolen fände.

Sara sah mich einen Moment lang nachdenklich an, dann lächelte sie nur und nickte. Allein das! Allein, daß sie nicht versuchte, mich zu überreden, und auch kein Getue um sieben Sorten Blumen und das dazugehörige Bild machte, das sich im Traum zeigen würde, schon deshalb liebte ich sie noch mehr. Daß ich einen Kloß im Hals hatte, konnte sie nicht wissen, und sie konnte auch nichts dafür.

Es lag so viel Wehmut in der Mittsommernacht, es war so schön und so schwer, als ich am Graben entlang zur Lichtung wanderte. Ich empfand kein Verlangen, keine Unruhe oder derartiges, mein Körper war kühl, nur meine Seele war voller Sehnsucht. Das Akkordeon war leise zu hören. Wie dumm ich war! Ich hätte mitgehen sollen. Warum wollte ich mich immer zurückziehen und für mich sein? Es hatte sich einfach so ergeben, ohne daß ich richtig merkte, wie es zuging. Ich war nie besonders beliebt gewesen, hatte nie leicht Freunde gefunden. Als Kerstin auf der Oberschule in der Stadt angefangen hatte und Barbro zu dieser Volkshochschule in Dalarna fuhr, hatte ich niemanden mehr. Und dann das mit dem Lesen, die anderen meines Alters fanden mich seltsam und hochmütig. Zum Bethaus ging ich auch nicht mehr, dorthin ging man nicht allein, auch nichts ins Kino in der Loge. Es lag an mir selbst, daß es so war, wie es war, das verstand ich. Und jetzt hätte ich auch nichts mehr daran ändern können, wie hätte das gehen sollen? Ich konnte doch schlecht herumfahren und mich als Plaudertasche ausgeben. Aber ich hätte Börje und Sara begleiten können, das immerhin. Sara war so lieb. Doch dann hätte ich da am Geländer gestanden, wenn Sara und Börje tanzten. Was, wenn mich jemand aufgefordert hätte? Ich wäre bloß über meine eigenen Füße gestolpert. Obwohl, die Gefahr war wohl nicht so groß, ich wäre sicher dort stehengeblieben.

Die Nachtviolen stellte ich auf den Tisch in der Laube, ich fand ein Schraubglas und füllte es mit Wasser. Da war Tau im Gras, wie Vater es vorausgesagt hatte. Das Zelt leuchtete grauweiß. Es lehnten keine Fahrräder an der Holzschuppenwand, sie waren noch nicht vom Tanzboden nach Hause gekommen.

Als ich am Morgen des Mittsommertages von der Dachkammer heruntergestiegen kam, spielten Lynn und Dotty schon auf der Veranda. Betty hatte die Tür hinter sich geschlossen – ob sie schlief oder dabei war, sich anzuziehen? Börje und Sara waren noch im Zelt, und Vater war vermutlich auf dem Kartoffelacker. Mutter stand allein am Herd und rührte für Dottys Nuckelflasche Mehl in den Breitopf.

Halb flüsternd brachte sie ihre Meinung zum Ausdruck: »Die scheint lieb zu sein, diese Sara. Oder was meinst du? Gar nicht eingebildet. Sie war sich nicht zu fein. Hat sogar vom Hering gegessen, hast du das gesehen? Und beim Abwasch geholfen. Wenn nur Lennart auch so eine findet.«

Dann wären alle unter der Haube, so dachte sie natürlich. Betty und Åke. Börje und Sara. Dora außer Reichweite von allem Schweren und Bösen. KleinGustav mit der Locke in der Schachtel fast vergessen. Wenn nur Lennart... Ob sie in diesem Zusammenhang an mich dachte, wen ich wohl abkriegen würde? Oder ob sie immer noch LüttNancy in mir sah?

V

In diesem Jahr ging in der Preiselbeerzeit die Lütte von Nygrens in dem Waldstück über uns verloren. Sie war knapp zwei Jahre alt, hieß Ann-Katrin, und es gab eine solche Aufregung rund um dieses Ereignis und so viele Gerüchte, daß die Leute über nichts anderes redeten, sogar der Krieg fiel auf den zweiten Platz zurück. Falls es nicht sogar DER KRIEG höchstselbst war, der sich angeschlichen hatte und nun dort oben hinter dem Bergrücken hauste. Viele glaubten das.

Nygrens waren Bauern und wohnten auf ihrem Hof Ålbäcke. Die Gebäude lagen in einem Ulmengehölz am anderen Ende der Ebene unterhalb der Kirche, und ihr Besitz breitete sich zu beiden Seiten des Bachs bis hinunter zum See aus. Von Dalängen bis Ålbäcke war es ziemlich weit, und wir jedenfalls kannten diese Nygrener überhaupt nicht und hatten nicht das geringste mit ihnen zu tun, gerade mal, daß wir wußten, wer sie waren, und noch dies und das. Zum Beispiel daß die jungen Leute den Hof übernommen hatten und die Alten in einer Hütte nebenan wohnten, daß zwischen der Ehefrau des Sohns und der Schwiegermutter Zwistigkeiten herrschten und daß sie einen Knecht mit Sabberlippe hatten, der aus einer Anstalt kam und für den sie bezahlt hatten anstatt umgekehrt, das war ja allgemein bekannt. Dieser Knecht, Egon, pflegte am Sonntagnachmittag, über sein Fahrrad gelehnt, vor dem Automaten bei Perssons zu stehen und über alles und jeden zu grienen, aber gefährlich war er nicht, obwohl gesagt wurde, daß er stark war. Nygren selbst war einberufen, aber das waren in der Zeit ja die meisten, und verglichen mit vielen anderen ging es ihnen noch gut da unten in Ålbäcke, da sie den Altbauern und den Knecht zu Hilfe hatten. Die Nygrens brauchte man nicht zu bedauern. Sagten die Leute.

An diesem Tag Anfang September zwischen der Getreideeinfuhr und der Kartoffelernte hatten Anna Nygren und ihr Hausmädchen sich freigenommen und waren auf den Berg über unserem Grundstück gefahren, um Preiselbeeren zu pflücken. Die Lütte hatten sie mitgenommen, sie saß in einem schwarzen Kindersitz vorn am Fahrrad. Mutter und ich, wir beide sahen sie, als sie den Hügel hinauf in Richtung Skarpan und Stenhällarna kamen. Zufällig waren wir auf eine richtig ansehnliche Preiselbeerstelle gestoßen, feine Büschel in einer kleinen Senke nicht weit ab vom Weg, und dort saßen wir geduckt in der Stille und dem Rauschen der Tannen und streiften die Beeren mit allen zehn Fingern von den Sträuchern, als wir ein Rumpeln und den Klang von Stimmen auf dem Hügel näher kommen hörten. Da reckten wir die Hälse und guckten ein bißchen zwischen den kleinen Fichten hindurch, um zu sehen, wer da kam, doch wir achteten darauf, unentdeckt zu bleiben, wir wollten keine Mitstreiter an der Preiselbeerstelle, die wir zum Glück gefunden hatten. Wegen der Trockenheit waren Beeren in diesem Sommer knapp, und Mutter war auf ihren Verdienst bedacht.

Anna und das Hausmädchen, das übrigens Yvonne hieß, schoben ihre Fahrräder, weil es bergauf ging, jede hatte eine Zuckerkiste hinten auf den Gepäckträger geschnallt, und am Lenker hingen weißemaillierte Dreiliterkannen, die hatten so geklappert, daß man sie von weit her hören konnte.

Ich erinnere mich, daß Mutter murmelte: »Ja, ja, nun kommen die Bauernweiber mit den Milchkannen. Jetzt beeilt man sich besser, wenn man noch was abkriegen will.«

Das kleine Mädchen trug rote Gummistiefel und eine hellblaue, mit Blümchen bestickte Kappe.

Als sie vorbeigezogen waren, ohne uns zu sehen, senkte sich um uns herum wieder die Stille. Wir pflückten weiter und dachten nicht mehr an Nygrens, nein, wir rupften und kratzten, bis jedes Büschel in der feuchten Senke zwischen den Torfmoosflächen abgezupft war. Da waren die Körbe fast bis zum Rand gefüllt. Wir hatten mehr zusammenbekommen, als wir angesichts der Bestände zu hoffen gewagt hatten, und Mutter, die das Beerenpflücken mit kämpferischem Ernst betrieb, war zufrieden. Im karierten Putzkittel, der Beweglichkeit zuliebe vom Schritt abwärts aufgeknöpft, mit einer Schürze darüber und dem Kopftuchknoten im Nacken, stand sie da wie ein Heerführer, leicht nach hinten gelehnt, massierte sie ihr Kreuz, machte eine Vierteldrehung in jede Richtung und warf einen letzten abwägenden Blick in die Runde. Nun müßte es langen für heute, es lohnte nicht, auf gut Glück loszuziehen wegen der lumpigen Liter, die noch fehlten. Schließlich müßten sie ja auch gereinigt werden, der Aufkäufer mit seinem Lieferwagen würde Donnerstag abend kommen, und heute war Mittwoch.

»Nee, jetzt gehen wir nach Hause, Nancy! Und setzen Kaffee auf. Das haben wir uns verdient. Oder was meinst du?«

Schweigend schoben wir in unseren langen Röcken die Fahrräder den Berg hinunter, jeder in seiner eigenen sandigen Reifenspur. Die Körbe knirschten. Die Luft war klar, die Sonne wärmte unsere Schultern, doch unter der Wärme lag ein kühler Luftzug. Mein Rocksaum war naß, genau wie die bestrumpften Knie darunter, ich war die meiste Zeit auf allen vieren gekrochen und hatte den Korb hinter mir hergezogen, und das Moos war feucht, der Herbst war im Anmarsch. Rings um die Steinhaufen stachen rostbraun und rot die niedrigen Ebereschen hervor, und in dem Bestand von kleineren Kiefern oberhalb der Kiesgrube streckten schmale Birken ihre hellgelben Fähnchen aus. Der Wald war Gemeindeland, der holprige Pfad, auf dem Nygrens vor wenigen Stunden ihre Fahrräder geschoben hatten, war der eingesunkene Überrest eines alten Forstwegs.

Es war kurz vor halb drei, als wir unseren Hausflur betraten. Als erstes machte Mutter Feuer im Herd und schöpfte eine Kelle Wasser in den Kaffeetopf. Ich schleppte die Preiselbeerharfe vom Dachboden herunter und bereitete alles für das Verlesen vor.

»Du bist tüchtig, Nancy«, sagte sie. »Wie sollte ich ohne dich zurechtkommen?«

Ich nahm die Schmeichelei gleichmütig auf. Meistens übertrieb Mutter. Aber ich schätzte Lob und saugte es in mich ein. Und was das Beerenpflücken betraf, so wußte ich ja, daß ich ausnahmsweise etwas leisten konnte. Ich war flink und ausdauernd und pflückte vor allem sauber, nie hatte ich haufenweise Blätter oder Dreck im Korb. Der wurde zwar schneller voll, wenn man alles an sich raffte, doch was hatte das für einen Sinn? Mutter und ich, wir pflückten von Hand, Leute mit Blechkratzern mochten wir nicht, die rissen und zerrten sowohl gute als auch schlechte Beeren mit sich und zerstörten dabei die Pflanzen. So dachten wir. Und die Beeren wurden matschig. Bauernweiber und Gleichgestellte, die nur für den eigenen Bedarf pflückten, konnten sich wohl benehmen, wie sie wollten, aber für uns, die sich als Berufspflücker betrachteten, war es eine Ehrensache, trockene Beeren anzubieten, die sorgfältig gereinigt waren. Auf diese Weise verdienten wir auch ein paar Öre mehr, wenn der Preis ausgehandelt wurde.

Mutter gab nicht nach und pries die Ware an: »Sehen Sie selbst! Hat er schon mal feinere Beeren gesehen?« fragte sie den Aufkäufer. »Mit denen hier kann er sich auf den Markt stellen und sie den Damen im Liter anbieten. Und gut dran verdienen. Das ist was anderes als die Norrlandpreiselbeeren. Und zum Nachreifen haben sie auch nicht gelegen, daß das Kompott bitter wird.«

Während das Wasser aufkochte und Mutter die Mühle drehte, zur Hälfte mit Kaffee und zur Hälfte mit geröstetem Roggen gefüllt, breitete ich ein altes Tuch über die Flickenteppiche vor der Küchenbank. Dann schob ich den braunen Stuhl mit der geraden Vorderkante heran, der sonst neben der Küchentür stand, holte eine alte Zuckerkiste aus dem Hausflur und plazierte die Harfe zwischen Stuhlkante und Kiste, so daß sie genau richtig geneigt war. Die Harfe hatte Vater gebaut, es war eine längliche Kiste, vielleicht anderthalb Meter hoch und aus Brettern zusammengezimmert. Anstelle eines Deckels war an der Oberseite ein Gitter aus Stahldrähten in Längsrichtung, dünn und mit Hilfe von kleinen Nägeln so dicht gespannt, daß eine Preiselbeere von normaler Größe nicht hindurchrutschen konnte, während unreife grüne Beeren und Tannennadeln, Blätter und anderer Kleinkram durch die Drähte auf den Boden fielen.

Als der Kaffee getrunken und die Butterbrote gegessen waren, legten wir los. Mutter nahm auf einem Stuhl am oberen Ende Platz, schüttete jeweils eine kleine Menge aus dem Korb auf die Harfe und fegte sie mit dem gelbweißen Birkenlaubwedel hinunter, der nur für diesen Zweck gedacht war. Ihre Bewegungen waren ausgewogen und paßten sich ständig meinen Möglichkeiten an, mitzuhalten. Manchmal beschleunigte, manchmal bremste sie den Fluß, während die linke Hand richtete, zupfte und rupfte. Ich kniete vor der Zuckerkiste und machte die Feinarbeit, ich fingerte Beerentrauben auseinander und schnippte Stiele ab, pflückte gewissenhaft Bärentrauben und unreife weiße Beeren heraus, verfaulte und verschrumpelte Preiselbeeren und so manche Rauschbeere oder Blaubeere, die zufällig mit hineingeraten war.

Wir waren geborgen in der Sicherheit der Arbeit. Die Befriedigung, die darin bestand, wieder einmal ein wenig zur Versorgung beigetragen zu haben, hatte sich wie ein Lächeln um Mutters Mund gelegt. Ein frischer Moosgeruch stieg rings um uns auf, ein kühler Klang von Wald. Die Preiselbeeren hüpften und kullerten, die Harfe sang, der Wedel wischte über die Saiten, schleifte und klopfte, es war eine leise Musik, kaum lauter als das gemächliche Surren der Fliegen hinter den Geranien. Die Sonne warf hier und da einige Strahlen herein, das Licht ergoß sich entlang der Küchenbanklehne, die leuchtendrote Farbe in der Zuckerkiste vertiefte sich und glühte. Manchmal mußte man im Traum immer weiter pflücken, dann nahm es nie ein Ende ...

Mutter und ich, wir sagten nicht viel während der Arbeit. Die Verspieltheit und das kindische Geplapper hatten ihre Zeit gehabt. Auch wenn Mutter manchmal zurückfiel und ein wenig sehnsüchtig über früher redete – weißt du noch, Nancy, als du klein warst –, hatte sie doch begonnen, soweit ich das mitbekam, sich damit abzufinden, daß selbst ihre Jüngste kein Kind mehr war. In wenigen Tagen würde ich siebzehn werden. Fast erwachsen, und doch noch nicht. Ich war Mama in ihrer Weiblichkeit ein Stück näher, aber noch nicht richtig angekommen. Die neue Ebenbürtigkeit verlangte andere Blicke und eine andere Sprache, die wir noch nicht zu erproben gewagt hatten, die Schüchternheit war noch da.

Ich merkte, daß Mutter mit Betty auf eine andere Weise sprach als mit mir. Sie hatte auch einen anderen Gesichtsausdruck, wenn sie sich Betty zuwandte. Betty war verheiratet und hatte Kinder geboren, sie wußte all das, was Mutter wußte, während ich Unerfahrene keine Ahnung hatte. Ich hatte noch nicht teil an ihrer murmelnden, oft bekümmerten Frauengemeinschaft.

Nein, wir schwiegen wohl die meiste Zeit an diesem Nachmittag. Vielleicht auch gut so. Es gab so viele Gedanken, die ich für mich behielt. Über Dora zum Beispiel. Und auch über Betty. Ich wußte ja Sachen, die Mutter nicht wußte. Doch über Sara und Börje durfte man frei sprechen. Menschenskind, daß Börje, daß er Ingenieur werden wollte! Und Sara hatte uns zweimal eine Karte geschrieben. Eine zum Dank für Mittsommer und noch eine etwas später ohne besonderen Grund, einfach zum Gruß. Und Lennart, der Arme? Der war den ganzen Sommer über nicht zu Hause gewesen. Wie es ihm jetzt wohl ging, nachdem Börje sich eine Verlobte gesucht hatte?

Lynn und Dotty kamen oft aufs Tapet. Sie waren Mutters größte Freude. Mit ihnen durfte sie herumlallen, soviel sie wollte, und das Piepvogelspiel spielen und das Gockelspiel und Salzmühle und an ihren Ohren »horch, was kommt die Treppe rauf« – klingelingeling – klingeln, so, wie sie es mit mir gemacht hatte. Aber wie es ihnen wohl erging, dort in der muffigen Wohnung eingesperrt, ohne ein Fleckchen Gras und einen Beerenstrauch. Betty könnte doch ein bißchen öfter nach Hause kommen, fand Mutter. Seit Mittsommer war sie nur dreimal zu Besuch gewesen, zweimal im Juli und dann noch einmal Anfang August, als Åke Urlaub hatte. Und sie hatte auch nicht von sich hören lassen. Wenn sie nur nicht mit dieser Irma unterwegs war. Und die kleinen Mädchen nachts allein ließ. Mutter wachte wie eine Glucke über ihre Kinder.

Was Vater betraf, so schwadronierte er meistens über den Krieg, wenn er zu Hause war. Jeden Abend saß er mit dem Ohr am Radioapparat und zischte pscht, wir sollten leise sein, man durfte kaum abwaschen, das war zuviel Geklirre in der Zinkwanne. Dann folgten die alten Erläuterungen zum Russen und zum Deutschen und dem Engländer und zu diesem großen, von sich eingenommenen Frankreich, das so schnell aufgab, daß es eine Schande war. Daß Rußland sich auf die Seite des Schreihalses Hitler gestellt hatte, konnte Vater nur schwer verwinden, es ging nicht in seinen Kopf.

»Tja, da siehst du«, sagte Mutter. »Die sind auch nicht besser, diese Kommunisten! Obwohl sie's mit dem Arbeiter haben, wie du sagst. Nee, ich glaub, was ich will! Da gibt es auch Bonzen, die versuchen, alles an sich zu raffen. Der Arbeiter, der hat da bestimmt nicht mehr zu sagen als hier!«

Manchmal schlug Vater zurück: »Gott verdammich, Weiber, die schwatzen, obwohl sie keine Ahnung haben!« Doch meistens zog er schweigend die Dose aus der Tasche seines blauen Arbeitskittels, legte sich gemächlich eine Prise in den Mund und blätterte die Zeitung auf, die vor ihm auf der Tischplatte lag. Würdigte den Beitrag des Frauenzimmers mit keiner Silbe.

An diesem Tag im September, als er wie gewöhnlich um zwanzig nach fünf aus der Säge kam, war die Säuberung der Beeren geschafft und die Harfe weggeräumt. Das Essen stand auf dem Tisch.

»Sie sagen, ein Kind von Nygrens aus Ålbäcke ist weggekommen«, sagte er, sobald er seine Mütze an den Nagel gehängt hatte.

Wir wandten uns in seine Richtung. Standen kerzengerade da, mit gerunzelter Stirn und halboffenem Mund. »Was? Was sagst du? Nygrens? Aus Ålbäcke? Aber...«

»Sie sollen hochgegangen sein nach Skarpan, Preiselbeeren sammeln, das Weib und das Hausmädchen«, fuhr Vater fort, bevor eine von uns Zeit hatte, sich zu äußern. »Und das kleine Mädchen ist verschwunden. Eine ganz kleine Kröte soll das sein, erst ein, zwei Jahre alt... Jetzt soll die Gegend durchkämmt werden.«

Er setzte sich an den Tisch. Mutter und ich sahen einander mit weit aufgesperrten Augen an. Ein Bild zog vorüber. Wir hatten sie doch gesehen! Wir hatten die Lütte vorn im Fahrradsitz gesehen. Eine bestickte Mütze und rote Stiefel hatte sie getragen, die Haare standen ein wenig ab, sie waren ganz weiß und fedrig.

Wie spät mochte es da gewesen sein? Gegen eins vermutlich. Sie hatten sich wohl nach dem Mittagessen auf den Weg gemacht, um vor der Melkzeit wieder zu Hause zu sein.

An dem Abend gab es die reinste Völkerwanderung hinauf zum Gemeindeland. Die am nächsten wohnten, kamen als erste, dann füllte es sich nach und nach. Es waren vor allem junge Leute und Halbwüchsige in meinem Alter, aber es kamen auch eine ganze Reihe Kerle und Frauenzimmer aus dem Dorf und von den Höfen, die weiter weg in der Gemeinde lagen. Und ältere Männer natürlich, in Arbeitskitteln und Gummistiefeln mit reingestopften Hosen. Hugosson und Laberg beispielsweise waren schon da, als ich mit dem Fahrrad ankam. Sie waren beide vom Bereitschaftsdienst verschont geblieben, weil sie zu alt waren, genau wie Vater. Ågren war aufgrund seines schlechten Gehörs befreit worden, und Arvid in der Biege hatte seine Schwindsucht. Sie waren also unter den ersten, die sich einstellten. Selbst Tante Ågren erklomm schnaufend den Hügel, und ein Stückchen entfernt kam BiegenMaja keuchend hinterher, zu was sie nütze sein wollte, ist eine gute Frage, dick wie sie war. Einar aus Hagtä dagegen fehlte, er lag irgendwo draußen an der Küste, wurde gesagt. Und lernte, mit einem Flakgeschütz zu schießen.

Wie immer mit Kniebundhose und grünem Rock herausgeputzt, stiefelte Förster Hansson herum und erinnerte ein wenig an einen Gockel. Der Gemeindewald war ja sein Revier. Er und der Dorfpolizist sollten gemeinsam die Kette leiten, doch der Dorfpolizist hatte sich verspätet. Er war per Telefon von einer Heimwehrübung unten im Ort gerufen worden. Schwester Hedvig kam eilends gleich nach mir und hatte ihre Krankenschwesterntasche dabei. Aber Vater kam nicht, obwohl er etwas davon gemurmelt hatte, als ich mich auf den Weg machte. Daß man eigentlich sollte. Doch es war natürlich der Fuß mit den verstümmelten Zehen. Er wollte sich nicht der Gefahr aussetzen, in eine Schlammkuhle zu stolpern und sich zum Gespött zu machen, das konnte ich verstehen. Es war besser, sich gar nicht sehen zu lassen, als ein schlechtes Bild abzugeben. Der Pastor war auch nicht anwesend, er hatte einen triftigen Grund, da er irgendwo in Schweden als Militärpfarrer einbeordert war, und sein Vertreter, ein alter pensionierter Probst, konnte kaum alleine kommen.

Ansonsten tauchten sie alle unten am Hügel auf, einer nach dem anderen, der Pimmeljunge, GroßFriedrichs Hugo, Knutte aus der Molkerei, Asta, die gräßliche Helny und Anna-Lisa, der Pfarrhofknecht und Kaufmann Persson persönlich, um nur einige zu nennen. Alle gesellten sich zu der Versammlung auf der Bergkuppe.

Dort oben war es wie auf einem abgeschälten Glatzkopf, ein wenig knisterndes Torfmoos in den Ritzen und ein Netzwerk aus nackten rotbraunen Kiefernwurzeln, die sich an das Geröll am Rand klammerten. Dieser Ort wurde Skarpan genannt. Es war auch die Stelle, an der sich laut Beschreibung vordere und hintere Seite schieden. Wenn man an der Westseite hinunterging, also, von uns aus betrachtet, auf der Rückseite, konnte man einem Pfad bis nach Stenhällarna und zum Vesee folgen, der halb zugewachsen war und einem Moor mit gelbgrünem sumpfigem Boden glich. Ich war einmal mit Mutter dort am Ufer gewesen und hatte nach Moltebeeren gesucht, doch ich fand es unheimlich, und das Gehen war beschwerlich, denn die Füße sanken ein, und es roch so fremdartig und betäubend nach Sumpfporst und Gagel.

Anna Nygren und das Hausmädchen hatten sich an der vorderen Seite aufgehalten. Sie hatten die Fahrräder an Kiefernstämme gelehnt, eine der Zuckerkisten vom Gepäckträger gehoben und sie ein Stück in das Wäldchen auf der linken Seite des Forstwegs getragen, bis sie am Rand eines Holzschlags auf Preiselbeeren gestoßen waren. Anna hatte der Lütten gezeigt, wie sie sich mit dem Sammeln von Tannenzapfen vergnügen und sie in die Kiste legen konnte, und sie war damit zufrieden gewesen, bis sie müde wurde und zu quengeln anfing. Da hatten Anna und das Hausmädchen ihre Strickjakken ausgezogen und auf dem Moos neben der Kiste ausgebreitet, und die Kleine hatte sich mit dem Schnuller im Mund daraufgelegt und war ziemlich bald eingeschlafen. Die Frauen hatten rings um die Rodung in aller Ruhe weitergepflückt, hatten sich im Verlauf des Pflükkens so langsam in Richtung einer älteren kahlgeschlagenen Stelle voller trockenem Geäst entfernt, wo sie das Glück hatten, schöne große Beeren zu finden. Als Yvonne ihre emaillierte Dreiliterkanne voll hatte und losgehen wollte, um sie auszuleeren, entdeckte sie, daß das Mädchen weg war. Spurlos verschwunden.

Wir suchten so lange, wie es noch ein Fünkchen Licht gab. Nach dem Untergang der Sonne hielt der Himmelsspiegel die letzten Strahlen fest und schickte sie bläulich und schwach auf die Erde zurück. Während sie verblaßten, trat die Mondsichel einsam und allein mit geheimen Zeichen auf, und die Sterne mit ihr. Der Wald war nicht mehr wiederzuerkennen. Jemand kam angestiefelt und teilte Taschenlampen aus, die reichten nicht weit, halfen auch nichts. Man stolperte und schlingerte zwischen Stümpfen und Steinen, stapfte in tiefe Löcher, scheuerte sich die Haut an Handgelenken und Knien ab, kratzige Zweige schlugen einem ins Gesicht. Wir riefen und lockten: Ann-Katrin! Klein Ann-Katriiin! Wo bist du? Haaallo! Sei lieb und antworte – Mama ist hier!

Zu Beginn war es beinahe wie ein Volksfest. Aufmunternd. Leute, die mit hängender Zunge herangeeilt kamen, neugierig und mit großen Augen. Auskünfte und Vermutungen gingen wie das Stöckchen beim Staffellauf von Mann zu Mann, man nickte und flüsterte nach rechts und links, runzelte die Stirn und verzog die Lippen. Es war kein Unterschied zwischen Schmutz und Pfannekuchen, alle nahmen teil, und alle waren wichtig. Das Unglück der Ålbäckleute war wie ein Kitt.

Ich war keine Spur besser als die anderen, das muß ich zugeben. Die Aufregung und die Spannung berauschten mich. Endlich passierte etwas! Die fade, klumpige Dorfsuppe brodelte, und der alte Kiefernwald auf dem Hügel oberhalb unseres Grundstücks war mit einemmal zum Zentrum des Geschehens geworden. Ich kam mir selbst ein wenig bedeutend vor. Stiefelte voran, zog den Gürtel fest, straffte die Brust, schob meine Hände tief in die Jackentaschen und empfand ein trotziges Gefühl von Besitzrecht: dies hier war unser Preiselbeerland, hier lebte ich, hier kannte ich Wege und Pfade und Steinhaufen und alles. Außerdem – Mutter und ich, wir hatten sie ja gesehen. Wir waren vermutlich die letzten, außer ihrer Mutter und dem Hausmädchen, die Ann-Katrin gesehen hatten. Das konnte ich sagen, sollte es zur Sprache kommen.

Zu dem Zeitpunkt bezweifelte allerdings niemand, daß es schnell erledigt wäre, die Kleine zu finden.

»He, he«, wieherte Jerker aus Lövbrunn, der runde Kahlkopf, als er mit seiner Kappe im Nacken breitbeinig angerudert kam, »das ist doch ein fürchterlicher Aufmarsch hier! Äh! Die hat sich bestimmt unter ein Tannendach gekuschelt! Kann doch nicht weit gekommen sein.«

Nein, nein. Sie konnte nicht weit gekommen sein.

Aber die Stunden vergingen. Die Kette zog mit einem Abstand von fünf Metern wogend hin und her, sowohl auf der vorderen als auch auf der rückwärtigen Seite. Tannenzweige wurden angehoben, Löcher durchsucht, Sprickel knisterten und knackten, der Farnbestand, halbtrocken und geknickt, wurde zur Seite geschlagen und zertrampelt. Man rief und lauschte. Ohne Ergebnis. Kein Blondschopf. Kein verlorener Gummistiefel, kein Kinderweinen. Nach und nach wurden die Bedeutsamkeit und das eigene Ich von einem abgeschabt, bis man voranstolperte wie ein Niemand, dreckig und durchnäßt, Tränen liefen einem übers Gesicht, und Spinnweben blieben daran kleben. Die Spannung war vor langer, langer Zeit erschlafft. Nichts zog einen. Die Himmelsrichtungen vermischten sich. Man wußte nicht, wo man war, glaubte nicht mehr, kümmerte sich nicht, es schien nur noch sinnlos. Das Kind war ja nicht zu finden! Jedenfalls nicht hier!

Als die Nachtkälte aus den Ritzen aufzusteigen begann, als der Himmel von Wolken verdunkelt war und das vereinbarte Signal kam, drei langgezogene Töne aus der Trillerpfeife des Dorfpolizisten, die bedeuteten, daß sich alle wieder versammeln und die Suche für die Nacht abbrechen sollten, war es wie eine Erleichterung. Doch dann, ein Weilchen später oben auf Skarpan, wurde uns die Wirklichkeit wie ein eisiges Echo bewußt. Da wachten wir auf und begannen zu verstehen, wie es tatsächlich stand. Anna Nygren heulte wie ein wild gewordenes Tier, weigerte sich, nach Hause zu gehen. Das arme Hausmädchen weinte, stand hinter Anna und schluchzte und weinte. Und ich empfand eine solche Scham. Für all die Liebe, die ich nicht empfunden hatte.

»Sie denkt wohl, daß sie mitschuldig ist, das arme Hausmädchen«, hörte ich jemanden hinter mir flüstern.

»Jaa, trotzdem seltsam«, war ein anderer zu hören, »zwei Frauenzimmer und können nicht auf ein Mädchen aufpassen.«

»Wenn es bloß nicht friert.«

»Sie kann wohl nicht weit gekommen sein, sollte man glauben, mit so kurzen Beinchen.«

»Ob sie Nygren benachrichtigen sollten?«

»Was soll der denn machen? Liegt in Värmland oben an der norwegischen Grenze.«

Der Förster ordnete eilig an, daß Decken und etwas zu essen und zu trinken geholt werden sollte. Er hatte beschlossen, oben auf Skarpan zu bleiben und gemeinsam mit Anna über Nacht Wache zu halten. Im Morgengrauen sollte weitergesucht werden, alle, die sich zur Verfügung stellen konnten, waren dann wieder willkommen. Schwester Hedvig öffnete ihre Tasche und zog eine Thermosflasche mit heißer Milch heraus. Die ließ sie dort.

Als wir in den tiefen Sandspuren auf dem alten Holzweg den Hügel hinunterwanderten, in kleinen dunklen Gruppen mit wippenden Taschenlampen und nach unten gerichteten surrenden Dynamolichtern, begann das Gerücht sich auszubreiten, daß jemand draußen über dem

Vesee ein Seeadlerpärchen gesehen habe. Sein Nest sei draußen in einer Kiefer, auf einem Inselchen im Sumpf, der weder trug noch einbrach. Mehrere wollten es gesehen haben, wurde gesagt. Die Spannweite war riesig, mindestens ein paar Meter, und die Klauen waren spitz wie Ahlen. Es war eine Kleinigkeit für so einen Adler, ein Lämmchen oder ein Rehkalb aufzusammeln. Also so gesehen. Tjaa. Ausgeschlossen war es nicht.

Die Holzschuppentür stand sperrangelweit offen, als ich im Leerlauf vom großen Weg herunter und durch die Gartentür rollte, Vater hatte sie für mich offengelassen, das begriff ich. Ich beeilte mich, mein Fahrrad ins Dunkel zu schieben, drinnen war es schwarz wie in einem Sack, der bekannte Duft von feuchtem Sägemehl und abgeblätterter Rinde brütete in den Ecken, geborgen und vertraut, doch ich hielt mich keine einzige Sekunde drinnen auf. Die Scharniere quietschten, und die Brettertür klapperte hohl wie gewöhnlich, als ich sie hastig schloß, mit dem Knie zudrückte und gleichzeitig mit dem Fuß anhob, so daß der Haken in die Öse fiel. Dort im Wald, mit all den Leuten so dicht neben mir, hatte ich es nicht gewagt, mir die Unterhose runterzuziehen und mich hinzusetzen und zu strullern, nun ging es nicht länger, ich mußte mich gleich hinter den Schuppen hocken – dringend, dringend, dringend –, ich preßte den Strahl hervor, so heftig ich konnte, dann raste ich hinein. Die Angst war über mich gekommen, schwarz geflügelt und spitz wie eine Ahle, ich war ihr davongeradelt, aber nun hatte sie mich eingeholt.

»Nee«, sagte Vater wenige Minuten später. »Das glaub ich nicht, daß es beim Vesee Adler gibt! Das ist bestimmt nur erfunden.«

Er lag mit im Nacken gefalteten Händen unter der Flickendecke auf der Ausziehbank, Mutter war noch nicht im Bett, sie hatte sich den Putzkittel über das

Nachthemd gestreift und pusselte eifrig herum. Es war halb elf.

»Luchse dagegen natürlich... Oben bei Stenhällarna soll es Luchse geben«, fuhr er nach einer Weile fort. »Der Förster hat selber einen gesehen, so vor drei Jahren ungefähr. Ein strubbeliges Mistviech. Aber... ein kleines Kind angreifen... Das glaub ich nicht, daß sie das machen.«

Ich erschauerte, obwohl es in der Küche stickig warm war. Der Nachtgeruch war eingesperrt. Die Katze lag zusammengerollt auf der Steinplatte neben dem Herd und schlief friedlich. Die Herdmauer wärmte noch. Die Luke war geschlossen, doch durch die Ritze schimmerte die übriggebliebene Glut. Ein Stückchen entfernt von dem Katzenknäuel leuchtete die kleine Lampe, und mitten auf dem Tisch hatte Mutter mit Hilfe von einem Klecks Stearin eine Kerze auf einer Untertasse befestigt. Die Deckenlampe war gelöscht, in diesen Krisenzeiten war Petroleum knapp, es war die Rede davon, daß wir uns eine andere Art von Lampe anschaffen müßten, eine, die mit Karbid leuchtete, was immer das war. Neben dem Herd stand der kleine Topf mit dem Deckel drauf, Mutter wärmte Milch, nun entfernte sie mit einem Löffel die Haut und schenkte mir eine Tasse ein.

»Trink jetzt, kleine Nancy«, sagte sie, »du mußt was Warmes in den Bauch kriegen! Du bist ja ganz durchnäßt. Und iß die Butterbrote auf!«

Es lagen zwei Weißbrotstullen mit Kaviarpaste auf einem Teller, abgedeckt mit einer umgedrehten Schüssel. Ich verschlang beide, ich hatte furchtbaren Hunger. Mutter war mir schon in der Tür entgegengekommen und hatte mir fast alle meine Kleider abgestreift, nun saß ich von der Taille abwärts in eine Decke gehüllt da und hatte eine Strickjacke um die Schultern. Fröstelte aber trotzdem. Während ich aß, stellte sie die Stiefel auf den

Mauerabsatz hinter dem Herd, hängte Strümpfe und Socken zum Trocknen über die Leine und breitete mein Kleid über eine Stuhllehne. Dann kam sie und setzte sich mir genau gegenüber an den Tisch und erkundigte sich, wer dort gewesen war und wie wir gegangen waren und was die Leute gesagt hatten. Ich stand im Mittelpunkt, Mutters Augen waren die ganze Zeit auf mich gerichtet, während ich erzählte.

Vater lag noch immer auf dem Rücken und stützte den Nacken mit den Händen ab, er sah mich nicht an, sondern guckte geradeaus in die Luft, doch allein die Tatsache, daß er wach war und aufmerksam zuhörte, bezeugte seine Anerkennung. Ich begriff, daß sowohl Vater als auch Mutter mich tüchtig fanden, es war gut, daß ich mich an der Suchaktion beteiligt hatte. Daß auch einer von uns, von ZehenPelles, einen Beitrag geleistet hatte.

Als die Mahlzeit beendet war, stand Mutter auf und stellte den Teller und die Tasse weg. »Ochottochott, so ein Elend«, jammerte sie, während sie einen Schuß Wasser in den Milchtopf goß und ein letztes Mal mit dem Schürhaken in der Glut stocherte. »Wer hätte denn so was gedacht, als sie da mit ihren Zuckerkisten an uns vorbeischoben. Oje! Armes Kindchen im stockdustren Wald! Falls sie noch lebt! Und die armen Nygrener. Es hätte einen auch selbst treffen können, sie ist nicht viel älter als unsre LüttDotty und nur ein gutes Jahr vor Gwendolyn. Wie hätte man sich wohl gefühlt, wenn es eine von ihnen wäre?«

Vielleicht spürte Mutter wegen der Dinge, die sie zuvor über Bauernweiber gemurmelt hatte, einen kleinen Stachel in ihrem Gewissen. Sie waren schließlich auch Menschen. Und Kinder sind Kinder. Und das Muttergefühl ist das gleiche.

»Leg dich jetzt hin«, sagte Vater. »Morgen ist auch noch ein Tag, und im Moment können wir sowieso nichts machen.« Mit diesen Worten drehte er sich um und zog die Decke bis zu den Ohren.

Ich fiel in der Kammer ins Bett. Und ich glaube, daß ich auf der Stelle eingeschlafen bin.

Im ersten blassen Morgengrauen, als die engmaschigen Spinnweben hellgrau und bedeckt mit Tautropfen auf den Preiselbeerbüschen lagen, wurde Ann-Katrin wiedergefunden.

Ich war nicht dabei auf Skarpan, als es geschah. Ich lag und schlief wie ein Ferkel hinter der geschlossenen Kammertür, das war Mutters Verdienst. Erst um acht Uhr, als ich verrotzt und hustend und peinlich verspätet am Tisch saß und Langzwiebäcke in Kaffee einstippte und Mutters Protesten zum Trotz vorhatte, mich aufzumachen Richtung Berg, sobald ich mit dem Frühstück fertig wäre, erreichte uns die Nachricht. Tante Ågren kam fuchtelnd durch die Gartentür, vollkommen außer sich. Ågren war gerade zum Kaffeetrinken nach Hause gekommen und hatte gesagt, das Mädchen wäre lebendig und fehlerfrei aufgefunden worden.

Ågren hatte es von Eriksson aus Vasta erfahren, der oben bei den Milchkannen stand und seinen Dienst tat, als Ågren mit dem Schneepflug vorbeikam. Und der Vastabewohner seinerseits hatte es von Sigvard Alm gehört. Es war zwar keiner von ihnen dabeigewesen, doch es wurde behauptet, daß dieser Dummerjan von Knecht, den Bergströms als Hilfskraft nehmen durften, da sowohl Aron selbst als auch der Großknecht einberufen waren, sich früh am Morgen auf die Socken gemacht hatte zum Berg, war einfach vom Kuhstall und allem weggelaufen. Der mußte es also wissen.

»Ich frag mich, ob Arvid in der Biege nicht auch dabei war. Dachte, ich hätte es gehört. Wo sollte der Kochlöffel sonst sein, wenn nicht mitten im Topf«, sagte Tante Ågren.

»Meine Güte!« Mutter flocht ihre Finger ineinander. »Hauptsache, das arme Mädchen ist wohlbehalten. Aber wo haben sie es denn gefunden? Und wer?«

Das war genau der Punkt. Das wußte Ågren nicht. Und auch Sigvard Alm nicht. Und nicht der Knecht von Bergströms. Und auch sonst keiner.

Ich war, wie gesagt, nicht dabei – aufgrund von Mutters fehlgeleiteter Rücksichtnahme –, ich kann es also nicht wissen. Doch es gab viel Gerede über dieses Ereignis, die Gerüchte kamen noch am selben Vormittag in Umlauf und breiteten sich wie ein Lauffeuer über die ganze Gemeinde und sogar noch weiter aus.

Anna Nygren war ja in Gesellschaft des Försters über Nacht oben auf Skarpan geblieben. Bereits zwischen vier und halb fünf, als das Dunkel allmählich ins Graue changierte, traf der Dorfpolizist zusammen mit Schwester Hedvig ein. Kurz darauf sollen Gustaf und Irma aus Källkroken angetrabt sein – Irma war die Cousine von Anna Nygren –, und die arme hohläugige Yvonne und Egon, die Sabberlippe, folgten ihnen auf den Fersen. Der Knecht schleppte sich ab mit einem Korb voller Kaffeeflaschen, die in dicken Wollstrümpfen steckten, und einer ganzen Fuhre Weißbrotstullen, die die Schwiegermutter in der Küche im großen Gebäude geschmiert hatte, wo sie normalerweise striktes Hausverbot hatte.

Während Brote und Kaffee herumgereicht wurden und man ein wenig aß und trank, gesellten sich auch Arvid in der Biege, der am nächsten wohnte, und Bergströms pflichtvergessener Knechtbubi zu der Versammlung, die somit aus zehn Personen bestand. Dies war eine erbärmliche Voraussetzung, um eine Suchaktion anzufangen, so daß der Dorfpolizist ungeduldig wurde und den Holzweg ein Stück hinunterging, um zu spähen und zu horchen, ob nicht noch mehr Leute kämen.

Gleichzeitig hatte sich der Förster in die Büsche auf der anderen Seite von Skarpan zurückgezogen, um ein natürliches Bedürfnis zu verrichten.

Außer dem alten Holzweg, der sich verästelte und oben auf dem trockenen Bergrücken beinahe ausradiert war, verlief ein Wirrwarr von Pfaden kreuz und quer durch den Gemeindewald. Einem dieser Pfade waren die Nygrener am Tag zuvor gefolgt, als sie nach einer guten Preiselbeerstelle suchten. Er ging vom Holzweg ab und schlängelte sich, eine tannennadelbraune Furche, durch das Heidekraut, von Skarpan aus gesehen, ging er leicht bergab und nach links, um bald in einem dichten Bestand von kleinen Kiefern zu verschwinden, vielleicht hundert Meter weit entfernt. Und dort aus der Einmündung, dort aus dem Tannenwäldchen, im verschwommenen graubleichen Dämmerlicht, kurz vor fünf Uhr morgens, kam ganz plötzlich eine Mannsperson mit einem Kleinkind auf dem Arm herangestiefelt.

Anna Nygren war diejenige, die die Offenbarung als erste erblickte. Sie saß, eingewickelt in eine Wolldecke, an einen Kiefernstamm gelehnt und schrie, so wurde berichtet, geradeheraus: Ann-Katrin! Ann-Katrin! Und sprang auf und stürzte los durch Krähenbeeren und Heidekraut, um so schnell sie konnte hinunter zum Pfad zu gelangen. Vermutlich steckte ihr die Steifheit der Nacht noch in den Gliedern, und besonders acht gab sie wohl auch nicht, aufgeregt, wie sie war, jedenfalls stolperte sie Hals über Kopf über irgendeinen Stein oder eine Wurzelknolle und blieb mit ausgestreckten Armen liegen. Da war das kleine Mädelchen bereits auf den Pfad gestellt worden und lief seiner Mama entgegen, ebenfalls aus vollem Halse schreiend.

Dann gab es natürlich großes Aufsehen, allesamt kamen sie durch das Gesträuch geflitzt, nur Egon nicht, der oben auf Skarpan blieb. Anna wurde geholfen, sich aufzurappeln, sie hatte sich den einen Unterarm und die Handfläche blutig aufgeschürft, Schwester Hedvig hatte vollauf zu tun, sich um Mutter und Kind zu kümmern. Die Lütte mit ihrem bestickten Käppchen, aber nur einem Stiefel, wurde hochgenommen und in Decken eingewickelt, alle sorgten sich um sie, und niemand bemerkte, daß dieser Kerl, oder worum es sich handelte, plötzlich verschwunden war, und es gab auch niemanden, der ihn richtig gesehen hatte. Vor allem nicht der Dorfpolizist und der Förster, die aus unterschiedlichen Gründen ein wenig ins Hintertreffen geraten waren.

Die Gerüchte kamen, wie gesagt, noch am selben Tag in Umlauf. Nach der Lütten selbst konnte man sich schlecht richten, sie war spät dran mit Sprechen. Ann-Kin müde. Onkel lieb. Viel mehr bekam man nicht aus ihr heraus. Bergströms Knecht, der fünfzehn war und Stig Karlsson hieß, war dagegen sicher, was er gesehen hatte, und konnte auch Rechenschaft darüber ablegen: Ein Soldat war es, der aus dem Tannenwäldchen gekommen war. Ein Gewehr hatte er und eine Uniformjacke mit Abzeichen drauf. Kein Schiffchen auf dem Kopf, aber wahrscheinlich einen Helm. Da war sich der Knecht nicht ganz sicher.

Hausmädchen Yvonne unterstützte Stig Karlsson. Es war ein Kerl in Uniform, sagte sie, aber nicht so eine graue, wie die Landser sie üblicherweise trugen, sondern eine grünlichere. Ihr waren vor allem die Schulterklappen und der Ledergürtel aufgefallen.

Der Dorfpolizist war fuchsteufelswild, man darf annehmen, daß er sich am allermeisten über sich selbst ärgerte. Sobald entdeckt wurde, daß der Mann verschwunden war, machten sich sowohl er als auch der Förster auf und suchten längs des Pfads. Aber sie sahen kein Staubwölkchen mehr von ihm. Sie bestritten nicht das Gewehr, doch auf das Gequatsche mit dem unbekannten Soldaten gaben sie keinen Pfifferling. Es war natürlich ein Wilddieb, der Reißaus genommen hatte, als er das Abzeichen auf der Mütze des Dorfpolizisten bemerkte, so einfach war das.

Die Källkroker, Irma und Gustaf, wurden schweigsam, als die Sache zur Sprache kam, wußten nicht recht, was sie glauben sollten. Irma hatte nicht viel mehr mitbekommen, als daß es ein Kerl war, ziemlich hoch gewachsen, und daß er etwas auf dem Kopf trug, das kein Hut war. Gustaf hielt an dem Gewehr fest, das über die Schulter ragte, mit weiteren Beschreibungen rückte er nicht heraus, aber beide neigten zu der Annahme, daß an der ganzen Sache etwas seltsam faul war. Den Mann, wer immer es war, hatte ja der Erdboden verschluckt.

Schwester Hedvig schwieg und schüttelte den Kopf. Eine Mannsperson? Ja, das war möglich. Sie hatte bloß Augen für Mutter und Kind gehabt, war vollauf damit beschäftigt gewesen, sich um die beiden zu kümmern, das war ihre Aufgabe. Den Rest überließ sie anderen.

Und Anna Nygren selbst? Sie sah nichts anderes vor ihrem inneren Auge, als daß er groß gewesen war, der Mann, der aus dem Tannenwäldchen kam. Ungewöhnlich groß. Und blond. Glaubte sie zumindest. Ringsherum war Nebel, es war, als käme er aus dem Nebel.

In gewisser Hinsicht unterstützte Annas Erinnerung die Aussage, an der ihr Knecht starrsinnig festhielt. Egon war ja der einzige, der oben auf Skarpan geblieben war, er hatte die Gelegenheit genutzt, sich ein belegtes Weißbrot zu schnappen, während die übrige Gesellschaft losstürzte. »Hab Hunger gehabt, hab ich«, sagte Egon – das wurde übrigens später eine Redensart in der Gegend. Und da er dort einige Minuten allein stand und um sein Leben kaute und schluckte, sah er das Ganze aus einer kleinen Entfernung und über die Köpfe der anderen hinweg. Und er war vollkommen überzeugt von dem, was er gesehen hatte, und wich nicht davon ab. Es half nichts, daß die Witzbolde, die abends vorm Automaten herumhingen, und sogar alte Leute, die es besser hätten wissen müssen, sich später darüber lustig machten und ihn hänselten. »Hallo, Egon, hörma, haste in letzter Zeit ein paar Engel gesehen? Wa?«

Da blaffte Egon sie an: »Ich weiß, was ich gesehen hab«, sagte er. »Laßt mich in Ruhe!«

Das Gerücht besagte ebenfalls, daß Anna Nygren und ihre Schwiegermutter seit dem unseligen Preiselbeerpflücken wieder auf gutem Fuß miteinander lebten, das Böse hatte also auch eine gute Seite gehabt. Die Alte, die Großmutter väterlicherseits, war nicht wiederzuerkennen vor Gutmütigkeit, tagelang saß sie oben im großen Haus mit der Kleinen auf dem Schoß am Tisch und spielte »Horch, was kommt die Treppe rauf« und baute Türmchen aus Backpulverdosen und zog hundertmal die Puppe an und aus. Und Anna ließ sie gewähren. Solange es anhielt. Die Alte jedenfalls hatte geäußert, das Mädchen müsse damals in der Nacht im Wald einen Schutzengel gehabt haben. Und das war es wohl, was dieser Döskopp von Knecht aufgeschnappt und auf seine eigene Weise gedeutet hatte, meinte Yvonne.

Vielleicht war es so. Doch ich sah Egon mit einer besonderen Verwunderung an. Manchmal lief mir ein Schauer den Rücken hinunter. Was hatte er eigentlich gesehen? Ich wäre gerne mit ihm ins Gespräch gekommen und hätte etwas Näheres erfahren, doch ich wußte nicht, wie ich es anstellen sollte, er hatte etwas Merkwürdiges im Blick, wenn er da über seinem Fahrradlenker hing und mich unter dem Mützenschirm schief anglotzte.

Im übrigen hatten wir bei ZehenPelles unseren Gewährsmann, und das war Arvid in der Biege, der Augenzeuge. BiegenArvid hatte zu der Zeit geschäftige Tage. Überall wurde ihm Aufmerksamkeit geschenkt, er wurde längs des Wegs angehalten und zum Kaffee eingeladen, sogar an Orten, an die er nie zuvor einen Fuß gesetzt hatte. Bei uns war er ja heimisch. Ich mochte Onkel Arvid ziemlich gern, abgesehen von der Sache mit der Pissetrinkerei, es wurde ja gesagt, er würde wegen der Schwindsucht täglich eine Kaffeetasse von seiner eigenen Pisse trinken, aber ich weiß nicht, ob das wirklich stimmte. Onkel Arvid war schwarzhaarig und hatte schöne Augen und rote Wangen, und daß er lungenkrank sein sollte, war schwer zu begreifen, er sah aus wie die leibhaftige Gesundheit. Wenn er in unsrer Küche saß, in der Ecke der Küchenbank, die der Tür am nächsten war, wo sich Fremde immer hinsetzten, und nach einigem Drumherumgerede über Wind und Wetter und mehreren kurzen Aufmunterungen von Mutters Seite: »Ja, Mensch, Arvid, und du, tja, also ...« begann, von den Geschehnissen auf Skarpan zu berichten, saß ich im Herdwinkel und lehnte mich gegen den Deckel der Holzkiste. Natürlich spitzte ich die Ohren, das leugne ich nicht, doch ich war mir zu fein dafür, meine Neugierde zu zeigen.

Das, was Arvid vorzubringen hatte, war ohnehin schnell erzählt, obwohl es nur bedächtig und schleppend aus ihm heraustropfte, weil er sich immer wieder selbst unterbrach, um nachzudenken.

Oder weil es zu knifflig war, die richtigen Worte zu finden. »Jaa, das ... Klar. Hhhmmm, hmh. Tjää ... Das war'n schrecklicher Aufstand, war das natürlich, als Nygrens Anna morgens plötzlich losschrie ... Der Källkroker flitzte ja los wie von der Wildsau gebissen. Und ich gleich hinter ihm her ... Schwester Hedvig war übrigens nicht dabei, wenn ich mich recht entsinne ... Und richtig hell war es auch noch nicht ...«

Hier räusperte er sich, schluckte umständlich, schneuzte sich in die Faust und rubbelte die Feuchtigkeit am Oberschenkel ab.

»Wie ich schon gesagt hatte. So war das. Damit. Und richtig hell war es auch noch nicht, es war ja erst kurz nach fünf. Aber diesen Kerl hab ich natürlich gesehen, das hab ich. Und aus Fleisch und Blut war er natürlich auch. Und eine Flinte hatte er. Und soweit ich sehen konnte, war er von Kopf bis Fuß schwarz angezogen. Sein Gesicht hab ich nicht erkannt, denn er hatte was auf dem Kopf, sah aus wie ein Topf, davon wurde das Gesicht natürlich verdeckt. Obwohl, äh... ob er Ausländer war... ja... das weiß ich nicht... was soll man davon halten...«

Vater besohlte gerade ein Paar Schnürstiefel. Er saß auf einem dreibeinigen Hocker vor dem Herd. Vor sich hatte er den alten braunen Küchenstuhl, darauf lag quer ein Brett. Auf dieser Unterlage schnitt er eine passende Sohle aus dem Stück Leder zu, das in der Zinkwanne eingeweicht worden war. Die Dose mit Holznägeln und kleineren Stiften stand auf der Herdplatte bereit, daneben lagen der Pfriem, die Raspel, der Hammer und der Leisten. Die Schnürstiefel, seine eigenen, hatte er auch bereitgestellt, sie standen da mit schlaff herunterhängenden Schäften.

Ohne seine Beschäftigung für einen einzigen Moment zu unterbrechen, hatte Vater BiegenArvids Bericht gelauscht. Nun legte er das Schuhmachermesser mit der gekrümmten Klinge ab, fegte mit ein paar Strichen die Lederkrümel auf den Linoleumboden und ergriff naserümpfend das Wort: »Ha! Ausländer! So'n Blödsinn! Dir müßte doch klar sein, wenn du ein bißchen Verstand hättest«, sagte er und bediente sich der Methode, belustigt überlegen zu klingen, »das muß dir doch klar sein, Mensch, daß das ein Wilddieb war.

Genau wie der Förster gesagt hat. Der soll es wohl wissen.«

»Hach«, sagte Onkel Arvid und lebte auf, »der Förster? Der lange Lulatsch! Der hat in den Büschen gehockt und geschissen! Der hat doch nichts gesehen, nicht die Bohne!«

»Was sagst du da?«

Vaters und BiegenArvids Sympathien für Förster Hansson wichen stark voneinander ab. BiegenArvid war einmal beschuldigt worden, auf dem Gemeindeland Brennholz gestohlen zu haben, es hieß, der Förster habe ihn genau in dem Moment erwischt, als er einige Meterstücke aus einem Kasten schummeln wollte. Wahr oder unwahr, das Gerücht verbreitete sich, und übrig blieb ein schwer auszubleichender Schandfleck und tiefsitzender Haß von BiegenArvids Seite. Diesen dünnbeinigen Pfau konnte er nicht leiden! Vater dagegen war der Meinung, einen guten Draht zu Hansson zu haben, sie waren zwar nicht wie Brüder, aber fast. Kein Wunder – man kaufte schließlich prima Birkenholz, verdammt noch mal! Fünf Kubikmeter im Jahr, inzwischen zwar nur noch drei, weil es an Brennholz mangelte, aber immerhin. Und hatte man vielleicht nicht die persönliche Genehmigung, sich im Gemeindewald einen ollen Tannenbaum zu schlagen? Ja, da konnte man einfach nehmen, welchen man wollte. Und außerdem durfte man so viele Zweige abschneiden und für die Tannenzweigveranda mit nach Hause schleppen, wie man brauchte. So war das. Er kannte doch den Förster und konnte beurteilen, was das für ein Kerl war. So ein Dussel wie Arvid in der Biege, der von Gemeindegeld lebte und tagsüber zu Hause saß und mit seiner Alten kniffelte und den letzten nützlichen Handschlag getan hatte, als der Teufel noch in Kinderschühchen herumlief, der sollte man nicht ankommen und sich herablassend über einen gebildeten und freundlichen Menschen wie Förster Hansson äußern!

Glücklicherweise ging Vater nicht so weit, Biegen Arvid diesen ganzen langen Wortschwall direkt ins Gesicht zu schütten, den durften Mutter und ich uns später anhören, doch er fiel Arvid ins Wort und zischte verächtlich: »Schietkram! Es ist doch der eine Dummkopf nicht besser wie der andere! Wenn sie keine Engel sehen, dann sehen sie natürlich die verdammten Deutschen in den Büschen hocken. Nee, nee, da ist mir zuviel Weibergeschwätz drum herum«, wobei er Arvid in der Biege offensichtlich mit einberechnete.

Mutter mußte schnell mit dem Kaffeetopf kommen, an den Tisch bitten und mit dem Einstippen locken, um das Ganze abzumildern. Sie schämte sich und hatte Mitleid mit Onkel Arvid. Das hatte ich ebenfalls, aber mir tat auch Vater leid. Manchmal war er so erbärmlich und ungerecht und dumm, daß es richtig weh tat.

Gegen Abend am Donnerstag dieser denkwürdigen Woche war der Beerenaufkäufer wie erwartet mit dem Lieferwagen unten bei uns gewesen und hatte die Preiselbeerernte abgeholt. Mutter bekam, was sie verlangte, damit war alles in Ordnung, doch es schmerzte sehr, sagen zu müssen, daß es nun nicht mehr lohnte, wenn er in diesem Jahr noch einmal kam. Das Zubrot wurde zwar gebraucht, aber sie sah sich nicht in der Lage, noch eine Kiste zusammenzubekommen, sie mußte ja versuchen, für sich selbst noch ein paar Beeren zu finden. Bevor alles vollkommen kahl war. Und ehe der Frost kam.

Es war jedes Jahr das gleiche. Wir geizten und verkauften, soviel wir konnten, erst in der letzten Minute durften wir an uns selbst denken und nehmen, was übrigblieb. Wenn dann noch etwas da war! Aber Preiselbeeren brauchten wir, auch wenn wir sie immer, und nicht nur jetzt, als rationiert wurde, sauer einkochten. Eine solche Menge Streuzucker, wie man für einen ganzen Wintervorrat an Preiselbeerkompott benötigte, hätten wir uns nie auf einmal leisten können. Wir rührten nach und nach ein wenig hinein, wenn wir das Schälchen auffüllten. Auf die Dauer war es so natürlich teurer, aber wie Vater schon sagte: Wer reich werden will, muß erst mal Geld haben. Und bei uns reichte es immer knapp aus, und auch das nur mit Müh und Not. Jetzt in der Kriegszeit war es schlimmer als sonst. Gab es keinen anderen Ausweg, sagte Mutter, würden wir im Winter wohl Kartoffeln mit Preiselbeeren essen müssen. Daran war noch niemand gestorben. Gott sei Dank für die Kartoffeln! Solange man die hatte.

Wir bei ZehenPelles besaßen zwei braune, glasierte Zehnlitersteinkrüge. Der eine hatte eine blassere Farbe, und es fehlte ihm ein Henkel, darin pflegte Mutter im Spätsommer kleine grünweiße Västeråsgurken einzusalzen, schichtweise eingelegt zwischen Blättern von schwarzen Johannisbeeren, Kirschlaub, Meerrettich und Dillkraut. Wenn sie dann an Wintersonntagen hinuntergehen konnte in den Keller und einige davon auf einen Teller fischte, dunkel graugrün und halb durchsichtig mit helleren Eingeweiden aus glitschigen Kernen, war sie über alle Maßen stolz. Auch Vater fand großes Wohlbehagen an der Salzgurke, er soff den kühlen Duft von Salzlake und Dillsamen, und seine Augen begannen zu glänzen: »Das hier, Mutter! Das ist was Ordentliches! Wenn man jetzt noch einen Schnaps dazu bekäme, wäre es vollkommen!«

Der andere Steinkrug, der noch beide Henkel hatte, aber »legte«, wie Mutter sagte, was heißen sollte, daß er leckte, stand im Keller auf dem Erdboden, abgedeckt mit einem alten umgedrehten Topf und ein paar kleineren Feldsteinen als zusätzlicher Sicherung wegen der

Ratten. In der Sommerzeit bewahrten wir verschiedene Lebensmittel in diesem Krug auf, Grützwurst zum Beispiel oder ein Stück Fleischwurst, deren Haut nicht selten einen weißlichen Pelz bekam.

Darüber hinaus hatten wir nicht so viele Gefäße, die für die Winterlagerung taugten. Es gab einige etwas größere Gläser mit Schraubdeckel, gedacht für Rote Bete und Preiselbeerbirnen und vielleicht Stachelbeerkompott, wenn nicht zu dicker Mehltau auf den Büschen lag, und das war meistens der Fall. Blieben noch die sauren Preiselbeeren, und die brauchten große Gläser, doch Mutter hatte das Problem auf erfinderische Weise gelöst, auf den Kopf gefallen war sie nicht. Wir kauften ja alle vierzehn Tage Malzbier, wenn der Brauereiwagen kam. Da brachte man das Holzgestell mit der leeren Fünf- oder Zehnliterflasche hoch zum Milchkannenständer und steckte einen Zettel mit dem Geld hinein, dann mußte man sich nur noch bei Gelegenheit das Getränk abholen. Keine Ahnung, wie Mutter es gedeichselt hatte, ob sie vielleicht zufällig einmal zwei Flaschen gekauft und nur eine zurückgegeben hatte?

Wie auch immer, jedenfalls hatten wir einige von solchen braunen Zehnliterflaschen mit Gummiring und weißem Porzellanverschluß auf Lager, und ich habe selbst gesehen, wie Mutter daraus Einmachgläser machte. Sie nahm einen simplen Wollfaden, tauchte ihn in Petroleum, band ihn unterhalb des Flaschenhalses fest, wo er sich verbreiterte, dann zündete sie ihn an, und genau in dem Moment, als es ringsherum brannte, schüttete sie einen halben Eimer Wasser darüber. Da sprang der Hals auf einer Linie mit dem Faden ab, vollkommen glatt, und wir hatten ein Einmachglas.

Mutter nickte zufrieden: »Tja, Nancy, was man nicht hat, das muß man sich beschaffen! Eine andere Möglichkeit gibt es nicht.«

Nun sollten die Gläser wenn möglich bis zum Rand mit saurem Preiselbeerkompott gefüllt werden. Mutter und ich mußten den Berg hinauf. Doch es widerstrebte uns.

Das Gerede über den fremden Soldaten und das Himmelsgeschöpf, das mit der Lütten von Nygrens auf dem Arm aus dem Tannenwäldchen gekommen war, hatte sich wie ein Lauffeuer bis in alle Ecken und Winkel der Gemeinde und vielleicht noch weiter ausgebreitet. Bald ging auch das Gerücht um, daß es Leute gäbe, die am Abend einen seltsamen Lichtschein vom Himmel hatten fallen und hinterm Berg verschwinden sehen.

Der Vesee und der Sumpf ringsherum waren für die meisten unerforschtes Gebiet. Seeadlernester hin oder her, die Gegend hatte etwas Unheimliches an sich, das die Leute auf Abstand hielt. Man konnte auch versinken. Einige sagten, der See wäre grundlos, andere, er hätte eine unterirdische Verbindung zu einer alten Odinquelle. Fest stand, daß es darin trockene Inselchen gab. Unmöglich war es also nicht, daß deutsche Fallschirmsoldaten sich nächtens darauf niedergelassen hatten. Das war natürlich eine Etappe der Invasionsvorbereitungen. Man sah doch, wie es Norwegen und Dänemark erging! Hitler war nicht blöd. Vielleicht erstreckte sich inzwischen ein langes Band solcher vom Himmel gefallener Vortrupps durch Schweden, die bloß auf der Lauer lagen und auf das Kommando warteten. Eines schönen Tages würden sie über uns herfallen, und dann waren wir nicht mehr wert als das Lämmchen vor dem Wolf.

Man traf seine Vorkehrungen. Es wurde behauptet, ein Weiblein oben aus Norrväga habe sich einen Vorrat angelegt und könne jederzeit in den Winterschlaf gehen. Sie hatte ihre Kellergrube unter dem Küchenfußboden, ein Flickenteppich verbarg die Luke, und es gab eine kleine Stiege. Sie hatte Decken und Kissen hinuntergetragen, einen Wasserkanister und mehrere Stearinkerzen und einige Brotpakete und noch ein paar Kleinigkeiten und Leckereien, die sie zu den Kompottkonserven und rohen Zwiebeln und Kartoffeln verspeisen konnte. Die Katze würde sie mit hinunternehmen, wenn es soweit war, sagten die Leute. Und den Nachttopf ebenso.

Eine andere Alte tat das Ihre, indem sie dasaß und Stecknadeln durch Zeitungsbilder von Hitler stach. Sie hatte Fliederbüsche hinterm Haus und ein weißes Hündchen, das stets auf dem Sofa saß und aus dem Fenster guckte, als ob es spähte und Wache hielt.

Und dennoch, egal, wie aufgepeitscht die Stimmung war, mußten Mutter und ich hinauf in den Wald. Und obwohl wir tüchtig schufteten und uns nicht erlaubten, den Rücken länger als ein paar Sekunden zu strecken, dauerte es zwei ganze Tage, bis wir die fünfundzwanzig Preiselbeerliter zusammengekratzt hatten, die für den Winterbedarf als erforderlich betrachtet wurden, so abgepflückt war es. Daß Mutter mit der verlangten Arbeitsleistung herunterging, kam nicht in Frage, doch ich hätte mir gewünscht, drum herumzukommen. Ich wollte es nicht gern zugeben und sagte natürlich auch nichts zu Mutter, aber ich hatte Angst. Der Berg, der altbekannte sichere Berg mit seinen Pfaden und Steinhaufen, mit seinen Wegen und Mulden, der mir von Kindesbeinen an vertraut war, erfüllte mich nun mit dem gleichen Gefühl lauernder Bedrohung wie die Verdunkelungsgardinen vor den Fenstern. Als ich dort war und Seite an Seite mit Mutter Preiselbeeren rupfte, war ich angespannt und auf der Hut. Im Rücken verspürte ich Unheimliches. Wer wußte schon, wer oder was hinter Steinblöcken und umgestürzten Baumstümpfen stand und uns beobachtete? Wer ahnte schon, welche

Art von Geschöpf ohne Vorwarnung aus dem Unterholz steigen und sich uns in den Weg stellen würde. War es ein Mensch aus Fleisch und Blut, oder war es etwas anderes? Das Übernatürliche flößte am meisten Furcht ein.

Es passierte natürlich nichts. Mutter sammelte und sammelte, die Kiefern rauschten ihre alten Kirchenchoräle, die Steine lagen schweigend da, und einen kleinen Stiefel fanden wir auch nicht. Doch am Abend des zweiten Tages vergaß ich meine Strickjacke auf einem Stein.

Es war eine gekaufte Jacke, nicht neu, doch ich war weder aus ihr herausgewachsen, noch war sie besonders abgenutzt, sie war blau mit runden Knöpfen, die aussahen wie schwarz angelaufenes Silber. Als wir uns morgens auf den Weg machten, war es kühl, da brauchte ich sie, aber im Laufe des Tages wurde es warm, und ich legte sie auf den Stein, hoch oben, damit sie sichtbar war und gut im Auge behalten werden konnte.

»Oje«, sagte Mutter, »so ein Unglück. Daß wir die Strickjacke vergessen konnten, Nancy. Aber du weißt ja genau, wo sie liegt. Oder?«

Sie blickte mich an, und ich muß wohl ein erschrokkenes Gesicht gemacht haben, denn sie verstand mich: »Wir gehen morgen früh nachgucken«, sagte sie. »Alle beide. Zusammen.«

Und das taten wir. Wir trabten in aller Frühe los, als die Kuhpilze glänzten und das Gras noch naß war. Und die Jacke lag da, wo ich sie liegengelassen hatte, das heißt auf einem Stein ein Stück rechts von Skarpan. Wir sahen die blaue Farbe schon von ferne leuchten. Nur die Knöpfe waren abgeschnitten. Nicht abgerissen, so daß die Fadenenden ausgefranst und Maschen aufgegangen wären, nein, gerade abgeschnitten, wie mit einem scharfen Messer.

Mutter biß sich auf die Lippe, während sie die Jacke von allen Seiten betrachtete. Ich spürte, wie eine Woge von Angst angespült kam. Dann hatten wir es eilig den Hügel hinab.

Vater nahm das Mysterium auf die leichte Schulter. »Das war bestimmt so'n Beerensammler, der meinte, er könnte sie gut gebrauchen«, sagte er.

»Beerensammler«, rümpfte Mutter die Nase. »Was soll das denn für ein Beerensammler sein, dort oben zwischen vier, halb fünf gestern nachmittag und acht Uhr heute früh? Nee, du! Und obendrein mit einem Messer ausgerüstet?«

»Du glaubst also«, sagte Vater, »daß jetzt irgendein Russe oder Deutscher da oben mit den Strickjackenknöpfen am Waffenrock herumläuft? Was? Komm doch mal ein bißchen zur Vernunft! Es ist, wie ich sage, es gibt viel zuviel Weibergeschwätz!«

Weibergeschwätz hin oder her, wer meine Jackenknöpfe genommen hatte, erfuhren wir nie. Mutter holte das Kästchen mit den Knöpfen hervor und nähte andere dran. Es kam auch nie heraus, was für eine Mannsperson das gewesen war, die sich mit Ann-Katrin im Arm auf dem Waldweg gezeigt hatte.

Die aufgeheizte Stimmung im Dorf legte sich nach und nach. Man schielte nicht mehr mit dem gleichen Grausen hinauf zum Berg. Viele schämten sich und verleugneten ihre Angst. Dieses Gerede von den deutschen Fallschirmtruppen, die auf den Inselchen im Vesee gelandet sein sollten, wurde als lächerlich betrachtet, und Adler und Engel, was war das für ein Blödsinn? Nee, der Krieg, der zeigte sich in anderen, greifbareren Erscheinungen, auch für uns, die wir in einem entlegenen Nest wohnten. Eine Familie aus der Nachbargemeinde erhielt ihren Sohn in einer Kiste zurück, er war während einer Übung fahrlässig erschossen worden. Und

Tage Eriksson aus Myra, ein pickeliger rötlicher Kerl, den ich viele Male vorn beim Laden gesehen hatte, konnte nach dem Urlaub nicht zu seiner Einheit zurückkehren. Er nahm die Hintertür, sagte man. Das soll heißen, er griff sich den Strick und ging raus in die Scheune. Warum, wußte niemand, aber es wurde viel geredet.

VI

»War das nicht Ende April, daß Åke Urlaub hatte? Oder wie, Nancy? Sie waren doch um Christi Himmelfahrt bei uns, Betty und die Mädchen, und da war er kurz vorher abgereist. Wenn ich mich recht entsinne.«

Mutter hatte den Kopf von der Nähmaschine gehoben und war dabei, die letzten Fäden von einem Flanellhemd für Vater abzubeißen, das sie zusammengenäht hatte.

Ich saß am Küchentisch und hatte die Lehrbücher vor mir ausgebreitet. Ich begriff sofort, was sie meinte, und empfand ein stechendes Unbehagen. Was würde jetzt kommen? In dem gezwirbelten Schweigen nach ihren Worten spürte ich deutlich, daß sie dasaß und an einer Fortsetzung knabberte. Und was sollte ich sagen, wenn sie mich fragte? Mutter anlügen war keine gute Idee, sie konnte in meinem Gesicht lesen wie in einem Buch. Und über Betty tratschen, nein, nie im Leben! Ich bediente mich meines üblichen Auswegs: Plötzlich mußte ich dringend aufs Klo.

Der Himmel war klarblau und wolkenlos. Das Kartoffelkraut lag schwarz und zusammengeharkt vor den Johannisbeerbüschen beim Kartoffelacker, die Gartenbohnenstengel waren mickrig, die Schneebeerenbüsche schwer von weißen Kullerbeeren, die Kriechenbäume rings um den alten Pavillon leuchteten spärlich rot in der Sonne, doch es war ziemlich kühl. Morgens frostig, und jeden Abend lagen dicke Nebelschwaden über der Lichtung. Ich fror am Hintern, als ich dasaß und die Klotür einen Spalt offenstand. Mein nicht sehr dringendes Geschäft war schnell erledigt, doch mit hochgezogener Unterhose und runtergelassenem Rock setzte ich mich oben auf den Deckel und versuchte, Zeit zu schinden, weil ich hoffte, Mutter würde von ihrer Fährte abkommen, bevor ich wieder drinnen war. Es war Mitte Oktober. Ich zählte an den Fingern. Konnte man wirklich den Unterschied zwischen dem vierten und dem fünften Monat sehen? Konnte Mutter das?

Mir selbst ging es zu der Zeit ganz passabel. Das Ereignis im Fluß bei Forshällan hatte ich an einen verborgenen Winkel meines Bewußtseins verwiesen, ich wollte nicht daran rühren. Die Sommerhitze hatte sich sowohl außen als auch innen gelegt, ich konnte klarer denken und versuchen, auch in diesem Winter mit kämpferischer Verbissenheit die Briefkurse fortzusetzen, danach würde ich weitersehen. Ich hatte Mutter ein paarmal begleitet und Kartoffeln geerntet und ein bißchen Geld verdient. Die Blaubeeren waren diesen Sommer zwar weggetrocknet, aber was Preiselbeeren und Pilze betraf, so hatte ich einen beachtlichen Teil dazu beigetragen, der Aufkäufer hatte genommen, was er kriegen konnte. Sogar Schafporling war in diesem Herbst sehr gefragt, da Fleischmangel herrschte, es wurde gesagt, man mache eine Art Ersatz daraus. Vater war zwar derjenige, der mich mit einem Dach über dem Kopf und Essen versorgte, doch ein wenig Geld, das womöglich für die Kursgebühr und Briefmarken und anderes Material reichte, hatte ich in einer Schachtel in der Kommodenschublade beiseite gelegt.

Meine sogenannten Studien – es war mir immer peinlich, dieses Wort zu verwenden, auch vor mir selbst – waren richtig anständig verlaufen. Am schlimmsten war es mit den Sprachen, dagegen mußte ich was unternehmen, falls ich weitermachen und eine Prüfung bestehen wollte. Vielleicht ein Grammophon mit Schallplatten mieten, das wurde vom Institut empfohlen, aber ich wußte nicht genau, wie ich vorgehen sollte, und auch nicht, was es kostete. Ich arbeitete nicht mehr als Halbtagsmädchen auf dem Pfarrhof, hatte sich so ergeben, als der Pastor einberufen wurde, von der Seite konnte ich also keine Hilfe bei meinen Ausspracheübungen erwarten. Mit dem Deutschen ging es wohl, das klang fast so, wie es geschrieben stand, und den Grundstock hatte mir der Pastor beigebracht, aber es war schwer, die englischen Verdrehungen und Lispler richtig hinzubekommen. Wenn ich Englisch im Radio hörte (immerhin konnte ich erkennen, daß es sich um diese Sprache handelte!), verstand ich kein einziges Wort.

Trotzdem empfand ich eine ungewöhnliche, fast zornige Zuversicht. Ich glaube, daß es an der Sache mit Börje lag. Das Wissen, daß er Abendkurse besucht hatte, um Ingenieur zu werden, machte meine eigenen Bemühungen annehmbarer. Ich war nicht die einzige, die etwas erstrebte. Ich war nicht vollkommen abartig. Nicht bloß hochmütig und verwöhnt, ein Dorfgespräch, wie Betty gesagt hatte, eine Schande und eine Verräterin, die sich für was Besseres hielt und mit feinen Leuten zu tun haben wollte. Nun gab es auch Sara im Hintergrund, ihre selbstverständliche weiße Apothekenausbildung diente auch mir als Freibrief.

Mensch, wenn ich versuchen würde, nächstes Jahr in die Stadt zu kommen und eine Stelle zu finden, damit ich wie Börje abends Kurse besuchen konnte? Das wäre sicher leichter, als zu Hause in Dalängen zu sitzen und ganz alleine zu büffeln.

So flatterten meine Gedanken herum, während ich noch ein wenig auf dem Donnerbalken ausharrte. Bald waren sie bei Betty, bald umsurrten sie meine Zukunft in der Stadt, bald waren sie bei Mutter, bald bei Sara und bald beim armen Åke. So war es ja mit Gedanken, sie konnten gleichzeitig an verschiedenen Orten sein, sie wechselten schnell und gingen ineinander über, sie jagten wie das Schiffchen durchs Gewebe, wenn Mutter den Kettbaum bediente. Und man konnte sehr, sehr viel in einem ganz kurzen Augenblick denken.

Mein Ausweichmanöver hinaus zum Lokus nützte leider gar nichts. Mutter saß immer noch an der Nähmaschine, als ich hereinkam, und nähte jetzt Knöpfe an das Hemd.

Ich war gerade wieder an meinen Platz geschlüpft und hatte mich in der Absicht, so versunken wie möglich auszusehen, über das Buch gebeugt, als sie genau an der Stelle einhakte, an der sie geendet hatte: »Dir ist doch aufgefallen, daß Betty wieder in anderen Umständen ist?«

Ohne meine Haltung zu verändern, warf ich einen vorsichtigen Blick über den Brillenrand. Sie saß über ihrer Arbeit und hatte sich nicht in meine Richtung gewandt.

»Hm.« Ich kniff die Lippen zusammen. Natürlich hatte ich das gesehen. Betty und die Mädchen waren vor ein paar Tagen bei uns gewesen, und obwohl Betty unter dem Vorwand, sie fühle sich so miezelig, die ganze Zeit eine schlabberige Strickjacke trug, war es ja wer weiß wie deutlich sichtbar, nicht zuletzt im Gesicht. Genau wie bei den vorigen Malen war sie aufgedunsen und, wie ich fand, entstellt. Besonders um die Augen.

Mutter seufzte. Die Pause wurde lang. Dann sprach sie weiter. »Nee. Es ist nur, weil ich das Gefühl habe, daß es nicht richtig stimmt. Da ist was nicht in Ordnung. Man merkt es jetzt schon lange. Und sie wollte ja auch gar nicht nach Hause kommen. Nee, ich glaube nicht, daß das seine Ordnung hat. Da stimmt was nicht. So wahr mir Gott helfe! Ist dir nichts aufgefallen, Nancy, als du um die Mittsommerzeit dort warst und auf die Mädchen aufgepaßt hast?«

Es war nicht so, daß ich zu rechtschaffen oder zu gut war, um zu tratschen. Aber ich gönnte Betty den Triumph nicht. Fahr nach Hause und verpetz mich bei Mutter, hatte sie geschrien. So dachte sie von mir. Aber ich würde ihr schon zeigen, daß sie sich da täuschte. Ich konnte sehr wohl dichthalten, das war ja wohl das mindeste. Im übrigen, wie hätte ich es Mutter denn erzählen können? Welche Worte sollte ich verwenden? Also entschied ich mich, den Kopf zu schütteln und nichts zu sagen.

Mutter faltete das Flanellhemd zusammen, stand auf und bürstete sich Härchen und Fäden vorn von der Schürze. »Jaa, dieser Krieg, der bringt so viel Elend!«

In ihren Worten und dem Seufzen schwang kein Vergleich mit. Sie stellte nicht die Hunderttausende, ja, Millionen von Opfern von Bomben, Hunger und Terror gegen ihr eigenes kleines Unglück. So dachte sie nicht. Sie dachte nur an die Ihren. Nun machte sie sich große Sorgen um Betty und Åke und Lynn und KleinDotty. Wie sollte alles werden, wenn es so war, wie sie befürchtete?

Ich machte mir auch Sorgen. Ich hatte Mitleid mit Betty, und mit Åke fast noch mehr. Daß wir, Betty und ich, uns so in die Haare geraten waren, hinterließ auch kein gutes Gefühl. Obwohl wir verschieden waren, so war sie doch meine Schwester. Meine einzige Schwester, jetzt, da es Dora nicht mehr gab. Was, wenn ich sie mal mit dem Fahrrad besuchen würde, solange das Wetter schön war? Ich war nicht in Bettys Wohnung gewesen seit jener Nacht, in der sie mich hinausgeworfen hatte. Wie würde ich diesmal empfangen werden? Es war nicht leicht vorherzusehen, doch wenn sie mir die Tür direkt vor der Nase zuschlug, hatte ich zumindest einen Versuch unternommen.

Ich weiß nicht, ob Mutter begriff, worum es ging, doch ich sah, daß sie froh war, und, wie es schien, auch ein wenig erleichtert, als ich sagte, daß ich demnächst in den Ort fahren wollte, um mich zu erkundigen, was es kostete, ein Reisegrammophon zu mieten. Für Englisch. Gleichzeitig konnte ich ja Betty besuchen, oder? Es war so lange her.

Es gab keine große Umarmung, als sie die Tür öffnete. Sie sah verwundert und wie immer etwas griesgrämig aus, etwas anderes hatte ich wohl auch nicht erwartet. »Ach. Bist du das? Das ist aber eine Überraschung, möchte man sagen.«

Lynn und Dotty kamen fröhlich aus der Kammer gehuscht, als sie mein Klopfen und Bettys Stimme hörten, hielten aber inne und blieben dicht beieinander auf dem Linoleumboden stehen und sahen mich mit großen Augen an. Dotty mit dem Daumen im Mund war wie üblich ein bißchen verrotzt. Als sie mich erkannt hatten und ihr Erstaunen sich gelegt hatte, gerieten sie allerdings in Fahrt! Lynn kam zuerst, das große Mädchen, und kletterte auf meinen Arm. Dotty klammerte sich an meinen Rock. Dann wollten sie mir ihre Puppen zeigen und fragen und erzählen, sie blubberten und plapperten um die Wette. Als der Eifer abflaute, war der Kaffee fertig. Ich zwängte mich auf die Küchenbank und setzte mich auf jenes Kissen. Betty nahm auf dem Stuhl gegenüber Platz.

»Ich soll grüßen«, sagte ich.

»Danke«, sagte Betty.

Wir rührten in unserem Kaffee, bissen von den Brötchen ab, die Mutter mir mitgegeben hatte. Betty zündete sich ihre zweite Zigarette an. Die Stimmung war ungewiß, wir hatten es weit bis zu den Worten.

»Was hattest du denn heute im Ort zu erledigen?«

Wenn ich gesagt hätte, daß ich mich erkundigen wollte, was es kostete, ein Grammophon zu mieten, damit ich die englische Aussprache lernen konnte, wäre das gewesen, als hätte ich Betty eine Kelle Wasser ins Gesicht geschüttet. Im übrigen war dies auch nicht der wichtigste Grund. Deshalb sagte ich, wie es war: »Nee, ich bin wohl einfach gekommen, um dich zu besuchen. Es ist lange her.«

Neues Schweigen. Ich dachte: Das geht nicht, das hat keinen Sinn. Ich kann ebensogut nach Hause fahren. Trotzdem sagte ich die Worte, oder die Worte sagten sich selbst durch meinen Mund: »Wie geht's, Betty? Du siehst müde aus, finde ich. Du bekommst wieder ein Kind, oder?«

Daß ich das gewagt habe, daß ich das gewagt habe!

Betty zuckte zusammen, starrte aber weiterhin auf den Tisch. Dann sagte sie: »Hat Mutter dich geschickt, um zu schnüffeln?«

»Nee, Betty, so ist es nicht! Und ich habe auch nicht gepetzt, falls du das denkst. Über das. Ja, du weißt schon.«

Sie stand auf und ging die paar Schritte bis zum Herd, öffnete die Luke und steckte einige Holzscheite hinein. Es roch wie immer säuerlich und nach Mißmut in der Wohnung. Betty sah schäbig aus. Ich hatte Lust, sie anzuschreien: Du mußt dich zusammenreißen! Denk an die Kinder. Räum auf, mach sauber, back irgendwas! Tu einfach was! Sitz nicht da mit der verfluchten Zigarette.

Aber wie konnte ich? Es stand mir nicht zu, ich mit meinen siebzehn Jahren, was wußte ich schon vom Leben. Arme, arme Betty! Ich spürte die Tränen aufsteigen und aus den Augen drängen. Doch ich wußte, ich mußte noch weitergehen. »Mutter macht sich Sorgen.

Sie hat einen Verdacht. Sie sagt, daß es nicht stimmt. Mit Åkes Urlaub und so.«

Nun war es raus.

Betty drehte sich herum. »Wie, was stimmt nicht?«

Ich biß die Zähne zusammen und schwieg.

»Wie, was stimmt nicht? Meint sie, daß es nicht von Åke ist? Was? Verdammte Mutter, was hat sie sich denn nun wieder ausgedacht? Die ist wie eine alte Eule, über alles muß sie brüten, immer muß sie sich einmischen.«

»Ist es denn von Åke? Ist er derjenige, der dir das Kind gemacht hat?«

Woher nahm ich den Mut? Ich verstand es selbst nicht.

Lynn und Dotty waren in der Kammer mit ihren Puppen beschäftigt, in der Stille konnte ich ihr leises Gespräch mit anhören, Gwendolyns Stimme klang zurechtweisend und streng: »Nun kack dich nicht wieder voll! Hör, was Mama sagt!«

Betty war auf dem Stuhl zusammengesackt. Ihr Gesicht schien blaß, fast krank. Sie drückte ihre Kippe in dem Aschenbecher aus, der vor ihr stand, und zerstieß und zerrieb die Zigarette zu Krümeln. Dann kam alles auf einmal heraus.

Das meiste hatte ich natürlich viele Male zuvor gehört, aber es sollte auch anderes kommen, was sie noch nie erwähnt hatte und was mich erschreckte.

Niemand hatte sich um sie gekümmert, sie war immer genau dazwischen gewesen. Dora, das war ja Vaters Augenstern, die konnte ihn um den kleinen Finger wikkeln, wenn sie wollte, und kein Wunder, sie war ja so hübsch und konnte singen und sich bewegen. Und Mutter, die hatte immer mich verwöhnt, das ganze Betüddeln nahm ja kein Ende. Alles sollte ich kriegen. Aber Betty, nee, nie!

Die Verse dieses Klagelieds kannte ich auswendig, und während sie erzählte, hatten meine Gedanken Zeit herumzuwirbeln. Ich sah Bilder hinter den Augen auftauchen und blitzschnell vorüberziehen. Betty mit einem Rucksack auf dem Rücken und einem grünen Mantel kam durch die Gartentür. Ich saß da und schöpfte Wasser und Sandkörner in eine Dose, goß aus und schaufelte rein, ich saß in der Hocke beim Wasserkübel unterhalb der Veranda, und als sie an mir vorbeiging, trat sie gegen die Dose, so daß sie scheppernd davonflog. Es war vor meiner Krankheit, ich war vielleicht drei, vier, und Betty war wohl acht, sie war schon eingeschult. Kümmerte sich Mama nur um mich? Zog sie Betty nicht die Stiefel aus, wenn sie hereinkam, und prüfte mit der Hand, ob die Strümpfe trocken waren? Rührte sie ihr nie eine Schokoladencreme mit Sahne in der weißen Tasse mit der gelben Rose darauf? Sagte sie nie Lütt-Betty zu Betty, so wie sie immer LüttNancy zu mir sagte? Ich sah auch Dora, ich sah sie von der Seite, sah ihren Kehlkopf, der so lustig auf und nieder hüpfte, wenn sie schluckte, sie saß mit hochgezogenen Knien auf dem Sofa vor dem Fenster und hatte den Arm um mich gelegt und las mir laut aus dem graurosa gefleckten Märchenbuch vor, während Betty hin und her über die Flikkenteppiche marschierte und aus voller Kehle sang. Kümmerte Dora sich mehr um mich, bekam Betty nur die Krümel, war es wirklich so?

Während die Gedanken und Bilder durch meinen Kopf zogen, hatte Betty die selbstmitleidige Litanei fortgesetzt: »Und dann mußte ich ja anfangen zu arbeiten, von Studieren war da keine Rede!«

Hättest du das denn gewollt, dachte ich? Hättest du es gekonnt? Du hattest es nicht leicht in der Schule, erinnerst du dich nicht? Wie du ins Rechenbuch geweint und die Psalmverse gebüffelt hast? Ich habe schneller gelernt, obwohl ich viel jünger war, erinnerst du dich nicht? Ich saß unter dem Tisch zwischen den Stuhlbeinen und lauschte und lernte, indem ich dir zuhörte. Vielleicht hast du mich deshalb von Anfang an gehaßt, und ich kann es verstehen. Aber meine Schuld war es nicht! Ich kann nichts dafür, daß Gott ungerecht ist. War Mama wie Gott, dachte ich dann, war sie genauso ungerecht?

»Und dann kam ich zu dem Weib von Westman, und wie war das, glaubst du? Wie ich da gedemütigt wurde, und wie ich mich nach Hause sehnte! Ich hätte mich beinahe zu Tode geheult, wenn ich sonntags wieder abfahren mußte. Aber Mutter, Pustekuchen, die kümmerte das nicht! Nur Vater war nett zu mir. Er holte das Fahrrad heraus und machte sich wenigstens mit mir auf den Weg. Aber ihn hat Mutter ja immer schikaniert, der Ärmste hat nie was zu sagen gehabt!«

Aber was sagst du da, Betty? War das so? Mit Vater? Daß er schikaniert wurde? Daß Mutter diejenige war, die bestimmte? War es wirklich so? Und ist es jetzt so? Darüber mußte ich allein nachdenken und mir eine Meinung bilden.

»Und dann kam ja Åke, und er war lieb zu mir. Er lud mich ins Kino ein und kaufte mir Schokolade, er konnte sich gar nicht wieder einkriegen. Er war so verrückt nach mir, daß ich nicht einen einzigen Abend Ruhe vor ihm hatte. Und dann kam es, wie es kam, und da war es zu spät, sich anders zu entscheiden. Da saß man hier mit dem Mädchen, und es dauerte ja nicht lange, bis er einem noch ein Kind andrehte. Der geile Bock. Bock übrigens, pah! Er ist wie ein Weib, heult und flennt, wenn er seinen Willen nicht kriegt. Immer will er auf mir liegen und mit seinem verfluchten Klebeding an mir rubbeln. Schön ist es nur, wenn man drum herumkommt.«

Die Betten. Ei ei! Daß Åke auf der Küchenbank schlief. Mutter sah so etwas, die hörte das Gras wachsen.

»Aber das verstehst du natürlich nicht, du hast noch nie mit einem Kerl geschlafen, nehme ich an, da bist du wohl zu fein für. Müßte schon der Pastor sein, wenn überhaupt.«

»Aber BETTY! Du bist doch verrückt!«

»Ich war nie in Åke verliebt! Kapierst du das? Nie! Ich wurde einfach gezwungen!«

Nun legte sie los und brüllte und flennte, genau wie ich erwartet hatte, schlug die Hände vors Gesicht und schniefte und schluchzte in bewährter Manier. Zornig rotzte sie heraus, daß sie dieses verdammte Kind nicht haben wollte. Sie hatte alles getan, um es loszuwerden. Sie hatte alles mögliche eingenommen, um ihm einen Tritt zu versetzen, und auch andere Dinge getan, die Irma ihr beigebracht hatte. Wenn ich nur wüßte! Aber nichts hatte geholfen.

Zunächst saß ich kerzengerade da und starrte sie an, begriff nicht. Dann schoß es in mir auf wie eine heiße Woge aus Wut und Entsetzen und schlug über mir zusammen, so daß ich wie blind war, ich meinte, in Tante Olivias Küche zu sein, hörte wieder die Worte über Dora, darüber, daß sie ... Hörte Mamas Weinen.

Ich stand auf und griff nach Betty. Schüttelte sie. Schrie. »Du bist verrückt! Du weißt nicht, was du tust. Du weißt gar nichts!« Und dann fing ich auch an zu weinen.

Plötzlich standen Lynn und Dotty in der Tür zur Kammer, still und mit großen Augen. »Mama! Mama!« Dotty begann, aus vollem Halse zu schreien. Lynn faßte sie an der Schulter: »Sei jetzt ruhig, Dotty!«

»Mama hat Kopfweh«, sagte ich. »Es geht ihr bald wieder besser. Sie bekommt eine Tablette und soll sich ein bißchen ausruhen. Geht wieder rein und spielt, ihr beiden, dann bring ich euch Saft. Habt ihr Saft?«

Ja doch, das hatten sie. Ich bereitete zwei Gläser und

ein paar Brötchen vor und trug alles auf einem Tablett hinein, das ich auf den Boden stellte. Das Herz klopfte heftig in meiner Brust.

Betty weinte immer noch, nun lag sie halb auf dem Tisch und hatte die Arme gekreuzt und den Kopf dazwischengepreßt.

»Betty«, sagte ich, »hör jetzt auf zu heulen! Denk an die Mädchen. Du mußt das hier irgendwie in Ordnung bringen! Bist du mit dem andern jetzt auch zusammen, und weiß Åke, daß er nicht derjenige ist?«

»Spinnst du? Wenn Åke erfährt, daß ich mit einem anderen geschlafen habe und von ihm ein Kind bekomme, nimmt er sich das Leben! Damit hat er schon mal gedroht. Und dann würde ich mit drei Kindern hier sitzen. Allein.«

»Ja aber, und der andere? Was sagt er? Weiß er davon?«

Betty schüttelte den Kopf. »Er ist nicht mehr hier. Er hatte Urlaub über Mittsommer, und dann wurde er an eine andere Stelle abkommandiert, er war bestimmt so ein Obergefreiter oder wie das heißt. Außerdem ist er verheiratet.«

Neues Schniefen.

Ach du lieber Gott!

»Mochtest du ihn denn?« fragte ich nach einer kurzen Stille. »Warst du in ihn verliebt?«

Da zog sie den Rotz in der Nase hoch. Zuckte die Achseln. »So eine Memme wie Åke war er jedenfalls nicht«, sagte sie. »Er hatte zumindest was von einem Mannskerl. Er tanzte und amüsierte sich ganz gern. Mit ihm hatte man wenigstens das Gefühl, daß man lebte. Und daß man jung war.«

Mannskerl! Ich sah das zu einem seligen Grinsen verzerrte Gesicht unter dem blonden Haarbüschel aufblitzen. Sah Bettys rumpelndes Hinterteil. Hörte ihr Jammern. Mit ihm gefiel es ihr offenbar, es zu tun, obwohl sie sagte, daß sie mit Åke am liebsten drum herumkam. Warum das? War es so unterschiedlich?

Ich erfuhr auf jeden Fall, daß er Ragnar hieß. Und aus Södertälje kam. Viel mehr wußte Betty selbst nicht. Aber daß sie ihn nie wiedersehen durfte, das wußte sie. Niemals.

»Wie viele Leute wissen denn, daß du mit ihm zusammen warst?«

»Tja, das waren nur Irma und ich. Die beiden Alten in der Wohnung nebenan vielleicht.« Und dann diese Bekloppte im Erdgeschoß, die war einmal herausgekommen, als sie gerade die Treppe hochgingen, aber die war ja vollkommen verrückt, die spielte keine Rolle.

»Du mußt nach Hause fahren und mit Mutter reden«, sagte ich. »Du mußt, Betty! Du kannst hier nicht so herumsitzen, sonst drehst du durch.«

Betty schüttelte den Kopf.

»Doch, Betty. Mutter weiß selbst. Wie das ist. Nimm morgen den Bus nach Hause. Ich werde nichts sagen. Du mußt jetzt an die kleinen Mädchen denken.«

Das Reisegrammophon vergaß ich vollkommen. Als ich spät am Nachmittag über die Ebene nach Hause radelte, fühlte ich mich so aufgewühlt, daß mir übel wurde. Ich hatte auch den ganzen Tag nichts Ordentliches gegessen.

War es so? War die Liebe so?

Unschuldig? Na klar. Das war ich wohl. Doch es fühlte sich nicht mehr so an. Ich meinte, alles zu wissen, und was ich wußte, schien mir nicht besonders verlokkend. Zuerst Dora. Und nun Betty. Und Mutter. Mein Gott! Wieviel konnte der Liebestraum eigentlich vertragen?

Dennoch – es half nichts. Nichts half. Hinter meiner Aufgewühltheit und meinem Widerwillen begann sich nach einiger Zeit trotz allem, wie nach einem Platzregen oder einem richtigen Hagelschauer, die kleine starrsinnige Traumpflanze langsam, aber sicher wieder aufzurichten, zu entfalten und genauso unbeugsam zu sprießen wie zuvor. Und das lieblichste Gewächs, von dem nur ein einziges Exemplar vorhanden war – das ich entgegen aller Vernunft eines Tages zu finden glaubte –, das würde allein für mich duften und leuchten ...

VII

In diesem Herbst wurde viel über Essen geredet. Lebensmittel würden knapp werden. Kaffee war seit Ende März rationiert. Manche tranken Erbsenkaffee, aber sobald Mutter bei den Bauern ein Tütchen Roggen ergatterte, röstete sie das Getreide in der langen Pfanne im Ofen und mahlte es dann in der Kaffeemühle zusammen mit ein paar echten Bohnen. Meistens mußten wir jedoch etwas kaufen, das sich Mabou nannte und ein Kaffee-Ersatz war. Zucker wurde auch knapp, fast gleichzeitig mit dem Kaffee. Wir mußten die Zahl der Würfel reduzieren, die wir uns in die Tassen taten, ich hatte früher drei genommen und mußte mich nun an anderthalb gewöhnen. Im Frühherbst wurden Mehl und Brot rationiert, und im Oktober war es an der Zeit für den Speck.

Zu Beginn merkten wir bei ZehenPelles nicht besonders viel von diesen Einschränkungen, doch, ja, es war natürlich schwer für Mutter, auf eine ordentliche Tasse Kaffee zu verzichten, doch waren Lebensmittel bei uns nie im Überfluß vorhanden gewesen, der Unterschied war also nicht so gewaltig. Außerdem ging Mutter in dieser Zeit recht oft zu den Bauern, um zu helfen, und eignete sich damals die gewitzte Methode an, sich in Form von Erbsen, Mehl und einem Stück Speck bezahlen zu lassen. Nach und nach wurde jedoch auch in diesen Gefilden der Gürtel enger geschnallt, und es wurde fürchterlich selbstmitleidig gejammert, wenn Mutter schamhaft anfragte. »Ja, ja«, murmelte sie bei solchen Gelegenheiten, wenn sie mit einem Zweikronenstück in der Schürzentasche nach Hause kam, »die Welt bleibt sich gleich! Die, die am meisten haben, können am wenigsten entbehren, aber so ist es zu allen Zeiten gewesen.«

Es kam ein Wort auf, das hieß hamstern, aber es war etwas für Leute mit dickem Geldbeutel und nichts für uns. Solche wie wir, die weder Kalb noch Schwein oder auch nur zwei, drei Hühner hatten, schafften sich Kaninchen an und zogen sie auf bis zur Schlachtung. Sowohl bei Labergs als auch in der Biege waren an den Holzschuppenwänden Käfige aufgereiht. Arvid und Maja gingen am Wegesrand spazieren und rupften Espenlaub, das in Bündeln als Winterfutter für die Tiere getrocknet wurde. In vielen Kellervorratsräumen, in Wannen und in Dosen lagen blaurote Kaninchenkörper, die fast wie Säuglinge aussahen, zum Ziehen in eiskaltem Wasser.

Mutter unternahm einen Versuch: »Ein Kaninchenbraten im Topf wäre gar nicht so verkehrt. Oder was meinst du? Also mit Wacholderbeeren und Soße!«

Doch Vater blieb unbeugsam. »Zum Teufel auch, bevor ich solche armen Würmer aufziehe und ihnen die Kehle durchschneide, esse ich lieber Kartoffeln mit Preiselbeeren.«

»Ja, ja.«

Vater war ja so empfindsam. Das Äußerste, wozu er beim Thema Töten in der Lage schien, war, den Sack hervorzuziehen, in dem die Katzenjungen ertränkt wurden. Das war eine notwendige Maßnahme, wenn der Hügel nicht von Katzenviechern überschwemmt werden sollte, sagte er, und versuchte, damit sein Handeln zu rechtfertigen. Doch daß ihm dabei unwohl war, merkte man deutlich, besonders wenn es so weit gekommen war, daß sich die Augen der kleinen Krabbeltiere geöffnet hatten. Jedesmal stieß er einen Rattenschwanz von Flüchen über das Katzenaas aus, das nichts Besseres zu tun hatte, als zu werfen. Das Donnerwetter war leicht zu durchschauen. Er bedauerte ebenso wie ich die Katze, die so kohlpechrabenschwarz war, daß sie auf den Namen Kohlchen getauft worden war.

Es ergab sich so, daß wir einen schrecklich kalten Winter bekamen. Mutter mußte nachts kleine Kerzenstummel in den Keller hinunterstellen und Säcke und eine alte Steppdecke über die große Holzkiste liegen, damit die Kartoffeln nicht erfroren. Spät im Januar taten sie es trotzdem, da half nichts mehr, und wir mußten uns an den süßlichen Geschmack gewöhnen.

Die Lage des Krieges war genauso bedrohlich wie zuvor, die fettgedruckten Buchstaben waren ebenso unheilverkündend. Dieselbe eisengraue näselnde Radiostimme berichtete im Schicksalston von den Fronten. Wir bei ZehenPelles trotteten weiter wie immer, ohne die übermächtigen Führungssysteme, die die Welt außerhalb unseres entlegenen Nests regierten, überhaupt zu kennen, geschweige denn zu begreifen. Doch natürlich bekamen auch wir den Krieg zu spüren, zumindest dann, wenn die Ahle uns direkt ins Herz stach, und das tat sie hin und wieder. Wie damals im Oktober, höchstens eine Woche nachdem ich im Ort gewesen war und mit Betty gesprochen hatte, als oben in Norrland eine Fähre sank, Armasjärvi hieß der Ort, es starben sechsundvierzig Soldaten. Das war wie eine Eispranke. Mutter rang die Hände. Irgendwo in Norrland war ja Åke stationiert. Wir wußten nicht, wo. Was, wenn er? O du lieber Gott! Norrland war groß, und unsere Vorstellungen von den geographischen Details waren ziemlich nebelhaft. Doch dann erfuhren wir, daß Åke davongekommen war, und das Ereignis in all seiner Tragik wurde beiseite geschoben. Ein Ereignis unter vielen anderen.

Es war ja so. Der Alltag stellte seine Anforderungen. Die kleinen Sorgen gewannen die Oberhand. Und daß »jeder sich selbst der Nächste ist«, wie Mutter zu sagen pflegte, war eine Redensart, die sich in dieser Zeit oft bewahrheitete.

Weihnachten kam auf jeden Fall. In diesem Jahr war Lennart der einzige, der nach Hause nach Dalängen kam. Er hatte eine schwere Erkältung gehabt und war blaß und schlapp und mußte sich ein paar Tage ausruhen, hatte der Kompaniechef angeordnet, der ein netter Kerl war.

Börje wollte zusammen mit Sara bei ihren Eltern sein. Ihr Vater war Schulhausmeister in Eskilstuna, sie hatte zwei jüngere Geschwister, das wußte ich inzwischen, und die Familie hatte eine Wohnung mit zwei Zimmern und Küche und einem kleinen Eßzimmer, wo ein Bett stand, das man zu einem Schrank zusammenklappen konnte. Davon hatte Sara bereits an Mittsommer erzählt, als sie bei uns zu Hause das Ausziehbett sah. Doch Börje mußte über die Feiertage Wache halten, es gab keinen Urlaub, so stand es auf einer Weihnachtskarte, die von Sara kam.

Åke dagegen sollte mit dem Zug von Norden schon am Tag vor Heiligabend eintreffen. Mutter und ich waren eine Woche vor den Feiertagen im Ort gewesen und hatten ein paar Weihnachtseinkäufe getätigt, und als wir da bei Betty oben waren und Kaffee tranken, erfuhren wir von dem Urlaub. Trotzdem kam die Familie nicht am Vormittag des Heiligen Abends mit dem Bus aus dem Ort, wie wir erwartet hatten, Vater ging zur Straße hinauf, um sie abzuholen, doch niemand stieg aus. Und am Weihnachtstag kamen sie auch nicht. Das beunruhigte Mutter sehr. Sie vermißte natürlich die kleinen Mädchen. Voller Vorfreude hatte sie sich ausgemalt, wie verwundert und verzückt sie über alles Weihnachtliche und Neuartige sein würden: die Tannenzweigveranda, die Wandbehänge aus Papier, der rote Kerzenständer aus gedrechselten Holzkugeln, der mitten auf dem Tisch stehen sollte, und vor allem der Weihnachtsbaum. Im letzten Jahr war jedem Kind ein Glasvogel zugeteilt worden, der ihm allein gehören sollte, natürlich nicht zum Spielen, aber um voller Stolz und Besitzrecht darauf zu zeigen. Ob sie sich wohl noch daran erinnern würden?

»Ohne Kinder wird es kein richtiges Weihnachten«, meinte Mutter am Abend des zweiten Feiertags. »Sie hätten ja wenigstens auf die eine oder andere Art von sich hören lassen können«, murmelte sie dann. »Hier soll man rumlaufen und warten, mit dem Essen und allem.«

Die Enttäuschung war groß, doch ich begriff, daß noch etwas anderes hinter ihrer Rastlosigkeit und den Wanderungen zwischen Herd und Fenster steckte. Betty hatte es wirklich so gemacht, wie ich ihr gesagt hatte, sie war eines Tages nach Hause gekommen. Da hatte ich unter dem Vorwand, daß ich in aller Ruhe lesen müßte, die Kammertür hinter mir geschlossen. Diesmal gab ich mir keine Mühe zu lauschen, was ich wußte, war mehr als ausreichend für mich. Doch als ich etwas später zum Kaffee gerufen wurde, stand Betty vorm Fenster und zupfte an ihrem Taschentuch, die Mädchen spielten Konditorei auf einem Stuhl, und die Stimmung war genauso unhandlich dünn wie ein zu stark ausgerollter Pfefferkuchenteig. Aber es weinte niemand. Was hätte es auch genützt?

Nachdem sie mit dem Nachmittagsbus wieder abgefahren waren, seufzte Mutter: »Ja, was soll man dazu sagen«, und: »So ein Unglück«, und: »Wenn es dies nicht ist, dann ist es das andere«, und: »Wie soll das nur werden?«

Ich wußte, daß sie keine Antwort erwartete, wenn es um solche Dinge ging. Dennoch fühlte ich mich beteiligter und eingeweihter als je zuvor. Mutter sprach zwar einfach vor sich hin, doch sie redete mit mir, daran bestand kein Zweifel. Auch wenn sie sich nicht mir gegenüber hinsetzte und mir in die Augen sah, wurde mir etwas anvertraut, mit Hilfe meiner Anwesenheit und meines Zuhörens versuchte sie, ins reine zu kommen. Zwischen uns war unausgesprochen klar, daß wir beide wußten, wie es um Bettys Bauch stand, der wuchs und wuchs, aber dennoch nicht schnell genug. Sie würde mindestens einen Monat zu spät gebären, wenn man von Åkes Urlaub Anfang Mai ausging.

Nun zu Weihnachten, als niemand von sich hören ließ, sorgte sich Mutter natürlich darum, wie die Dinge dort im Ort bestellt waren. Ob es ein Weihnachten für sie gab, wie Åke und Betty sich untereinander einigen würden, ob Åke die Wahrheit erfahren oder ob Betty schweigen und auf ein Wunder hoffen würde.

Nein, es wurde in jeder Hinsicht ein schales Weihnachtsfest. Ungemütlich und trostlos. Der Abfalleimer gefror in seinem Winkel neben der Brennholzkiste. Die Kälte kroch durch die Fußbodenritzen herauf, und über Nacht wuchs eine dicke Eisschicht an der Innenseite der Fensterscheiben in der Küche, nur in der Kammer hatten wir ein Innenfenster. Wenn wir im Herd tüchtig einheizten, rann das Schmelzwasser in kleinen Strömen auf das Fensterbrett hinunter, das rote Kreppapier, mit dem wir die Blumentöpfe verziert hatten, wurde feucht und färbte ab, so daß es rötlich von der Untertasse tropfte und ringsherum rote Flecken in der abgeblätterten Farbe hinterließ. Nicht einmal das wundertätige Birkenholz, mit dem wir sonst so sparsam waren, vermochte die Kälte in Schach zu halten. Das Essen war auch nicht gerade weihnachtlich, kein Luxus wie damals, als Dora uns Geld nach Hause geschickt hatte und ich die braune Schultertasche mit der Post bekam.

Nein, ach, wieviel sich verändert hatte und verschwunden war und niemals wiederkehrte. Am besten war es, solange man klein war, da war es am lustigsten. So bemitleidete ich mich.

Lennart war schweigsam, er fühlte sich wohl einsam ohne Börje, er mochte sich nicht viel darüber äußern, wie es draußen im Feld war, obwohl Vater mit Hilfe des halben Liters versuchte, ein paar Diskussionen über die schwedische Verteidigung in Gang zu bringen, die seiner Meinung nach keinen müden Pfifferling wert war. Nein, Lennart schlief meistens. Auf der einen Hälfte des Kammersofas lag während der Feiertage das Bettzeug, und die einzelnen Teile seiner Uniform waren überall verstreut. Mutter gefiel das nicht so recht, sie wollte es hübsch haben in der Kammer, wo sie nun mal Spitzendeckchen aufgelegt und die weißen Gardinen gestärkt hatte. Doch es gab keinen anderen Ausweg, wir lebten ja in einer Zeit von Aufopferungen, jeder mußte in erster Linie an das gemeinsame Wohl der Nation denken, sagte Per Albin im Radio. Das Kammersofa gehörte auch dazu, nehme ich an, als Ruhelager für einen übernächtigten Soldaten.

Obwohl vieles schlechter war, hatten wir bei Zehen-Pelles ein Bonbon, das wir an diesen Weihnachts- und Neujahrsfeiertagen von 1940 auf 1941 lutschen konnten. Soll heißen, Mutter und ich. Eine gute Woche vor Weihnachten waren nämlich Plakate im Laden aufgehängt worden, eins an die Tür geklebt, und eins hing vorn am Tresen. Auf denen stand in roten und grünen Buchstaben, von aufgeklebten Glitzerbildchen eingerahmt, daß C. G. Perssons Gemischtwaren für das vergangene Jahr dankte, frohe Weihnachten und ein gutes neues Jahr wünschte – und alle treuen Kunden am Tag vor dem Dreikönigsfest um ein Uhr zur Weihnachtsfeier in der Kirchenschule willkommen hieß.

Ich war diejenige, die die Nachricht überbrachte.

»Was um alles in der Welt«, staunte Mutter und traute kaum ihren Ohren. »Woher weht denn dieser Wind?« Doch ziemlich schnell ging ihr ein Licht auf. Die Frau des Kaufmanns wurde fünfzig. So war das. Mutter erinnerte sich, daß sie davon hatte munkeln hören, als sie in Norrboda war und beim Schlachten half. Frau Persson war bestimmt am Neujahrstag geboren. Persson selbst, der war ja ein ganzes Stück älter, und als er Geburtstag hatte, da war nicht die Rede davon gewesen, irgendwelche Kunden einzuladen. Aber nun sollte es offenbar ein richtig großes Unternehmen geben.

»Ja, ja«, sagte Vater, als er nach Hause kam und die Neuigkeit erfuhr, »manche können zuschlagen. Kein Wunder, so viel Geld, wie die einem in all den Jahren abgeluchst haben. Im übrigen ist es doch eine Schande, jetzt eine Feier zu veranstalten, wenn die Leute kaum was zu essen auf dem Tisch haben.«

Dem konnte Mutter zustimmen. Doch eines stünde fest, sagte sie dann, solche wie Perssons, die hätten natürlich Beziehungen. Sowohl zu Bauern als auch zu Kaufleuten in der Stadt. Die hätten bestimmt Fleisch und Speck und Butter, da herrschte sicherlich kein Mangel.

»Nee, zum Teufel«, sagte Vater, »die brauchen mich wirklich nicht einzuladen. Ich habe nicht vor, da hinzugehen. Außerdem wird wohl BiegenArvid bald mit der Liste herumpfeifen. Die, die scharf darauf sind, werden noch zur Kasse gebeten für die Feier.«

Sehr richtig. BiegenArvid stapfte zwei Tage später in den Hausflur, glücklicherweise am Vormittag, als Vater nicht zu Hause war. Das war wohl auch so beabsichtigt, vermutlich wollte er sich Vaters spöttischen Bemerkungen nicht unnötig aussetzen. Mutter kniff den Mund zusammen, holte jedoch das Portemonnaie aus der Schublade des Küchenbüfetts und legte ein paar Kronen auf den Bogen Papier. Es war der Betrag, den auch Labergs und Ågrens eingezahlt hatten.

Als Arvid sich entfernt hatte, sagte Mutter: »Tja, solange man noch zwei Öre im Portemonnaie hat, pinkeln einen die Hunde nicht an. Was meinst du, Nancy, sollen wir hingehen?«

Nun traute ich kaum meinen Ohren. Wollte Mutter dort hingehen? Hinaus unter Leute? Sie, die sonst nie? Und Vater, der – er würde fuchsteufelswild werden!

»Der ist doch selber schuld. Soll er doch zu Hause bleiben. Man wird schließlich nicht jeden Tag zu einer Feier eingeladen, und im übrigen haben wir auch ein bißchen was zusammengetragen in all den Jahren. Ist nicht zuviel verlangt, daß mal ausgeteilt wird.«

Mutter hatte sich wahrhaftig verändert. Oder was steckte dahinter? Es durchfuhr mich eine Erinnerung an den Tag, als wir bei Perssons waren und Lebensmittel für den Fünfer kauften, den sie von StockholmCharlie bekommen hatte. Wie gerade und gewissermaßen unberührbar sie auf dem Fahrradsattel gesessen hatte, als wir nach Hause strampelten, obwohl sie ebensogut wie ich wußte, daß es dieser Charlie war, der zwei Tage zuvor im Laden eingebrochen war und sowohl die Tageskasse als auch eine Menge Zigaretten gestohlen hatte. Sie lagen ja in der Tasche, in Doras brauner Tasche. Saßen

Scham und Angst immer noch so tief, daß sie zuschnappen mußte, daß sie um sich schlagen und beweisen mußte, daß sie – ja, unberührbar war?

Wie auch immer, es gab keinen Sturm später am Abend, als wir gegessen hatten und Mutter sich aufraffte und mitteilte, daß sie und ich gedachten, auf diese Dreikönigsfeier zu gehen. Vater schwieg einfach. Mutter stand da und drehte sich wie im Leerlauf, sie geriet beinahe außer sich, so aufgeladen, wie sie war.

»Könnte doch nett sein für Nancy, mal ein bißchen rauszukommen«, sagte sie. »Wie die immer dasitzt und jeden Tag mit der Nase über dem Buch hängt. Und man kann sagen, was man will, treue Kunden sind wir gewesen. Und was zu essen soll man nicht ablehnen. Die haben sich doch an uns bereichert all die Jahre hindurch. So gesehen.«

Die Erklärungen, die sie sich ausgedacht hatte, verliefen im Sande, ihre listige Taktik, zwischen meinen bemitleidenswerten Bedürfnissen und unseren Rechten als treue Kunden hin und her zu wechseln und Vater zum Schluß mit den eigenen Worten Honig ums Maul zu schmieren, war völlig nutzlos. Er widersprach nicht, er saß bloß schweigend da mit seiner Zeitung.

Ihn hat sie doch immer schikaniert. Er hat wohl nie was zu sagen gehabt. Das waren Bettys Worte. War es so – obwohl ich es nie so gesehen hatte? Doch auf der anderen Seite: Ich fand, Mutter hatte recht. Ihre veränderte Einstellung schien erstaunlich, aber zugleich befreiend. Warum sollten wir bei ZehenPelles immer gegen alles sein? Warum sollten wir uns immer zurückziehen? Waren wir schlechter als andere? Das fand ich nicht. Ganz im Gegenteil, schon allein wegen Börje und so.

An den nächsten Abenden mußte man natürlich herumtapsen wie auf dünnem Eis. Jeden Augenblick konnte ein Ausbruch erfolgen, denn Vater hatte Zeit genug gehabt, Argumente zu sammeln, und vielleicht hatte er sich unten in der Säge in seine Wut hineingesteigert. Doch das Schweigen blieb bestehen. Es ist zwar möglich, daß zu späterer Stunde, wenn das Licht gelöscht war, auf der Küchenbank über den Kaufmannsdeubel gemurmelt wurde, aber zumindest hörte ich nichts, und damit schien es ausgemacht, daß wir teilnehmen würden. Und als ich unterwegs war, um einige kleinere Besorgungen zu machen, und Frau Persson mich fragte, sagte ich: »Ja, gern! Mutter und ich, wir wollen kommen.«

»Und dein Vater? Kommt der nicht?«

Ich wußte nicht genau, was ich als Ausflucht heranziehen sollte, es kam so unvorbereitet, aber ich brachte irgend etwas über seine Frostbeulen raus, die ihm zur Zeit so weh täten. Und daß er am liebsten nicht weit zu Fuß ging, wenn er frei hätte.

Die Kaufmannsfrau nickte und sah richtig bedauernd aus. Doch, das konnte sie verstehen, aber schade war es doch. Wäre nett gewesen, wenn wir alle zusammen gekommen wären!

Mutter gefiel es, wie ich das gesagt hatte. Sie reckte sich und warf den Kopf in den Nacken. Nun war es also ausgesprochen und beschlossen und unwiderruflich. Nun mußten wir wohl beginnen, uns zu überlegen, was ich anziehen sollte. Sie selbst wollte ihr graugesprenkeltes Wollkleid tragen, da war tatsächlich richtiger Schneiderstoff drin, und so selten, wie sie unter Leute ging, konnte keiner wissen, wie alt es war.

Es waren immer noch ein paar Stücke von den blaugrün changierenden Moirégardinen übrig, die Dora aus dem Restaurant in Stockholm mitgebracht hatte. Im Sommer würde es vier Jahre her sein, daß Dora zum allerletzten Mal zu Hause in Dalängen war. Da hatten wir in der Laube gesessen, sie, Mutter und ich, und die

Säume dieser Stoffbahnen aufgetrennt. Mutter wusch sie danach in der Wanne beim Brunnen mit lauwarmem Wasser und Seifenflocken, hängte sie auf die Leine zwischen den Ebereschen, damit sie in der Sonne trockneten, etwas steif und fremd, aber seltsam schön. Wer war ich damals? Wovon träumte ich? Es war eine Ewigkeit her – und doch nicht länger als vier Jahre. Seitdem hatten diese Stoffteile, in eine Rolle aus Zeitungspapier gestopft, auf dem obersten Regalbrett in der Rumpelkammer gelegen. Nun holte Mutter sie herunter.

Vater hatte zwischen den Jahren freigehabt von der Säge, aber als Neujahr vorüber war, machte er sich wie gewöhnlich morgens auf den Weg.

»Ich mach wohl wenigstens einen halben Tag«, sagte er, als er ging. »Kommt auf den Sägewerksdirektor an, ob der die Nerven hat, in dieser Kälte loszulegen.«

Lennart war bereits am Nachmittag des Neujahrstages abgereist, ausgerüstet mit einem Freßpaket, einem dicken Unterpulli und zwei Paar selbstgestrickten Wollsocken.

Mutter und ich waren wieder allein. Auf dem Kammersofa wurde das Bett gemacht und die eine Seite hochgeklappt, die Tischtücher wurden ausgeschüttelt und die Aschenbecher geleert, es war immer noch Feiertag. Wir trugen gemeinsam das Ausziehbett auf den Dachboden und schleppten die Nähmaschine aus der Kammer, wo sie eingeklemmt zwischen Anrichte und Ofenecke stand. Der Küchentisch war kahl, und der Stoff war ausgebreitet, Mutter nahm Maß und fing an, nach einem Papiermuster zuzuschneiden, das sie schon verwendet hatte. Es sollte ein Rock werden, gerade an den Seiten, aber mit eingenähten Falten vorn und hinten.

»Besser, man näht Falten hinein, damit er nicht zu sehr absteht«, sagte Mutter. Dieser Moiré war nicht so geschmeidig, die Gefahr bestand also.

Anhand von einem Bild aus der Zeitung, das ich hervorkramte, wollte sie nach einigem Überlegen und Lippenkauen versuchen, die hochtrabende Idee einer Jacke zu verwirklichen, die ganz genau bis zur Taille ging, keine Knöpfe und keinen Kragen hatte und vorn geizig bemessen war. Sie sollte offen getragen werden, der Blusenkragen und die ganze Brust sollte zu sehen sein, und am besten sollte in der Taille auch ein Gürtel hervorblitzen. So war es zumindest auf dem Bild. Da stand, das Kleidungsstück heiße Bolero.

Mutter kettelte und nähte. Die Füße auf dem Pedal bestimmten die Geschwindigkeit, das große Rad hinter dem schwarzen Eisengestell mit all seinen Verzierungen sang, das kleine Rädchen schnurrte angetrieben von Riemen, wurde hin und wieder von Mutters rechter Hand gestoppt und wieder gestartet, wenn der Stoff zurechtgerückt oder der Faden abgebissen war. Von einem Stuhl daneben verfolgte ich mit meinem Blick den gespaltenen Druckfuß, der mich schon als Kind verzaubert hatte: Ich sah darin eine Vogelkralle. Ein schwarzer einbeiniger Vogel mit goldverziertem Kropf war der Nähmaschinenkörper, und der hatte einen stahlglänzenden Springfuß, der am Saum entlangraste, über umgeknickte Ecken und Säume hüpfte, wo der Stoff doppelt lag, und wieder losraste. Damals, als ich klein war und manchmal quengelte, weil ich mich langweilte und mir nicht einfiel, was ich tun könnte, pflegte Mama die Haube abzunehmen und die Riemen um das Triebrad zu lösen, und dann durfte ich sitzen und mit voller Geschwindigkeit die Nähmaschine treten, während das große Rad sang und ich das Lied brummend begleitete.

Mutter stand von ihrem Stuhl auf. »Nun wollen wir mal sehen, Nancy!«

Sie hatte sich Stecknadeln zwischen die Lippen geklemmt, so daß ihre Sprache verkniffen und grunzend klang, sie forderte mich auf, mich herumzudrehen, die Arme zu heben, den Bauch einzuziehen und den Hals zu recken, während sie ein ums andere Mal probierte. Das Stück wurde nicht am ersten Tag fertig, aber tags darauf, um die Mittagszeit, als alle Kettelfäden herausgezogen und die Säume geplättet waren und wir auch die weiße Lakentüte auf dem Dachboden geöffnet hatten, in der Doras weißes Kostüm war, und die hellblaue Bluse in Händen hielten, und als Mutter ganz, ganz vorsichtig die Seidensäume aufgetrennt und die Knöpfe einen winzigen Tick nach außen versetzt hatte, weil ich an der Brust fülliger war, als Dora es gewesen war, ja, da – da steckte ich, als ich mir die ganze Herrlichkeit angezogen hatte, in der Kammer die Haarbürste unter den Spiegelrahmen auf der Kommode und stellte ihn auf die richtige Betrachtungshöhe.

In all meiner Pracht drehte ich mich herum. »Mama, o Mama! Oh, wie schön es geworden ist! Du bist ja eine richtige Damenschneiderin! Du könntest Aufträge annehmen, wenn du wolltest! Meine Güte, ein Bolero, daß du das hingekriegt hast!«

Das schwere Bügeleisen, am Herd aufgeheizt und mit Mutters spuckefeuchtem Zeigefinger viele Male ausprobiert, war nun auf seinem Fuß aus Eisendraht aufgestellt. Mit dem bräunlich verkohlten Bügellappen noch in der Hand, stand sie auf der Kammerschwelle, glücklich und zufrieden nach getaner Arbeit. »Dreh dich doch noch mal, und laß mich gucken! Jaa, du. Nun taugst du allemal, um auf eine Feier zu gehen!«

Aber noch war es nicht soweit.

Von MilchAlbin, unserem Boten, hatten wir gehört, daß mit Betty alles in Ordnung war, und das zu erfahren war für Mutter eine große Erleichterung. Er bremste seinen Milchwagen, als ich auf dem Tretschlitten die große Straße entlanggefahren kam, es war übrigens derselbe Tag, an dem ich Frau Persson mitteilte, daß wir zu der Feier kommen würden. Albin hatte Betty im Ort gesehen, sagte er, nur kurz im Vorbeifahren. In der Ecke bei der Post hatte sie gestanden. Als er gehupt und die Scheibe runtergekurbelt hatte, hatte sie gerufen, er solle zu Hause grüßen, falls er jemanden traf. Ich wollte gerade fragen, ob Åke und die Mädchen auch dabeigewesen waren, als Albin sagte: »Die ist doch eine richtige Zuchtstute, deine Schwester. Bei ihr ist es ja schon wieder soweit!«

Da nahm ich Abstand von einer Fortsetzung des Gesprächs, tat, als hätte ich nichts gehört. Ich verabscheute dieses glitzernde und erwartungsvolle Junggesellengrinsen, das sich auf Albins Maul ausbreitete, so als würde er sich daran laben, daß ich erklärte, wie man schwanger wird. Er war ja ansonsten nett und gut, doch wenn er auf solche Dinge zu sprechen kam, schien es, als wollte er mir geradezu unter den Pullover kriechen. Ich starrte vor mich hin und trampelte los, so daß Albin nichts anderes übrigblieb, als den Gang einzulegen und abzuzischen. Deshalb konnte ich später, als ich nach Hause kam, Mutters Fragen nicht beantworten.

Doch am Tag vor dem Dreikönigsfest, gerade als wir uns allmählich fertig machten, um zur Kirchenschule zu gehen, ohne, mit Rücksicht auf Vaters unsichere Stimmungslage, einen allzu großen Aufstand zu veranstalten, kam Betty mit dem Vormittagsbus nach Hause. Lynn und Dotty waren vom Kopf bis zu den Zehen dick eingepackt, nur Nasenspitze, Augen und Teile der apfelroten Wangen waren unter den Schals zu sehen. Ah, ja! Nun wird also nichts aus unserer Teilnahme an der Feier, war mein erster Gedanke, und ich war nicht froh darüber.

Es wurde schwierig für Mutter. Was sollte sie tun? Sie schielte in meine Richtung, ihr Blick war unruhig und beinahe flehentlich, sie wußte ja, daß der Rock und das Bolerojäckchen auf einem Kleiderbügel an der Kammerwand hingen und warteten, sie wußte, wie gern ich gehen wollte. Und nun Betty und die kleinen Mädchen. Und Vater! Wir bewegten uns ohnehin auf dünnem Eis.

Ja, Betty hatte vor, den Feiertag bei uns zu verbringen. Åke hatte sich bereits am Neujahrstag wieder auf den Weg machen müssen. (Oh, genau wie Lennart, schob Mutter eifrig ein.) Und er hatte, während er zu Hause war, fast die ganze Zeit geschlafen. (Jaa, das muß man sich mal vorstellen, die Armen! So übermüdet! Mit Lennart war es genauso!) Sie waren also gar nicht rausgekommen. Hatten nur drinnen gesessen. (Ochottochottochott, und die Mädchen! Habt ihr denn wenigstens einen Weihnachtsbaum gehabt?) Mutter versuchte, es allen recht zu machen. Sie hatte rote Flecken am Hals und sah verschwitzt aus, so sehr hatte sie geschuftet, damit das Abendessen vorbereitet war, wenn wir nach Hause kamen. Abendessen gab es immer um sechs, und nun hatte sie Vater so behutsam wie möglich darauf vorbereitet, daß es heute unter Umständen ein wenig später werden konnte. Er hatte es kommentarlos hingenommen, doch allzu lange fortzubleiben war nicht ratsam, soviel war uns klar. Und jetzt? Was sollte jetzt werden?

»Ach, ihr geht auf ein Fest?« Betty sah beleidigt aus. »Dann war es ja eine blöde Idee zu kommen. Da können wir ja gleich wieder zurückfahren. Mit dem Bus um halb zwei.«

Es war, als hätte man Mutter einen Dolch ins Herz gestoßen. Ich sah, wie sie sich quälte, und als ich mich schon dazu durchgerungen hatte, die Feier sausen zu lassen, ergriff Vater das Wort.

»Tja«, sagte er, »geht ihr man schön zu Kaufmanns, wenn es so dringlich ist! Wir kommen schon zurecht.

Betty wird wohl Kartoffeln kochen können. Wenn's weiter nichts ist.«

Seit meiner Konfirmation, als Vater plötzlich in bester Stimmung seine schwarzen Halbschuhe polierte, nachdem er zu unserer ungeheuchelten Verwunderung den Beschluß kundgetan hatte, uns zur Kirche zu begleiten, war ich nicht mehr so überrascht gewesen. Mutter wagte nicht, an das zu rühren, was er soeben gesagt hatte, begann aber diensteifrig hierhin und dorthin zu eilen, den Kaffeepott aufzusetzen, die Brotdose und die Keksschachtel hervorzuholen. Währenddessen plauderte sie mit Lynn und Dotty und gab ihnen Pfefferkuchenmänner, die sie aufbewahrt hatte. Es blieb eine Stunde, bevor wir uns auf den Weg machen mußten, und es kam darauf an, die Zeit so klug wie möglich zu nutzen, um alle Beteiligten bei Laune zu halten.

Nach einiger Zeit und vielem Wenn und Aber fanden Mutter und ich uns nebeneinander auf der Landstraße wieder. Obwohl wir noch eine Spur von schlechtem Gewissen verspürten, lebten wir angesichts des bevorstehenden Abenteuers auf. Die Fahrbahn war freigepflügt, das war Ågrens Aufgabe, und er hatte sie wie gewöhnlich auf erstklassige Weise erledigt, wie Vater zu sagen pflegte. Das mußte man ihm lassen. Keine Frage. Wir waren in Schals eingepackt, die Hände steckten in dicken Fäustlingen und die Füße in Winterstiefeln beziehungsweise Überschuhen. Die Überschuhe gehörten Mutter, ein Geschenk von Dora, ich besaß keine, doch wir hatten meine feinen Schuhe in die Tasche aus Lederflicken gestopft, damit ich die Schuhe wechseln konnte, sobald wir ankamen.

Es herrschte mitten am Tag nur fahle Helligkeit. Gegen Abend dann, auf dem Nachhauseweg, wäre der Himmel sternenklar, doch das Dorf läge unsichtbar da, als wollte es sich im Dunkeln verstecken. Nur schmale

Schlitze an den Vorhangkanten, das eine oder andere Treppenlicht und vergessene Hühnerlampen würden hervorblitzen. Es hatten zwar fast alle Höfe und Häuser an der Straße elektrisches Licht bekommen, doch im Krieg durften keine Fenster leuchten.

C. G. Persson und seine Frau standen im Hausflur und hießen die Gäste willkommen. Die Schulbänke hatte man hinausgetragen, und alles sah anders aus, als ich es aus meiner Schulzeit in Erinnerung hatte. In beiden Sälen, sowohl in der großen als auch in der kleinen Schule, hatte man Tische mit langen Bänken und Stühlen davor aufgestellt, je nach Bedarf. Auf allen Tischen waren weiße Decken ausgebreitet, entlang den Mangelfalten lagen weiße Papierbänder mit Weihnachtsmotiven, in der Mitte stand ein Krug mit Tannenzweigen, zwischen denen rote Papierblumen steckten, und an jedem Tischende prangten Ständer mit brennenden Kerzen. Daß eine verlebte alte Schule so verzaubert sein konnte! Es duftete und leuchtete, es rauschte und brauste, die Leute trampelten und lachten, und an der Außentür, wo die Kälte von draußen mit der Stirn an die Wärme von drinnen stieß, stand eine weißgraue Dampfwolke.

Ich war noch nie in meinem Leben auf einem Fest gewesen. Dabei war ich volle siebzehn. Alljährlich wurden auf den Höfen Bauernhochzeiten und Bauernfeste veranstaltet, das wußte ich, denn viele Schulkameraden hatten damit geprahlt. Inga aus Kroken hatte einmal sogar ein langes Kleid getragen, auf der Hochzeit ihrer Schwester. Aber solche Veranstaltungen waren natürlich nichts für uns. Daß wir ZehenPelles eingeladen werden sollten, war undenkbar, es gab keinen Grund. Während der Sonntagsschuljahre war ich mehrmals auf der Weihnachtsfeier im Bethaus gewesen, da gab es Saft und Brötchen und eine sogenannte Portion, das heißt Reisbrei mit Backpflaumen und einem Klecks Sahne obendrauf. Zweimal hatte ich auch an Weihnachtsbaumplünderungen teilgenommen, doch da ich nie eine Gegeneinladung aussprach, verlief auch das im Sande. Aber auf einem richtigen Festessen? Nein, niemals. Und nun stand ich hier im Schuleingang, mit Moirérock, Bolerojäckchen und Pagenkopf, Sara hatte gesagt, er würde zu mir passen. Und in dem offenen Raum zwischen großer und kleiner Schule, der Gymnastiksaal genannt wurde und Sprossenwände zwischen den Fenstern hatte, jedoch auch als Speisesaal diente, weil wir dort immer auf niedrigen Schuhregalen an den Wänden saßen und aus fettigen Butterbrottüten aßen und furzwarme Milch aus Sodawasserflaschen tranken, dort stand nun, strahlend beleuchtet, der große Bediendichtisch und brach vor lauter Essen fast zusammen.

Mensch, daß der Kaufmann ein solches Fest veranstaltete!

Hackbällchen, mehrere Sorten Hering, hartgekochte halbierte Eier mit Mayonnaisehäubchen und Anchovisgekritzel obendrauf, Omelettes mit Füllung, Fischgratin, Janssons Versuchung, kleine pralle Würstchen, zwei große Weihnachtsschinken, braungelb außen und innen rosa. Und dazu Salzkartoffeln, dampfend warm in Kupferkesseln, unter deren Deckeln Servietten steckten. Butter und Brot standen auf einem besonderen Beistelltisch, normales Knäcke und Graubrot, geschnittenes Schwarzbrot, aber auch ein Weißbrot, das ich noch nie probiert hatte, es war schräg aufgeschnitten und wurde Franzbrot genannt. Mehrere Käsesorten gab es auch.

In der alten Lehrerwohnung eine Etage höher, wo nun niemand mehr lebte, gab es eine schrankhohe große Küche. Dort hatte ich einige Wochen lang am Schulküchenunterricht teilgenommen und gelernt, Hecht zu braten und Apfeltaschen zu backen, ich konnte mir das Treiben also vorstellen. Dort oben, flüsterte Mutter, stand bestimmt Hulda aus Vickelsbo und waltete mit dem Pfannenheber, sie war Köchin und richtete Festessen aus. Drei Mädchen, die ich nicht wiedererkannte, die aber ungefähr in meinem Alter waren und schwarze Kleider und kleine runde weiße Schürzen trugen, rannten in einem fort mit Töpfen und Tellern auf und ab. Sie waren Nichten der Kaufmannsfrau, erfuhr ich später.

Wir landeten in der kleinen Schule, und das war ein Glück. Dort saßen bereits Arvid und Maja und Ågrens und Labergs, und auch Hugosson, der bei der Säge aufgehört hatte und nun in Pension war, hatte zusammen mit seiner Klara Platz genommen.

Tante Laberg winkte und rief: »Komm hierher und setz dich, Frida!«

»Ist da noch Platz für uns?«

»Na sicher, klar.«

Alle rückten bereitwillig zusammen, Tante Laberg lächelte ihr zahnloses Lächeln und klopfte auf die Sitzfläche neben ihrem Platz.

Hugosson sagte: »Was wehen denn heute für Winde, wenn so feine Leute im Dorf unterwegs sind? Übrigens, ist Pettersson selber nicht dabei?«

Als ich sah, daß Mutter erstarrte, dachte ich, nun ist es aus! Hugosson war nicht ihr Liebling. Seit der Geschichte mit der Maische, nach der Vater sich übergeben mußte und in den Graben kullerte und vor allen Leuten Schande über uns brachte, hatte sie sich geweigert, etwas mit Hugosson zu tun zu haben.

Aber sie beherrschte sich und beugte nur leicht, beinahe vornehm den Nacken: »Ja, Pettersson, der ist zu Hause geblieben – ihm tun seine Frostbeulen weh. Es ist ja auch so kalt.«

»Ja, verdammich, kalt ist das«, nickte Ågren.

Sie bediente sich also meiner kleinen Notlüge, das merkte ich sehr wohl. Als wieder Alltag war und Betty abgefahren und Vater zur Säge gegangen war und wir in aller Ruhe das Fest bekakeln konnten, nur sie und ich allein, da sollte sie natürlich sagen: »Hast du das gehört, Nancy, dieser Fuchs. Feine Leute! Ja, ja! Der braucht seine Drecksschnauze gar nicht so weit aufzureißen, dem werden seine Worte noch im Halse steckenbleiben.«

In der Gegend, in der wir wohnten, gab es ziemlich viele Landhändler, außer Perssons noch Hammargrens auf dem Hügel hinter der Kirche, Ekmans unterhalb des Flusses, Helmer Johanssons einige Kilometer hinter der Säge, und zu Lindqvist auf der Heide und zu Lisa Anderssons Kaufladen in Östväga, wo Olivia wohnte, war es auch nicht weit. Aber Perssons waren groß und hatten viele Kunden. Ich weiß nicht, wie viele Leute an diesem Abend in der Schule waren, aber es waren bestimmt fast hundert. Im übrigen hatten sie offensichtlich nicht nur Kunden eingeladen, denn sowohl die Frau des Pastors als auch die des Küsters kauften bei Hammargrens ein, das wußten wir, ebenso Schwester Hedvig und PostBerta. Trotzdem saßen sie mit einigen anderen – dem Dorfpolizisten und dem Molkereidirektor und seiner Frau, die das waren, was Mutter »etwas bessere Leute« nannte – einträchtig mit Perssons an der sogenannten Ehrentafel. Die stand natürlich in der großen Schule, wo sonst der Katheder aufgebaut war, und auf der schwarzen Tafel dahinter stand: HERZLICH WILLKOMMEN, und ringsherum hatte jemand ein paar Blümchen und Verzierungen gemalt.

Das sonderbarste überhaupt war, daß die Sommergäste aus Sjöboda, Ingenieur Burvall nebst Gattin, von der Sache gehört und sich die Mühe gemacht hatten, herauszukommen. Im eigenen Auto. Mit Generatorgasaggregat. Obwohl es so kalt war! Das war eine Ehre, schwärmte Frau Persson.

Später am Abend verschwand MilchAlbin hinterm Haus, um ein dringendes Bedürfnis zu verrichten, und nutzte die Gelegenheit, Burvalls Gefährt zu inspizieren. Die Karosserie war in dicke Decken eingehüllt, doch was nützte das?

Albin schüttelte sachkundig den Kopf, als er wieder hereinkam. »Das würde mich sehr wundern«, sagte er, »wenn die die Maschine heute abend noch in Gang kriegen. Es ist jetzt fünfundzwanzig Grad unter Null. Mindestens.«

Ich saß ganz außen an der Kante einer langen Bank. Neben mir saßen Maja und Arvid und ganz an der Wand Tante und Onkel Ågren. Es war gut, dort zu sitzen, wo ich saß. BiegenArvid und Maja schämten sich überhaupt nicht, sie luden einen Teller nach dem anderen voll, schleppten sie lachend heran. Maja watschelte voran, groß und dick, wie sie war, und jedesmal, wenn sie los wollte, um sich nachzunehmen, mußte ich aufstehen, um sie durchzulassen, sie konnte nicht über die Bank steigen wie die Kerle. Da war es ein leichtes, sie zu begleiten, denn in Majas Kielwasser fiel man kaum auf.

Lieb war sie auch. »Iß, Mädchen«, sagte sie, »man ist nur einmal eingeladen. So gut kriegt zu Hause keiner von uns zu essen.«

Letzteres gefiel mir nicht so richtig, es war, als würde sie Mutters Fähigkeiten herabwürdigen, aber es stimmte, so gutes Essen hatten wir natürlich nicht.

Später kam der Nachtisch, Reis à la Malta und eine Sache, die kalter Zitronenpudding hieß. Hellgelb, hoch und glänzend, leicht wackelnd, oben schmaler und mit Rillen von der Form lag er da, auf einen Glasteller gestürzt. Obendrauf und ringsherum waren Sahnekleckse gespritzt, der Löffel schnitt leicht wie in Schnee hinein, und der Geschmack war so wunderbar, daß man die Augen schließen mußte.

»Ja, da ist Gelatine drin«, erklärte Tante Ågren. »Die versteht was davon, diese VickelsboHulda.«

»Wer hat, der hat«, rümpfte Karin aus Vika die Nase, die hinter uns in der Schlange stand.

Habe ich mich an diesem Abend amüsiert? Nein, ich wußte gar nicht, wie das geht. Aber ich genoß das Essen und freute mich für Mutter, und stolz war ich auch. Es war das erste Mal, daß wir auf diese Weise unter Leuten waren. Auf einer Veranstaltung. Feingemacht und ein wenig feierlich.

Mutter sah wirklich gut aus. Das Kleid war hübsch, sie trug die vergoldete Brosche und die Goldringe von Großmutter, das Haar glänzte dunkelbraun, und sie hatte es hinten aufgerollt und mit Haarnadeln befestigt, so daß es wie ein Halbmond von Ohr zu Ohr im Nacken hing. Wenn sie lachte oder nur ein wenig strahlte, sah man die neuen Zähne, gleichmäßig und weiß. Es war jetzt die zweite Garnitur, die ersten waren zu groß geworden.

Zu Hause lief Mutter im Putzkittel oder in Rock und Bluse herum. Sie trug immer eine Schürze mit Brusttuch, davon hatte sie mehrere, so daß sie sich schnell eine saubere schnappen konnte, wenn ein Fremder kam oder oben bei Ågrens Abzweigung der Heringswagen hupte. Die Haare waren immer unter ein dreieckiges Tuch gestopft, das sie im Nacken zusammenknotete. Damit nahm sie es nicht so genau. Im Sommer hatte sie ausgelatschte Segeltuchschuhe oder abgeschnittene Gummistiefel an den Füßen. Im Winter trug sie im Haus Pantoffeln, sie hatte ein Paar große karierte von Großmutter geerbt. Ich dachte nie über ihr Aussehen nach, weil es keine Bedeutung hatte. Sie war die, die sie war, und bei uns zu Hause sah ich sie nicht mit fremden Augen. Doch jetzt freute ich mich, sie so fein zu sehen. Selbst war ich ja auch fein.

Als Mutter und ich zusammen zum Tisch gegangen waren und auf meinen Wunsch hin noch ein paar Löffel von dem Zitronenpudding genommen hatten und auf dem Rückweg an Mina Bengtsson vorbeikamen, die ganz außen in der Nähe der Tür saß, kniff sie in eine Falte meines Moirérocks, und ich mußte stehenbleiben. Mina war für das Badehaus verantwortlich und wohnte in einer Hütte direkt nebenan. Die Leute pflegten sie »Vermischtes« zu nennen, da ihr nichts und niemand entging und sie gerne weitertrug, was sie aufgeschnappt hatte. Eine richtige Tratschtante, war Mutters Urteil.

Nun musterte mich Mina von Kopf bis Fuß. »Uiuiui, das muß ich sagen. So ein feiner Stoff. Und so schick genäht. Und dann die Bluse. Echte Seide, oder? Das muß aber Geld gekostet haben!«

»Hab ich selbst genäht«, sagte Mutter und hatte nicht im Sinn, sich noch länger aufhalten zu lassen, das sah man an ihrer Art, Mina die Schulter zuzuwenden.

»Ja, aber an solche Stoffe ranzukommen ist nicht leicht heutzutage. Und unermeßlich teuer sind die. Aber, äh, ihr habt vielleicht auch etwas von Dora geerbt, oder?«

Die Wut stieg auf und schnürte den Hals zu. Oh, wie konnte sie nur! Sie sah aus wie eine Ratte, wie sie dasaß mit ihrem schiefgelegten Kopf. Mutter preßte hervor: »Und wenn es so wäre, ginge das nur uns etwas an. Aber diesen Stoff, den hat Nancy von Dora bekommen, so wahr mir Gott helfe.«

»Ja, arme Dora!« Nun bemitleidete uns Mina. »So jung sterben zu müssen. Und so schick, wie sie war, nee, nee.«

»Über Leben und Tod richtet keiner von uns. Sie ist nun einmal krank geworden. Es ist, wie es ist. Man muß sich damit abfinden.«

»Jaa, Lungenentzündung, hab ich gehört. Daran ist sie doch gestorben?«

Mutter nickte gemessen. »Komm jetzt, Nancy, wir stehen hier im Weg.«

Ich hätte BadehausMina anspucken können. Gleichzeitig bekam ich Angst. Wieso erwähnte sie das mit der Lungenentzündung? Ahnte man etwas? Wußte jemand davon?

Drinnen an der Ehrentafel klatschte man in die Hände und rief hurra, hurra, hurra! Es hatte wohl jemand eine Rede auf die Kaufmannsfrau gehalten. Vermutlich der Küster, da der Pastor einberufen war. Von Anstoßen war keine Rede, auf den Tischen standen große Krüge mit Malzbier und Preiselbeersaft. Kaufmann Perssons waren ja ein wenig halbreligiös, nicht in der Bethausrichtung, sie tendierten mehr zur Kirche, das war etwas feiner, und man konnte dort am Sonntagvormittag mit geradem Rücken sitzen, ohne so doll glauben oder von Jesus murmeln zu müssen.

Wenn ich mich nach hinten beugte und ein wenig drehte, konnte ich Frau Burvall dort drinnen am Tisch in der großen Schule sitzen sehen. Sie hatte über dem Kleid eine Goldkette hängen. Ich dachte an das graublaue Etui in Doras brauner Tasche. Hatte Mutter es damals auch entdeckt, als wir umeinander herumschlichen? Ich glaube nicht. Es lag in der zerknitterten Stofftasche in der Verschlußklappe, Mutter hatte wohl kaum die Zeit gehabt, diese zu untersuchen, ich kam ja und überraschte sie, als sie auf Knien in dem Verschlag unter der Treppe hockte. Man muß sich das vorstellen, hier saßen wir – und dort, nur ein dutzend Meter von uns entfernt, das Kaufmannspaar und Burvalls aus Sjöboda und Dorfpolizist Nilsson. Ich erschauerte. Wenn die wüßten. Aber es war nicht unsere Schuld. Nicht die von Mutter und nicht meine. Wir konnten nichts dagegen machen. Für die Unternehmungen von Stockholm-Charlie trugen wir keine Verantwortung. Die Schande und die Angst mußten wir wegen Dora ertragen, aber nicht ihre Schuld. Wir hatten das Recht hierherzukommen, das spürte ich. Es war richtig und notwendig. Ein Schritt nach vorn. So klar und deutlich habe ich wohl nicht gedacht, aber ich fühlte es im Rücken und hielt mich aufrecht.

Während man Kaffee und Sahnetorte servierte, wurden Bonbonschalen und Limonade und große Obstteller, randvoll mit Weihnachtsäpfeln, auf das abgeräumte Büfett gestellt. An einem Ende des Tischs wurde ein Tablett voller Tütchen mit Süßigkeiten für die kleineren Kinder plaziert. Es waren kaum Jugendliche in meinem Alter auf der Feier, nur ein paar, die ich nicht gut kannte und mit denen ich auch nicht reden konnte, denn ich saß ja, wo ich saß. Aber viele hatten Kleinkinder mitgebracht. Anderssons aus Glädjen hatten fünf dabei! Die rannten ohne Unterlaß herum und grabschten sich ganze Hände voller Bratwürstchen und weiße Franzbrotscheiben vom Büfett, die sie sich sofort in den Mund stopften. Ihre Mutter vermochte sie nicht im Zaum zu halten.

Ich sah, wie Mutter mit einer gewissen Hilflosigkeit im Blick zu den Tüten mit den Süßigkeiten schielte, ich sah auch, wie sie ein paar Kekse in ein Taschentuch schmuggelte, als sie glaubte, daß niemand zuguckte. An Dotty und Lynn dachte sie. Ich weiß nicht, was über mich kam, aber plötzlich stand ich einfach auf und holte zwei von diesen Tüten, schließlich waren genug da, und kehrte zum Tisch zurück. »Betty ist mit ihren kleinen Mädchen bei uns«, sagte ich. »Sie waren auch eingeladen (da log ich!), aber es ist viel zu kalt. Wenigstens soll jede eine Naschtüte haben.«

Ach du liebe Zeit, ja! War Betty zu Hause? Mit den Mädchen? Wie alt waren die denn inzwischen? Uiuiui, so groß schon? Und ihr Vater, liegt der immer noch oben in Norrland? Jaa, jaa, das ist ein Elend mit diesem Bereitschaftsdienst. Hört das denn niemals auf? Aber daß die Mädchen ihre Naschtüten haben sollten, das war doch klar, wenn sie schon nicht mitkommen konnten. Das war doch selbstverständlich!

Alle am Tisch waren mehr als satt und zufrieden, das Wohlwollen floß über, nun konnten sie es sich erlauben.

Onkel Arvid ging los und holte noch zwei Tüten und vier rote Äpfel. »Sie sollen zumindest so viel haben, daß sie es auch merken«, sagte er.

»Hör mal, Nancy«, feixte Hugosson, »denk dran, daß es draußen kalt ist. Die mußt du dir wohl unter die Bluse stecken, dann verdoppelt sich die Pracht!«

»Verdreifacht sich, meinst du wohl, oder kannst du nicht richtig rechnen, du Mistviech?« Das war Onkel Laberg, der nicht nachstehen wollte. Einmal Kerl, immer Kerl.

Ich würdigte sie keines Achselzuckens, doch ich spürte meine Brüste unter der Seidenbluse. Es wäre übertrieben zu behaupten, daß sie sich gegenseitig anstießen und wütend schnaubten: Glotzt ihr nur, ihr Tattergreise!, aber sie brüsteten sich voller Stolz, und vielleicht war auch eine Prise Mitleid dabei.

Es zog sich hin. Ich sah, daß Mutter allmählich nervös wurde. Es ging natürlich um den Stockfisch zum Abendessen und um Vaters Geduld, die man besser nicht unnötig strapazierte. Immer wieder sah sie sich unruhig um – wollten die nicht bald aufbrechen? Es saßen ja überwiegend Bauern an den Tischen, mußten die denn nicht zum Melken nach Hause? Aber dann, als wir schließlich gedrängt im Schuleingang standen und uns nach der ganzen Dankerei und dem vielen »Ui, was für ein Fest« in unsere Schals eingepackt hatten und für den Heimweg gerüstet dastanden und Mutter die roten Äpfel in das Wollhalstuch eingewickelt hatte, das sie andernfalls über Kreuz unter dem Mantel getragen hätte, da endlich, als sie das rundliche Bündel mit den Naschtüten und meinen feinen braunen Schuhen in den Lederflickenbeutel steckte, da bekam sie diesen gesättigten, befriedigten Zug um den Mund. Als wäre das Mitbringsel für zu Hause das Beste an der ganzen Feier gewesen.

Auch andere nahmen an diesem Abend etwas von der Kirchenschule mit. Zumindest eine. Das war Erika aus Gneten. Und sie war es auch, die mit ihrem Liebesdienst deutlicher und ergreifender als die Berichte der Radiostimme und der Zeitung über Massenmord und Leiden dort unten in Europa die eiskalte Wahrheit für mich in den Schnee schrieb, daß es Gott nicht gab, nicht geben konnte.

Und falls es ihn gab, dann kümmerten wir ihn nicht. Und falls wir ihn doch kümmerten, dann hatte er nicht die Macht, etwas auszurichten. Nicht einmal den kleinen Finger konnte er rühren, soviel wir auch riefen und baten. Was sollten wir mit solch einem Gott anfangen?

All das Predigen darüber, daß kein Sperling auf die Erde fällt und keinem Menschen ein Haar gekrümmt wird, wenn es dem Vater im Himmel nicht gefällt, das war nur sinnloses Gerede. Das hatte ich bereits damals begriffen, als Dora sterben mußte, obwohl ich es von mir gewiesen hatte. »Der uns auf Adelers Fittichen sicher geleitet« – wie konnte man so einen Blödsinn singen, obwohl man wußte, daß es nicht stimmte.

Wenn Erika wenigstens etwas Böses getan hätte, so daß ihr eine Strafe, der Sündenlohn auferlegt worden wäre, aber das hatte sie nicht, sofern man Gottes Unwillen nicht damit rechtfertigen wollte, daß sie einen Apfel gestohlen hatte! Apropos gestohlen, wenn man es so betrachtete, was sollte man dann von mir sagen? Nein, sie meinte es nur gut. Sie dachte an die Ihren. Es war ein Liebesbeweis, das war das Schreckliche daran. Wenn Gott die Liebe war, warum scherte er sich dann in der Nacht, als Erika rufend und schreiend die Landstraße entlangrannte, einen Dreck um sie? Nein, dieser Gott war so eiskalt wie der Himmel mit all seinen Sternen, wenn er überhaupt existierte. Meiner Ansicht nach tat er es nicht.

Wenn man zu C. G. Perssons wollte und aus unserer Richtung kam, passierte man ziemlich bald eine schmale, im Sommer grüngesteifte, im Winter pferdegepflügte Abzweigung nach links. Ein kurzes Stück verlief der Weg parallel zur großen Straße, man konnte ihn deutlich zwischen Kiefernstämmen sehen, dann bog er ab und verschwand über einen Hügelkamm, der von Felsblöcken und jungem Buschwerk bedeckt war. Dort hinter einem Ackerstreifen am Rand der Hügelkette lag eine kleine Kate, und die hieß Gneten.

Der Gneter litt an etwas Chronischem. Er war nicht alt, war aber wegen seiner Kränklichkeit um den Bereitschaftsdienst herumgekommen. Es war keine Schwindsucht, wurde gesagt, doch es blubberte und pfiff tief unten in seiner Brust, und oft bekam er Hustenanfälle, an denen er fast erstickte. Dann stand er gekrümmt und breitbeinig da, stützte sich auf seine Knie, und es liefen ihm Tränen über das feuerrote Gesicht, wenn er so verzweifelt versuchte, sich zu räuspern, daß er beinahe kotzen mußte. Ich hatte es selbst gesehen und gehört, es war grauenhaft.

Der Gneter oder Assar Söderlund, wie er hieß, war nicht auf der Feier gewesen. Es war ihm die ganzen Festtage über nicht gutgegangen, und er hatte im Bett bleiben müssen, sagte Erika. Sie war trotzdem mit zwei Kindern gekommen und saß im selben Saal wie wir, nur ein paar Tische entfernt. Es gab vier Kinder in Gneten, aber die jüngsten waren noch zu klein, um sie bei zwanzig Minusgraden mit hinauszunehmen.

Die Gneter waren arm, ich glaube sogar, daß es noch schlechter um sie bestellt war als um uns, obwohl sie einige Kühe besaßen. Dennoch war Erika, soweit ich weiß, nicht so vorwitzig gewesen wie ich oder nicht mutig genug, wie man es nimmt. Sie hatte sich keine Naschtüten für ihre Kleinsten geschnappt, oder vielleicht doch, jedenfalls wurde es nie erwähnt, weil es keine Bedeutung hat. Wie auch immer, sie hatte also ein paar schöne Weihnachtsäpfel von dem überquellenden Teller eingesteckt, trug sie, in irgendwas eingewickelt, bei sich, genau wie Mutter.

Der Gneter lag angezogen auf der Küchenbank, als sie nach Hause kam, erzählte sie später Tante Ågren. Er hatte versucht, hinaus in den Kuhstall zu gelangen, war aber nicht weit gekommen, so daß Erika sich nun in aller Eile umziehen und, wie gewöhnlich, ans Melken und Ausmisten machen mußte. Als sie wieder hereingekommen war und ein bißchen was zu essen für die Zuhausgebliebenen zubereitet hatte, danach abgewaschen und vorm Herd gefegt, die Kleider weggehängt und die Kinder ins Bett gebracht hatte, war es bereits nach neun. Da fielen ihr die Äpfel wieder ein. Die Kinder schliefen schon, aber vielleicht täte es Assar gut, dachte sie, in einen frischen und säuerlichen Apfel zu beißen. Der Ärmste lag mit dicken Kissen auf der Küchenbank, war heiß im Gesicht und hatte vermutlich Fieber. Also holte sie einen Apfel aus dem Wollbündel, schnitt ihn in zwei Hälften und reichte die eine Assar. Und nun überkam ihn ausgerechnet in dem Moment, als er den ersten Bissen im Mund hatte, einer dieser schrecklichen Hustenanfälle, und als er die Schultern hochzog und einatmete, um seinen Brustkorb mit Sauerstoff zu füllen, rutschte das Apfelstück in die falsche Kehle. Wie er auch ruckelte, nach Luft japste und mit den Armen fuchtelte, und wie sehr Erika ihm auch auf den Rücken klopfte und tief in seinem Rachen fingerte und grub, sie bekam das Stück nicht heraus. So geschah es, daß just in dem Moment, als Burvalls mit abgeblendeten Scheinwerfern bei Sternenlicht und Eiseskälte in Richtung Stadt fuhren, Erika in wilder Verzweiflung die Landstraße in Richtung Perssons entlangrannte. Burvalls hatten den Generatorgastopf trotz MilchAlbins düsteren Voraussagen so nach und nach zum Leben erweckt, nachdem sie sich noch ein Stündchen bei Küsters aufgehalten hatten. Sie stellten das Auto am Straßenrand ab und liefen hinter Erika her über den flachen Hügelkamm hinab zur Kate, doch da war es zu spät, da lag der Gneter mit blauem Gesicht da.

Der Kummer war groß. Das Kaufmannsfest versank wie in einer Grube. Manche meinten, es wäre die reine Gottlosigkeit, in Krisenzeiten eine solche Verschwendung zu veranstalten, wenn sogar von Fuchsfleisch in der Wurst gemunkelt wurde. So was rächt sich, sagte man, auf die eine oder andere Weise rächt sich so was. Ihr werdet schon sehen! Perssons konnten einem leid tun. Die Leute guckten betreten auf den Ladentisch hinunter und wandten sich ab, es fiel schwer, sich für die feine Bewirtung zu bedanken.

Kurz vor der Beerdigung war es an der Zeit, mit der Liste herumzugehen. Diesmal kam nicht BiegenArvid, sondern Onkel Ågren, der hin und wieder, wenn der Bauernpflug auf sich warten ließ, mit dem großen Pflug einen Abstecher nach Gneten hinauf gemacht hatte, anscheinend fühlte er sich jetzt auch verantwortlich, als Hilfe anderer Art benötigt wurde. Zu uns kam er an einem Sonntag. Ohne ein Wort zog Vater die Brieftasche aus der Schublade des Küchenschranks und brachte auch gleich den Anilinstift mit, den er sonst dafür verwendete, sich im Almanach Notizen über das Birkenholz zu machen. Er feuchtete die Spitze an und schrieb seinen Namenszug, Karl Viktor Pettersson, mit Schnörkeln sowohl beim K als auch beim V und einem Doppelstrich unter Pettersson. Vater hatte eine schöne Schrift. Auf die Liste legte er einen Fünfer. Mutter war baff. Vaters Tagelohn betrug neun Kronen und sonnabends, wenn er bis eins arbeitete, fünf. Einen ganzen Sonnabendverdienst legte er auf die Liste für die Witwe des Gneters.

Der Brustkorb schwoll. Ich empfand ein Triumphgefühl. Da siehst du, Gott – falls du existieren solltest, was du vermutlich nicht tust –, daß wir diejenigen sind, wir armen Würmer, die sich an deiner Stelle darum kümmern. Du solltest dein Angesicht verbergen und dich vor uns schämen!

Da meinte ich, ein Bild vor einem blaugrauen Hintergrund zu erblicken, ein zur Hälfte aufgelöstes Bild in abgeblätterten Farben, auf dem ein gequältes Augenpaar und ein gequälter Mund zu sehen waren. Das Bild blieb stumm. Es zog hinter meiner Stirn vorüber, schnell wie ein Leuchten. Vielleicht war es ein Gemälde, das ich in der Kirche gesehen hatte. Oder in einem Buch? Eher letzteres. Doch mein Triumphgefühl schrumpfte zu wiegendem Mitleid zusammen. Gott tat mir leid. Auch Gott konnte einem leid tun. Den es nicht gab und doch gab. Und der gezwungen war, all das Schreckliche zu sehen, das in der Welt geschah, ohne etwas dagegen tun zu können. Außer... Ja was? Ich wußte es nicht. Bekam keine Ordnung in meine Gedanken..

Ebensowenig konnte ich beurteilen, ob Vaters großartige Geste tatsächlich die selbstlose Barmherzigkeitstat war, die sie zu sein vorgab, oder ob es sich um das alte Bedürfnis handelte, den anderen auf der Liste zu beweisen, daß man nicht schlechter dastand als jeder andere!

VIII

Betty hatte recht, ich war verwöhnt. Aber daß ich mich bei Mutter einschmeichelte, um Vorteile herauszuschinden, stimmte nicht. Ich wohnte eben zu Hause, wir verbrachten unsere Tage gemeinsam, nur sie und ich. Sie wirtschaftete herum, und ich war mit meinen eigenen Sachen beschäftigt, besonders viel redeten wir nicht, doch wir richteten uns nach dem gleichen Glockenschlag und wußten die ganze Zeit, was der andere tat und trieb. Mutter wußte zum Beispiel, wie lange ich überlegt hatte, ein Kurbelgrammophon zu mieten, um meine Sprachstudien zu bewältigen. Als wir also kurz vor Weihnachten im Ort waren – übrigens, als wir Betty besuchten –, sagte sie, wir sollten die Sache nun in Angriff nehmen. Sie könne mir im ersten Monat mit der Miete helfen, da sie von der Hilfsarbeit im Herbst etwas zurückgelegt habe.

Daher hatte ich in den Feiertagen noch schnell an das Korrespondenzinstitut geschrieben und gebeten, man möge mir leihweise und gegen eine Extragebühr das englische Kursmaterial in Form von Grammophonplatten schicken. Kurz nach der Weihnachtsfeier lag ein Zettel im Briefkasten, ich solle mir ein Paket bei der Post abholen.

Die Poststelle war montags bis freitags zwischen zehn und zwölf geöffnet, freitags auch nachmittags zwischen vier und fünf und an den Sonnabenden eine Stunde von elf bis zwölf.

Die Vorsteherin hatte man mit Fräulein Hansson anzureden, falls Anrede nötig war, aber wenn man über sie sprach, sagte man nie etwas anderes als PostBerta. PostBerta bediente auch die Telefonzentrale, die ungefähr zwanzig Abonnenten hatte und für lokale Verbindungen und Bestellungen von Reichsgesprächen meist den ganzen Tag zugänglich war.

Wir in Dalängen hatten selten etwas bei der Post zu erledigen. Eigentlich nur zu der Zeit, als Dora hin und wieder ein Paket nach Hause schickte. Die alle zwei Tage erscheinende Zeitung und unsere wenigen Briefe und Ansichtskarten durften wir uns selbst aus dem allgemeinen Kasten vor Perssons Laden wühlen, sie verkauften dort auch Briefmarken, aber das kostete ein paar Öre extra, so daß ich ab und zu doch zu PostBerta radelte, um Marken zu kaufen. Als ich halbtags beim Pastor als Dienstmädchen arbeitete, wurde ich oft losgeschickt, um etwas bei der Post zu besorgen, Fräulein Hansson und ihre Tätigkeiten waren mir also nicht ganz unbekannt, ich hielt sie jedoch für eine Zimtziege, weil sie kaum bitte sagte, auch wenn man sich höflich bedankte und einen Knicks machte.

Die Post war im alten Gemeindehaus untergebracht, das genau oberhalb der abgerundeten Kiesfläche zwischen dem südlichen Flügel des Pfarrhofs und dem nördlichen Kirchhoftor lag. Dahinter erstreckte sich die Reihe der gezimmerten Pferdeställe, die zur Kirche gehörten. Direkt unterhalb des Hügels begann das Bauernland mit Getreideäckern und Wiesen, nur auf einer kleinen Insel inmitten des Ackerlands stand, umringt von Fliederbüschen, eine heruntergekommene Hütte, die Sauna genannt wurde. An Sommerabenden, wenn die Nebelschwaden aus den Gräben am Straßenrand aufstiegen, konnte man – so wurde behauptet – Musik aus dieser Hütte hören, in der seit zwanzig, dreißig Jahren niemand mehr wohnte. Irgend jemand saß darin und spielte Geige. Aber zum jetzigen Zeitpunkt war alles mit Schnee bedeckt.

Die Kerle von der Kommune pflegten ihre Versammlungen in einem großen Raum im linken Teil des Gemeindehauses abzuhalten, rechts vom Eingang gab es einen gleich großen Raum, der früher für den Konfirmandenunterricht genutzt wurde, daran hatte ich selbst teilgenommen. Doch nun war der »Konfus« in den Pfarrhofsflügel verlegt worden, und das Nordzimmer diente als Sitz der Lebensmittelkommission, wo man seine Personenkarte und die Marken erhielt. Über die Treppe gelangte man in einen geräumigen Eingangsflur mit Kleiderhaken ringsherum, und während der Öffnungszeiten herrschte dort oben ein fürchterliches Getrampel. Das Untergeschoß war der Post, der Telefonzentrale und Fräulein Hanssons Wohnung vorbehalten, der Staat zahlte die Miete. Der Flur im Erdgeschoß war an der Treppe geteilt, so daß die Post einen eigenen kleinen Eingangsbereich hatte. An der braunen Tür hing ein Anschlag mit den Öffnungszeiten, und im Winkel dahinter war eine größere Tafel mit Bekanntmachungen verschiedenster Art angebracht, über Postgebühren, Heimwehrübungen, Steuererhebungen, Termine für Brandschutzprüfungen. Darüber klebte seit einiger Zeit ein großes Plakat, auf dem ein schwarzweiß gestreifter Tiger abgebildet war, der seinen Kopf in rechtem Winkel zur Seite gedreht hatte und den Betrachter mit kaltem, schläfrigem Blick fixierte. EN SVENSK TIGER stand darauf, das konnte »ein schwedischer Tiger« oder »ein Schwede schweigt« bedeuten.

An diesem Tag Mitte Januar betrat ich kurz vor zwölf die Post. Ich reichte den Zettel hinüber und bekam ein plattes Kartonpaket durch die Luke geschoben, es war viereckig und braun und mit Schnur umwickelt. Als ich danke gesagt hatte und gehen wollte, hielt PostBerta mich an. Sie wolle kurz mit mir reden. Sie habe vorgehabt, mir eine Nachricht zu schicken und mich herzubitten, aber nun traf es sich ja so günstig, daß ich ein Paket abzuholen hatte.

Ich starrte sie an. Was um alles in der Welt konnte sie von mir wollen?

Während ich abwartend dastand, klappte sie einen Teil des Tresens hinauf, eine bewegliche Luke mit Scharnier an der kurzen Seite, zwängte sich hindurch und schloß die Eingangstür ab, ohne mich vorher rauszuwerfen.

»Komm rein«, sagte sie und deutete auf die Lukenöffnung. Ich trat hinter den Schalter. Dieser bestand aus Glasscheiben, so daß ich bislang nur den Ausschnitt des dahinter liegenden Raums zu Gesicht bekommen hatte, der durch das milchweiße Glas und die Bedienluke zu sehen war, wenn man direkt davor stand.

Als ich mich mit Handschuhen und dem Paket, das ich immer noch im Arm hielt, auf den mir zugewiesenen Stuhl gesetzt hatte, einen breiten, braungefleckten Drehstuhl aus Eiche, der Mulden für den Hintern bereithielt, eine für jede Hälfte, erklärte PostBerta kurz und knapp, was sie von mir wollte.

Ihre beiden ordnungsgemäßen Postfahrer (solche Worte verwendete sie immer) waren zum Bereitschaftsdienst einberufen. Der Betrieb konnte mit Hilfe von Vertretungen einigermaßen aufrechterhalten werden. Emanuelssons Junge (sie meinte PostMannes Hilding!) bewältigte die Postauslieferung in die umliegenden Dörfer, auch wenn es länger als gewöhnlich dauerte, und der alte Ruben Karlsson, der zwar seit einigen Jahren pensioniert war, versorgte mit Hilfe seines eigenen Autos das Kirchdorf bis hinunter zur Säge. Er transportierte auch Taschen und lose Post bis zu C. G. Perssons und steckte Post und Zeitungen in den Kasten vor dem Laden. (Ja, das hatte ich selbst gesehen.) Mehr jedoch wollte er sich nicht vornehmen, er bekam von dieser Kälte Gefäßkrämpfe. Es wurde also ein Postbote benötigt, und nachdem sie vom Pfarrer gehört hätte, daß Nancy zuverlässig und gelehrig wäre und sie außerdem auf dem Dreikönigsfest selbst Gelegenheit hatte, Nancy zu beobachten, und fand, daß Nancy proper und ordentlich aussah, hatte sie die Absicht zu fragen, ob Nancy sich vorstellen könnte, diese Tätigkeit einmal auszuprobieren.

Nancy und Nancy! Und Postbotin? Ich saß vollkommen verwirrt da und guckte vermutlich blöd aus der Wäsche.

Ja, das beinhaltete, erklärte Fräulein Hansson, daß ich mich jeden Morgen um halb sieben vor der Poststelle einfinden und die Karre oder den Schlitten abholen sollte – welches der beiden Transportmittel in Frage kam, hing natürlich von Jahreszeit und Wetterlage ab. Dann sollte ich zur Landstraße hinuntergehen und auf den Bus aus dem Ort warten – dort war unser nächster Knotenpunkt. Vom Busfahrer sollte ich die Postsäcke und die Tüte mit den Wertpapieren entgegennehmen, sie quittieren, mein Fahrzeug beladen und es hinauf zur Post bringen. Danach sollte ich eine erste Grobsortierung vornehmen, sagte sie, über die Vorgehensweise würde man mich später belehren. Nach der Schließung um zwölf Uhr sollte ich die gleiche Runde zum Mittagsbus hinuntergehen, dann jedoch, um Säcke oder Tüten voll Post zu übergeben, die während des Vormittags am Schalter entgegengenommen oder in den gelben Kasten draußen an der Wand gesteckt worden war. Wenn ich Karre oder Schlitten zurückgestellt und die Quittungen vom Busfahrer abgegeben hatte, war der

Arbeitstag beendet. Ich müßte von Montag bis Freitag gegen halb eins fertig sein. Sechs Stunden. An Sonnabenden waren die Zeiten und Aufgaben ein wenig anders, aber das würde ich so nach und nach erfahren.

Ich war ganz durcheinander. Austausch? Wertpapiere? Quittungen? Ich begriff wohl nicht viel von all dem, was sie sagte. Dennoch war das Gespräch nicht beendet. Als sie zurückkam, nachdem sie vorn in der Telefonzentrale einige Verbindungen hergestellt hatte, fuhr sie fort, daß ich natürlich während der angegebenen Zeit als Postbotin nicht voll ausgelastet wäre. Deswegen gehörte es ebenfalls zu meinen Aufgaben, jeden Tag vor der Öffnung in der Post und dem dazugehörigen Eingangsbereich sauberzumachen. In der übrigen Zeit könnte ich, das hatte sie, Fräulein Hansson, sich so gedacht, auch einige persönliche Dienste für sie erledigen, wie zum Beispiel die Wohnung putzen und mit dem Hund ausgehen. Sie selbst hatte inzwischen Beschwerden in den Beinen und wollte ungern längere Spaziergänge machen, jedenfalls nicht im Winter. Die persönlichen Dienste würde sie selbstverständlich aus eigenen Mitteln vergüten, sagte sie, und dabei kräuselte sie die Lippen in einer Weise, die mir deutlich zu verstehen gab, daß sie das keineswegs zu tun gedachte. Mit der Zeit konnte ich möglicherweise auch anfangen, die eigentliche Postarbeit zu erlernen, fügte sie hinzu, doch auf die Frage würden wir später zu sprechen kommen.

»Apropos Vergütung kann Nancy mit einem Monatslohn rechnen, der irgendwo zwischen neunzig und hundert Kronen liegen sollte, je nach Anzahl der Sonnabende. Aber nun im Januar wird es natürlich kein ganzer Monat mehr.«

Ich spürte, daß mein Mund offenstand. Hundert Kronen? An die hundert Kronen? So viel Geld hatte ich noch nie vor mir gesehen, geschweige denn besessen. Konnte sie wirklich meinen, daß ich so viel bekommen sollte?

»Nancy will vielleicht zuerst mit ihren Eltern sprechen? Wie alt ist Nancy übrigens?«

Ich murmelte, daß ich siebzehn war und nicht glaubte, zu Hause fragen zu müssen.

»Nun denn. Unter diesen Umständen kann Nancy vielleicht schon übermorgen anfangen? Karlsson wird früher eintreffen und am ersten Tag zum Bus mitgehen, dann wird es schon klappen. Wir müssen auch ein paar Formulare ausfüllen, aber das können wir an dem Tag machen, wenn Nancy hier anfängt.«

Es war so kalt, daß die Kufen meines Schlittens nicht gut über den harschen Boden glitten, ich kam nicht in Fahrt, mußte also rennen und am Lenker schieben. Ich fror, und ich hatte es eilig, ich konnte gar nicht schnell genug nach Hause kommen und das Unglaubliche berichten. Ich hatte Arbeit bekommen. Richtige Arbeit! Als Postbotin. (Und auch als Putzfrau und Hundeaufpasserin, aber darüber wollte ich schnell hinweggehen.) Hundert Kronen. Ich würde jeden Monat hundert Kronen verdienen. Außer im laufenden natürlich, der unglücklicherweise um fast zwei Wochen geschrumpft war. Was würde Mutter sagen? Und Vater! Und Betty. Ich würde für meinen Unterhalt bezahlen und trotzdem das Geld für die Kursbriefe und für ein paar Kleidungsstücke und andere Dinge zusammenbekommen.

Während ich knirschend durch das Dorf rutschte, mit Rauhreif im Halstuch und einer Atemwolke vorm Mund, gab ich mich strahlenden Zukunftsplänen hin. Obwohl rings um mich her die Welt litt und blutete, obwohl die Bedrohung drückend wie ein rußschwarzer Topfdeckel über Schweden lag und obwohl der Gneter blau und steif in seinem Sarg harrte, während Frau und

Kinder sich die Augen aus dem Kopf weinten, war es doch, als würde neben mir auf dem niedrigen Wall, den der Schneepflug aufgetürmt hatte, ein kleiner Hampelmann, der mir allein gehörte und sich nur um mich scherte, in die Hände klatschen und Luftsprünge machen.

Ojemine, wie wenig ich über die harte Wirklichkeit wußte!

Wenn Mutter morgens ins Kammerdunkel kam und mich an der Schulter berührte und mit ihrer leisen, sanft lockenden Stimme sagte: »Nancy! LüttNancy! Es ist Zeit. Schon fünf nach fünf«, hätte ich alles getan, um drum herumzukommen.

Es war, als kämpfte man sich aus einem Brunnen mit Wänden aus Glas hoch, der Mund wurde schlaff, der Griff erlahmte, ich ließ los, ließ mich hinabsinken, ohne auch nur die Augen geöffnet zu haben, schlief unter der schönen warmen Decke wieder ein, bis Mutter da war, etwas strenger im Ton: »Nun mußt du, Nancy! Beeil dich jetzt!«

Dann – in den ersten Tagen ohne genau zu wissen, wie es zugegangen war – stand ich dort mit dem Postschlitten im Dunkeln unterhalb der Pfarrhofallee und wartete auf den Bus, der wegen des Generatorgases immer verspätet war. Der Fahrer war ungeduldig, er warf mir fluchend die Säcke vor die Füße, die Leute im Bus saßen halb schlafend da und glotzten, ich war vor Kälte so steif, daß ich kaum die Finger um den Stift krümmen konnte, wenn ich die Wertpapiertüte quittieren sollte. Fräulein Hansson, es war wichtig, sie so zu nennen, war bereits an ihrem Platz und hatte den Ofen angemacht.

Ich schleppte die Säcke herein und wuchtete sie auf den großen abgenutzten Tisch, der wie ein Backtisch an drei Seiten hohe Kanten hatte. Ich schnitt die Schnüre ab und leerte aus, wühlte planlos zwischen Zeitungen und anderem, um die Wertpapiertüte kümmerte sich Fräulein Hansson. Aus dem Eingangsbereich hörte man Getrampel. Ruben Karlsson kam in einem dicken dunkelblauen Kurzmantel, mit schwarzen Lederstiefeln und mit über die haarigen Ohren geklappten Ohrenschützern herein. An seiner Pelzmütze, ebenfalls dunkel, war vorn ein Postabzeichen. Er schlug sich die Arme um den Leib, um sich aufzuwärmen. Kurz darauf kam Hilding, der Junge von PostManne, er trug doppelte Fäustlinge und zwei Wollmützen übereinander. Das Abzeichen saß an der oberen.

Es war so gedacht, daß ich die Post, die ich aus den Säcken geleert hatte, so aufteilen sollte, daß Ruben das bekam, was zu seinem Gebiet gehörte, und Hilding den Rest. Ich schaffte es nicht. Ich wußte nicht, wo die Höfe lagen und wie sie hießen. Es wimmelte von Namen, und ich wurde ganz wirr, bis Fräulein Hansson endlich etwas hervorholte, was sie Verteilungsliste nannte. Die plazierte sie an der Tischkante vor mir. Danach ging es etwas besser, aber es dauerte trotzdem.

In den ersten Tagen war es nach neun, wenn ich mit dem Putzen anfing. Zuvor hatte ich außer der Vorsortierung auch Pakete in einer ganz bestimmten Ordnung in die Regale geräumt und alle staubigen Säcke umgekrempelt. Eimer, Schrubber und Feudel standen in einem Verschlag im großen Eingangsbereich, das Wasser mußte ich auf dem Ofen erwärmen, wo auch der Kaffeepott seinen Platz hatte. So nach und nach fand ich heraus, daß nur Ruben diesen Kaffee trank, er schenkte sich hin und wieder einen Schluck ein. Hilding wollte nie welchen, und Fräulein Hansson selbst ging um Viertel nach neun in ihre eigene Wohnung und frühstückte, wobei sie eine der Flügeltüren, die die Post mit der Wohnung verbanden, einen Spalt offenließ für den Fall, daß es in der Zwischenzeit in der Telefonzentrale surrte. Ich kann mich nicht erinnern, ob man mir Kaffee angeboten hatte, es wäre in meiner Verwirrung an mir vorbeigegangen, ich hätte ohnehin dankend abgelehnt, es war also egal. Ich hatte Kakao in einer Halbliterflasche dabei, die in einer doppelten Lage Wollstrümpfe steckte, wir hatten zu Hause nur eine Thermosflasche, und die brauchte Vater. Um zehn Uhr, wenn die Post geöffnet war und Ruben und Hilding zu ihren Touren aufgebrochen waren, stand ich im Putzverschlag im Flur und hatte die Tür bis auf eine Luftritze zugezogen. Dort verschlang ich mein Butterbrot und trank den Kakao direkt aus der Flasche, er war dann angenehm lauwarm. Ich wußte nicht, wohin ich mich mit meinem Proviant zurückziehen sollte, wenn die Post geöffnet war und die Kunden kamen und mich vielleicht durch die Glasscheibe am Schalter sehen konnten.

Betty hatte recht gehabt. Doppelt recht. Ich war ein schreckliches Mädchen. Ich wußte nicht, was Arbeit war. Die Schule war mir leichtgefallen, da brauchte ich mich nicht anzustrengen, fürs Lesen und Lernen hatte ich Begabung und Interesse, und darüber hinaus war mir nie viel zugemutet worden. Zu Hause hatte Mutter die ganze Arbeit erledigt, und wenn ich ihr hin und wieder half, wurde ich immer gelobt: Du bist tüchtig, LüttNancy! Und ich war wohl auch sorgfältig und ziemlich flink, vor allem, wenn es darum ging, Blaubeeren und Preiselbeeren zu pflücken, und natürlich konnte ich auf dem Kartoffelacker bei den Bauern meine Pflicht erfüllen, aber das hier war etwas anderes. Es war eine Arbeit, die tagein, tagaus getan werden mußte, ob es Spaß machte oder nicht. Und Lob? Gewiß nicht. Für solche Dinge nahm sich Fräulein Hansson selten oder nie die Zeit.

Trotzdem traf ich schon in den ersten Tagen, als ich von Verwirrung und Widerwillen vollkommen überschwemmt wurde, eine Entscheidung: Ich würde nicht nach Hause rennen und klagen. Nicht heulen und flennen, wie Betty es getan hatte, wenn sie am Sonntagabend auf keinen Fall zu Westmans Bäckerei & Café zurückfahren wollte und Vater sie ein Stück des Wegs begleiten mußte. Ich war doch Postbotin! Und bekam einen Monatslohn. Vater und Mutter hatten sich darüber gefreut. Vater hatte diesen verkniffenen Zug um den Mundwinkel bekommen, und Mutter war ganz aus dem Häuschen: »Mensch, Nancy, uiuiui, daß PostBerta da auf dieser Feier ein Auge auf dich geworfen hat! Ist ja kein Wunder, so fein wie du warst.« Die beiden enttäuschen? Nie im Leben! Ich wollte aushalten, zumindest bis zum Sommer, dann würde ich weitersehen. Dann war vielleicht auch Schluß mit Krieg und Bereitschaftsdienst, und die ordnungsgemäßen Festangestellten, wie es hieß, würden ihren Dienst wieder angetreten.

Nach einer Woche oder weniger hatte ich den Kopf über Wasser. Was in den ersten Tagen verwirrend und kaum zu unterscheiden gewesen war, gewann allmählich Konturen. Während mir meine Pflichten und die Räumlichkeiten langsam vertrauter wurden, konnte ich mich entspannen und es wagen, mich umzusehen und den Blick verweilen zu lassen. Ich sah, daß der alte Ruben müde und linkisch war; die Haut über seinen Wangenknochen war blau gestreift und spröde, wenn er morgens hereingetrampelt kam, seine mürrische Art war nicht wert, daß man sich darüber aufregte, er tat in diesen unheilvollen Zeiten seine Pflicht fürs Vaterland, doch lieber hätte er zu Hause bei seinem Weiblein gesessen und es mollig warm gehabt. Ein Glück immerhin, daß man um das Generatorgas herumkam, sagte er. Hätte er sich in dieser Kälte auch noch mit dem Aggregat abmühen müssen, hätte er wohl abgelehnt. Doch für

Fahrzeuge im Staatsdienst wurde vorläufig noch die alte Art von Treibstoff bewilligt.

Hilding Emanuelsson war schüchtern. Er war fast neunzehn und eigentlich in der Gärtnerei seines Onkels angestellt, die in Myra lag, ein Stück hinterm Ort. Während dieser Wintermonate, wenn es in der Gärtnereibranche nicht viel zu tun gab, konnte er glücklicherweise seinen Vater vertreten, der einberufen war. Hilding hatte einen Führerschein für Leichtmotorräder, erfuhr ich von Fräulein Hansson, sein ganzer Stolz. Letzteres sagte sie natürlich nicht, solche persönlichen Kommentare äußerte sie nie, doch ich konnte es mir leicht ausrechnen. Er sah ganz gut aus, PostMannes Hilding, er war groß und schlaksig und hatte einen markanten Adamsapfel. Wenn er es manchmal wagte, mich anzugucken, sah ich, daß er schöne dunkelblaue Augen hatte. Einmal, als er vor seinem Fach stand und mit leicht gerunzelter Stirn und geschürzten Lippen eine Adresse betrachtete, bekam ich eine solch unbändige Lust, ihn zu küssen, daß ich unwillkürlich begann, leise vor mich hin zu kichern. Mensch, wenn ich das gemacht hätte! Mein Gott! Was PostBerta wohl gesagt hätte.

Mein Verhältnis zu Fräulein Hansson war von angsterfülltem Respekt geprägt. Sie hatte nicht das geringste persönliche Interesse an mir, sie war weder kameradschaftlich noch mütterlich, sie scherte sich einen Dreck darum, ob ich mir die Ohren abfror, wenn ich draußen stand und auf den Bus wartete, sie fragte nie, ob ich mich wohl fühlte oder wie es mit meiner Lernerei voranging. Sie wußte ja, daß ich lernte, ich hatte oft Kursbriefe durch die Postluke gereicht, und das Paket mit den Grammophonplatten mußte ihr auch aufgefallen sein. Was ihr da bei unserem ersten Zusammentreffen entschlüpft war, nämlich daß der Pastor gut von mir gesprochen hätte und sie selbst der Ansicht wäre, ich sähe proper aus, reichte offenbar und brauchte nie wieder zur Sprache zu kommen oder gar unterstrichen zu werden. Sie betrachtete mich als Nancy Pettersson, Adresse Dalängen, vorübergehend beschäftigt als Postbotin. Jedoch sah sie mich wohl nie als ZehenPelles Mädchen, solchen Bezeichnungen gegenüber verschloß sie die Ohren.

Eine gute Seite von Berta Hansson war, daß sie nicht tratschte. Obwohl sie in ihrer Eigenschaft als Postvorsteherin und Telefonvermittlerin mehr als alle anderen über die Leute in den Dörfern wußte, ließ sie sich nie darüber aus. Sie war sich wohl zu fein dafür. Bereits vom ersten Tag an ermahnte sie mich ernst, daß das, was ich möglicherweise über das Privatleben der Kunden erfahren würde, bei mir zu verbleiben habe und nicht weitergetragen oder kommentiert werden dürfe. Das stand in den Vorschriften. Besonders wichtig war die Schweigepflicht natürlich in diesen Tagen – hier machte sie eine Kopfbewegung zum Eingang und diesem Tigerplakat –, und die Behandlung der Feldpost war streng vertraulich. Ver-trau-lich.

Es war ein Glück für mich, daß ich eine ganze Menge Bücher gelesen hatte, denn Fräulein Hansson sprach ganz anders, als ich es gewohnt war. Fräulein Vigren in der Fortsetzungsschule hatte vielleicht auf diese Weise gesprochen, aber viel lebendiger und erklärender. Und auf dem Pfarrhof, wo ich mich auch recht oft aufgehalten hatte, gebrauchte man ebenfalls andere Worte und vor allem eine andere Betonung, langsamer und feierlicher, aber von einem Pastor erwartete man ja auch nichts anderes, er sollte schließlich in der Kirche stehen und predigen. Aus Fräulein Hanssons Art zu sprechen ging deutlich hervor, daß sie eine sogenannte gebildete Person war. Zusammen mit Pastors, Doktors, Küsters, Burvalls im Sommer, Schwester Hedvig vermutlich, mit dem pensionierten Kapitän in der weißen Villa hinter der Nachbarhecke und noch einigen mehr bildete sie den Kreis derjenigen, die »bessere Leute« genannt wurden. Es gab auch jene, die unter der Bezeichnung »etwas besser« liefen, auch wenn die Grenze fließend war, ich vermute, daß der Förster und der Dorfpolizist zu letzteren gehörten, beim Molkereidirektor war ich unsicher. Die Bauern, das heißt die großen, die sich nicht mit Tagelöhnern und Arbeitern zusammentaten, waren ganz einfach Bauern, und Kaufmann Perssons waren Kaufleute, eine eigene Kategorie. Meine liebe Kleinschullehrerin mit ihrem bebenden Gesicht, die im Bethaus stand und mit der Gitarre vorm Bauch sang, war gar nichts. Es war wohl dieser treuherzige Blick und das Jesusgeflüster, das ihr nachhing.

Fräulein Hansson war aufgrund von unglücklichen Umständen in diesem Nest und auf ihrem anspruchslosen Posten gelandet. Einige dieser unglücklichen Umstände waren allgemein bekannt, über andere wurde ich hier und da wie nebenbei von Ruben Karlsson informiert, wenn wir zufällig gemeinsam durch die Allee spazierten. Ja, es verhielt sich so, daß der Vater von Post-Berta irgendwo außerhalb von Stockholm ein vermögender Fabrikant gewesen war, der aber vor fast zwanzig Jahren pleite ging, das genaue Jahr wußte Ruben nicht. Jedenfalls war damals ein älterer Bruder des Fabrikanten hier in Lunda Pastor, und zwar derjenige, der Propst genannt wurde. Berta durfte nach dem Konkurs bei ihm wohnen und eine Art Hausherrin sein, nachdem die alte Pröpstin verstorben war. Doch dann verschied ja auch der Propst, und da mußte sie diese Geschichte mit der Post und dem Telefon lernen und hinunter ins Gemeindehaus ziehen. Das war der Stand der Dinge.

»Berta stammt also eigentlich von feinen und vermögenden Leuten ab«, sagte Ruben. »Es war bestimmt eine Überwindung für sie, in einem solchen Loch zu sitzen und Briefmarken abzustempeln, will ich glauben. Aber sie sind schrecklich nett zu ihr gewesen, die neuen Pastors, das muß man sagen.«

Fräulein Hanssons Hund war ein Dackel namens Kujo. Er war acht Jahre alt, kurzbeinig, glatthaarig und braunschwarz. Über jedem Ohr hatte er einen hellbraunen Punkt, der ihm einen hoffnungsvollen Ausdruck verlieh. Ich war an Hunde nicht gewöhnt, zu Hause hatten wir immer Katzen gehabt, und die Hunde, denen ich begegnet war, waren meist solche, die an einer Laufleine bellten oder mit dem Kopf auf den Vorderpfoten dalagen und angeödet wirkten. Kujo war ein Gesellschaftshund, obwohl er ursprünglich ein Jagdhund war, der auf Hasen und sogar auf Dachse gehen konnte, darüber klärte mich Ruben auf. Möglicherweise war Kujo auch der einzige Schlüssel zum Herzen von Fräulein Hansson; wenn wir uns hier und da außerdienstlich unterhielten, war Kujo der Anlaß. Der Hund mochte mich am Anfang nicht besonders, er zeigte die Zähne und knurrte, doch nun wedelte er mit seinem Schwänzchen und hüpfte vor Verzückung, sobald Fräulein Hansson die Tür zur Wohnung öffnete und nach der Hundeleine griff, die an einem Haken gleich dahinter hing. Kujo trug bei dieser Kälte eine gestrickte Bauchbinde und blieb oft stehen, hob abwechselnd seine kleinen Pfoten und jaulte mitleiderregend, bis ich mich hinhockte und die Tatze zwischen meinen Händen wärmte. Fräulein Hansson meinte, man müsse Socken besorgen.

»Ach du lieber Himmel«, sagte Vater. »Das sind Sitten! Einen Hund anziehen!«

Doch ich sah sehr wohl, daß er den kurzbeinigen Hundewurm ebenso bemitleidete wie ich und nichts dagegen gehabt hätte, wenn ich ihn mal auf einen kurzen

Besuch mit nach Hause gebracht hätte. Aber dazu kam es nicht. Ich ging von Montag bis Freitag zwischen elf und halb zwölf mit Kujo raus. Wir umrundeten die Kirchhofsmauer, setzten unseren Weg hinter den Kirchenpferdeställen fort bis zum Pächter, passierten die Schule und Schwester Hedvigs Sprechzimmer und kamen langsam durch die Pfarrhofallee zurück. Kujo sollte während dieser Tour sowohl sein großes als auch sein kleines Geschäft erledigt haben, das mußte bei der Heimkunft berichtet werden. Auf Fräulein Hanssons stumme Augenbrauenfrage oder möglicherweise ein »Naa?« antwortete ich: »Ja, alles prima!« oder: »Er war richtig tüchtig!«

Erst gegen Mitte Februar wurde ich mit dem Putzen der Wohnung betraut, von dem Fräulein Hansson bereits bei meiner Einstellung gesprochen hatte. Entweder hatte sie es bis dahin für unnötig befunden, oder sie hatte sich davor gescheut, einer wildfremden Person Einblick in ihre Privatsphäre zu gewähren. Statt dessen hatte ich mich in meiner überschüssigen Zeit mit dem Archivieren und Ordnen von Adreßkärtchen und Benachrichtigungsscheinen zu beschäftigen, nach genauesten Anweisungen durfte ich sogar Korrekturen in die Vorschriften der Post einfügen. Fräulein Hansson war kundig und sorgfältig und erklärte ordentlich. Sie überwachte meine Handschrift, besonders die Ziffern mußten deutlich und gerade in den richtigen Spalten stehen. Sie war in dieser Hinsicht recht zufrieden mit mir, glaube ich, doch zu Hilding sagte sie, er habe eine richtige Sauklaue.

Ich war schon immer neugierig gewesen, das muß ich zugeben. Ich war keine Klatschbase, aber ich war neugierig. Es gefiel mir, etwas zu erforschen, zu überdenken, zwei und zwei zusammenzuzählen und mir eine

Meinung über dies und jenes zu bilden. Hinter die Türen der Leute zu schauen interessierte mich sehr. Man wußte gleich, zu welcher Sorte sie gehörten, wenn man sah, wie sie wohnten und was für Sachen sie besaßen, es war ähnlich aufschlußreich wie ihre Art zu sprechen. Man konnte auch Vergleiche mit den eigenen Verhältnissen ziehen und hatte mitunter Anlaß, zum Selbstwertgefühl einen Zoll zuzuschlagen. Wir bei ZehenPelles schrumpften allerdings eher zusammen.

Nicht daß ich schon so schrecklich viele Wohnungen gesehen hätte, außerdem meist die von Leuten, denen es ähnlich ging wie uns, das heißt, sie wohnten in einer aus Brettern gezimmerten Hütte, die auf einem manchmal nackten, manchmal mit gesprungenem Zement verputzten Steinsockel ruhte. In so einer Hütte befand sich fast immer eine Küche und eine Kammer, ein unbewohnter Dachboden mit Sägespänen zwischen den Bodenschwellen und möglicherweise einem abgeteilten Sommerzimmer an der kurzen Seite. Erdkeller, Holzschuppen und Plumpsklo gehörten dazu. So wohnten Labergs und Hugossons und Arvid in der Biege, so war es auch bei Ågrens, obwohl deren Hütte etwas feiner war, sie hatten eine größere Kammer mit Kachelofen und zwei Fenstern. Bei Tante Olivia dagegen war es kleiner und dunkler als bei uns, bei HühnerEmma ebenso. Obwohl der Windschutz klapperte, die Fensterrahmen faulten, Dachpfannen fehlten und es in allen Ecken Rattenlöcher gab, standen wir in dieser Ansammlung von ärmlichen Häuschen ganz gut da, was vor allem an Mutters Geschick lag, von den Mängeln mit stets fein gebügelten Gardinen, Blumentöpfen in den Fenstern, Schrankpapier am Rauchfang und ordentlich aufgeräumter Küchenbank abzulenken. Man durfte sich nicht bloßstellen, fand sie. Arm sein ist eine Sache, liederlich und verlottert sein eine andere. Für das eine kann man nichts, das andere ist selbstverschuldet, so lautete Mutters Zusammenfassung.

Die Bauern wohnten natürlich anders. In Norrboda zum Beispiel hatten sie ein zweistöckiges Gebäude mit Glasveranda. Oben gab es zwei kleinere und ein größeres Zimmer, und unten hatten sie eine viereckige Küche mit einem Wasserbehälter aus Kupfer, zwei Fenstern, dazu die Kammer und den Saal und außerdem ein kleines Zimmer, das man vom Hausflur aus betrat und Kontor nannte. Ein Kontor zu haben war besonders fein. Damals, als Kerstin wollte, daß ich nach der Schule mit zu ihr nach Hause ging, war ich auch einige Male im Haus des Molkereidirektors gewesen. Kerstin und ihre große Schwester Anna hatten zusammen ein eigenes Zimmer, und im Saal standen gegenüber vom Sofa zwei weiche Sessel, sie waren mit beigegeblümtem Stoff bezogen und hießen Fauteuils.

Dann gab es ja den Pfarrhof, dort hatte ich den Tisch gedeckt und abgewaschen und war herumgegangen und hatte Staub gewischt und mich nach und nach eingewöhnt, doch ich kann mich an mein Erstaunen erinnern, als ich zum ersten Mal hereinkam und den hohen Spiegel mit dem Goldrahmen sah, der zwischen den Fenstern hing und fast vom Boden bis zur Decke reichte. Und die weißvergoldeten Sofas und die Stühle mit den gekrümmten Beinen und den gelbgestreiften Bezügen und all die Bücher im Schrank und der Gang zwischen Küche und Eßzimmer, in dem serviert wurde und wo Silberlöffel in den Schubladen lagen. Aber der Pfarrhof war eine Sache für sich, genau wie die Kirche. Man konnte ihn mit nichts vergleichen, man empfand keinen Neid, das war sinnlos.

Und nun würde ich PostBertas Wohnung zu sehen bekommen, das heißt Fräulein Hanssons. Ich blickte dem Ereignis mit Spannung entgegen.

Sie ließ mich ein, indem sie eine der Flügeltüren öffnete, die die Post mit der Wohnung verbanden. Es war an einem Dienstag vormittag kurz vor zehn, als die Post noch geschlossen war. Sie erklärte kurz, was ich erledigen sollte. Ich bräuchte keine Teppiche zum Ausklopfen herauszunehmen, sagte sie, weil es so kalt war, aber ich sollte den Boden ringsherum mit einem feuchten Lappen wischen, die Möbel abstauben und dann in der Küche putzen, vor allem um den Herd und auf dem Spültisch.

Selbst wenn Ruben es mir nicht erzählt hätte, wäre mir sofort aufgefallen, aus welchen Kreisen sie stammte. An den Wänden standen solche dunkelbraunen, glänzenden Schränke mit Glastüren, das Sofa war lang, und das Holz an der Armlehne schien eingerollt zu sein. Das Sofa und die Stühle waren mit gestreiftem Stoff bespannt, genau wie auf dem Pfarrhof, dieser hier war grün-weiß und recht abgenutzt, sah aber trotzdem »fein« aus, wie Mutter gesagt hätte. Natürlich kein Flikkenteppich, so weit das Auge reichte. Über dem Tisch schwebte ein Kristallüster, und an den Wänden hingen Bilder, düstere Landschaften in breiten Schnörkelrahmen, die aussahen wie schwarz gewordenes Gold und über die Bilder hinausragten, so daß sie beinahe zu kleinen Guckkästen mit grasenden Kühen und Kirchtürmen im Hintergrund wurden. Fräulein Hansson hatte auch ein schwarzes Klavier mit einem Klavierhocker davor und Wandleuchten aus Messing an den Seiten, auf dem Halter standen Noten, doch die sahen verblichen und staubig aus, sie hatte wohl schon lange nicht mehr gespielt.

Überhaupt war es überall staubig und roch muffig, vor allem in ihrem Schlafzimmer, wo ein gewaltiges breites Bett stand, das, wie ich annehme, ein Gestell aus Mahagoni hatte. Es war mit einem rotbraunen Überwurf bedeckt, der an den Seiten herunterhing und an der Kante mit Fransen verziert war. Kujo hatte sein Körbchen vor dem Bett, er umschwänzelte mich mit erwartungsvoll hochgezogenen Flecken über den Augenbrauen, er glaubte wohl, es wäre Zeit für seinen Spaziergang.

Ich setzte mich auf den Boden und liebkoste ihn eine Weile, während ich den Blick über die Wände schweifen ließ. Er drückte sich an mich und winselte ein wenig. Ich weiß nicht, was über mich kam, aber ich fühlte mich unwohl und auf eine unerklärliche Weise beklommen. Nicht eifersüchtig oder getroffen von der Ungerechtigkeit dieser Welt, trotz des Mobiliars und obwohl es hier so viel schönen Zierrat aus Glas und Porzellan gab, den ich allzugern besessen hätte, und zudem viele Bücher, die meisten hinter unterteilten Glasscheiben in ebenmäßigen Reihen mit identischen goldverzierten Rücken. Nein, das war es nicht. Es war etwas anderes, was ich selbst nicht verstand, einfach ein Übelkeitsgefühl, das aus meinem Magen aufstieg und mich fast in die Flucht geschlagen hätte. Es kam so heftig über mich, daß ich zu schluchzen anfing und Kujo fest an mich drückte. Ich war siebzehn Jahre alt, doch ich saß da und empfand eine furchtsame und kindische Sehnsucht nach meiner Mama, ich wollte nicht in diesem Durcheinander von unbekannten Dingen und Düften sein. Ich wollte nach Hause!

Natürlich blieb ich, wie hätte das sonst ausgesehen?

Ich staubte alle Gegenstände von Fräulein Hansson ab, ich wischte den Fußboden und putzte die Spültischplatte. Fräulein Hansson hatte solche Briketts, die die Wärme speicherten und dafür sorgten, daß sie während der Öffnungszeit nicht hinaufgehen mußte, um Holz nachzulegen. Sie bewahrte sie in einem emaillierten Eimer auf, ich befühlte sie, sie wogen leicht in der Hand, doch sie staubten, ein dünner grauschwarzer Staub.

Ich dachte an Betty. Weibern schmeicheln, sagte sie. Was glaubst du, wie das ist? Putzen und putzen, keif keif keif!

Nein, Betty hatte sicher nicht viel Spaß gehabt. Das hatte ich auch nicht angenommen, doch nun glaubte ich, es auf eine andere Weise verstehen zu können. Betty war nicht älter als fünfzehn gewesen, als sie hinausmußte, und für sie gab es kein Zurück. Bei mir war es anders, ich war siebzehn, und dies hier war vorübergehend. Das Leben, mein Leben, würde anders werden.

Eines Morgens, kurz nachdem ich Fräulein Hanssons Wohnung zum ersten Mal geputzt hatte, stand Ruben Karlsson vor seinem Sortiertisch und hielt eine Tageszeitung in die Höhe, ich weiß nicht, welche, jedenfalls war es nicht die gewöhnliche Uppsalaer, von der wir die zweitägige Ausgabe bekamen. Er überflog die Überschriften, bevor er sie ins Fach hinauflegte, das pflegte er immer zu tun, wenn er es nicht allzu eilig hatte. Manchmal gab er Kommentare ab, doch meistens nicht, Fräulein Hansson schätzte heimliches Lesen der Kundenzeitungen nicht, auch wenn es sich bloß um die erste Seite drehte. Plötzlich, während er die Zeitung langsam zusammenfaltete und sie an ihren Platz steckte, sprach er direkt gegen die Wand und wie zu sich selbst, aber doch deutlich und hörbar für uns, was auch beabsichtigt war: »Das ist doch ein verfluchter Schwachsinn, daß sie diesen Urlaubsverkehr nicht stoppen können, wie sie es nennen! Beurlaubt, pah! Da ist was im Busch, ihr werdet noch sehen!«

Hier nahm er ein Bündel mit braunen Briefen aus einem Fach, stieß es zusammen und knallte es auf die Tischplatte. »Das sind natürlich Truppenverstärkungen, die dieser Teufel rauf nach Norwegen schickt. Es ist eine große Schande, daß Schweden, das neutral bleiben will, bei einer solchen Gaunerei hinter dem Rücken des

Brudervolkes mitmacht. Diesen verfluchten Deutschen Züge bereitstellen! Verdammte Scheiße! Aber hier gibt es ja auch jede Menge Schweine.«

Bei den letzten Worten wurde seine Stimme lauter und höher.

Einen Augenblick lang stand ich stocksteif da und starrte vor mich hin. Es war genau, als hätte ich Vater gehört. Von Rubens Seite dagegen hätte ich einen solchen Ausbruch nicht erwartet. Er sagte sonst nie etwas, murmelte und grunzte nur manchmal ein wenig über dieses verdammte Wetter und den Kaffee-Ersatz, der so bitter war wie Fuchsgift, doch nun stieg er in meiner Achtung. Und ob es an dem Gefühl lag, auch Vater wäre gemeinsam mit Ruben auf merkwürdige Weise erhöht worden, oder an dieser Salve über Hitler, den ich gründlich verabscheute, weiß ich nicht, aber es war wie eine Erlösung. Ohne darüber nachzudenken, was ich tat, rief ich aus tiefstem Herzen: »Bravo! Bravo!« und klatschte zwei-, dreimal in die Hände.

Das hätte ich nicht tun sollen. Fräulein Hansson, die vor ihrer Kassenschublade saß und Briefmarken zählte, drehte sich mit rotfleckigem Hals und schmalen Lippen um. »Für ein solches Benehmen bedanke ich mich! Hier gehen wir unserer Arbeit nach, sonst nichts. Und im Dienst verwenden wir eine anständige Sprache, Herr Karlsson! Wenn Herr Karlsson in seiner Freizeit fluchen möchte, steht ihm dies frei, doch in den Räumlichkeiten der Post darf es nicht vorkommen. Und von heimlichem Lesen der Zeitungen möchte ich in Zukunft nichts wissen. Im übrigen soll man sich nicht auslassen über Dinge, von denen man keine Ahnung hat!«

Diese letzten Worte kamen wie ein abgebissenes Murmeln nach einer Pause von einer Sekunde, in der sie die Kassenschublade hinter die braune Jalousie stellte, diese herunterzog, abschloß, den Schlüssel nahm und aufstand, alles mit abgehackten Bewegungen. Ihr Gesichtsausdruck war äußerst arrogant, als sie auf dem Weg zu den Flügeltüren an mir vorbeikam.

Ich sah, daß Hilding rot im Gesicht war. Als Fräulein Hansson hinter sich abgeschlossen hatte, ohne eine Ritze für das Summen der Telefonzentrale offenzulassen, explodierte er vor Lachen. Ich stand da wie ein lebendiges Fragezeichen.

»Ja, ja«, sagte Ruben, »das hat gesessen. Ich pflege ihr hin und wieder einen Stich zu versetzen. Was soll sie dagegen machen? Ohne mich kommt sie nicht zurecht, und das weiß sie.«

Ich starrte immer noch vor mich hin. Hilding hatte aufgehört zu lachen, aber seine Augen glänzten.

»Das Weib ist eine Vollblutnazisse«, fuhr Ruben erläuternd fort, nun aber mit etwas leiserer Stimme und mit einem Schielen in Richtung Tür. »Im Warenhaus unten im Ort dürfen für den Postbedarf noch nicht mal Glühbirnen gekauft werden, obwohl sie dort billiger sind. Die Besitzer sind nämlich Juden. ›*Dort kaufen wir nicht ein, Herr Karlsson, das ist schlechte Qualität.*‹ Wenn dieser Hitlerdeubel hierherkäme, würde sie wahrscheinlich auf die Knie fallen und ihm die Stiefel abschlecken. Aber sie ist nicht allein. Es gibt viele von denen. Da, wo man es am wenigsten vermutet. Aber das hast du gut gemacht, Nancy! Du hast sie richtig in Fahrt gebracht.«

Ich fühlte mich erstmals als Kameradin, eine, die zu den anderen gehörte. Es war ein großes Gefühl. Die anderen Gefühle und Überlegungen kamen erst später.

Mit klopfendem Herzen, verbissen schweigend, erfüllte ich an diesem Tag meine Pflichten, das Putzen, den Spaziergang mit dem unschuldigen Kujo und schließlich den Transport der Wertpapiertüten und Pakete hinunter zum Mittagsbus. In einer sogenannten

Zwischenzeit hatte sie mich lange Zahlenreihen mit Hilfe der grünen Rechenmaschine zusammenzählen lassen, nach jeder Summe mußte man die seitliche Kurbel herunterziehen. Das fand ich normalerweise ganz lustig, und möglicherweise erteilte sie mir diese Aufgabe in der Absicht, das Vorgefallene zu glätten und mich freundlich, vielleicht sogar dankbar zu stimmen. In dem Fall gelang es nicht. Als ich als allerletzte Tat an diesem Tag die Quittungen des Busfahrers ablieferte, mit abgewandtem Rücken Tschüs sagte und die Post verließ, war ich fest entschlossen, am Tag darauf nicht mehr zu kommen.

Daß PostBerta Nazi war! Sie war für Hitler. Ich konnte es nicht fassen. Ich konnte es nicht glauben! Gab es solche Menschen im wirklichen Leben? Hier bei uns? Sie mit ihrer eingeschnürten Taille, dem farblosen Haarschopf und den hervorglupschenden Fischaugen, immer korrekt im Kleid mit Bügelfalten und langärmliger Bluse, die sie unter dem grünen Schutzkittel versteckte, bis sie um fünf vor zehn die Kostümjacke überzog – man muß sich vorstellen, daß diese Frau, die Briefmarken stempelte und Pensionen auszahlte und Gespräche zwischen zwanzig Abonnenten und manchmal auch Ferngespräche vermittelte –, das muß man sich vorstellen, daß sie, die mit Klein Kujo im Körbchen vor dem Bett schlief und für Ruben Karlsson auf dem Ofen Kaffee kochte wie ein ganz normaler netter Mensch, daß diese Frau so verrückt sein konnte, den Schreihals Hitler zu bewundern, ja, sogar zu verehren. Es war absolut unglaublich!

Wie konnte sie?

Anscheinend hoffte und wünschte sie insgeheim, daß er kam und unser armes Vaterland einnahm, während wir anderen alle einig in der festen Überzeugung zusammenstanden: *Das darf niemals geschehen!*

Alle anderen? Einig? War das so sicher? Oder war ich die einzige, die es als selbstverständlich betrachtete, weil etwas anderes undenkbar war für mich und für uns, für solche wie wir? Dieser Gedanke und die Frage setzten mir zu, während ich auf der Landstraße heimwärts strebte und das Schneetreiben mir ins Gesicht peitschte. Es gibt viele von denen, hatte Ruben gesagt. Und zwar dort, wo man es am wenigsten vermutet.

Ich sah den Eingang zur großen Schule am Dreikönigsfest vor mir, den Ehrentisch vor der schwarzen Tafel. Dort saß Fräulein Hansson im Kreise von Küsters, der Frau des Pastors, Schwester Hedvig, Ehepaar Burvall, dem Dorfpolizisten und dem Molkereidirektor mit seiner Frau. Der Doktor? War er dabei? Ich erinnerte mich nicht. Ruben Karlsson hatte gesagt, daß der neue Pastor und seine Frau furchtbar nett zu PostBerta gewesen waren. Mein Pastor? Der mich Nancy Viktoria genannt hatte? Der mir mit den Grundlagen der deutschen Grammatik geholfen und mir Gedichte vorgelesen hatte! Mir schauderte. Wie sollte man es wissen? Wem konnte man vertrauen?

Während Tante Lina in der Fliederhütte saß und, bewacht von ihrem alten weißen Hund, Steck- und Nähnadeln durch Fotos von Hitler bohrte, und während die verschreckte Alte in ihrer Hütte oben bei Norrväga Vorräte in ihre Kellergrube hinunterschleppte und sich mit Pißpott und allem bereit machte, während die Verdunkelungsgardinen uns arme Hüttenbewohner in schwarze und namenlose Furcht einhüllten und die Gebete kerzengerade zum Himmel aufstiegen wie der blaue Schornsteinrauch in diesem weißen Teufelswinter, standen vielleicht diejenigen, die »bessere Leute« oder »etwas bessere Leute« genannt wurden, um ein silbern gerahmtes Porträt des rotzbremsenverzierten Gesichts mit dem schrägen Scheitel, dem Ledergürtel und der

Hakenkreuzbinde versammelt und hofften auf den Sieg, das war doch vollkommen verrückt! Verfluchte Verräter!

Nee, bei so einer wollte ich nicht arbeiten! Nie im Leben! Pah! Ich erzürnte mich immer mehr, während ich mit langen Schritten an Perssons Gemischtwaren vorbei und weiter am Fuß des kiefernbedeckten Berges zu unserer Abzweigung marschierte.

Mutter hatte Ausschau gehalten. »Ui, was für ein Wetter«, sagte sie, als sie in der Tannenzweigveranda auf mich zukam und mir half, den Schnee von den Stiefeln und den umgekrempelten Wollsocken zu bürsten und das große Halstuch auszuschütteln, das ich mir um Stirn und Wangen gewunden hatte. »Nun weht wieder alles zu. Ågren muß wohl vor dem Abend noch mal pflügen, obwohl er heute morgen schon draußen war.«

Einige Minuten später saß ich mit einer frisch gebakkenen Waffel vor mir am Tisch. Mutter hatte den Teig schon vorher angerührt, nun mußte sie nur noch die Herdringe herausnehmen und das große Waffeleisen mitten über dem Feuerloch einpassen. Sobald es anfing zu rauchen, fettete sie es hastig ein, goß eine halbe Kaffeetasse Teig aus der Schüssel hinein und gab der oberen Hälfte des Waffeleisens einen kleinen Schubs mit dem Schürhaken, so daß es in den Scharnieren umkippte. Der liebliche Duft breitete sich aus. Waffeln waren für mich fast das Himmelreich. Nachdem ich drei mit Kaffee hinuntergeschlungen hatte, verspeiste Mutter die vierte stehend am Herd. Sie faltete immer ein Herz auf einmal zusammen und aß direkt aus der Hand, während sie das Eisen bewachte und den Rest backte, um ihn aufzubewahren, bis Vater nach Hause kam.

Dann setzte sie sich mit ihrer Kaffeetasse mir gegenüber und sah mich mit ihrem vertrauten aufmerksamen, leicht besorgten, aber ach so mitfühlenden Gesichtsausdruck an: »Wie war dein Tag, LüttNancy? Das hier ist eine Schinderei für dich, so früh morgens raus in Wind und Kälte. Du siehst etwas müde aus, finde ich. Du willst doch wohl nicht krank werden?«

Mutter hätte ich mich anvertrauen können, genau in diesem Moment hätte ich es tun können. Sie hätte mir mit großen Augen und eingezogener Unterlippe zugehört, sie hätte den Kopf geschüttelt und die Sache keinen Fremden erzählt, die Frage war nur, ob sie Vater gegenüber Stillschweigen bewahren konnte, da war ich nicht sicher. Und wenn Vater erfahren hätte, daß Post-Berta Nazi war, dann wäre die Hölle los gewesen. »Soll das Mädchen etwa so eine verfluchte Hitlerschleimerin bedienen, meinst du? Nein, zum Teufel!« Dann wäre Schluß gewesen mit meiner großartigen Stelle als Postbotin. Ich hätte von da an keinen Fuß mehr in die Post setzen dürfen.

Na und? Das wollte ich ja auch nicht. Ich hatte mich doch längst entschieden, nicht mehr hinzugehen. Oder etwa nicht?

Ich verschwand in der Kammer, zog das Grammophon auf und setzte mich mit in die Hand gestütztem Kopf hin und tat, als lauschte ich einer der Englischplatten. *Dr Allen throws his hat on a chair, picks up the newspaper and begins to read. Suddenly Blackie, the dog, comes in ...*

Während der Teller sich drehte und die Nadel die fremden Sprachlaute hervorkratzte, ohne daß ich eigentlich zuhörte, geschweige denn mir Mühe gab, sie nachzusprechen, saß ich da und dachte nach, oder besser gesagt: das war nicht nötig. Ich hatte meinen Entschluß gefaßt, ich wußte es, und es war ein anderer, viel leichterer und feigerer Entschluß als der, der vor einer Stunde in meinem Kiefer gespannt hatte, als ich mich von Fräulein Hansson verabschiedete und die Tür mit einem

Knall zumachte. Nun kam es darauf an, mich vor mir selbst zu rechtfertigen, und das war gar nicht so einfach. Denn es ging mir ja um das Geld, das ließ sich nicht verdrängen. Ich wollte den Verdienst nicht missen. Ich hatte noch keinen Lohn ausbezahlt bekommen, doch Ende Februar sollte ich ihn für anderthalb Monate bekommen, mindestens hundertvierzig würden es sein, vielleicht hundertfünfzig. Mein erster richtiger Verdienst. Ich hatte bereits Pläne gemacht. Auf diese Freude wollte ich nicht verzichten, Mutter sollte etwas bekommen und Vater auch. Und im nächsten Monat würde es mehr sein.

Dreißig Silberlinge. Für dreißig Silberlinge hatte Judas Jesus verraten.

Sowohl in Dänemark als auch in Norwegen gab es Widerstandsbewegungen, das wußte ich. Junge Menschen wie ich, mit Zipfelmützen und Windjacken und über den Stiefelschaft gekrempelten Wollsocken, setzten ihr Leben im Kampf gegen die Nazis aufs Spiel. Ich hatte sie auf Fotos in der Zeitung gesehen und bewundernd gedacht, daß ich an dem Tag, an dem es nötig wäre, auch so handeln würde. Die Überzeugung und der Kampfesmut hatten mein Rückgrat gestrafft. Und nun? Hä? Hätte ich dazu gestanden – ich Dreckstück? Jeden Tag lernte ich etwas über mich selbst.

Ich würde morgen wie immer in aller Frühe zum Gemeindehaus gehen, den Schlitten hinter mir her durch die Allee ziehen, die Post auf dem dunkelgrünen Sortiertisch mit dem schwarzen Stempelkissen in der rechten Ecke ausleeren, ich würde das Adreßfähnchen von den Schnüren abschneiden und die Säcke umdrehen, tun, was man mir sagte, und es gut machen. Damit Fräulein Hansson zufrieden war.

Der einzige Trost, an den ich mich in meiner Gewissensnot und meinem Selbsthaß klammerte, war, daß ich mir ziemlich sicher war, was Mutter gesagt hätte, falls ich all das vor ihr ausgebreitet hätte. »Man soll sich nicht in alles einmischen, Nancy! Besser, man macht gute Miene. Oftmals muß man schweigen, obwohl man ganz anders denkt. So ist das. Man kann sowieso nicht viel dagegen tun.«

Nee, nee.

Im übrigen, wäre der Sägewerksdirektor ein Nazi, und Vater hätte es herausgefunden, hätte er die Säge dann verlassen und wäre nach Hause gegangen? Wovon hätten wir dann leben sollen? Auch Vater hätte wohl schweigen müssen. Nur wer unabhängig war, konnte es sich leisten, die Nase hoch zu tragen und zu sagen, was er dachte. So war es wohl. Womöglich. Aber es nagte. Es nagte. Tief im verborgenen nagte die Wut.

IX

Wir hatten ein Thermometer, das man sowohl im Haus als auch draußen benutzen konnte. Es bestand aus einem Glasröhrchen, in dem sich ein gerollter Papierstreifen mit Gradzahlen befand. Auf der Rückseite der Skala war in verschnörkelten Buchstaben *Celsius* geschrieben. Ganz unten, wo das Röhrchen sich zu einem Zapfen verschmälert hatte, war der Quecksilberklumpen. Die Skala ging von 100 Grad plus bis zu 40 Grad minus. Die Ziffern waren schwarz, doch neben der Pluszahl 30 stand auf beiden Seiten KÄSE und BIER mit kleinen roten Druckbuchstaben, und etwas tiefer, zwischen 20 und 10, BUTTER, gleichfalls in Rot. Was das bedeutete, wußte keiner von uns, doch was die Butter betraf, vermutete ich, daß es sich um den Schmelzpunkt handelte, aber sicher war ich mir nicht.

In diesem Winter von 1940 auf 1941 pflegte Mutter morgens als allererstes, nachdem sie das Feuer im Herd angemacht hatte, das Thermometer an seiner schmutzigen Baumwollschlaufe ganz außen an einen Zweig an der Tannenveranda zu hängen. Manchmal kroch die Quecksilbersäule hinunter bis zu 30 Grad unter Null. Der Abfalleimer fror und der Wassereimer auch. Auf der Innenseite der Küchenfenster war die Eisschicht dick und uneben, und an den undichten Bretterfugen entlang den Wänden, die zwar überlagert waren von

Zeitungspapierfüllung und mehreren Lagen von Tapeten, verliefen Streifen von glitzerndem Rauhreif.

Nachdem Vater in seiner Verzweiflung am Tag nach Doras Beerdigung den Pavillon angezündet hatte, wurden nie wieder mehr als drei Kubikmeter Prima Birkenbrennholz gekauft, im Gegensatz zu den fünf Kubik von früher. Ohne den Pavillon, den man füllen und als ein perfekt gerundetes Kunstwerk neu erschaffen mußte, das Aufmerksamkeit verdiente und einen mit Stolz erfüllte, war es nicht mehr dasselbe. Diesmal hätten wir übrigens beinahe nicht einmal die drei Kubikmeter bekommen, obwohl Vater so einen guten Draht zu Förster Hansson hatte, es gab zu wenig Brennholz, und es sollte noch schlimmer werden. Gott sei Dank hatten wir immer noch die Schwarten von der Säge, eine ganze Autofuhre war uns auch dieses Jahr nach Hause geliefert und in den Garten gekippt worden. Mutters Dankbarkeit war groß, und auch wenn Vater nicht müde wurde zu betonen, daß man diese Borken nicht mit Prima Birkenholz vergleichen konnte, gab er zu, daß es notfalls zum Heizen reichte, und war trotz allem ein wenig stolz, weil er über gewisse Möglichkeiten verfügte, die nicht jedermann zu Gebote standen. Viele saßen in diesen Jahren ohne Brennholz da, mußten sich durchschlagen, alte Zaunpfähle und Sprossenstühle mit abgebrochenen Beinen verbrennen und was man sonst kriegen konnte, vielleicht sogar versuchen, an einem graubedeckten Abend mit weichem Schnee, in dem die Spuren schnell verwischten, mit vorsichtigen Bewegungen und hochkonzentriertem Gehör ein paar Bretter aus den Holzhaufen der Bauern zu schmuggeln. Die Not kannte kein Gebot.

Es wurde überall von Briketts gesprochen. Die konnte man angeblich gut am Abend nachlegen, dann sollte sich die Wärme über Nacht halten. Wir hatten ja einen

Ofen in der Kammer, seitdem das Kachelofenungetüm herausgerissen war, und besonders für Öfen sollten Briketts geeignet sein. Ich hatte diese neumodischen Dinger sowohl in der Post als auch in PostBertas Küche gesehen und konnte zu Hause bezeugen, daß es davon warm wurde und man nicht in einem fort Holz nachlegen mußte, so wie wir es gewohnt waren. Noch hatten wir uns jedoch nicht dazu durchringen können, uns welche zu besorgen, auch wenn mehrmals die Rede davon war. In den Wochen, als die Kälte am allerschlimmsten war, schlossen wir ganz einfach die Kammertür und schleppten das alte Ausziehbett vom Dachboden. Dann mußte ich wie früher meinen Schlafplatz im Herdwinkel aufschlagen.

Vater und Mutter schliefen auf der aufgeklappten Sprossenbank unter dem Fenster an der Vorderseite, so war es immer gewesen. Mutter lag auf dem Brett und Vater daneben an der Wand. Auf einem Stuhl neben der Armlehne stand der Wecker. Der schrillte in diesem Winter, als ich als Postbotin angestellt war, jeden Tag außer sonntags um Viertel nach vier, wurde jedoch von Mutters ausgestreckter Hand sofort zum Schweigen gebracht. Manchmal wurde ich wach, wenn sie aufstand, vor allem in den Wochen, als ich auf dem Ausziehbett lag und wir uns alle drei in der Küche befanden, im selben engen Duft und in derselben tiefen Dunkelheit. Im Halbschlaf drangen zuerst die Geräusche in mich ein. Nach dem Verstummen des Weckers kam das Knarren der Bank, wenn Mutter sich umdrehte, das rechte Knie auf die Matratze stellte und sich mit dem linken Bein und dem Hinterteil zuerst über das Brett hievte, das hatte ich viele Male gesehen. Es folgte ein Gähnen oder zwei, während sie immer noch auf der Kante saß, und kurz darauf hörte ich, wie sie in den Topf hinter der Küchentür strullerte. Wenn ich dann in der Lage war, meine schweren Lider für ein widerwilliges Blinzeln hochzuziehen, sah ich das Lämpchen mit seiner gelbroten Flamme flackern, und die Schatten drumherum flatterten gegen die Herdmauer und den Dachfirst. Im selben Augenblick quietschte die Herdluke, und im Dämmerlicht sah ich die Kontur von Mutters gebeugtem Rücken so nah, daß ich die Hand hätte ausstrecken und sie berühren können, wenn ich nicht eingerollt und mit hochgezogenen Knien und einer Hand in der Armbeuge und der anderen zwischen Schlüsselbein und Kinn unter der Decke gelegen hätte, um soviel wie möglich von der eigenen Körperwärme zu bewahren.

Der Deckel der Holzkiste klapperte, flugs kam das Zeitungspapiergeraschel und das schnelle Ratschen, wenn sie das Streichholz in Brand steckte, manchmal mußte sie sich mit einem Knie auf den Fußboden stützen, das Gesicht auf Lukenhöhe, und blasen und blasen, damit das Feuer in Gang kam. Besonders wenn das Schneetreiben den Schornstein hinunterfegte, zog es schlecht, und der Rauch schlug zu uns hinein.

Die lütte Lampe war eine kleine Petroleumlampe, die wir von Großmutter geerbt hatten, einfach ein Blechständer ohne Glas. Mutter zündete sie an und stellte sie auf die Herdkante, während sie Feuer machte und Wasser in den Kaffeetopf goß. Der Wassereimer stand auf einem Bord unten an der Kammertür, und in diesem strengen Winter hörte ich oft, wie sie den Eiskuchen mit der Schöpfkelle zerhackte, um an das Wasser zu kommen.

Mit der Strickjacke überm Nachthemd und den karierten Latschen an den Füßen tapste sie im Halbdunkel herum, hängte das Thermometer hinaus auf die Veranda, öffnete die Herdluke zwei-, dreimal und legte mehr Brennholz nach, mahlte gerösteten Roggen in der Kaffeemühle oder holte die Maboudose mit dem Kaffee-Ersatz vom Regal und nahm ein paar Löffel, immer noch alles im Schein der lütten Lampe. Das Herdfeuer toste, es war tüchtig in Fahrt gekommen. Dann nahm sie die Karbidlampe vom Haken, die mitten über dem Tisch hing, ich hörte sie pumpen, dann kam das gleichmäßige Rauschen, wenn das Gas aufstieg und mit einem Schnipp angezündet wurde. Der Karbidgeruch stach mir in die Nase, das weiße Licht, so viel schärfer und kälter als die milde Bescheidenheit der alten Petroleumlampe, drängte sich mir durch die Lider auf. Die Gnadenfrist näherte sich dem Ende, der Kaffeeduft kündigte es an.

Wach oder halbwach zog ich die Decke über den Kopf. Wollte nicht! Suchte noch ein klitzekleines Weilchen Schutz im Schlaf, ebenso schnell verschwunden wie ein aufgescheuchter Vogel, wenn sie mich an der Schulter faßte und vorsichtig schüttelte: »Nancy! Wach jetzt auf, Nancy, es ist fünf.«

Da saß Vater vornübergebeugt auf der scharfen Küchenbankkante und zog seine Baumwollsocken über den armen Zehenstummeln zurecht, die ich nie sehen wollte.

Um das Aufstehen von Vater und mir vorzubereiten, hatte Mutter ungefähr eine Dreiviertelstunde lang geheizt. Sie hatte die Temperatur so weit erhöht, daß es erträglich war, die Füße auf den Linoleumboden zu stellen und ein bißchen im Handwaschbecken neben dem Herd zu planschen. Die Augen blinzelten noch immer in das Licht der rauschenden Lampe, hastig zog man die Kleider an und setzte sich dann an den Tisch vor seine Kaffeetasse. Keiner sprach. Es wurde vielleicht der eine oder andere halbe Satz über das Wetter oder die Fäustlinge oder den Wollschal gemurmelt, der Rest ergab sich von selbst. Vater und ich tranken unseren Kaffee, Muckefuck mit aufgeschäumter Sahne aus einem Kännchen und einem einzigen Stück Zucker, das Vater für sich noch entzweibrach. Wenn Mutter kam und nachschenkte, steckte er sich das halbe Stück in den Mund, goß den Kaffee in die Untertasse und balancierte sie auf den Fingern der linken Hand, während er gleichzeitig die Unterseite der Tasse am rechten Arbeitshosenknie abtrocknete. So genoß er den letzten Schluck, dann war es Zeit für den Kautabak. Ich stippte ein Butterbrot ein. Wenn es kein Weißbrot gab, konnte man extrakleine Knäckebrotstücke in die Kaffeetasse stellen und nach und nach aufessen, wenn sie die Feuchtigkeit aufgesaugt hatten und die Margarine geschmolzen war und in gelben Inseln an der Oberfläche schwamm. Normalerweise fand ich das lecker, aber um diese frühe Uhrzeit ging das Essen nur langsam vonstatten, es war, als wollte der Magen noch nichts annehmen.

Als ich in meiner Kindheit krank und elend und fast ein ganzes Jahr nicht in der Schule gewesen war, hatte Mutter mir morgens Brei gekocht. Ich aß ihn mit einem Schuß Sirup drin, und Maja in der Biege sagte – ich erinnere mich deutlich, weil es mir nicht gefiel: »Was um alles in der Welt gibst du dem Mädchen, daß sie so dick und rund wird?«

Milchbrei jetzt um fünf Uhr morgens hätte ich mir nicht vorstellen können, und dick und rund wollte ich bestimmt nicht werden!

Während Vater und ich uns das Nötigste einverleibten, um den Tag zu beginnen, stand Mutter am Kopfende des Tisches und bereitete die Proviantstullen für uns vor, zwei kleinere für mich und sechs ziemlich große für Vater. Im allgemeinen hatte er ein ganzes rundes Knäckebrot und zwei Weißbrotstullen dabei, was alles auf eine Mittagspause und zwei Kaffeepausen verteilt werden mußte. Wenn nichts anderes zur Verfügung stand, mußten Margarine und etwas Kaviarpaste als Aufstrich reichen, aber in dem Winter hatten wir immer noch die Möglichkeit, mageren Käse oder geräuchertes Pferdefleisch zu kaufen, und manchmal schnitt Mutter hauchdünne Scheiben Fleischwurst ab und legte sie dazwischen. Vater mochte kalten gebratenen Hering, hin und wieder kriegte er den, während ich bei seltenen Gelegenheiten den Luxus eines von beiden Seiten gebratenen Hühnereis verehrt bekam.

Das Buttermesser kratzte. Papiertüten knisterten. Der Kaffee gurgelte in die Thermoskanne hinein und der Kakao in die Flasche. Jetzt im Winter, als es so kalt war, hatte Vater zusätzlich noch eine Wollstrumpfflasche mit warmer Milch dabei, was er an und für sich für eine unnötige Schmeichelei von Mutters Seite hielt, doch wenn er nach Hause kam, war die Flasche leer. Nun wurden für uns beide die Rucksäcke gepackt, die Unicabox benutzte Vater nur, wenn er mit dem Fahrrad fuhr.

Der große Zeiger auf der alten braunen Uhr über dem Radiotisch kämpfte sich hoch bis zwanzig vor sechs. »Ja, ja – jetzt wird es aber Zeit.«

Er schob den Stuhl zurück, zog sich die große Weste über den blauen Arbeitskittel, schnappte sich die Mütze, klappte die Ohrenschützer hinunter und nahm die Fäustlinge, die zum Aufwärmen auf der Herdplatte lagen.

Eigentlich war es nur für mich Zeit. Er hätte sich nicht gleichzeitig mit mir auf den Weg machen müssen. Er hätte seelenruhig noch eine halbe Stunde zu Hause sitzen können und es trotzdem noch geschafft. Aber es war vom ersten Tag an beschlossene Sache, daß er mich begleitete und aufpaßte, daß ich ordentlich vorankam, obwohl wir darüber nie eine Abmachung getroffen oder gar gesprochen hatten. Er hatte ganz einfach meine Gehzeit ausgerechnet und berücksichtigt, daß ich auch noch die Pfarrhofallee durchqueren, den Postschlitten holen und ihn hinunter zur Straße ziehen mußte, damit ich zur Stelle war, wenn um halb sieben der Bus eintraf. Und wenn es nach seiner Berechnung Zeit war, sich auf den Weg zu machen, damit das alles glatt über die Bühne ging, stand er einfach auf und setzte seine Mütze auf: »Ja, ja – nun also!«

Die Haustür wurde geschlossen. Die Tannenzweigveranda war die letzte Schleuse, der äußerste Schutz gegen Dunkel und Kälte.

Es gab windstille Morgen, weder Laut noch Bewegung, die Bäume wie steinerne Säulen, der Mondschein bleich mit verwischtem, nebelweißem Hof. Dann spürte man die Kälte wie ein Rasiermesser im Gesicht, die Lippen wurden steif, die Stirn straffte sich. Der Schnee jammerte und klagte, wenn wir knarrend losstiefelten. Es wurde behauptet, daß Vögel tot von den Bäumen fielen. An anderen Morgen peitschte das Schneetreiben so, daß die Wangen brannten, wir sahen kaum den Weg vor uns, eigentlich gab es auch keinen, denn Ågren schaffte es nicht immer zu pflügen, und selbst wenn er es getan hatte, wehte er schnell wieder zu. Gebückt mußten wir durch die Schneewehen stapfen, Vater ging voran, ich hatte Mühe mitzukommen.

An solchen Morgen sah ich nur seinen schiefen Rükken vor mir im Schneetreiben, an anderen Morgen, wenn die Sterne leuchteten und der Wall zwischen den Pflugspuren blauglatt dalag, gingen wir fast nebeneinander, aber wir redeten nie. An der Pfarrhofallee sagte ich: »Tschüs, Papa«, und dann hob er die Faust halbwegs zu einem Winken, aber er drehte sich nie um, trottete einfach weiter.

Gefiel mir diese Begleitung? Ich weiß nicht. Vielleicht war ich in der ersten Zeit und im schlimmsten

Winter dankbar. Da handelte es sich um einen Kampf, und ich wußte nicht genau, wie ich den überstehen sollte. Später, als es milder und heller wurde und man mit dem Tretschlitten fahren konnte, fand ich es meistens hinderlich und ein wenig beschämend, mit Vater im Schlepptau dahinzutraben. Vater meinte, der Tretschlitten wäre ein Gefährt für Frauenzimmer, er ließ sich nie dazu herab, einen solchen zu benutzen, was zur Folge hatte, daß er im selben Trott wie immer stiefelte und ich mich seiner Beinarbeit anpassen und meistens auf einer Kufe herumhängen und ein bißchen trippeln oder stehenbleiben und immer wieder warten mußte.

Trotz der düsteren Weissagungen gab der Winter sich auch in diesem Jahr geschlagen. Die Morgen wurden nach und nach heller, Eisflecken glänzten, der Landstraßenschotter fraß sich durch die Schlittenspur, und die Erde wurde fast nackt. Aber da hatten wir es bereits weit in den April hinein geschafft.

»Ich glaube, ab morgen fahre ich wieder mit dem Rad«, sagte ich eines Abends. »Dann muß ich nicht vor sechs los.«

Vater gab keinen Kommentar ab, aber am Tag darauf ging er hinaus, während Mutter den Proviant bereitete, und holte die Fahrräder aus dem Holzschuppen, meins und auch sein eigenes, und ich war ein wenig gespannt. Er blieb eine ganze Weile draußen.

Als er wieder im Zimmer war und seine Mütze aufgehängt hatte, sagte er: »Der Hinterreifen war schwer aufzupumpen, weiß der Teufel, ob da ein Loch im Schlauch ist. Nimmst wohl besser die Luftpumpe mit und pumpst noch mal auf, bevor du nach Hause fährst. Falls du einen Platten hast.«

Dann setzte er sich an den Tisch, zog die Kaffeetasse zu sich heran und machte keine Anstalten aufzustehen, als ich Tschüs sagte und hinausging. Am Abend nahm er den roten Gummischlauch heraus, probierte ihn im Wasser in der Zinkwanne aus und reparierte das zischende Loch mit einem Flicken und Fahrradkleber.

X

In einem entlegenen Winkel unter dem Himmel kämpften wir uns durch. Das Leben reichte uns bis zum Hals. Die Welt war eng. Besonders in diesem langen kalten Winter, in dem es so viel Schnee gab, daß Vater in den Gängen, die er zum Holzschuppen und zum Brunnen freigeschippt hatte, kaum zu sehen war und die aufgepflügten Wälle am Rand der Landstraße bis zu zwei Meter hoch wurden, fühlte man sich eingesperrt und abgeschieden. Der Horizont umgab uns wie ein Schleppnetz. Nicht einmal die Träume fanden hinaus.

Ich wurde es leid, jeden Morgen bis auf sonntags in aller Herrgottsfrühe aufzustehen, ich war nicht daran gewöhnt, und abends mußte ich mich früh hinlegen und fiel sofort in tiefen Schlaf. Ich versuchte zwar zu lesen und schlug mich auch recht tapfer mit dem Englischen, doch in der Zeit, als wir die Kammer wegen der Kälte abgesperrt hatten, kam es mir so albern vor, am Küchentisch zu sitzen und wieder und wieder der Grammophonstimme nachzusprechen, während Mutter ganz in meiner Nähe war und sich mit ihrem eigenen Kram beschäftigte.

Sie störte mich nicht, sie tapste auf Zehenspitzen und nahm Rücksicht, doch ich fühlte die ganze Zeit ihre Ohren. Und ich war unsicher, was sie wirklich dachte. Auch wenn sie mich bemitleidete, weil ich morgens so früh aufstehen und raus in die Kälte mußte, wußte ich, daß sie glücklich und zufrieden darüber war, daß ich eine Arbeit gefunden hatte, und außerdem traf es sich günstig, daß ich zu Hause wohnen konnte.

Oft sagte sie: »Wenn nur der Winter vorbei ist, wird es einfacher, sollst mal sehen. Wenn es morgens hell wird, dann.«

Diese aufmunternden Trostworte hatten die gegenteilige Wirkung. Eine unendliche Reihe von gleichartigen Morgen baute sich vor mir auf, wenn sie so etwas sagte, da war kein Ende abzusehen. Ich hatte den leisen Eindruck, daß Mutter es gut fand, wie es war. Daß ich mich damit zufriedengeben konnte. Aber ich wollte nicht!

Am letzten Tag im Februar, mehrere Wochen bevor die Schlittenspur auf der Landstraße weggefressen wurde, erhielt ich meinen ersten Lohn. Er belief sich auf einhundertdreiundvierzig Kronen und fünfzig Öre und war für die Zeitspanne vom vierzehnten Januar bis zum achtundzwanzigsten Februar bestimmt. Ich breitete zwei Fünfziger und vier Zehnkronenscheine, drei Einkronenstücke und eine Fünfzigöremünze auf der Wachsdecke aus.

Mutter schlug die Hände zusammen: »Uiuiui, Nancy, so viel Geld!«

Ich legte zwei Zehner auf einen Fünfziger und schob sie Mutter hinüber. »Bitteschön.«

»Was?« fragte Mutter. »Du willst doch wohl nicht so viel abgeben? Siebzig Kronen? Nee, weißt du – vierzig reichen, nicht eine Krone mehr. Du sollst selbst auch was davon haben, du hast doch so gerackert.«

Nachdem wir uns ein bißchen gekabbelt und gegenseitig mit Lob und Wohlwollen überboten hatten, willigte sie ein, dieses eine Mal fünfzig anzunehmen, die beiden Zehner mußte ich behalten. Und in Zukunft kämen höchstens vierzig in Frage, wiederholte sie, das wäre mehr als genug.

Das stimmte natürlich – das hier war ja eine große Gehaltszahlung gewesen, da hatte sie recht. Nächstes Mal würde es weniger sein. Ich nickte also zustimmend, vierzig waren wohl genug.

Als Vater nach Hause kam und auf den Fünfzigkronenschein aufmerksam gemacht wurde, der nur mit einer Ecke unter dem Krug mit Tannenzweigen auf dem Tisch steckte, machte er kein großes Palaver. Er nahm einfach den Schein und steckte ihn in die Brieftasche in der Küchenschrankschublade.

Doch daß er sich diebisch freute, sah man trotzdem. »Donnerwetter, nun dreht sich der Wind! Wo schon ein dicker Haufen liegt, setzt der Teufel noch einen drauf!«

Denn was die Einkommensmöglichkeiten betraf, war auch auf Vaters Seite holterdiepolter eine erstaunliche Verbesserung eingetreten. Die Bereitschaftszeit und die zahlreichen Einberufungen hatten dazu geführt, daß die Bauern zu wenig fällten und zu wenig bauten, das Sägewerk lief schlecht, und der Sägewerksdirektor hatte seine Tätigkeit im Auftrag einer Kommission, vielleicht hieß sie Brennstoffkommission, anders ausgerichtet. Nun sollte Generatorgasholz hergestellt werden. Unendlich viele Säcke voller klitzekleiner Klötzchen sollten gehackt werden, für den Anfang von Hand, bis der Direktor geeignete Maschinen beschafft hatte. Und das Hacken sollte im Akkord geschehen. Je mehr man hackte, desto besser war der Verdienst. Da konnte man bis zu vierzehn, fünfzehn Kronen am Tag verdienen, wenn man geübt war, sagte Vater. Und wer, wenn nicht er, war an der Axt geübt? Nun würde das Geld fließen. Wir würden schon sehen!

Vater saß abends mit dem Anilinstift da und machte auf dem Zeitungsrand Akkordberechnungen. »So, Mutter. Nun kommen andere Zeiten.«

Am Dienstag in der Woche, nachdem ich mein Gehalt bekommen hatte, fuhr ich hinunter in den Ort. Ich hatte mir überlegt, daß Ruben an einem Tag, an dem er vor zwölf von seiner Posttour zurück war, mit mir hinunter zum Mittagsbus gehen und dann den Schlitten und die Quittungen wieder mit hinauf zu Fräulein Hansson nehmen könnte, während ich einstieg, ein Billett löste und mich wie irgendein dahergelaufener Passagier auf einen Platz setzte.

Ich wußte, daß ich mit Ruben auf gutem Fuß stand, und als ich ihn eines Morgens fragte, während Fräulein Hansson in ihrer Wohnung war, nickte er bloß: Klar konnte er das machen. Natürlich nur, wenn sie – er machte eine Kopfbewegung in Richtung Wohnungstür – keine Einwände hatte. Das hatte sie nicht.

Drei Stunden hatte ich im Ort, bis der Bus wieder zurück in die Stadt fahren würde. Als erstes kaufte ich ein Stück Schürzenstoff für Mutter, grauweiß kariert mit roten und blauen Blumen in den Karos, und im Porzellanladen nebenan ein halbes Dutzend Kaffeetassen mit einem rosafarbenen Rosenmuster rings um Tasse und Untertasse. Ich war in diesem Moment sehr, sehr glücklich und voll stolzer Erwartung. Oh, wie sie sich freuen würde!

Dann ging ich zu dem Laden, in dem ich das Grammophon gemietet hatte, und bezahlte für zwei weitere Monate. Als ich dort stand und darauf wartete, daß der Mietvertrag ausgeschrieben wurde, kam mir plötzlich eine Idee: Was, wenn ich eine Grammophonplatte für Vater kaufte? Lange stand ich da und befingerte die Papphülle von »Irgendwo in Schweden«, gesungen von Ulla Billquist, ich wußte, daß Vater es gern hörte, wenn sie im Radio sang. Doch dann fiel mein Blick auf eine andere Hülle, mit dem Bild von Calle Jularbo drauf, und als ich las, was auf dem roten Kreis stand, der durch das Mittelloch zu erkennen war, sah ich, daß auf der einen Seite »Abschied des Maiglöckchens« und auf der anderen Seite »Das Leben in den finnischen Wäldern« war. Doras Stücke! Die hatte sie auf dem Kamm geblasen und war mit wehendem Rock über das Linoleum gewogt, und Vater hatte dazu gesummt und den Text gesungen. Diese Platte wollte ich kaufen. Das würde ihn bestimmt freuen.

Ich hatte lange von einer Windjacke geträumt, einer ganz kurzen mit Gummizug in der Taille und einem Reißverschluß vorne, ich wußte genau, wie sie aussehen sollte. Ich hatte mir vorgestellt, wie es sich anfühlen würde, in die Ärmel zu schlüpfen, die Schultern zurechtzurücken, indem ich mich ein wenig reckte, und dann den Reißverschluß hochzuziehen. Mensch, was würde ich hübsch und modern aussehen, wenn ich etwas später mit dem Fahrrad zur Post und zurück fuhr, wenn es langsam Frühling wurde und ich meinen plumpen Wintermantel nicht mehr anziehen mußte. In einem Schaufenster an der einzigen richtigen Einkaufsstraße des Ortes entdeckte ich genau so eine Jacke, wie ich sie mir vorgestellt hatte. Sie war graugrün-weiß und hatte einen kleinen Schoß unterhalb der Taille. Ich zögerte zuerst, ging ein paarmal vor dem Schaufenster auf und ab. Achtzehn Kronen, das war mehr, als ich gedacht hatte. Aber dann nahm ich meinen Mut zusammen und trat ein, ich konnte ja wenigstens darum bitten, sie einmal anprobieren zu dürfen. Sie paßte genau.

Als ich mit dem Paket in der Tasche in die Richtung ging, in der Betty wohnte, waren meine Wangen heiß. Abgesehen von einigen kleineren Besorgungen bei C. G. Perssons Gemischtwaren war dies hier das erste

Mal in meinem Leben, daß ich einen so großen Kauf tätigte, und dazu noch von eigenem Geld. Es war ein berauschendes Gefühl, aber auch ein wenig beunruhigend. Hatte ich richtig gehandelt? Hätte ich das Geld besser sparen sollen? Von dem Fünfziger, den ich mitgenommen hatte, war kaum ein Zehner übrig. Trotz der kleinen Gewissensbisse kaufte ich den Mädchen je eine Tüte Karamelbonbons und für Betty eine kleine blaue Glasvase, die kostete nur eins fünfundzwanzig.

In diesen Monaten nach Weihnachten war ich vollauf mit mir selbst und meinem Auftrag als Postbotin beschäftigt gewesen. Ich hatte Betty und ihre Sorgen zwar nicht vergessen, doch von mir weggeschoben. Als die Schneewehen hoch lagen und die Kälte vieles unmöglich machte, wurde auch der Abstand zwischen Dalängen und dem Ort größer. Es war nicht so leicht, sich zu treffen, wie im Sommer, wenn man einfach das Fahrrad nehmen und über die Ebene und die Brücke bei Forshällan sausen konnte.

Allerdings war Åke seit Ende Januar zu Hause bei seiner Familie. Kurz nachdem er von seinem knappen Weihnachts- und Neujahrsurlaub zurückgekehrt war, bekam er Schmerzen am Blinddarm und wurde operiert. Nach der Operation bildete sich in der Wunde Eiter. Als sie verheilt war, wurde er nach Hause geschickt oder entlassen, wie es hieß. Vorläufig.

Sie hatten einmal einen Besuch in Dalängen gemacht, das war ganz am Anfang seines Heimataufenthalts gewesen. Da hatte er blaß und erschöpft ausgesehen, und Mutter war wie ein aufgescheuchtes Huhn herumgerannt und wußte gar nicht, was sie ihm alles Gutes tun wollte, es ging fast so weit, daß Lynn und Dotty sich etwas zurücknehmen mußten. Ich begriff sehr wohl, wieso Mutter so ein Getue machte und Åke auf diese etwas übertriebene Weise betüddelte. Ich will nicht behaupten, daß sie Theater spielte, sie mochte ihn wirklich, das hatte sie immer getan, er war wie ihr eigener Sohn. Aber dann war da ja noch die Sache mit Bettys Bauch, der zwar groß geworden war, aber nicht groß genug. Wußte Åke, wie die Dinge lagen, oder war er immer noch im guten Glauben, und was sollte werden, wenn sich die Wahrheit offenbarte? Mutters Fürsorglichkeit ihm gegenüber war eine Art Bitten oder Abbitten, das verstand ich natürlich.

Nun, Anfang März, als ich mit meiner Tasche angestiefelt kam, um guten Tag zu sagen, hatte Åke so allmählich wieder mit dem Brotausliefern begonnen. Er hoffte wohl, daß er ein Weilchen zu Hause bleiben durfte. Und im übrigen würde er vielleicht nie wieder rauf in die Lappenhölle müssen. Vielleicht war der Krieg bald zu Ende?

Daß Åke solche Wunschträume hatte, war selbstverständlich, die hatten wir alle, aber ob er sich in der Richtung auch Hoffnungen machte, weiß ich nicht. Er war ja mittendrin gewesen, da wußte er wohl mehr als wir. Aber vielleicht war er auch genauso blind wie alle anderen.

Wir hatten uns nach und nach daran gewöhnt, daß es um uns herum grollte und blitzte. Die Rationierungen und der Bereitschaftsdienst und die Verdunklungsgardinen waren jetzt Teil des täglichen Lebens. An die Ursachen dachten wir immer weniger. Mit dem Ohr am Radio versuchte Vater zwar nach Kräften, den Überblick zu behalten, doch wer hatte noch Lust, abends draußen unterm Sternenhimmel zu stehen und nach Bombern zu lauschen? Ich jedenfalls nicht.

Mutter ihrerseits hatte alle Hände voll zu tun, die Alltagsprobleme in dieser Krisenzeit zu lösen. Das bedeutete für sie durchaus nicht nur Kummer und Sorgen, auch wenn es manchmal so klang. Sie war immer darauf bedacht gewesen, »sich zu kümmern«, wie sie es nannte, und Auswege zu finden. Das war ihre Natur, und nun hatte sie täglich Verwendung für ihren Einfallsreichtum und ihre Fähigkeit vorauszuschauen. Sie schmolz Kerzenstummel und zog neue Kerzen. Sie machte eigene Kartoffelflocken und kochte Brei daraus, er wurde glatt und etwas schleimig. Sie legte Salzhering ein. Sie nähte alte Sachen um und betrieb Tauschhandel mit ihren Fertigkeiten, sogar Butter ergatterte sie hin und wieder. Manchmal sah man sie vor lauter Zufriedenheit mit sich selbst erröten. Natürlich fand sie, daß es ein Elend war mit den Jungs, daß sie Monat für Monat draußen in Bereitschaft liegen mußten und nicht nach Hause kommen und zu arbeiten anfangen und wie früher leben durften. Börje, der jetzt eine Verlobte hatte und studierte, und Lennart, er mußte sich wohl auch noch festigen. Aber ich glaube nicht, daß sie sich in dieser Zeit, im Februar und Anfang März 1941, wirklich um das Leben der Jungs ängstigte.

Wir hatten es uns in einer Art selbstgemachter Ruhe bequem eingerichtet. Bei ZehenPelles hatten wir das Kriegsbewußtsein sogar so weit beiseite geschoben, daß wir begannen, gewisse Hoffnungen für die eigene Zukunft zu hegen. Aber zum Donnerwetter, Vater mußte Brennholz für Generatorgas hacken. Und ich war bloß Postbotin. Wegen ein paar lumpiger Zehner und Fünfziger reckten wir schon die Hälse und witterten ein Ende und einen strahlenden Beginn. So ahnungslos waren wir.

Dieser Optimismus war ohnehin von kurzer Dauer. Eines Tages leierte die Radiostimme dumpfer als seit langem, und die Zeitungsseiten wurden schwärzer als schwarz und betrafen uns wieder auf luftabschnürende Weise. Bulgarien und Jugoslawien waren durch Blitzattacken niedergeschlagen worden. Es geschah etwas später in diesem zögernd einsetzenden und verfrorenen März, genau zu der Zeit, als wir bei ZehenPelles schon ein erstes Frühlingsgezwitscher in den Büschen zu hören vermeint hatten. Es verstummte natürlich, bekam Atemstillstand. Dafür hörten wir die deutsche Marschmusik im Radio scheppern und Hitler brüllen, wahnsinnig und berauscht von den eigenen schnellen Siegen. Die Kriegsmaschinerie der Nazis schien unbesiegbar, sie zerschlug und zermalmte alles, was ihr in den Weg kam. Welche Richtung sie nun einschlagen würde, wußte niemand, am allerwenigsten wir.

Es gingen Gerüchte um, daß neue Fronten errichtet und weitere Invasionen durchgeführt werden sollten, und auf Schweden wurde Druck ausgeübt. Dieser Zugverkehr mit sogenannten deutschen Urlaubern, über den Ruben sich so wütend geäußert hatte, sollte ausgeweitet werden. Urlauber? Daran glaubte niemand. Schweden sollte seine Zugverkehrsstrecken zur Verfügung stellen, seine Waggons, seine Bahnhöfe und sein Personal, um deutsche Truppenverstärkungen nach Norden zur norwegischen Grenze und zum Eismeer zu transportieren. Massen von graubehelmten Soldaten. Mit Waffen. Zu welchem Zweck? Das war die Frage. Es wurde von Krieg gegen die Sowjetunion gemunkelt, bald würde die ganze Welt in Flammen stehen, und wie gedachten wir dann zurechtzukommen, allein mit dem Trost der Seherin und unserem ungekrönten König?

Atemlos saßen wir am Radioapparat. Nun packte uns die Angst erneut mit ihrem Würgegriff. Wenn Schweden als neutrales Land diesen Durchgangsverkehr verweigerte, und er mußte ja verweigert werden, was würde dann passieren?

Es gab Masseneinberufungen. Es wurde von bis zu hunderttausend Männern geredet. Die Dörfer und natürlich auch die Städte wurden großer Teile ihrer männlichen Bevölkerung, bis auf Alte, Jünglinge und Dienstuntaugliche, beraubt. Nun war es ernst. Nun kam es darauf an. Wir saßen da wie in einer Kneifzange. Und was hinter unseren Rücken vorging und über unsere Köpfe hinweg entschieden wurde, was wußten wir davon? Die Mächtigen hatten wahrscheinlich auch keine Ahnung. Alles schien verwirrt.

Am siebzehnten März wurde Åke blitzeinberufen, wie so viele andere. Er ging zur Untersuchung zum Doktor im Ort, darauf bestanden Westmans. Aber der Doktor, derselbe übrigens, der jede zweite Woche draußen bei uns einen Nachmittag in Schwester Hedvigs Zimmer Sprechstunde hatte, war nicht der Ansicht, daß ausreichende Gründe für eine Befreiung vorlagen. Ein ärztliches Attest, mit dessen Hilfe der Einstellungstermin möglicherweise um eine gute Woche verschoben werden konnte, stellte der Doktor immerhin aus und verschickte es per Telegraf. Als weiterer Grund neben Åkes kränklichem Gesundheitszustand nach der Operation wurde angegeben, daß die Ehefrau kürzlich niedergekommen und nach der Entbindung noch geschwächt war. Erstaunlicherweise wurde das Attest, obwohl der Doktor skeptisch den Kopf geschüttelt und gesagt hatte, daß Lindén damit rechnen müßte, sich umgehend beim Militär einzufinden – sie hatten schließlich eigene Ärzte, die vor Ort Untersuchungen durchführten –, von seinen Vorgesetzten akzeptiert. Doch am siebenundzwanzigsten März lief die Frist ab, und Åke mußte sich auf den Weg machen. Vierzehn Tage zuvor war er Vater eines Jungen geworden.

Mutter war gut vorbereitet. Es war abgesprochen, daß Åke mit Lynn und Dotty zu uns kommen sollte, wenn es Anzeichen gab, daß der Moment sich näherte (der bereits vor sechs Wochen hätte kommen müssen!). Wahrscheinlich würde er den Lieferwagen von Westmans leihen dürfen, andernfalls käme er mit dem Mittagsbus, wenn er mit dem Brotausliefern fertig war. Mutter hatte die Kammertür offengehalten und eine Woche lang jeden Tag einige Male den Ofen angeheizt, so daß die Kammer ordentlich aufgewärmt war und ich wieder auf dem Diwansofa nächtigen konnte. Die kleinen Mädchen sollten Kopf an Fuß auf dem Ausziehbett vor dem Herd liegen. Es war immer noch kalt.

Aber es lief nicht wie geplant. Åke kam zwar am Nachmittag des dreizehnten März mit den Mädchen, doch da war alles bereits überstanden. Fünf Minuten nach halb eins in der Nacht hatte Betty zu Hause im Bett einen Jungen bekommen, und es war gutgegangen.

»Was um alles in der Welt? Hat sie's gekriegt, sagst du? Zu Hause?« Mutter fiel aus allen Wolken.

Ja, sie hatte den ganzen Tag über leichte Schmerzen gehabt, später am Abend tat es richtig weh, und irgendwann zwischen elf und zwölf ging das Wasser ab. Dann bekam sie auf einmal furchtbar heftige Wehen und fing an zu jammern und zu schreien, sie spürte, daß es auf dem Weg war – es könnte jeden Augenblick kommen!

»Uiuiui, welch ein Jammer! Was hast du da gemacht? Mit den armen Mädchen und allem?«

Ja, Åke hatte bei der alten Nachbartante anklopfen müssen, und die war mit ihrem Mann hereingekommen und hatte sich um die Mädchen gekümmert. Dotty schlief, aber Lynn bekam Angst und weinte fürchterlich. So wurden sie zu den Nachbarn hinübergetragen, es ging nicht anders, und Åke rannte zu Westmans, um Hilfe zu holen. Frau Westman meinte, man solle am besten die Hebamme holen, schließlich gab es eine im Ort. In die Stadt würden sie es niemals schaffen, sagte sie, wenn es so nah dran war, wie es sich anhörte. Es war ein Glück, daß sie es so machten, denn auf einmal ging alles ganz schnell.

»Ach du liebe Güte! Ich muß schon sagen. Wie ist so was möglich!« Mutter rang die Hände. »Nun setz dich aber um Himmels willen, Junge! Setz dich hin und komm zu dir!«

Endlich wußte sie, was zu tun war. »Ich mach Kaffee«, sagte sie. »Du mußt ja vollkommen am Ende sein, du Ärmster!«

Doch Åke hatte es eilig. Er mußte sich beeilen, wieder nach Hause zu kommen. Die Hebamme wollte gegen Abend vorbeischauen, und er mußte Betty etwas zu essen machen und die Wohnung aufräumen, es war ja alles ein einziges Durcheinander. Außerdem machte man sich besser auf den Weg, bevor der Motor zu kalt wurde. Ob Dotty und Lynn wohl ein Weilchen bei Großmutter bleiben durften, bis Betty wieder bei Kräften war?

Aber das war doch selbstverständlich! Sie durften so lange bleiben wie nötig. Mutter schien verwirrt, aber erleichtert zu sein, weil alles überstanden war, zumindest das Schlimmste. Sie stellte den Topf aufs Feuer, legte ein paar Holzscheite nach und stellte im Nu den Brotkorb und den Margarineteller auf den Tisch. Kaffee brauchte Åke auf jeden Fall! So eilig war es doch nun auch wieder nicht. Ob sie ihm ein Ei braten sollte, wollte er das? Es wäre in einer Minute fertig, wo der Herd nun schon mal heiß wäre.

Während Åke sich eine Weile später die Lederjacke übers Jackett zwängte, diese halblange abgetragene Westmansjacke, die er immer trug, wenn er den Brotwagen fuhr, sagte er: »Jaa, mal sehen, was jetzt kommt – wie lange ich zu Hause bleiben darf. Es wird wohl bald wieder Zeit, scheint mir. Es gibt Gerüchte.«

Ganz richtig, einige Tage später kam der Einberufungsbefehl.

Am Nachmittag des zwanzigsten März kam Åke wieder zu uns nach Hause, diesmal fuhr er mit MilchAlbin und wollte den Bus zurück nehmen. Zu dem Zeitpunkt wußten wir weder von der Einberufung noch von dem ärztlichen Attest und dem vorläufigen Aufschub. Ich hatte zwar mit einem gewissen Selbstbewußtsein zu Åke gesagt, er könne anrufen, indem er Lunda verlangte, dann würde er ja mit der Telefonzentrale in der Post verbunden, wo ich mich vormittags aufhielt. Und natürlich dürfte ich ein Telefongespräch annehmen, so unmöglich konnte PostBerta schließlich nicht sein.

Aber wir waren im Telefonieren ja überhaupt nicht geübt, den Kontakt zu Betty hatten wir mit Postkarten und diesen gräulichen Kurzbriefen mit aufgedruckter Briefmarke und Abrißkante aufrechterhalten oder, was am besten funktionierte und am häufigsten praktiziert wurde, über MilchAlbins mündliche Vermittlung. Also rief Åke auch diesmal nicht an, er kam einfach.

Nachdem die Mädchen Zeit gehabt hatten, an ihm hochzuspringen und ihn zu umarmen, loszuplappern und die Knopfketten zu zeigen, die sie auch diesmal angefertigt hatten, als Mutter den Kaffeetopf aufgesetzt und sich etwas kurzatmig erkundigt hatte, wie es mit Betty und dem Neuankömmling stehe, ob der Kleine gesund und munter wäre, kam endlich Åkes Anliegen zur Sprache. Denn er hatte tatsächlich ein Anliegen.

Zuerst erfuhren wir von dem Einberufungsbefehl und dem ärztlichen Attest. Doch am siebenundzwanzigsten, in einer Woche, mußte er sich mit dem Nachtzug auf den Weg gen Norden begeben, dagegen war nichts zu machen.

»Ja, ja«, schob Mutter ein, »es ist nicht auszuhalten. Wie viele jetzt einrücken. Lennart und Börje hatten gedacht, sie würden jetzt zum Frühjahr entlassen werden, aber daraus wird wohl auch nichts. Ich habe schon seit einiger Zeit von beiden nichts gehört, Sara hat eine Karte geschickt, aber das ist auch schon ziemlich lange her.«

Åke hatte Sara noch nie gesehen, aber er wußte, daß sie Börjes Verlobte war.

Einen Augenblick lang wurde es still. Åke rührte in der Kaffeetasse. Mutter ebenso.

Plötzlich kam ihr ein Gedanke: »Du wirst doch jetzt nicht die Mädchen mit nach Hause nehmen wollen? Das wird Betty zu viel!«

Nein. Nein! Nee, nee. Er war nicht gekommen, um die Mädchen zu holen. Aber, äh – tja, es... Hm. Åke wand sich, hüstelte und schniefte.

Ich sah, daß Mutter gespannt war. Lautlos stellte sie ihre Kaffeetasse auf den Teller und betrachtete Åke mit wachsam angehobenem Kinn. Was würde jetzt kommen? Sie war immer auf das Schlimmste vorbereitet. Aha, das ist das Ende! So dachte sie wohl, ich sah es ihr an. Gleich wird er sagen, Betty solle sich von nun an allein durchschlagen, das hätte sie sich selbst eingebrockt. Und die Mädchen, tja, die. Was wird aus denen?

Aber in diesem Fall hatte Mutter sich unnötig Sorgen gemacht. So etwas wollte Åke überhaupt nicht sagen, ganz im Gegenteil. Nach einigem Gestotter und Gestammel kam er mit der Sprache heraus und versetzte Mutter und mich in Erstaunen. Es wäre so, sagte er, Betty und er wollten, daß der Junge vor dem siebenundzwanzigsten getauft würde. Sollte heißen, bevor er, Åke, wieder abreisen mußte. Sowohl Lynn als auch Dotty wären ja im Entbindungsheim geboren, bei ihnen hätte man sich also um die Taufe gar nicht kümmern müssen. Es wurde sofort gemacht und war erledigt, als sie nach Hause kamen. Aber jetzt. Wie gesagt. Jetzt war das anders. Und nun wollten sie das Kind taufen lassen.

Mutter starrte ihn an und ich auch. Was Åke sagte, war so unerwartet. Daß er, BrotÅke, solche Sachen sagte, daß er auf diese Weise dachte. Daß das mit der Taufe etwas war, was er, geschweige denn Betty, in Betracht zog und ernst nahm, das hatte wohl keine von uns beiden erwartet.

»Meine Güte! Stimmt was nicht mit ihm?«

Als sich die erste Verwunderung gelegt hatte, wurde Mutter von einem plötzlichen Gedankenblitz getroffen: »Es besteht doch keine Gefahr, daß er – ich meine – weil es so eilig ist? Er ist doch nicht irgendwie krank?«

O nein. Mit dem Jungen war alles in Ordnung. Sie wollten bloß, daß es gemacht wurde. Wie gesagt. Vor der Abreise.

Åke war schwer zu beschreiben. Er sah so normal aus. Eigentlich sah er nach nichts aus. Er war schmal und hatte hängende Schultern. Nicht besonders groß, vielleicht einen Tick größer als ich. Sein Gesicht war nicht rund und nicht eckig, bloß länglich und recht schmal. Die Haut war blaß, die Augen waren blaugrau, die Haare hellbräunlich, er hatte schöne gleichmäßige Zähne und ziemlich schmale Lippen. Doch da war etwas um den Mund. Genau! Es war etwas um den Mund. Dort saß es. Was einen so für ihn einnahm. Da war ein Zug, der war lieb und schüchtern, doch gleichzeitig fand sich dort ein kleines heiteres Grübchen, das paßte zu den Augen. Die waren auch freundlich, aber manchmal blitzte es auf eine neckende Weise in ihnen, man wußte nicht richtig, wie man ihn einordnen sollte, was hinter seiner Schüchternheit steckte. In diesem Moment war er natürlich nur ernst, und da veränderte dieser Zug um den Mund auch seinen Ausdruck, plötzlich wirkte er männlich und ein bißchen stumpf.

Wenn ich mich in Åke verliebt hätte, wäre es wegen

dieser Sache mit seinem Mund gewesen. Die lockte. Aber Gott bewahre! Er war ja Bettys Kerl, auch wenn sie keinen großen Wert auf ihn zu legen schien. Sie hatte Sachen gesagt, die zu wissen ich mich schämte.

Vater war Åke immer ein wenig von oben herab begegnet. Dieser BrotÅke. Hatte ihn Milchbubi und Rotznase genannt, natürlich nicht direkt ins Gesicht, aber es war sein Urteil. »In dem steckt kein richtiger Mannskerl«, pflegte er zu sagen. Aber wenn Vater jetzt zu Hause gewesen wäre, hätte er bestimmt eingesehen, daß er sich getäuscht hatte.

Wie gesagt. Åke wollte, daß der Junge getauft wurde, bevor er sich wieder aufmachen mußte in die Lappenhölle. Und Betty wollte das auch, betonte er.

»Wenn du uns also damit helfen könntest«, sagte er. »Danach wollte ich fragen. Falls es nicht zu viele Umstände macht.«

Åke sagte du zu Mutter, wenn er sie direkt ansprach, ansonsten sagte er Großmutter. Sara hatte sie Tante Frida genannt und dieser StockholmCharlie sogar Elfrida!

Am besten wäre es, fuhr er fort, wenn sie die Taufe hier in Dalängen veranstalten dürften und der Pastor herkäme. Denn Betty hatte noch keine Kraft, um zu Hause in der Wohnung etwas vorzubereiten. Die Pastoren machten es bestimmt so, jetzt in Krisenzeiten, daß sie zu den Leuten nach Hause kamen, das hatte er von anderen Bereitschaftsmännern gehört. Åke klang nun lebhafter, die Worte flossen leichter. Er würde das Auto einen Nachmittag ausleihen dürfen, und Betty wäre doch wohl in ein paar Tagen stark genug, die kurze Fahrt vom Ort hierher zu überstehen?

Das glaubte Mutter schon, in der Hinsicht also – doch an welchem Tag sollte es sein? Nun waren nicht mehr viele übrig.

Vaters Almanach, der Hauskalender, wie er sagte, wurde vom Nagel neben der Gardine gestreift.

»Heute ist Donnerstag«, sagte Mutter. »Bis Sonnabend oder Sonntag wird es wohl ein bißchen knapp, aber wie wäre es bis Dienstag, da ist Waffeltag? Das ist ein Feiertag, das wäre am allerbesten. Oder von mir aus am Tag davor?«

Als Åke gehen wollte und sich von Lynn und Dotty verabschiedet hatte, die nun den Flickenkasten hervorgeholt hatten und auf der Küchenbank ganz versunken Stoffladen spielten, reichte er mir die Hand. Ich war zuerst dran, weil ich am nächsten stand. Danach war Mutter an der Reihe. Sie ergriff seine Hände, hielt sie zwischen ihren und schien sie mehrmals zu drücken. Ich sah, daß ihr Blick gesenkt war und ihre Mundwinkel bebten, aber sie biß die Zähne zusammen und nickte bloß mehrmals.

Als Åke in dem Gang zwischen den Schneewänden verschwunden war, die Vater aufgeschippt hatte, sie waren inzwischen etwas körnig, aber immer noch hoch, und als Lynn und Dotty ihm in der Tannenzweigveranda nachgewunken hatten – in diesem kalten und windigen Jahr stand sie noch Mitte März – sagte sie: »Wenn ich einen Kerl wie Åke abgekriegt hätte, auf den hätte ich gut aufgepaßt!«

Dies war eine eindeutige Aufforderung zum Gespräch, und als wir uns umdrehten und durch den Hausflur gingen, sagte ich: »Glaubst du, daß Åke weiß – wie es ist?«

»Natürlich weiß er das. Er kann schließlich bis neun zählen, er ist doch nicht blöd. Und falls er es nicht kann, gibt es andere, die es ihm vorrechnen. Auf so was achten die Leute ganz genau, das kannst du mir glauben.«

»Immerhin ein Glück, daß sie sich nicht mit jemandem von hier eingelassen hat«, fuhr sie fort. »Es ist schlimm genug. Man muß von Herzen dankbar sein, daß Åke ist, wie er ist, und daß er Betty so anhimmelt. Es wäre gewiß nicht jeder bereit, für andere die Kohlen aus dem Feuer zu holen.«

Aber Vater hat es auch getan, dachte ich, und er liebte Dora mehr als uns andere. Sie war sein Augenstern, das hast du selbst gesagt.

Ob Betty ihr erzählt hatte, daß ein Obergefreiter aus dieser Wachmannschaft bei dem Bergvorrat nördlich vom Ort ihr das Kind gemacht hatte, weiß ich nicht, aber aus Mutters Worten ging hervor, daß sie wußte, daß er der Armee angehörte und nicht mehr in der Gegend war. Es war ein schönes Gefühl, daß Mutter zumindest so viel wußte, das machte es mir leichter. Wie Betty das Ganze dargestellt hatte, war eine andere Sache. Ich hatte es ja mit eigenen Augen gesehen...

Ich kniete mich neben die Küchenbank und kaufte Lynn und Dotty auf ihren beharrlichen Wunsch hin ein Stück Stoff ab, es bestand aus einem aufgetrennten geblümten Puffärmel, den ich billig für zwei Öre erstand, sorgfältig eingewickelt in Zeitungspapier. Mutter hatte bereits mit einer Bestandsaufnahme der Speisekammerregale losgelegt. Was das anbelangte, tja. Eine Taufe konnte jederzeit stattfinden. »Das ist Åkes Art, ein Zeichen zu setzen«, sagte sie.

Ja, ja. Ich verstand schon, was Mutter meinte. Åke demonstrierte seine Stellungnahme, wenn man es mit solchen feinen Worten ausdrücken wollte, die ich inzwischen beherrschte und in meinem Kopf oft verwendete, die mir aber zu Hause niemals in den Sinn gekommen wären. Die Taufe war ein demonstrativer Akt Betty zuliebe.

Und wenn auch noch etwas anderes dahintersteckte? Wenn Åke fürchtete, nicht wieder nach Hause zurückzukehren? Womöglich war die Kriegslage ernster, als wir ahnten, und Åke wußte etwas, was wir nicht wußten. Vielleicht war es deswegen.

Mir graute bei dem Gedanken, doch ich sagte nichts. Wieso sollte ich Mutter mit solchen Phantasiegebilden beunruhigen, wenn sie gerade so erleichtert und eifrig war?

XI

Am Tag nach Åkes Besuch bekamen wir heftigen Schneefall. Es schneite den ganzen Tag, und die Pflugwälle und Höfe, die gebräunt und gesprenkelt waren von aufgeweichtem Pferdemist und Landstraßenkies, wurden wieder jungfräulich weiß.

Nachdem ich meine Arbeit für den Tag beendet hatte, stapfte ich hinüber zum Pfarrhof. Selbstverständlich war es meine Aufgabe hinüberzugehen, um mich nach dem Taufvorgang zu erkundigen. Mein Pastor, Pfarrer Mellberg, war noch immer einberufen, ein pensionierter Propst vertrat ihn. Aber da ich die Pfarrfrau kannte, legte ich zunächst einmal ihr mein Ansinnen dar. Sie war überaus freundlich und verständnisvoll, natürlich würde sie mit dem Propst sprechen, wenn er aus seinem Mittagsschlummer erwacht war, am Tag darauf würde sie mir Bescheid geben. Der Pfarrhofsknecht konnte den Schlitten fahren, sagte sie, falls wir die Taufe doch lieber auf dem Pfarrhof veranstalten wollten. Das ginge auch gut.

Nein, das glaubte ich nicht, sagte ich. Es wäre wohl besser, wenn der Propst zu uns nach Dalängen kommen könnte.

Vielleicht war es dumm von mir, ein solches Angebot auszuschlagen? Doch ich dachte an Mutter und Åke, sie wollten die Feier bei uns zu Hause abhalten, es war so abgemacht, und da durfte ich mich nicht einmischen und alles umwerfen.

Am Tag darauf, einem Sonnabend, bat ich um Erlaubnis, bei Westmans Bäckerei & Café im Ort anzurufen. Ich durfte mit Frau Westman telefonieren, und sie versprach, Åke mitzuteilen, daß mit der Taufe alles in Ordnung sei. Am Tag vor Mariä Verkündigung, nachmittags um drei, wollte der Pastor kommen.

Es wurde eine unvergeßliche Feierstunde. In weniger als vier Tagen hatte Mutter Wunderwerke vollbracht. Ich hatte zwar auch ein bißchen mitgeholfen, aber vor allem, indem ich mich um Lynn und Dotty kümmerte. Am Montag, als ich kurz nach halb eins von der Post nach Hause kam, nachdem ich mit einer solchen Geschwindigkeit über den steinigen Weg getrampelt war, daß unter den Kufen des Tretschlittens die Funken schlugen, ja, da war alles aufgeräumt und vorbereitet. Auf dem Küchentisch lag eine Leinendecke, und darauf standen die Kaffeetassen mit den rosa Rosen, die ich Mutter kürzlich geschenkt hatte. Es war zwar nur ein halbes Dutzend, aber zusammen mit dem Propst wären wir sechs Erwachsene, nur ob er mit Kaffee vorliebnahm, das wußten wir nicht. Für Lynn und Dotty waren Saftgläser hingestellt worden, und jeder bekam einen Glasteller. Mutter hatte die letzten Reste aus dem Mehlvorrat herausgekratzt und sowohl Weißbrot als auch einen Napfkuchen und Buttertörtchen gebacken, dann noch »Plunder«, wie Vater sagte, das war sein Lieblingsgebäck nach einem Rezept von seiner Mutter.

In der Kammer hatte Mutter den kleinen viereckigen Klapptisch, der sonst vorm Fenster stand, vor das Sofa gerückt. Auf einem Deckchen mit Spitzenkante stand, flankiert von den beiden Nickelkerzenständern, eine Glasschale, es war die etwas bessere von zwei gleichen, die hatten wir ebenfalls von meiner Großmutter väterlicherseits geerbt, genau wie das Backrezept. In diese Schale sollte lauwarmes Wasser gefüllt werden, ein hartgemangeltes weißes Handtuch lag schon an der Tischkante bereit.

Um den Tisch würde es eng werden, die Kammer war ja so klein, aber wir hatten uns darauf geeinigt, den eigentlichen Akt dort drinnen stattfinden zu lassen, es war feiner so. Warm und schön war es überall, beinahe zu warm, da Vater das ganze Wochenende über im Kammerofen und im Herd mit Birkenholz geheizt hatte.

Hastig schlüpfte ich in den Moirérock und zog die blaue Seidenbluse und das Bolerojäckchen an. Mutter trug über dem grauen Kleid ihre weiße Schürze, und als Vater nach Hause kam – er arbeitete nur bis eins, weil der folgende Tag ein Feiertag war –, wusch er sich, ohne zu murren, und zog die Sachen an, die Mutter ihm hingelegt hatte. Er kämmte seine Haare mit Wasser, knöpfte sein graugestreiftes Hemd zu und streifte Ärmelhalter über. Aber den Schlipsdeubel, diese Würgeschlinge, wollte er sich bis zum Schluß aufheben.

Kniffliger war es mit Lynn und Dotty, auch sie waren feingemacht, und Mutter hatten ihnen Bänder ins Haar geknotet, doch Dotty hatte ihres schon mehrmals wieder herausgerissen, und die Mädchen gerieten immer wieder in Streit, während sie auf diesen seltsamen kleinen Bruder warteten, der bald mit Papa und Mama eintreffen sollte.

Kurz nach halb zwei kam das blaugraue Brotauto mit dem Generatorgastopf vorne drauf durch die Gartentür getuckert. Vater hatte Schnee geschippt, damit vor der Brücke genug Platz für das Auto und den Pfarrhofschlitten war. Es war sonnig, aber kalt. Als Mutter morgens das Thermometer hinaus auf einen Tannenzweig gehängt hatte, zeigte es minus sechzehn an, nun waren es vielleicht zehn, aber der Frost biß einem dennoch ins Gesicht.

Ich kann das Gefühl einfach nicht beschreiben, als Betty mit dem Wolldeckenbündel im Arm vom Hausflur hereinkam. Es geht nicht! Ich stand am Herd und hielt mich mit einer Hand an der Eisenstange fest, die den weißgekalkten Rauchfang abstützte. Ich wollte nicht näher treten, ich wußte nicht, was ich tun oder sagen sollte. Ich stand da einfach und beobachtete, wie sie Mutter das Deckenbündel übergab, aus dem allmählich ein kleines inneres Paket mit einem weißbemützten Kopf und zwei rudernden Händen befreit wurde, das verkniffene Gesicht sah ich da noch nicht. Dann saß Betty in Kleid und Strickjacke auf der Küchenbank und zog sich ihre Überschuhe aus. Vorsichtig näherten sich Lynn und Dotty. Als Mutter das Bündel wieder in Bettys Arme legte, kamen sie einen Schritt näher, Dotty mit dem Daumen im Mund.

»Jetzt geht mal hin und begrüßt euren kleinen Bruder! Guckt mal, wie niedlich er ist. Guckt mal, solche kleinen Finger!« Das war Mutters Stimme.

Betty sah blaß aus. Sie war knapp zweiundzwanzig und hatte drei Kinder geboren. Ich war nur vier Jahre jünger. Jünger? Ja, natürlich war ich das, aber es kam mir nicht so vor. Auf eine bestimmte Weise fühlte ich mich älter, zumindest klüger. Und irgendwie unbeteiligt. Ich stand da wie auf einer Insel. Und hatte noch keine nassen Füße bekommen, bis jetzt.

Genau wie bei Gwendolyns Geburt hatten Westmans eine Torte geschickt, eine echte Sahnetorte war in diesen Tagen Luxus. Aber damit nicht genug, sie hatten auch Blumen geschickt. Blumen!

Um diese Blumen gab es ein großes Buhei. Mutter traute ihren Augen kaum, als sie aus vielen Lagen Zeitungs- und Seidenpapier ein Sträußchen rosa Tulpen auswickelte, in dessen Mitte als Höhepunkt und Stütze ein weißer Fliederzweig steckte.

»Ach du meine Güte!«

Einen gekauften Blumenstrauß hatte es bei Zehen-Pelles, soweit ich wußte, noch nie gegeben. Man nahm, was der Boden je nach Jahreszeit bot, und war es zufrieden. Wir wären nie auf den Gedanken gekommen, Blumen in einem Laden oder bei einem Gärtner zu bestellen und dafür zu bezahlen, außer bei einem Begräbnis oder möglicherweise auch einem fünfzigsten Geburtstag, da gehörte es dazu, egal ob sommers oder winters. Nun standen wir andächtig vor dem kühlen Strauß von rosa Treibhaustulpen. Die Blumenkelche waren noch halb geschlossen, sie sahen gleichmäßig und rund aus. Als Mutter den Strauß in die Hand nahm, roch es grünfrisch, und von den Blättern und Stengeln kam ein glattfeuchter Reibelaut. Der Fliederzweig war wie ein fremder Gruß aus weißen Landschaften, wo Wunder geschehen und Blumen im Schnee blühen.

»Tja, man kann sagen, was man will, aber diese Westmans müssen nette Leute sein. Knauserig sind sie jedenfalls nicht«, sagte Mutter.

Vater meinte, unter diesen Umständen hätten sie das Geld ruhig für etwas Nützlicheres ausgeben können. Mitten im Winter Blumen zu kaufen, was für ein Blödsinn! Stolz war er trotzdem, das sah ich. Unser Häuschen war geehrt. Betty sagte nichts. Betty schwieg.

Mir wurde die eilends zu erledigende Aufgabe erteilt, eine Vase und einen Glasteller für die Torte zu holen. Denn nun blieb keine Zeit mehr, noch länger wie die Dösköppe mit aufgesperrtem Mund den Blumenstrauß anzuglotzen. Mutter wurde langsam nervös, das merkte ich. Nur noch eine gute Stunde, dann sollte der Propst eintreffen. Die Überkleider mußten irgendwo aufgehängt und die Schuhe vor der Tür abgestellt werden, damit die Küche passierbar wurde und hübsch aussah. Der Kaffeetopf mußte vorbereitet werden. Eine Runde würde sie wohl im Kochtopf brauen müssen, sagte sie, damit niemand auf die zweite Tasse zu warten brauchte. Gott sei Dank hatte sie ihren heimlichen kleinen Vorrat im Küchenschrank versteckt. Denn heute, keine Frage, sollte richtiger Bohnenkaffee serviert werden!

Mutter rackerte und ackerte. Der Kleine, dessen Namen ich noch immer nicht wußte, brauchte eine frische Windel und etwas zu essen, und er hatte ja noch gar nicht das lange weiße Taufkleid an, nun aber husch, husch! Vor allem war es höchste Zeit, daß Vater sich seinen Schlips umband. Anschließend könnten die Mannskerle vielleicht ein Weilchen auf der Küchenbank ausharren und sich anständig benehmen, Hauptsache, sie zerknitterten nicht das Tischdeckchen! Die Kammervorführung nutzte Vater als Vorwand, einen Schnaps anzubieten. Man dürfe sich doch wohl einen Kleinen genehmigen, an so einem Tag?

»Ja, ja, meinetwegen, aber nachher müßt ihr alle ein paar Kaffeebohnen kauen, damit man nichts riecht.«

Lynn und Dotty wurden auf der Holzkiste plaziert, beiden wurde ein Brötchen in die Hand gedrückt und strengstens untersagt, zu krümeln oder zu kleckern.

Betty saß auf dem Sofa und stillte den Kleinen. Ich schlich mit einer leisen Abneigung umher. Ich hatte Betty zwar begrüßt, aber mehr nicht, nun sah ich das runde Köpfchen über ihrem Arm, durchsichtig und zart wie die zerbrechlichste Eierschale, und wollte nur noch weinen. Das war es, was mit mir nicht stimmte, ich wollte nur noch weinen. Sie wollte ihn nicht haben, hatte sie gesagt. Sie hatte alles getan, um sein Wachsen und Gedeihen zu stoppen. Dieses verfluchte Kind, hatte sie geschrien. Nun saß sie hier wie die Sünderin in Simons

Haus. Machtlos. Entblößt vor Mutter und mir und vor Åke, vermutlich vor seiner gesamten Familie, so etwas verbreitete sich schnell wie ein Lauffeuer in der Gerüchteküche. Und Westmans, die wußten sicher auch, wie die Dinge lagen. Soweit ich das verstand, war Vater, der aus irgendeinem undurchschaubaren Grund nie in solche Dinge eingeweiht wurde, der einzige, der keinen Verdacht hegte. Daß er aus eigenem Antrieb darauf verfallen wäre, mit Hilfe der Frauentabellen bis neun zu zählen, war höchst unwahrscheinlich. Vielleicht war es Bettys Rettung vor der totalen Erniedrigung, daß Vater da war und keine Ahnung hatte.

Arme Betty! Dieser ächzende verstrubbelte Kerl mit seiner verschwitzten Stirnlocke und dem seligen Grinsen im Gesicht, der hatte vermutlich keinen blassen Schimmer. Er kam davon, ging einfach seiner Wege.

»Sei so lieb, Nancy, und feg die Brötchenkrümel vor der Holzkiste zusammen. Meine Güte, wie fein der Junge mit diesem blauen Band geworden ist. Warte, ich helf dir mit der Rosette.«

Ein letztes Mal ließ Mutter ihren Blick durch die Küche schweifen. Sie begutachtete die Lage des Flickenteppichs, den gedeckten Tisch, das blanke Schwarz des Herds und den Faltenwurf der Gardinen. Schien zufrieden. Band sich die weiße Schürze ab, faltete sie zusammen und legte sie über die Nähmaschinenhaube.

Kurz darauf bimmelte es am Holzschuppen, der Schellenkranz kam singend durch unsere Gartentür. Als der Propst aus dem Schlitten stieg, standen wir alle Spalier.

Der Pfarrhofsknecht, der noch nicht alt genug war für die Mobilmachung, stellte seinen Mantelkragen auf und blieb auf dem Schlitten sitzen, offenbar bereit zu warten. Er sah miesgelaunt und desinteressiert aus.

Vater machte große Augen. »Wird nicht der, äh, will nicht der Propst hinterher bleiben und ein bißchen Kaffee trinken? Kann der Junge nicht später wiederkommen und ihn abholen?« In Anbetracht seiner Einstellung gegenüber Schwarzröcken waren das viele Worte.

»Danke, aber es ist wohl ein wenig umständlich, zweimal hin- und zurückzufahren – und wenn ich am Kaffeetrinken teilnehme, wird die Wartezeit für den Kutscher wohl etwas zu lang, es gibt ja auch keinen Stall für das Pferd, also – aber trotzdem herzlichen Dank für die Freundlichkeit.«

»Pah! Um die Stute kümmere ich mich! Und der Junge kann doch mit reinkommen und auch einen Schluck Kaffee kriegen. Wir machen hier keine Unterschiede nicht.«

Gut. Nun hatte er es gesagt. Doch ich dachte, sechs Rosentassen haben wir, und nun sind wir sieben. Beschloß sofort, die nicht passende Tasse selbst zu nehmen. Wenn nötig, bräuchte ich auch nicht mit am Tisch zu sitzen, ich könnte an Mutters Stelle den Kaffee einschenken.

Vater griff nach der großen Weste, die Mutter an einen Nagel neben der Dachbodentreppe verfrachtet hatte, ging hinaus, wie versprochen, und kümmerte sich um das Pferd. Als erstes ließ er den Knecht eine Pferdedekke aus der Kiste unter dem Sitz holen, dann begann er, hier und da Tannenzweige aus dem Verandageflecht zu ziehen und auf dem Boden auszubreiten, eine dicke Schicht. Als das erledigt war, ergriff er das Zaumzeug und brachte das Pferd schnalzend dazu, sich mit allen vier Hufen auf den grünen Teppich zu stellen.

»So, ja. Nun aber. Ich hab Erfahrung mit Pferden. Wir machen ihr auch ein bißchen Wasser warm und tun ein Stück Zucker rein. Das mögen sie, das ist gut für die Lungen.«

Ich hörte und sah das alles, denn ich war von Mutter hinausgeschickt worden, um nachzugucken, ob Vater nicht zu lange bei dem Pferd blieb, und der Knecht sollte reinkommen und seinen Übermantel ausziehen, bevor es soweit war. »Die sollen mal einen Zahn zulegen. Sag ihnen das, Nancy!«

Dann verstummten wir, und alles wurde so feierlich, so unbeschreiblich schön und so anders. Die Kerzen standen angezündet in den Leuchtern, das lauwarme Wasser war in die Schale geschüttet worden, Mutter hatte eigenmächtig den weißen Fliederzweig aus dem Westmanstrauß gelöst und ihn schräg auf die Tischdekke gelegt, er duftete schwach. Ich hielt Lynn an der Hand, Mutter hatte Dotty auf den Arm genommen. Åke trug seine Urlaubsmontur, graues Hemd, grauer Schlips, er stand eng neben Betty. Vaters Mundwinkel zuckten. Drinnen auf der Küchenbank saß der Pfarrhofsknecht und wartete auf Kaffee. Auf der Anrichte hinter uns stand der Gipshund friedlich neben Doras Porträt, und in der Schublade der Spiegelkommode, auf einem Bett aus Baumwolle und mit einer verwelkten, ausgeblichenen Glockenblume an der Seite, lag eine weißblonde Locke von einem Sohn, der Gustav hieß.

Nie war ich bei einer Taufe dabeigewesen, doch ich war konfirmiert, hatte mit großem Ernst am Konfirmandenunterricht teilgenommen und wußte, daß die Taufe ein Sakrament war, eine heilige Handlung. Durch den Akt der Taufe wurde das Kind Gott und der kirchlichen Gemeinschaft übergeben, durch das Wasser sollten Übergabe und Empfang sichtbar gemacht und bestätigt werden. Das mit der Namensgebung war eigentlich unwesentlich, obwohl die meisten glaubten, daß dies der Sinn der ganzen Sache war.

Auch ich wartete eifrig. Das Predigen des Propstes ging mir durch und durch, zumindest war ich die einzige, die das Vaterunser und das Glaubensbekenntnis murmelte, auch wenn letzteres etwas undeutlich und mit einer gewissen Reserviertheit geschah, da ich nicht richtig wußte, was ich glaubte oder nicht glaubte, mit dieser Sache ging es ein wenig hin und her.

Als der Augenblick gekommen war, überreichte Betty dem Propst den Jungen.

Es war heiß in der Kammer, Gwendolyns Hand in meiner war naß. Auf dem Tisch unter der Glasschale steckte ein Zettel, ich hatte selbst im letzten Moment von Mutter den Auftrag erhalten, in Blockbuchstaben zu schreiben, was darauf stand. Schreib groß, hatte sie mir ins Ohr geflüstert, falls er schlecht sieht! Doch der Propst zog nie den Zettel hervor, er erinnerte sich, obwohl er alt und mottenzerfressen aussah und der Kragen seines Talars verschlissen war und im Nacken abstand.

»Ich taufe dich, Erik Åke Viktor, im Namen des Vaters, des Sohnes und des Heiligen Geistes. Amen.«

Flügel senkten sich. Die Zeit stand still.

Von Vater kam etwas, das wie ein Schluchzen klang.

Der kleine Kopf hatte helles flaumiges Haar, nun war es naß von lauwarmem Brunnenwasser, süßes klares Flußwasser, von Sand gereinigt. Der Propst trocknete ihn leicht mit dem bereitgelegten Handtuch ab.

»Der Herr segne dich und behüte dich, der Herr lasse sein Angesicht leuchten über dir und sei dir gnädig, der Herr erhebe sein Angesicht auf dich und gebe dir Frieden.«

Erik Åke Viktor Lindén. So sollte er heißen. Und alles würde gut werden. Alles würde gut werden!

»Mensch, wie brav er war, LüttErik«, sagte Mutter hinterher, als sie trotz meines Angebots, die anderen zu bedienen, selbst mit der Kaffeekanne herumging. »Er hat keinen Piep gesagt!«

Betty saß mit dem Jungen auf dem Schoß an der einen Seite des Propstes, Åke auf der anderen. Er sah heißwangig und etwas verlegen aus, saß irgendwie da und zog sich zusammen, um sich schmal zu machen, vermutlich hatte er Angst, daß der Propst mit ihm zu reden anfing. Diese Sorge hielt jedenfalls nicht lange an, denn in gewohnter Manier ergriff Vater das Wort. Zu Beginn war er zwar ein wenig gedämpft und triefäugig gewesen wegen der Geschichte mit Viktor, die Namensgebung hatte ihn tief gerührt, aber nun war er wieder ganz der alte. »Tja, wie gesagt, man hat ja früher schon mit Pferden zu tun gehabt. Was ich über so ein Pferdebiest nicht weiß, das braucht man auch nicht zu wissen!«

Vater, Vater! Mein Herz quoll über. Ein Propst in unserm Haus. Rosa Rosentassen. Und der Segen des Herrn. Dort draußen hatte von neuem der Schneefall eingesetzt.

XII

Es war, als würde man eine Leiter hinaufsteigen, Sprosse für Sprosse. Die Hand an die Stirn legen und immer freiere Sicht haben. Der Himmel wurde weiter, endlich kam der Frühling. Wir zwängten uns heraus aus dem schrecklich langen Winter und ließen ihn wie eine abgestreifte Schlangenhaut hinter uns, so zäh und so eng mit dem gleichen fettigen Geruch.

Doch das dauerte seine Zeit. In diesem Jahr lag das Eis noch bis weit in den April hinein auf dem See unterhalb der Kirche, und die Kruste auf dem Fluß war lange Zeit weißgraupuckelig. Dort, wo die Schilfrohre sich durch das Untereis bohrten und das Wasser über die Ränder quoll, das nachts wieder gefror, waren schwankende Kringel und schwarzblaue Wirbelbrunnen.

Am Waldrand entlang der Lichtung schleppten sich die schmutzweißen Schneestreifen starrsinnig bis in den Mai, und das große Stück Schneematsch im breiten Graben auf dem Acker von HeidePetrus hielt die braungelben Strähnen und die grünen Schrumpelöhrchen unten, die sich entfalten und nach dem Licht strecken wollten. Morgens waren die Furchen in der Pflugspur knackig und blau, später am Tage sah ich Spatzen in den seichten Pfützen spritzen, die vom Wind gemasert wurden. Und die Kiebitze kamen. Und die Stare kamen. Die Dachtraufe drechselte fingertiefe Löcher in den roten Kies neben der Veranda.

Mutter sprach davon, das Innenfenster in der Kammer herauszunehmen. Die Watte war dreckig, und die Scheiben sahen jetzt, als die Sonne darauf lag, verrußt und fleckig aus, doch vielleicht war es besser, noch ein bißchen zu warten. Man konnte nie sicher sein. Nicht nach so einem Winter, dem schlimmsten seit Menschengedenken.

Die Tannenzweigveranda jedenfalls wurde abgerissen. Vater schleppte die Zweige auf den Platz vor dem verbrannten Pavillon hinauf und steckte sie sofort in Brand, während der Frost noch im Boden lag und die Kriechenbüsche kaum Knospen hatten.

Nach und nach wurde es um ZehenPelles herum Frühling, doch im Einklang mit dem Abtauen und Gären der Erde wurde auch der Verfall ungeschminkter sichtbar. Ich fand es bedrückend und häßlich, obwohl es mein Zuhause war und ich all dies so sehr liebte. Der zusammengesunkene Haufen Kartoffelkraut auf dem Acker, seit Anfang November taktvoll unter der Schneedecke verborgen, kam wieder ans Tageslicht, vermodert und schwarzschleimig. Es schien, als würde der Scheißegeruch vom Lokus nach oben dampfen, und hinter dem Holzschuppen lag ausgebreitet und entblößt die Abfallgrube mit bodenlosen Eimern und offenstehenden Blechdosen da, vom Rost perforiert. Die Karbidhaufen kamen hinzu, das war in diesem Jahr neu. Daß Mutters Blumenkasten unter dem Küchenfenster vor duftender Farbenpracht sprühen würde, war schwer vorstellbar, wenn man all die gebrochenen, trockenen Stengel sah, die drunter und drüber zwischen Blütenständen, die ihre Samen ausgestreut hatten, und festgefrorenen Blattrosetten lagen.

Der Schnee war eine schwere Last gewesen. Die Bohlenbänke in der Laube, die Vater zusammengenagelt hatte, wackelten. Auf dem grauen Brettertisch lag ein festgefrorener rosa-weißer Küchenlappen, ausgeschnitten aus einer ausrangierten Unterhose, ob aus meiner oder Mutters, weiß ich nicht. Er hatte vermutlich zum Trocknen auf einem Ast gehangen, war heruntergeweht und sanftmütig mit Schnee bedeckt worden.

Es dauerte, bis das Holz in den Wänden aufgewärmt war, die rauhe Kälte kroch herein. Ich zog die Schultern hoch und bibberte, war ungeduldig und mißmutig, wenn es nieselte und das Schindeldach auf dem Erdkeller abgenutzt und schwarz glänzte, ungefähr wie Mutters Zahnstummel, bevor sie neue Zähne bekam. Nie wurde es repariert! Und nie sah die abgeblätterte Veranda frische Farbe.

Doch dann eines Tages, ohne daß man bemerkt hätte, wie es zugegangen war, es geschah vermutlich über Nacht, waren die roten Rhabarberknospen plötzlich geschwollen und hatten sich durch die Erdoberfläche gewölbt, und der Stachelbeerbusch stand wirklich stachelig mit hellgrünen Blättern und klitzekleinen gelben Blumen unten am Brunnen. Die Bachstelze wippte über den Weg, und im Wind war das Glück, ich fühlte es wie eine drängende Erwartung in meinem Körper, wenn ich frühmorgens hinaus auf die Brücke trat.

Ich war froh in meinem Körper. Ach Mensch, diese erste warme Maiwoche, als ich morgens endlich nur in Rock, Bluse und Strickjacke und mit weißen Söckchen in leichten Schuhen losradeln konnte! Es gefiel mir, hinunter zu meinen Füßen auf den Pedalen zu gucken, zu sehen, wie sie sich streckten und anwinkelten, streckten und anwinkelten. Und den Wind in den Haaren zu spüren, ach, und der Gründuft in der Nase und das Gezwitscher rings um mich her.

Keine Verdunkelungsvorhänge quälten mich mehr. Keine schwere alte Steppdecke mit speckiger Oberkante, ganze Nächte bis über die Ohren, kein zusammengekauertes Bibbern, wenn die Füße um fünf Uhr morgens auf das eiskalte Linoleum gesetzt wurden, keine fettigen Haare und keine juckenden Kniescheiben, kein muffiger Körpergeruch mehr, der sich mit den Absonderungen von Mutter und Vater vermengte. Jetzt, als das Innenfenster endlich herausgenommen war, konnte man in der Kammer lüften, man konnte hinausgehen und zu jeder Tageszeit im Freien pinkeln, man konnte sich auf der Veranda waschen, die Haare am Brunnen ausspülen. Sogar diese verhaßte Monatsblutung war erträglich. Nun konnte ich eine Waschschüssel mit zum Klo nehmen und von innen den Haken vorlegen, während ich nach Doras Anweisungen meinen Kram erledigte.

Ich fand meinen Körper, befreit aus dem dicken und plumpen Winterfutteral, wieder und strich vorsichtig über Brüste und Hüften und weiter an den Oberschenkeln entlang, dann liefen mir Schauer über die Haut, und sie fühlte sich kühl an.

Von eigenem Geld hatte ich Stoff für einen geblümten Sommerrock und ein rotes Kleid mit weißen Tupfen gekauft. Und ich hatte es erstmals gewagt, eine Bluse und einen Jumper und ein bißchen Unterwäsche über einen Versandhauskatalog zu bestellen. Betty hatte es schon oft gemacht, doch Mutter hatte gesagt, daß da viel Schindluder getrieben würde und man den Leuten die Augen verdrehte. Klar, auf den Bildern sähe alles hübsch aus, aber na und? Wußte man denn, was für einen Knitterfetzen von Stoff man schließlich kriegte? Außerdem konnte man sich auf diese Weise leicht verkaufen, das Auge wollte mehr, als das Portemonnaie hergab, warnte sie, und da ich bis dahin kein eigenes Geld besaß, hatte ich zu Bettys Ausführungen ein hochnäsiges Gesicht aufgesetzt und so getan, als wäre ich nicht interessiert. Aber nun hatte sich sogar Mutter an meiner Bestelliste beteiligt! Sie hatte ein Korselett in glänzendem Rosa und auch etwas Unterwäsche bestellt, als ersten Versuch, sagte sie. Was das Geld betraf, ging es uns besser, das tat es. Trotz des Krieges. Oder dank des Krieges, mußte man wohl sagen. Obwohl es grauenhaft klang. Besonders weil die Lage gerade so unruhig war.

Mutter würde mir später etwas aus den Stoffen nähen, versprach sie, wenn es ein wenig ruhiger würde. »Dann haben wir mehr Ordnung, Nancy«, sagte sie. »Wenn bloß Betty gesund wird und wieder auf die Beine kommt. Dann, wenn wir allein sind, dann werden wir nähen.«

So munterte sie mich auf. Es war ihr Wunsch, alle und jeden aufzumuntern.

Betty hatte ja eine Brustentzündung bekommen, und Gwendolyn und Dorothy wohnten wegen dieser Geschichte seit der Taufe bei uns in Dalängen, bald einen ganzen Monat. Betty wurde nicht fertig mit ihnen. Sie hatte alle Hände voll zu tun mit dem kleinen Jungen, mehrmals am Tag mußte sie mit einem besonderen Apparat abpumpen und Sauger abkochen, mußte ihm die Flasche geben, da war es undenkbar, daß auch noch die Mädchen zwischen ihren Beinen herumsprangen. Und mit der ganzen Wäsche und so – nee, das konnte man nicht verlangen, daß die arme Betty das schaffte. Die Not kannte also kein Gebot. Doch Mutter war natürlich die Leidtragende, als wäre es ihre eigene Sache und Verantwortung.

Vater war schlecht gelaunt, wenn er abends nach Hause kam, müde vom Klötzchenhacken und dem drückenden Akkord. Er war es fürchterlich leid, die kleinen Mädchen zu Hause zu haben, und ertrug so gut wie gar nichts. Wenn die verdammten Nachrichten kamen, hatten Mutter oder ich mit den Kindern eine Runde nach draußen auf den Hügel zu gehen und die Tür hinter uns zuzuziehen. Er ertrug keinen Lärm. Mutter mußte sich auf die Zehenspitzen stellen und schmeicheln und Süßholz raspeln, damit er seinem Ärger nicht Luft machte. Was Betty herausgerutscht war, daß Mutter ihn angeblich schikanierte und er nicht das geringste zu sagen hätte, nein, in diesem Zusammenhang stimmte es nicht.

Mutter gab sich alle Mühe, immer fröhlich und hoffnungsvoll zu wirken, und sie war liebevoll zu Lynn und Dotty und freute sich, sie zu Hause zu haben, keine Frage, aber sie war müde, das merkte ich wohl. Furchtbar müde. Als erste auf den Beinen und als letzte im Bett, so hatte es zu sein, das war selbstverständlich. Sie war magerer geworden, und daher sahen auch die neuen Zähne etwas zu groß für ihr Gesicht aus.

Manchmal erinnerte sie mich an ein Pferd, aber wenn solch ein häßlicher Gedanke angeflogen kam, schämte ich mich fürchterlich und mußte es sofort wiedergutmachen, indem ich sie umarmte und ihre Wange streichelte. »Kleine, kleine Mama! Wie hübsch du bist!«

Dann nahm sie vorsichtig meine Hände und tätschelte sie etwas zerstreut: »Ja, ja, du bist lieb, Nancy! Was sollte ich ohne dich bloß machen?«

Da stach das Gewissen zu. Denn ich tat nicht viel, um es ihr leichter zu machen, das muß ich schändlicherweise zugeben. Ich schloß mich, sooft ich konnte, in der Kammer ein und widmete mich meinen Büchern. Manchmal schlich ich hinaus und strolchte ganz allein über die Hügel und an den Gräben entlang, wie ich es immer getan hatte. Ich war es leid, Lynn und Dotty mitzuschleppen, sie quengelten und bramsten herum, und ich fand keine Ruhe, die Natur auf die Weise zu erleben und zu entdecken, die ich gewohnt war. Natürlich las ich ihnen ab und zu Märchen vor, und natürlich half ich ihnen, wenn auch halbherzig, an meinen alten Plätzen ein Spielhäuschen aufzubauen, und zeigte ihnen, wie sie sich Kühe und Schafe und Kälber für den Stall basteln konnten, indem sie Streichhölzer in Kiefernzapfen und verschieden große Tannenzapfen steckten, und klar, das eine oder andere Mal nahm ich sie mit auf meine Grabenwanderung und suchte Froschlaich mit ihnen. Doch ihre Kindheit war nicht meine. Ich wollte in Frieden gelassen werden und träumen und in meinen eigenen Bahnen denken, so egoistisch war ich. Und Mutter kriegte alles ab, denn was hatte sie für eine Wahl?

Eines Tages, es war noch im April, kam jedenfalls einer dieser Kurzbriefe mit der Abreißkante, den ich vom Sortiertisch fischte, bevor er in den allgemeinen Briefkasten vor Perssons gelangte. Er war von Betty. Sie schrieb, sie würde am Montag nachmittag mit dem Bus nach Hause kommen, wir sollten sie oben an der Landstraße abholen. »Ich habe Neuigkeiten zu berichten«, stand da. »Grüßt Gwendolyn und Dorothy von Mama, und liebe Grüße an euch alle von Betty.«

Neuigkeiten? Was war denn jetzt passiert? Mutter wurde natürlich unruhig, aber ich versuchte, sie davon zu überzeugen, daß es diesmal bestimmt etwas Erfreuliches war, andernfalls hätte Betty nicht diesen Brief geschrieben und uns vorgewarnt. Und in dem Punkt behielt ich recht: Es war etwas Erfreuliches.

Betty wollte umziehen! Schon zum ersten Mai. In zehn, zwölf Tagen! Sie und Åke hatten eine neue Wohnung bekommen – ja, eigentlich sie allein! Sie hatte gleichzeitig an Åkes Feldpost geschrieben und ihm davon berichtet, und nun hoffte sie, daß er einen Urlaub erwirken, nach Hause kommen und beim Umzug helfen konnte. Aber sie benötigte auch unsere Hilfe, sagte sie, ob wir also kommen könnten? Schließlich mußte die alte Wohnung geputzt und die neue in Ordnung gebracht werden – Gardinen sollten aufgehängt werden, es war so viel, so viel. Betty war ganz außer sich vor Eifer, die Worte purzelten ihr aus dem Mund.

Mutter fiel aus allen Wolken. Ach du liebe Zeit! Wie war denn das zugegangen?

Tja, die Distriktskrankenschwester war ja wegen der Brustentzündung zweimal die Woche zu ihr nach Hause gekommen, und dann war Betty natürlich mit dem Lütten zur Kontrolle gewesen, und da hatte der Doktor sie ausgefragt, wie sie wohnten und so. Und dann war die Schwester eines Tages außerhalb der vereinbarten Termine wiedergekommen, als sie ganz und gar nicht erwartet wurde, sie war lange dageblieben und hatte sich richtig nett mit ihr unterhalten. Betty hatte erzählt, daß Gwendolyn und Dorothy vorübergehend bei ihrer Großmutter waren und daß Åke draußen in Bereitschaft lag. Schwester Märta, so hieß die Distriktskrankenschwester, hatte gefragt, wie es mit der Heizung und der Waschküche und dem Holzschuppen war, und Betty hatte von den Riesenratten unten bei der Mülltonne berichtet, vor denen sie solche Angst hatte. Wenige Tage später kam Schwester Märta mit einem Affenzahn die Treppe rauf, machte ein frohes Gesicht und sagte, am Ortsrand wäre eine Wohnung frei, eine schöne Wohnung, und die dürften sie mieten, wenn sie wollten. Der Doktor hatte persönlich mit dem Eigentümer gesprochen und sie empfohlen.

Das mußte man sich mal vorstellen – der Doktor persönlich! Mutter und ich, kapierten wir eigentlich, wie außerordentlich das war, und wie auserwählt Betty?

Im Erdgeschoß – in einem Haus mit Garten – würden sie nun wohnen, sagte sie. Die Besitzer wohnten nicht selbst dort, auch im Obergeschoß waren Mieter. Betty wußte nicht so viel über sie, aber Schwester Märta hatte gesagt, daß es gute Leute wären. Sie hatten erwachsene Kinder, einer der Söhne wohnte zu Hause.

Betty wurde kurzatmig, schluckte hastig und redete weiter. Zwei Zimmer und Küche würden sie bekommen. Im Erdgeschoß einer Villa. Ob wir das gehört hätten, was? Eine Villa. Mit Waschküche im Keller, Heizkörpern in den Zimmern und eigenem WC draußen auf dem Flur. *Wasserklosett!*

Die Worte strömten aus Betty heraus. Sie war fröhlich und auch stolz, das hier hatte sie schließlich auf eigene Faust organisiert, sie hatte den Entschluß gefaßt und das alles. Sie hatte die Wohnung zwar noch nicht gesehen, aber an der Beschreibung hörte man ja, daß sie mindestens zehnmal so schön war wie die jetzige und viel, viel größer! Und der Doktor hatte bestimmt keinen Schietkram empfohlen, da bestand keine Gefahr.

»Wenn wir nun bloß noch was für Möbel zusammenkriegen! Mit dem, was wir haben, kommen wir nicht weit. Stell dir mal vor, wenn man ein Sofa für das Zimmer bekäme! Das hätte ich gerne. Und einen Wäscheschrank.«

Betty entschwand in wilde Phantasien, doch Mutter bremste wie gewöhnlich. »Nun man sachte! Zu gegebener Zeit wird sich da schon eine Möglichkeit finden. Im schlimmsten Fall steht ein Zimmer eben zunächst leer. Die kleinen Mädchen werden da wohl spielen können, dann hat LüttErik seine Ruhe. Und stell dir vor, nach Belieben rein- und rausgehen zu können und ein bißchen was Grünes untern Füßen zu haben und Büsche und Bäume um einen herum. Das, das ist am allerbesten daran. Mensch, Betty, daß du es so schön haben wirst! Heizkörper und Toilette. Nun trauen wir uns ja kaum noch, dich zu besuchen.«

Betty übernachtete bei uns. Es war noch zu kalt, um in der Dachkammer zu schlafen, aber Mutter und ich holten eine Strohmatratze herunter und legten sie neben dem Schornstein auf den Fußboden. Darauf machten wir das Bett für mich, und es war tatsächlich lustig, daß Betty mit all ihren Kindern zu Hause und dabei so fröhlich war. Es würde auch spannend werden, die Wohnung zu sehen. Und Mensch, was war Vater baff, als er nach Hause kam. Und zufrieden, das merkte man. Nun witterte er, daß der Aufenthalt der Kinder sich seinem Ende näherte.

Åke bekam keinen Urlaub für den Umzug, aber Vater, Mutter und ich radelten am Ersten Mai morgens gemeinsam in den Ort. Vater fuhr voran, dann kam Mutter mit Gwendolyn, die auf einem Kissen auf dem Gepäckträger saß, oder dem Fahrradhalter, wie es in unserer Sprache hieß. Das Kleidernetz war dünn und ausgeblichen und nur auf einer Seite vorhanden, Lynn wurde also ständig ermahnt, die Beine ausgestreckt zu halten, damit ihre Füße nicht in die Speichen gerieten. Und sie mußte sich ordentlich festhalten, durfte nicht Mutters Taille unter der Strickjacke loslassen. Zur Sicherheit war sie mit einem alten Gürtel umwickelt und am Sattel befestigt worden. Ich fuhr hinter ihnen mit Dotty in einem schwarzlackierten Vordersattel, der glücklicherweise noch aus meiner Kindheit übrig war und auf dem Dachboden gelegen hatte. Es war eine sonnige Fahrt, obwohl es ziemlich kalt blies.

Åke hatte einen älteren Bruder, der in einer Werkstatt im Ort arbeitete, und obwohl Betty mit ihm und seiner Frau nichts zu tun hatte, das hatte sie mit Åkes Familie sowieso kaum, war dieser Bruder aufgetaucht und hatte versprochen, das Mobiliar in die neue Wohnung zu transportieren. Er konnte sich zu diesem Zweck einen Lastwagen von der Werkstatt ausleihen. Betty hatte gar nicht um Hilfe gebeten, doch Åke hatte von Norrland aus bei der Werkstatt angerufen, das war der Grund, fand sie später heraus.

Vater fuhr zusammen mit Betty und Knut im Lastwagen zu der neuen Wohnung, Betty hatte LüttErik auf dem Schoß, der in eine Wolldecke eingewickelt war. Mutter und ich zogen mit Dotty in dem alten beigefarbenen Kinderwagen zu Fuß durch den Ort. Sie war eigentlich viel zu groß für ihn, aber wir hatten Glas und Porzellan und andere zerbrechliche Sachen in Zeitungspaketen auf den Boden gestapelt und Laken und Handtücher und ein paar Decken darüber gelegt, so daß sie praktisch obendrauf saß und die Beine ausgestreckt über die Ränder halten konnte, anders hätte sie nicht hineingepaßt. Ich ging nebenher und schob Mutters Fahrrad, Lynn saß hinten auf dem Kissen. Wir hatten volle Tüten mit Küchenutensilien und Geranien am Kinderwagen und am Lenker hängen und kamen uns ziemlich begafft vor. Es waren viele Leute unterwegs. Wir hatten aus der Entfernung das Bummern des Musikcorps gehört und die roten Fahnen aufblitzen sehen, als der Umzug zum Ersten Mai durch die Hauptstraße ging, die Esplanade genannt wurde. Daß die Marschiererei und das Gesinge auch uns angingen, wäre uns gar nicht in den Sinn gekommen, wir waren bloß dankbar, daß wir uns am Rande durchschlängeln konnten und nicht der ganzen Bagage über den Weg liefen.

Auf einem Streifen neben dem Weg zu Bettys neuem Haus wuchsen Primeln, und es gab auch ein paar Büschel Osterglocken, schon fast aufgeblüht.

»Nun muß Betty auf die Mädchen achten, damit sie nicht losrennen und die Blumen abknicken«, mahnte Mutter, als unsere Karawane durch die Gartentür zog. Sie schielte zu den Fenstern im Obergeschoß. Man gerät leicht in Zwistigkeiten, wenn man so zusammenwohnt und dann noch Kinder hat.

Mutter hatte versprochen, über Nacht im Ort zu bleiben. Sie machte sich zwar große Sorgen, wie Vater und ich rechtzeitig aufstehen und etwas in den Magen bekommen würden, bevor wir uns auf den Weg zu unseren Arbeitsstellen machten, doch es gab noch viel zu tun, und wie sollte die arme Betty alles alleine schaffen, mit drei Kindern, die sie hüten mußte? Die alte Wohnung mußte geschrubbt, die Fenster mußten geputzt und die Schränke ausgewischt werden. In der neuen mußte man Schrankpapier auslegen und Gardinen anbringen. Für den Anfang provisorisch (ja, sie sagte natürlich professorisch, meine kleine Mama), weil die Fensterhöhe nicht stimmte. Sie wollte Maß nehmen und später neue nähen, wenn sie sich ein wenig Stoff besorgt hätte.

Das größte Zimmer, gedacht als »feines Zimmer«, blieb vorerst leer, wie von Mutter vorausgesagt. Rattenlöcher waren nicht zu sehen, und, das muß man sich mal vorstellen, es gab drei Abstellkammern – oder besser gesagt Garderoben. Von den Flecken auf der Tapete bräuchte man kein Gewese zu machen, die würden gar nicht auffallen, wenn erst die Möbel standen. Im übrigen konnte man immer noch Wandschmuck aus Papier drüberhängen, um das Ganze ein bißchen hübscher zu machen.

Wie immer war Mutter bereit, alles von der sonnigen Seite zu betrachten, sie verglich lediglich mit dem, was früher schlechter war, und Klagen von Bettys Seite schob sie bei der geringsten Andeutung einen Riegel vor. Wie gut, daß nicht alles perfekt war, meinte sie, sonst hätten die Mädchen sich ja gar nicht bewegen dürfen. Nein, über die Mängel mußte man hinwegsehen. Die klobigen Heizkörper zum Beispiel waren eiskalt, sie waren wohl noch nicht eingeschaltet, aber es gab einen Herd in der Küche, es würde also alles in Ordnung kommen, ein paar Säcke Brennholz hatte Betty ja aus der alten Wohnung dabei. Und das Wasserklosett im

Hausflur war schrecklich eng, in der Schüssel waren Roständer, und im Rohr brauste und bullerte es noch lange Zeit, nachdem man an der Schnur gezogen hatte, ganz fürchterlich, aber trotzdem, Mensch, ein Wasserklosett!

»Nee, du, Betty, nun hast du es richtig fein, das hier, das ist was anderes als zu Hause in Dalängen!«

Ich nutzte die Gelegenheit, zweimal auf die Toilette zu gehen. Nicht daß ich keine Wasserklosetts gekannt hätte. Auf dem Pfarrhof gab es ein WC, das ich während meiner Zeit als Beinahe-Dienstmädchen benutzen durfte, aber im Gemeindehaus hatten sich die alten Knacker von der Kommune solchen modernen Kram nicht geleistet. Neben den Kirchenpferdeställen stand eine Reihe Plumpsklos, dorthin mußte man, sogar Fräulein Hansson mußte sich dazu bequemen. Kein Wunder also, daß Betty eingebildet guckte und mich ausführlich darüber belehrte, daß ich, da sie noch nicht dazu gekommen war, richtiges Toilettenpapier zu besorgen, das Seidenpapier verwenden solle, mit dem wir die Glasvasen eingewickelt hatten, wenn ich mich abwischte, Zeitungspapier durfte man nämlich nicht runterspülen. Als ob mir das neu gewesen wäre!

»Doch, das ist nicht schlecht hier«, sagte Vater, als er dastand und sich in der Wohnung umsah. »Und der Staat zahlt die Miete!«

Nach dieser Äußerung holte er seine Kautabakdose hervor, schaufelte eine ordentliche Prise heraus und schob sie sich unter die Lippe, wurde im gleichen Augenblick von einem Gedankenblitz getroffen und wandte sich mit ausgestreckter Dose an Knut. »Willst du vielleicht auch 'ne Prise?«

»Joo, da sach ich nicht nein!« Die Brüderschaft wurde kurz darauf draußen auf der Treppe durch gemeinsames Kautabakspucken besiegelt, und das Mobiliar wurde in völligem Einverständnis und ohne Mißgeschicke hineingetragen.

»Ja, rück ihn 'n büschn rüber, so. Den nehmen wir schräg, dann paßt er durch die Tür!« In dem Stil ging es weiter.

Es war ein schönes Gefühl, daß es so gut lief. Wir waren alle gut gelaunt und rührig. Doch als die Frau von oben, verheiratet mit dem »Vizevermieter«, wie wir ein Weilchen später erfuhren, die Treppe mit einem Willkommenstablett herunterkam, auf dem Kaffee, Saft und Brötchen standen, war es fast zuviel des Guten. Man sah es Mutter an. Sie bedankte sich artig und lobte natürlich den Imbiß, war jedoch die ganze Zeit auf der Hut. Der sprudelnde Eifer war in den Mundwinkeln erstarrt, und sie saß stocksteif auf ihrem Stuhl. Es war wie eine Unterbrechung. Ja klar, ich beherrschte die Regeln, ich spürte selbst, wie zurückhaltend und hellhörig ich wurde: Bloß nicht zuviel. Nicht zu nahe kommen. Nicht an sich ranlassen. Sich nicht einlassen. Nicht anvertrauen. Da konnte es gefährlich werden. Enttäuschungen und Zwist. Scheißgerede womöglich. Besser, man bleibt für sich. Aber konnte Betty das?

XIII

Der Bodenfrost nahm sich dieses Jahr viel Zeit, es zog sich hin, bis die Kartoffeln in die Erde konnten. Die Tage vergingen. Die drei Kubikmeter Birkenholz waren längst gehackt und an der Holzschuppenwand aufgestapelt, und Vater wurde allmählich ungeduldig. Er trieb sich abends auf dem Hügel herum, oft war er oben beim Kriechengestrüpp, wo der Pavillon gestanden hatte, er ging und stocherte und musterte und wendete mit dem Fuß eingesunkene Feldsteine und verkohlte Bretterstümpfe.

Doras Tod war drei Jahre her, drei Jahre, seit Vater in seiner zusammengepreßten Verzweiflung eines dämmrig blauen Frühlingsabends den Pavillon in Brand steckte. Nun war die Stelle von Nesseln und Giersch überwachsen, Triebe des bereits verwilderten Kriechengebüschs hatten Wurzeln geschlagen und maßen mit eingeflogenen Abkömmlingen der Espen an Ågrens Holzzaun ihre Wuchskräfte. Mutter und ich bemerkten Vaters Unruhe und seine Rastlosigkeit. Was ging in seinem Kopf vor, was überlegte er?

Ich dachte daran, wie es mit der Grammophonplatte von Calle Jularbo gegangen war, die ich in so guter Absicht von meinem ersten Gehalt gekauft hatte. Mutter hatte ich die Kaffeetassen und den Schürzenstoff verehrt, sobald ich zur Tür hereingekommen war, doch die Grammophonplatte hob ich für den Abend auf, damit wollte ich die beiden überraschen. Als Vater saß und die Zeitung las und Mutter am Herd stand und abwusch, legte ich sie vorsichtig auf den Plattenteller, kurbelte und setzte den Tonkopf ab, nachdem ich ordentlich die Nadel saubergepustet hatte, damit sie nicht fusselte. Dann ging ich schnell zur Tür und stellte mich dort im Rahmen auf, stolz und erwartungsvoll. Aber es kam ganz und gar nicht so, wie ich es mir vorgestellt hatte. Als aus der Kammer »Abschied des Maiglöckchens« erklang, ließ Mutter den Wischlappen fallen, und Vater richtete sich von der Zeitung auf, ich sah, wie er mit weitgeöffneten Augen und halboffenem Mund lauschte. Und während die Melodie in einer Wiederholung nach der anderen voranwogte, begann ich meine Hände zu bewegen, und mein Oberkörper schaukelte siegesbewußt im Takt der Musik. Ich weiß, daß ich vor Stolz und Mildtätigkeit des Herzens strahlte: Was sagt ihr nun? Doch da endlich merkte ich, daß Vater weinte.

Die Tränen liefen in die Bartstoppeln auf den Wangen hinunter, ich sah sie glänzen. Dann stand er plötzlich auf, nahm die Mütze und verschwand nach draußen. Ich drehte mich auf der Kammerschwelle um, lief los und hob augenblicklich den Tonkopf, dann steckte ich die Platte in die Sonorahülle, und da mußte sie seitdem liegen, sie wurde nie wieder gespielt. Ich weinte auch, vor Enttäuschung und Verdruß. Ich hatte es so gut gemeint!

Aber Mutter sagte: »Das war zu gefühlig für ihn – da kam wohl die Geschichte mit Dora wieder hoch. Nun wein man nicht, Nancy, du hast es gut gemeint und so was Feines gekauft. Aber so ist das. Man kann nie wissen.«

Da schämte ich mich fürchterlich. Ich begriff, daß in Vater ein Berg von Trauer verborgen lag und daß mein großherziges Unternehmen nur die schlafenden Erinnerungen geweckt hatte, die die Zeit so geduldig umschlossen hatte.

Eines Abends sahen wir, daß Vater die Holzkarre zum Pavillonhügel gezogen und angefangen hatte, die rötlichen Espen- und die frischen Kriechentriebe rauszureißen. Eine Fuhre nach der anderen kippte er in die Abfallgrube. Als er damit fertig war, nahm er die Sense und mähte die Brennesseln und alle anderen Arten von Grünzeug ab, das sich in der grusigen Erde verwurzelt hatte, aber den Giersch, dieses Höllenkraut, mußte er rupfen. Er arbeitete bis zur Dunkelheit.

Auf Mutters Frage antwortete er bloß: »Tja, in der Scheiße muß man wohl mal aufräumen.«

Am nächsten Abend war er mit dem gleichen Eifer am Werk. Nun wurden die verkohlten Bretterenden eingesammelt und abtransportiert, und als das getan war, holte er die Brechstange und ein paar grobe Pfähle und begann, an dem alten Steinsockel zu ruckeln und zu brechen, auf dem der Boden des Pavillons geruht hatte.

Der Schweiß tropfte, das Hemd war am Rücken und auf der Brust klitschnaß, als er hereinkam, und Mutter schimpfte, während sie ihm ein Handtuch reichte: »Mußt du denn so rackern? Du schuftest dich ja um dein Leben. Wozu soll das gut sein?«

Nach und nach erfuhren wir es, doch da waren die Kartoffeln längst in der Erde, die Saubohnen eingedrückt, und die Kriechenböschung war gekrönt von einem grünweißen Blütenkranz, der bereits langsam spärlicher wurde und auf die Erde hinunterrieselte. Trotz der notwendigen Unterbrechung mit dem Setzen der Kartoffeln und anderem, was dazugehörte, hatte Vater es geschafft, eine Menge Feldsteine herunterzurollen, die er dann zu einer halbkreisförmigen niedrigen Mauer aufgestapelt hatte. Hinter diesem Steinwall füllte er Erde auf. Die Erde holte er unten am Brunnen, an der

Innenseite des Grabens, der den Acker von HeidePetrus von dem trennte, den wir unsern nannten, obwohl er das nicht war, denn unser Häuschen lag auf Pachtland. Er machte einen Stich mit dem Spaten, brach die Erdscholle auf, wendete sie, zertrümmerte sie mit der Spatenkante und rüttelte Quecken und anderes Unkraut heraus. Dann schaufelte er nach und nach alles in einen Kübel und in ein paar Blecheimer, die auf der Karre standen, schob eine Fuhre nach der anderen bis an den unteren Rand der Böschung, daß ihm der Schweiß von der Nasenspitze tropfte, schleppte sie hinauf und leerte sie aus. Abend für Abend machte er es so.

Daß er beabsichtigte, etwas anzubauen, konnten wir uns ausmalen, doch was wollte er denn an so einem Abhang anpflanzen?

Als die schwarze Erde endlich dalag, gut vermischt mit Mulch, beugte Vater sich über den Harkenstiel, betrachtete zufrieden sein Werk, schneuzte sich in die Faust und beantwortete Mutters Frage: »Was heißt hier anpflanzen? Ist es wirklich so schwer, sich das auszurechnen? Kartoffeln natürlich! Oder dachtest du, ich wollte Weintrauben züchten?«

Man habe mehrere schwere Winter vorhergesagt, erklärte er. Wenn der Krieg andauerte, würde es mit dem Essen jedes Jahr schlechter werden. Aber wenn man Kartoffeln hatte, Kartoffeln und Brennholz, dann kam man zurecht.

»Klar – aber auf einem Abhang?« Mutter hatte noch nie einen so abschüssigen Kartoffelacker gesehen. Würde das denn gehen?

Pah! Schönere Kartoffeln als von einem Südhang könnte man nicht kriegen, und dazu noch mit Kohlengrus im Untergrund. Und mit so feiner Erde, wie er sie hingekarrt hatte, mit Sand vermischt. Wir würden schon noch sehen, daß da was wuchs! Mindestens zehn, zwölf

Knollen unter jedem Blütenstand, damit könnte man wohl rechnen.

»Aber man muß die Furchen quer ziehen, das begreifst du doch wohl, Mensch! Und der Steinhaufen hier sorgt dafür, daß die Feuchtigkeit gehalten wird, damit der Boden nicht austrocknet. Man ist schließlich nicht blöd. Abhänge werden an vielen Orten bestellt.«

Ja, das hatte Vater in der Zeitung gesehen. Er ging mit der Zeit. Und dumm war er nicht. Er wußte, daß Weintrauben in solchen Querreihen auf Abhängen rund ums Mittelmeer wuchsen, in Ländern, die er sich niemals zu sehen erträumte.

»Jaa, du hast wohl auch ein bißchen was von einem Ingenieur«, sagte Mutter. »Genau wie Börje.«

Etwas Besseres hätte sie nicht sagen können. Vater schwoll der Kamm, das merkte man deutlich, auch wenn er so tat, als hätte er gar nicht zugehört, er fuhr einfach fort, uns darüber zu unterrichten, daß die Erde in diesem Jahr viel zu roh war, um Kartoffeln einzusetzen. Nun sollte erst mal tüchtig gedüngt werden, und dann mußte eine Runde Ackererbsen in den Boden gedrückt werden, das lockerte auf. Aber im nächsten Jahr, dann. LüttOskar mit seinem Hihihi und seiner rissigen Lederjacke war ja nicht mehr unter den Lebenden, aber BiegenArvid kam natürlich vorbei und glotzte, und Ågren und Laberg schneiten auch eines Abends herein, nachdem sich das Gerücht von Vaters neuem Anbau verbreitet hatte. Vater dozierte mit ausladenden Gesten. Aber trotzdem schämte ich mich nicht – zum ersten Mal war ich richtig stolz. Vater war nicht dumm, obwohl er ein Angeber war. Es steckte so einiges in ihm.

XIV

Eines Nachmittags, als die Erbsen auf Vaters neuem Acker schon ein Weilchen wuchsen, aber nur wenige Wochen nach Bettys Umzug, als die kleinen Mädchen wieder in den Ort verfrachtet waren und alles im gewohnten Trott ablief, ging Mutter ans Werk, aus dem geblümten Stoff einen Faltenrock mit Trägern für mich zu nähen. Trägerröcke waren zu der Zeit modern, das hatten wir auf Modefotos in der Zeitung und auch im Katalog gesehen. Und, o wie wunderbar, im Muster waren Farbtupfer, die genau zu dem hellblauen Jumper paßten, der in dem im voraus zu bezahlenden Postpaket lag, das ich kürzlich abgeholt hatte. Nun würde ich fein werden!

Als die Nähte gebügelt und Mutters prüfende Betrachtung zur Zufriedenheit ausgefallen war, schob ich unmerklich die Kammertür zu, so daß nur noch ein Spalt offenblieb. Dann stellte ich mich flink vor den Spiegel, der wie immer mit der Haarbürste abgestützt wurde. Ich verschraubte mich in der Taille, spannte meine Brüste, drehte und wendete mich. Das Frühlingslicht fiel durch die niedrigen Fensterscheiben herein, die vor kurzem geputzt worden waren, und der Spiegel gab mein Bild auf ungewöhnlich vorteilhafte Weise wieder, regenklar in den Farben und mit deutlichen Konturen. Das Haar sah glänzend aus. Ich war doch ziemlich hübsch? Jaa – beinahe schön. Ganz tief in mir lagen wie ein sumpfiger Untergrund die Einsamkeit und das Außenseitertum, das wußte ich. Doch dem schwarzen Abwärtssog, der mir im vorigen Sommer einen Schrecken eingejagt hatte, als ich bei Forshällan im Fluß stand und kurz davor war, in einer spontanen Eingebung oder im Wahnsinn, was immer es war, mir selbst ein Ende zu bereiten, gestattete ich nicht mehr, mich anzugreifen. Ich hielt mich aufrecht. Ich war Nancy Viktoria. Studierende. Postbotin. Siebzehn Jahre. Hübsch? Ja, beinahe schön!

So war das mit mir, es schwankte, mal ging es aufwärts, mal abwärts. Mißmut und Zuversicht. Ich mußte ständig Selbstgespräche führen, um mit mir zurechtzukommen und eine Balance zu finden. In diesem Moment kletterte ich auf der Sonnenleiter empor und fühlte mich leicht und schwebend, doch was, abgesehen vom Licht und der Wärme, diese Verbesserung zustande gebracht hatte, weiß ich nicht genau. Im Grunde lag es wohl daran, daß ich eine Arbeit hatte, die in den Augen der anderen wie eine Art Freibrief oder eine Existenzberechtigung wirkte. Ich versorgte mich selbst. Ich war wie normale Leute. Daß ich in meiner freien Zeit büffelte und plapperte und lernte, war unter diesen Umständen als kleines harmloses Extra zu verbuchen, es war nicht wirklich störend.

Ich will nicht behaupten, daß ich begonnen hätte, am Dorfleben teilzunehmen, so war es nicht, aber die Leute kannten und grüßten mich, riefen Hallo, lächelten, hielten an und redeten mit mir, wenn ich da mit meiner Postkarre stand und auf den Bus wartete oder im Laden etwas zu erledigen hatte. ZehenPelles Nancy, wie tüchtig. Hält sich wacker, jetzt in den schlimmen Zeiten. Ja, und stell dir vor, was mußte sie morgens kämpfen diesen Winter, nicht schlecht. Solche Dinge gelangten auf unerklärliche Weise an mein Ohr, genau wie das Scheißgerede es früher getan hatte. Oder ob ich im Grunde in beiden Fällen selbst hinter den Kommentaren steckte, ob sich da mein eigenes Selbstverständnis zu Worten aus dem Mund anderer Leute umformte und mich von innen erreichte, so daß ich zu hören *glaubte*?

Was die Poststelle betraf, waren mehrere Veränderungen eingetreten. Ruben Karlsson war Anfang April siebzig geworden und hatte sich ein für allemal verabschiedet. Nun wurde es Sommer, nun wollte er frei sein, und noch so einen Winter, nein, nie im Leben. Es konnte Krieg sein, soviel es wollte, er hätte nun genug getan. Die Leute mußten sich wohl die Mühe machen, ihre Post selbst abzuholen, wenn es nicht anders ging. Er jedenfalls hatte bestimmt nicht vor, sie noch länger für sie auszufahren.

Ich vermißte Ruben, wir waren Freunde geworden, trotz des großen Altersunterschieds. Er hatte mir oft hinter Fräulein Hanssons Rücken zugeblinzelt, und häufig waren wir gemeinsam die Pfarrhofallee hinuntergewandert, und dann hatte ich dies und das über die Leute aus der Gegend erfahren. Ruben nahm es nicht mehr so genau mit der Schweigepflicht, er war ja pensioniert und fand anscheinend nicht, daß er den staatlichen Dienstvorschriften so wie früher unterworfen war.

»Man ist jetzt unabhängig«, pflegte er zu sagen. »Man hat seins getan. Aber wer dankt es einem? Nee, verflucht, Pferdehändler hätte man werden sollen.«

Die Leere, die Ruben hinterließ, wurde für mich spürbarer als die nach Hildings Weggang. Sein Vater, PostManne, war nach Hause entlassen worden und an seine alte Stelle zurückgekehrt. Hilding hatte uns zugunsten der Gärtnerei verlassen. Das hätte er sowieso getan, sagte er, das Postausfahren war in seinem Fall nur eine vorübergehende Sache. Hilding war so schüchtern gewesen, er hatte nie mit mir geredet und gescherzt, wie Ruben es tat, und ich hatte es auch nie über mich gebracht, ihn auf diesen Adamsapfel zu küssen. Nun verschwand er einfach, und es fiel mir kaum auf.

Als Ersatz für Ruben Karlsson wurde ein Mann vom Postamt im Ort zu uns geschickt. Bis auf weiteres durfte Fräulein Hansson halbtags über ihn verfügen. Dieser Neue hieß Evert Andersson und war ein glatzköpfiger Kerl mittleren Alters mit dünnrandiger Brille. Sein Titel war Postillion, und er tat alles, um Fräulein Hansson das Leben so sauer wie möglich zu machen. Man spürte, wie er auf dieses zurückgebliebene Postloch hinuntersah und jede Gelegenheit nutzte, mit überlegener Miene und in schulmeisternden Worten auf alle fehlerhaften Arbeitsgänge hinzuweisen, die er aufzuspüren vermochte. PostManne taufte ihn heimlich auf den Namen »Kontrolleur«. »Ist der Kontrolleur noch nicht da«, pflegte er morgens zu brummen.

Fräulein Hansson bekam des öfteren hochrote Flekken am Hals, aber sie ließ sich selten zu einer Verteidigungsrede herab. Wenn sie wirklich dazu gezwungen war, den Postillion anzusprechen, sagte sie in so eisigem und spitzem Ton »Herr Andersson«, daß damit alles ausgedrückt war, was sie ungesagt zu lassen vorzog. Es ging ein Machtkampf vonstatten, und ich hatte ein gewisses Vergnügen daran, das muß ich zugeben, vor allem weil ich nie direkt darin verwickelt war, dazu war meine Tätigkeit zu unbedeutend. Manchmal fragte ich mich natürlich, wie Fräulein Hansson meine Spaziergänge mit ihrem Hund und die Tatsache rechtfertigte, daß ich alle vierzehn Tage ihre Wohnung putzte. Es war dem »Kontrolleur« zuzutrauen, daß er seine Nase auch in diese Angelegenheit steckte, und was würde dann werden?

Mein Verhältnis zu PostBerta, genau wie ihres zu mir, war nicht herzlich, aber korrekt. Ich beobachtete sie genau, spähte und horchte nach Anzeichen und Beweisen dafür, daß sie wirklich ein Nazi war, wie Ruben gesagt hatte. Ich selbst verabscheute Hitler so, daß ich nicht mit dem Blick auf seinem Bild verweilen konnte, wenn es in der Zeitung erschien. In der Angst, die Augen könnten sich sonst infizieren, fegte ich halbblind und hastig über diese verhaßte Fresse. Daß ein normaler Mensch sich ihm und seinen Lehren anschließen konnte, kriegte ich nicht in meinen Kopf, und PostBerta wirkte ja trotz allem normal, auch wenn sie hochmütig und unzugänglich war und einen Unterschied zwischen den Leuten machte. Nein, die konnte nicht wahr sein, diese Geschichte. Ruben in allen Ehren, aber er hatte auch ein bißchen Ähnlichkeit mit einer Klatschbase in langer Hose.

Ich stützte mich auf diese Überzeugung und schüttelte den Selbsthaß von mir ab, sobald er auftauchte und mit dem Finger auf mich zeigte. Das geschah hin und wieder, weil ich immer noch nicht völlig mit mir im reinen war, wenn es um mein Verhalten gegenüber Berta Hansson ging. War sie wirklich ein Nazi und eine Judenhasserin, hätte ich überhaupt nichts mit ihr zu tun haben dürfen, nein, nicht um alles in der Welt! Aber wenn Ruben lügenhaftes Gerede verbreitet hatte?

Was die Arbeit anbetraf, so hatte ich mich daran gewöhnt, sogar an das frühe Aufstehen. Jetzt im Vorsommer war es morgens einfach schön, in friedvoller Einsamkeit durch das Dorf zu radeln. Das Klappern der Milchkannen klang in meinen Ohren, die Luft fühlte sich frisch an, und die Weide duftete. Unten über dem See schimmerte Blaudunst, und darüber hoben und senkten sich weißgraue Flocken und wirbelten herum; weit weg hörte ich Rufe und Vogelgeschrei.

Ich rechnete damit und war dankbar dafür, daß ich zumindest bis zum Herbst als Postbotin arbeiten durfte, dann würde man weitersehen. Ruben Karlsson hatte bei einigen Gelegenheiten gesagt: »Lern das hier mit der Post und der Telefonvermittlung, Nancy, du, und übernimm nach Berta! Der Tag liegt nicht mehr allzu fern, will ich glauben, an dem sie in Pension geht.«

Wenn Ruben diese Ideen äußerte, lächelte ich nur. Es war ja nett und freundlich von ihm, es zu sagen, er meinte es gut und kümmerte sich um mich, deshalb widersprach ich ihm nicht, aber im Innern wußte ich: niemals! Puh, für den Rest meines Lebens hinter dieser Schranke zu sitzen und vielleicht eine alte Jungfer zu werden. Das wollte ich nicht. Trotzdem ertappte ich mich ab und zu dabei, wie ich in meiner Phantasie Fräulein Hanssons Wohnung einrichtete. All das alte Braune und Dustere würde natürlich rausgeschmissen werden, ich wollte weiße Möbel und gelbgestreifte Gardinen haben, und auf dem Fußboden einen blauen Teppich, und Mutter würde mich nachmittags zum Kaffee besuchen. Und einen Hund hätte ich bestimmt auch, vielleicht so einen wie Kujo.

Ich glaube zwar nicht, daß Fräulein Hansson im entferntesten daran dachte, daß ich ihre Nachfolgerin werden könnte, doch in den freien Stunden brachte sie mir trotzdem eine ganze Menge über die Schalterarbeit bei, und die Telefonzentrale konnte ich ebensogut bedienen wie sie. Manchmal verschwand sie für einen Moment in ihrer Wohnung, und dann wurde ich damit betraut, Gespräche zu vermitteln und Pakete und Briefe auszuhändigen, nur die Geldschublade hielt sie verschlossen. Nicht einmal mit einer Briefmarke konnte ich in ihrer Abwesenheit dienen. Diese Minuten hinterm Schalter fand ich lustig, sie ermöglichten mir ein wenig Kontakt mit den Kunden, und ich kam mir bedeutungsvoller vor.

Eines Tages, der genauso begonnen hatte wie jeder andere, ohne daß eine besondere Erwartung in der Luft gelegen hätte oder eine Vorahnung durch meinen Magen gejagt wäre, an einem ganz gewöhnlichen Tag also, einem Montag übrigens, betraten um kurz vor elf zwei Jungs oder junge Männer die Post. Beide hatten Studentenmützen auf, die waren anscheinend ganz neu, dem strahlenden Weiß nach zu urteilen. Fräulein Hansson war gerade in ihrer Wohnung, wollte sich wohl ein Täßchen Kaffee aufwärmen, und ich war allein in der Post. Fünf bis zehn Minuten würde sie weg sein, hatte sie gesagt, ich sollte rufen, falls die Kasse geöffnet werden mußte. Als ich an den Schalter ging, sah ich, daß einer der beiden Kunden Burvalls ältester Sohn war, ich kannte ihn aus früheren Sommern, als er mit Schulmütze auf dem Kopp und Botanisiertrommel vorm Bauch durch die Gräben geschlunzt war und sein kleiner Bruder wie ein Stert an ihm dranhing. Doch nun war er mit einem vollkommen Fremden gekommen, einem langen schmalen Jungen mit Brille und dunklem Haar, das über den Ohren und unterm Mützenschirm hervorlugte. Dieser schob mir den Zettel mit der Adresse durch die Luke, sie wollten ein Paket abholen.

Gut. Schön! Schnell wie der Blitz durchfuhr mich der Gedanke oder das Gefühl: ein Glück, daß sie keine Briefmarken kaufen oder Geld abholen wollen, denn dann hätte ich zu der Flügeltür gehen und nach Fräulein Hansson rufen müssen, und das wäre mir peinlich gewesen, als wäre ich nicht erwachsen oder nicht zuverlässig genug, um es allein zu schaffen. Wortlos nahm ich den Paketschein entgegen, spürte jedoch, wie ich rot wurde und mein Herz schneller zu pochen begann.

Das ärgerte mich, und daher machte ich wohl ein mürrisches Gesicht.

Lars Hamrin, c/o Burvall, Sjöboda, Lunda. Ja natürlich, ich hatte das Paket ja heute morgen selbst einsortiert – es war ein ziemlich großer, aber nicht besonders schwerer Karton, eingeschlagen in braunes Papier, meinte ich mich zu erinnern. Es kam aus Stockholm, und ich wußte auch augenblicklich, wo ich es plaziert hatte. Es war ja so, daß man alle Pakete in einer bestimmten, mit aufgeklebten Zettelchen gekennzeichneten Ordnung ins Regal legen mußte. Damit nahm Fräulein Hansson es äußerst genau, und nicht einmal der »Kontrolleur« hätte uns in dieser Hinsicht Schlamperei vorwerfen können. Nur war es unglücklicherweise so, daß ausgerechnet diese Sendung ganz oben gelandet war, wohin ich nicht reichte, ohne auf eine kleine Trittleiter zu steigen, die ich heranziehen mußte. Es blieb mir natürlich gar nichts anderes übrig, doch ich meinte, ihre Blicke im Rücken zu spüren. Apropos Rücken! Ich hatte nackte Beine und trug den neuen Trägerrock, der war leicht und ziemlich kurz und rutschte wahrscheinlich bis weit über die Kniekehlen, wenn ich so dastand und die Arme in die Luft streckte. Verdammter Mist! Ganz richtig, sie standen dicht beieinander vor der Schalterluke und grinsten übers ganze Gesicht, als ich das Paket anschleppte. Diese großkotzigen Schnösel! Ich schob das Paket hinaus, das sich im übrigen kaum durch die Öffnung quetschen ließ, dann brummte ich ein abgehacktes Bitteschön und knallte die Luke zu.

»Ui! Haben Sie *schrecklich* vielen Dank, kleines Fräulein!« hörte ich von der anderen Seite. Keine Ahnung, wer es sagte.

Ich weiß auch nicht, welcher von den beiden das nächste sagte, als sie auf dem Weg in Richtung Ausgang waren, aber ich verstand es deutlich – was vermutlich beabsichtigt war –, und das Grinsen in der Stimme hörte ich auch: »Sieh an! Ansehnliches Abdomen, was?«

Abdomen. Ab Domen? Was war das für ein Wort? Was bedeutete das? Ansehnliches Abdomen.

Ich stand mit erhitzten Wangen und zusammengebissenen Zähnen auf meiner Seite der Schranke. Warum war ich so schlagartig wütend geworden? Warum fuhr ich sofort meine Klauen aus, eigentlich ohne Grund? Ich hätte lieber mit dem Hintern wackeln und mit den Augen funkeln sollen, als sie mich anguckten, so mußte man es machen. Aber nicht ich.

Die Antwort auf all die Fragen war mir bekannt. Schüchternheit? Ja, zum Teil. Doch sie erklärte nicht meine Wut. Nein, der wirkliche Grund war mein Minderwertigkeitsgefühl, ich fühlte mich diesen Weißmützen unterlegen. Bei ihrem bloßen Anblick wurde ich zehenPellig, und das ärgerte mich. Ich ärgerte mich über mich selbst, weil ich so reagierte, es paßte nicht zu meinen Ansichten über den Wert des Menschen. Es paßte auch nicht zu der Meinung, die ich von mir selbst hatte. Ich war nicht schlechter. Nicht dümmer. Ich hätte auch Abitur machen können. Doch ich kam aus einer anderen Welt. Der ZehenPellewelt. Der Unterschied war himmelweit und höchst ungerecht, zunehmend sah ich es so. Und daß sie über mich lachten, konnte ich nicht ertragen.

Allein ihre Art zu reden. Diese einstudierte Überlegenheit. Der näselnde Ton. Den hörte man ja sofort. Und solche Worte hinzuwerfen. Nur um anzugeben und sich wichtig zu machen. Abdomen? Was bedeutete das? Ich mußte es irgendwie herausfinden. Obwohl ich es bereits ahnte. Das Wort klang so rund, es schien sich förmlich zu wölben.

Zufällig war am Tag darauf das vierzehntägige Reinemachen von Fräulein Hanssons Wohnung an der Reihe. Ich nutzte die Gelegenheit, vorsichtig einen der verglasten Bücherschränke zu öffnen und ein braun eingebundenes Exemplar von Nordisk Familjebok herauszufischen, den ersten Band. Suchte flink mit dem Finger. Ab-Ab-Abdomen. Da war es. »Hinterer Körperteil der Gliedertiere«. Gliedertier? War ich ein Gliedertier? Vermutlich. Der hintere Körperteil gleich Hinterleib, der Hintern natürlich. Der Arsch! Genau, wie ich es geahnt hatte.

Ansehnliches Abdomen. Die Worte hallten in meinen Ohren wider, und, im Namen der Ehrlichkeit, meine Gefühle waren etwas widersprüchlich. Unter meiner Wut und dem Ärger fühlte ich mich ein klein wenig geschmeichelt. Und tief, tief drinnen auch ein bißchen erregt.

Zwei Tage vergingen, vielleicht drei. So nach und nach verwischte sich alles zu einem undeutlichen Nebel, was davor passierte, verlor seine Bedeutung.

Er stand unten in der Allee und wartete auf mich, als ich im Leerlauf angeflogen kam, so fing alles an. Ich war für diesen Tag fertig mit der Arbeit und wollte nach Hause fahren. Er lehnte rücklings an seinem Sattel und hielt das Fahrrad zwischen den Beinen. Er war allein, diesmal war der Burvallssohn nicht dabei. Ich begriff zunächst nicht, daß er ausgerechnet auf mich wartete, auf den Gedanken wäre ich gar nicht gekommen. Ich sah nur diese Mütze wie eine weiße Scheibe im flatterigen Sonnenlicht unter dem Ahorn leuchten und spürte ein kleines stechendes Unbehagen – wozu stehen denn die jetzt da! Ich dachte in der Zweizahl, betrachtete es als selbstverständlich, daß die beiden zusammen waren, obwohl man den einen nicht sah. Ich wappnete mich also, streckte die Nase in die Luft, guckte einfach geradeaus und fuhr im Nu vorbei.

Ich war kaum auf die offene Landstraße hinausgekommen, als er mich eingeholt hatte und auf meiner Höhe fuhr: »Warte einen Augenblick! Du brauchst es doch nicht so eilig zu haben!«

Ich hätte natürlich die Gelegenheit beim Schopf ergreifen und einen kleinen schlagfertigen Landstraßenflirt eingehen sollen, das hätte jede normale Siebzehnjährige getan. Ich aber bekam beinahe Atemnot, ich wußte nicht, wie ich mich verhalten sollte, und nicht, was ich sagen sollte, ich strampelte einfach weiter, senkte aber zumindest den Kopf ein wenig und fuhr wohl auch ein bißchen langsamer, auch wenn es kaum merklich war.

Er war neben mir: »Tja, ich wollte mich bloß entschuldigen – wir haben uns wohl dumm benommen, Göran und ich, das war keine Absicht.«

Ich antwortete nicht.

»Man benimmt sich manchmal so albern – wie gesagt, ich wollte nur sagen, tut mir leid!«

Er fuhr weiter neben mir, und ich dachte: Mein Gott, was sollen die Leute denken? Jetzt haben sie ein neues Gesprächsthema. »ZehenPelles Nancy flitzt am hellichten Tag mit einem Studenten durch die Gegend. Nun hat sie es wohl richtig im Kopp gekriegt.« Aber er biegt sicher bald ab, sagte ich mir. Die Abzweigung nach Åkerby und Sjöboda war ein kleines Stück entfernt auf der linken Seite. Doch er bog nicht ab. Es gab also keine andere Möglichkeit, als weiter durch das Dorf zu fahren, am Bethaus vorbei, an der Loge, am Badehaus, an allen Bauernhäusern und Hütten, die mit ihren stierenden Fenstern dastanden und sich uns zuwandten. Es war furchtbar peinlich. Eine ganze Menge Leute war draußen auf den Feldern und bei den Kuhställen, und ich meinte zu fühlen, wie sie glotzten, aber vielleicht bildete ich mir das auch nur ein, ich guckte ja weder rechts noch links, ich konnte es also gar nicht wissen.

Als wir fast bei C. G. Perssons angekommen waren, sagte er: »Bist du immer noch böse?«

Da hätte ich fast losgeprustet und kam nicht umhin, den Mund ein wenig zu verziehen. »Ach was. Wieso denn. Aber ich bin jetzt bald zu Hause, ich wohne nur ein kleines Stück von hier entfernt. Also danke für die Begleitung«, sagte ich, stellte mich auf die Pedale, weil es bergauf ging, und versuchte, ihn abzuschütteln.

»Ja, das weiß ich«, rief er und fuhr noch immer neben mir her. »Ich weiß, wo du wohnst. Und ich weiß, daß du Nancy heißt. Ich heiße Lars. Aber das hast du wohl auf dem Paket gesehen, oder?«

Aha! Er wußte, wo ich wohnte. Sofort spürte ich den Stich. Wie kam es dazu? Hatten Burvalls über uns geredet? Was hatten sie gesagt? ZehenPelles natürlich. ZehenPelles Nancy. Unser altes baufälliges Häuschen. Ich wollte nicht, daß er es sah, ich wollte nicht, daß er wußte. Das Gefühl von Unterlegenheit und Scham schlug wieder über mir zusammen, und ich beschleunigte noch mehr. Als wir uns der Stelle näherten, wo ich abzweigen mußte, bremste ich, warf ihm über die Schulter ein Tschüs zu, nicht sauer oder schnippisch, sondern einfach ein gleichgültiges und normales Tschüs, wie zu irgendeinem Dorfbewohner, der zufällig gemeinsam mit mir vom Laden zurückradelte. Und dann rollte ich in das kleine Schlagloch zwischen dem Rand der Landstraße und unserem braunen Nadelweg. Doch mein Herz bummerte so kräftig, daß ich es in den Ohren hörte.

Da rief er: »Stopp! Warte mal!«

Und was sollte ich tun? Was *wollte* ich tun? Das war die Frage.

Ich blieb stehen. Stellte die Füße rechts und links vom Fahrrad auf den Boden, stand genauso da wie er vor einer Weile in der Pfarrhofallee. Drehte mich um und sah ihn an. Drehte mich um. Und sah. Direkt in die Augen. Drehte mich um. Ja. Mehr war nicht nötig.

XV

Wir vereinbarten, daß wir uns noch am selben Abend treffen wollten. Punkt acht Uhr. Oben an der Landstraße, an Norrbodas Milchkannenständer.

»Gut. Bis dann also!«

Als er sein Fahrrad gewendet hatte und wieder in Richtung Dorf strampelte, drehte er den Oberkörper und winkte mir mit seiner weißen Mütze zu, ich stand da wie ein Gespenst, mit trockenen Lippen und einem Wirbelgefühl unter dem Scheitel, das mich so wirr im Kopf machte, daß ich fast vom Rad gefallen wäre, als ich mich auf den Sattel setzte und über Ågrens Wegscheide nach Hause rollte.

An diesem Nachmittag muß es unmöglich gewesen sein, ein vernünftiges Wort aus mir herauszukriegen. Um meine Ruhe vor Mutters forschenden Blicken zu haben, nahm ich meine Bücher, ging hinaus und setzte mich an den Tisch in der Laube und tat, als wäre ich entsetzlich beschäftigt mit meiner Lernerei. Alles war so unsicher und zerbrechlich, daß ich Mutter um keinen Preis etwas davon erzählen wollte, es war ja noch nicht einmal sicher, ob er überhaupt käme. Vielleicht war das Ganze nur ein Scherz, den ich nicht begriff. Obwohl ich das nicht glaubte. Dafür war in diesen Augen zuviel Ernst gewesen. Dieser Ernst hatte mich gepackt und mich ganz verloren gemacht. Und als er dann sagte:

»Könnten wir uns nicht vielleicht treffen? Einen Spaziergang machen und ein bißchen reden?«, war überhaupt keine Wut mehr in mir und auch kein Mißtrauen, ich nickte bloß: »Ja, klar. Natürlich!« Es war einfach, wie es sein sollte. Als wir einander in die Augen sahen, kam mir bloß in den Sinn: Nun ist es passiert. Nun ist er hier, der, auf den ich gewartet habe. In der Sekunde gab es nur ihn und mich, mitten im Universum. Und ich wurde von einer Freude und einer schwindelnden Erwartung erfüllt, die ich nie zuvor erlebt hatte.

Das Problem war nur: Was für einen Vorwand sollte ich erfinden, so spät am Abend noch hinauszugehen? Die Bibliothek in der Loge schloß um sieben, und dann? Ich pflegte nie irgendwohin zu fahren, da ich zu der Zeit keine Gleichaltrigen traf und auch nicht zu den Bethausgottesdiensten ging, ansonsten hätte ich ja diese kleine Notlüge heranziehen können. Raus, um ein bißchen Fahrrad zu fahren? Tja, das könnte ich natürlich sagen. Doch dann fiel es mir ein.

»Ich glaube, ich geh eine Runde den Berg hinauf und sehe nach, ob die Frühlingsanemone schon blüht«, sagte ich, als es sich acht Uhr näherte. »Es wird wohl bald soweit sein.«

»Tu das«, antwortete Mutter, »aber verlauf dich bloß nicht.«

Als ob sie nicht gewußt hätte, wie gut ich mich auf dem Berg zurechtfand. Zur Sicherheit sagte ich, daß ich auch noch eine Runde radfahren wollte, vielleicht runter zum See. Das fügte ich nur hinzu, damit sie sich, falls ich länger wegblieb, keine Sorgen machte und womöglich mit der Trillerpfeife nach draußen ging und nach mir rief.

Denn im Grunde war ich ja inzwischen unfrei. Das war mir klar. Ihre ständige Fürsorge hielt mich fest, und es war meine eigene Schuld, daß ich mich nicht löste, obwohl ich siebzehn Jahre alt war, schon bald achtzehn. Aber ich konnte nicht. Aufgrund meiner Liebe zu ihr konnte ich mich nicht herausfräsen, wenn sie ihre Schmeicheleien und ihre kleinen Kümmernisse vor sich hin plapperte. Liebe kleine Mama, dachte ich dann. Obwohl ich sie wohl genauso brauchte wie sie mich. Vermutlich noch mehr. Jedenfalls bis jetzt.

Er stand bereits am Milchkannenständer und wartete, als ich mich den Hügel hinaufkämpfte. Das Herz überschlug sich in mir, als ich ihn dort stehen sah, aber ich versuchte, mich zurückzuhalten und ungerührt zu erscheinen. Ich wollte auch nicht übereifrig wirken, das durfte man nicht, das wußte ich. Zumindest gelang es mir vorzuschlagen, daß wir vielleicht eine kleine Runde den Berg hinaufgehen könnten, wenn er nichts dagegen hätte natürlich. Ich wollte ihm etwas zeigen, sagte ich. Ja, nichts Besonderes, überhaupt nicht, aber trotzdem.

»Na klar, das klingt gut.«

Ich erwähnte natürlich nichts davon, aber mir war auch daran gelegen, so schnell wie möglich außer Sichtweite zu gelangen, falls zufällig jemand vorbeikam. Es war unnötig, daß die Leute uns sahen und zu reden anfingen. Also versteckten wir unsere Fahrräder ein Stück weiter oben unter einem zottigen Tannenkleid auf der anderen Straßenseite.

Dann gingen wir nebeneinander los, langsam, fast wortlos, jeder in seiner sandigen Reifenspur, zwischen uns lag ein Streifen Gras. Es war derselbe alte Preiselbeerweg, auf dem Mutter und ich uns in all den Jahren unzählige Male mit unseren Körben abgeschleppt hatten, es war derselbe Forstweg, über den Vater zu Weihnachten Zweige und die krüppelige Tanne gezerrt hatte, ich in seinem Schlepptau, dick eingepackt und verrotzt, als ich noch ein Kind war. Trotzdem war es, als wäre ich nie zuvor hier entlanggegangen.

Die Baumstümpfe und die Steine und die Wurzeln waren neu, der Lichteinfall war anders, eine fremdartige Spannung prallte zwischen den rotschuppigen Kiefernstämmen hin und her, streckte den Kopf aus dem Preiselbeergestrüpp, reckte den Hals und sah uns mit großen Augen an: »Nancy, Nancy, bist du es, die hier spazierengeht? Bist du das wirklich?«

Ich hatte den geblümten Trägerrock und die neue weiße Bluse an. Ich hatte mich sorgfältig gewaschen und meine Haare gebürstet, ich hatte überlegt, auch die Lockenzange anzuwärmen, um meine Frisur zu einem Pagenkopf zu formen, aber Mutter hatte schon argwöhnisch genug ausgesehen, als ich mir so eine feine Bluse anzog, um an einem gewöhnlichen Alltagsabend in den Wald zu gehen, daß ich davon wieder Abstand genommen hatte. Er trug ein hellblaues Hemd, das am Hals aufgeknöpft war, ein graues Jackett und karierte Golfhosen. Die weiße Mütze natürlich. Und die behielt er auf, obwohl er sich seine Jacke auszog und über die linke Schulter warf.

Es war ein schöner Abend. Lau und voller Vogeljubel. Lars ging an meiner linken Seite, direkt neben mir und bloß einen knappen Meter entfernt. Die männliche Ausstrahlung seines Körpers und seines Wesens war deutlich spürbar, sie pochte und brannte an meiner Seite, ich war mir ihrer die ganze Zeit bewußt. Dennoch wagte ich nicht, ihn anzusehen. Am Nachmittag hatte ich unzählige Varianten von Situationen und Gesprächen durchgespielt, in denen er dies und ich das sagte. Wir sahen einander tief in die Augen und dann, jaa, dann.

Und nun ging ich hier, und es war nicht wie im Traum. *Ich* war nicht wie im Traum. Kein bißchen betörend und entzückend. Mein Mund brachte keine beseelten Sätze zustande, ich kam mir tolpatschig und steif vor, wußte nicht, wie ich mich benehmen, und nicht, was ich sagen sollte. Die Arme schwangen verhalten an meinen Seiten, den Blick richtete ich zu Boden, als verlangten die Ameisen und die Steinchen und die Tannenzapfen im Sand vor meinen Füßen meine volle Aufmerksamkeit.

Ein Glück immerhin, daß mir das mit der Frühlingsanemone eingefallen war! Ich hatte zumindest etwas, womit ich mich brüsten konnte. In der Flora stand zwar bloß *weniger verbreitet*, doch meiner Meinung nach hätte dort *selten* stehen müssen. Zumindest in unserer Gegend konnte man von einer Seltenheit sprechen. Es gab drei, vier Bestände, die anscheinend nur wir bei ZehenPelles kannten, und das Wissen behielten wir wie ein kostbares Geheimnis für uns. Die Leute reißen nur was raus und machen alles kaputt, sagte Vater. Besser, man hält den Mund.

Vater hatte die Pflänzchen entdeckt, als er nach trokkenen Tannenspitzen suchte, und solange ich mich erinnern konnte, waren wir jeden Sommer einmal zu dieser Stelle gepilgert, Ende Mai oder Anfang Juni. Nun war zwar erst der neunzehnte Mai, aber vielleicht blühte sie, wenn Gott mir gnädig war.

Während wir zum Bergrücken hinaufwanderten und ich linkisch und still war und wie auf Luftkissen stakste, begann Lars zu erzählen, daß er in Stockholm wohne und vor ein paar Wochen Abitur gemacht habe. Im Herbst mußte er zum Militär, zu einer Studentenkompanie, wo er anderthalb Jahre vertrödeln würde. Vollkommen unnötig, sagte er. Dann würde er Medizin studieren und Arzt werden wie der Herr Papa mit Betonung auf der zweiten Silbe. Papaa. Und im Falle eines Krieges wäre es doch besser, er hätte zu heilen gelernt anstatt zu schießen, oder?

Doch, das war schön und richtig gedacht, es gefiel mir, daß er so etwas sagte, ich nickte zustimmend, aber der Mut verließ mich nach und nach. Medizin. Studentenkompanie. Mein Papaa! Jedes dieser Worte brannte wie ein Hohn in mir. Warum spazierte ich hier wie eine bewundernde Trine mit meinen lächerlichen Erwartungen herum, das war doch bekloppt! Todgeweiht von Anfang an. Er war nicht dieselbe Sorte wie ich und konnte es niemals werden. Oder besser gesagt, ich konnte nicht seine Sorte werden.

Dann erfuhr ich, daß seine Eltern und Burvalls seit vielen Jahren befreundet waren. Deshalb war er hier. Aber nun war Göran mit seinem kleinen Bruder in Dalarna bei der Großmama, er war also zur Zeit allein mit Görans Eltern.

Aha! Diese Erläuterung machte die Sache nicht besser. Dann war es also deshalb, dachte ich. In Ermangelung anderer Gesellschaft mußte ich genügen. Nee, nee. Sollte ich mir überhaupt die Mühe machen, ihm die Anemone zu zeigen? Wir konnten ebensogut umkehren.

Aber die Füßen pfiffen auf meinen klugen Kopf. Sie trabten Schritt für Schritt weiter, und genau an der richtigen Stelle bogen sie schnell und bestimmt vom Forstweg ab. Dann trug uns das Frauenhaar unter die Tannen, dann knisterte das Torfmoos oben auf dem Höhenzug, dann schlug uns das Heidekraut an die Knöchel, und dann waren wir auf dem schmalen braunen Pfad angekommen, der sich durch den Wald von kleinen Kiefern schlängelte. Ich ging voran. Dort, zwischen den Feldsteinblöcken sollte sie sein. Die Augen suchten, schweiften zu beiden Seiten über die äußersten Ränder. Nun hilf mir doch, lieber Gott!

»Sieh mal! Oh, sieh!« Ich sank auf die Knie.

Daß sie tatsächlich blühte, wenigstens ein einzelner Blütenstand. Welch ein Glück! Die krause dunkelgrüne Blattrosette lag flach auf der Moräne, die Glocke war nach unten gebeugt und halb geschlossen, weißrosa, seidenflaumig an der Außenseite, fast rot im Innern. Und wenn man sich hinunterbeugte und in den Kelch guckte, sah man das Gelbe auf dem Grund, den Ring der Staubgefäße mit dem Stempel in der Mitte. Plötzlich war ich vollkommen ruhig. Rings um mich her breitete sich die Stille des Waldes aus. Die Steine schwiegen in ihren grauen Mänteln. Über meinem Kopf rauschten die Kronen der Kiefern. Es hatte zu dämmern begonnen, in dem gedämpften Licht stand die einsame Blume so leuchtend und heilig, als wäre sie mehr als eine Blume, als bewahrte sie ein jahrhundertealtes Märchen.

Ich berührte sie vorsichtig mit dem Finger. Beinahe hätte ich vergessen, daß Lars mit den Füßen im Moos neben mir stand, ich war wie verzaubert. Stolz war ich ebenfalls; als ich zur Besinnung kam, streckte ich mich würdevoll. Daß es hier bei uns auf dem Bergrücken etwas so Feines und Seltenes gab! Das war doch wohl nicht schlecht?

»Frühlingsanemone. Pulsatilla vernalis«, sagte ich, nachdem ich mich wieder aufgerichtet hatte. »Schön, oder?«

Er stand bloß da und lächelte, womöglich leicht belustigt? Ich wurde unsicher. Schließlich war er nicht gemeinsam mit mir auf die Knie gefallen. Fand er etwa nicht, daß das etwas zum Vorzeigen war? Fand er mich bloß lächerlich und kindisch? Doch dann merkte ich, daß er dastand und mich ansah, nicht die Blume.

»Ach ja? Das Fräulein kann Latein?«

Da fühlte ich wieder einen Stich. Diesen spöttischen Ton kannte ich. »Aber ja«, preßte ich hervor und blickte ihn fest an. »Und ich weiß auch, was *Abdomen* bedeutet! (Blieb bloß zu hoffen, daß ich es auch richtig aussprach.) Ansehnlicher Hintern, was?«

»Aber ich hab doch Entschuldigung gesagt! Das hab ich doch getan. Es war dumm von mir, das zu sagen!

Aber er ist ansehnlich – ich meine – du bist hübsch, alles an dir ist hübsch! Nancy, du bist so schön! So anders. Verstehst du das nicht? Du bist wie eine Blume. Warum hätte ich dich sonst treffen wollen, glaubst du?«

Da war ein einziges Kribbeln in mir, die Beine wurden weich, und als er mir die Brille abnahm, lächelte und sagte, daß ich schöne Augen hätte, als er mit dem Zeigefinger langsam über meine Augenbrauen und die Schläfen und um die Ohren und die Nase strich, mußte ich die Augen zumachen und versank wie ein Stein, alles in mir versank, und ich hatte keinen Halt mehr. Nur noch seine Arme, die sich um mich schlossen, seinen Brustkorb, sein Herz – o Herr Jesus, hilf!

Er legte die weiße Mütze umgekehrt auf den Stein direkt hinter uns und bettete sowohl meine als auch seine Brille in das blaugelbe Futter. Dann standen wir eng beieinander da und schwankten. Mir liefen Schauer über die Haut, als er mich hinter dem Ohr und unterm Blusenkragen den Hals hinunter zu küssen begann, dann suchte er meinen Mund.

Ich nehme an, daß die Kiefern weiterhin rauschten und knackten und ein wenig ächzten, aber ich hörte sie nicht. Ein Windzug blies hindurch, ich spürte ihn nur als ein Zittern in meinem Körper. Die Tannen schlangen wohl mütterlich ihre Kleider um mich, vielleicht weinten sie ein bißchen in ihrer dunklen alten Klugheit. Ich bemerkte es nicht. Ich war in meinem Traum, und der war schöner als jeder Traum.

Wie ich in der folgenden Woche meine Arbeit als Postbotin schaffte, weiß ich nicht. Ich lebte im Rausch und im Nebel. Kujo wurde öfter als gewöhnlich getätschelt, er war der einzige, dem ich mein Glück ins Schlappohr flüstern konnte. Lars wollte mich in der Pfarrhofallee abholen, wenn ich mit der Arbeit fertig war, aber das lehnte ich ab. Ich wollte nicht, daß die Leute uns zusammen sahen und zu tratschen anfingen. Also trafen wir uns weiterhin abends um acht oben beim Milchkannenständer. Wir versteckten unsere Fahrräder unter den üppigen Tannen ein Stückchen weiter oben am Waldweg nach Skarpan. Dann wanderten wir Hüfte an Hüfte in einer tiefen Reifenspur.

Ich nehme an, daß ich wie eine Laterne leuchtete, als ich da durch den Wald ging, mein Herz war eine Kerze in einem schwingenden Lampion, mein Feuer brannte zuversichtlich. Der Bergrücken glänzte, sommerschön mit dem hellen Blaubeerkraut und den zarten Farnblättern und dem Sauerklee, der sich schüchtern unter Tannen und Baumwurzeln verbarg. Es war die Zeit des Sauerklees. Die säuerlichen Kleeblätter und die blasse weiße Blüte mit dem Netz aus feinen Adern zu schmecken, das war, als nähme man die Reinheit selbst in den Mund und ließe sie schmelzen wie eine Oblate. Daß die Welt so göttlich schön sein konnte, so voller Vogelgezwitscher, so spielerisch und in allen erdenklichen Grüntönen schimmernd, grün in grün in grün. Und daß jemand so wunderbar sein konnte wie Lars!

Ich liebte ihn, das tat ich. Ich liebte ihn an dem ersten Abend und an allen folgenden Abenden. Nein, nein, nicht so! Ich schlief nicht mit ihm, tat nicht das Gefährliche und Entscheidende, das ich so gern gewollt hätte, aber nicht wagte. Doch ich liebte alles, was er war, jeden Quadratzentimeter, und ich liebte mich selbst in ihm, weil er mich berührte und mich schön und fein und anziehend machte. Ich liebte den Duft seiner Hemdbrust und den Aufschlag seiner Jacke, der nach sonnenwarmer Wolle roch, ich liebte die Ohren und die Nase und die Augen, die dunkel-blaugrau und schön, aber genauso kurzsichtig wie meine waren. Wir waren wie halbblinde Katzenjungen, wenn wir unsere Brillen abnahmen und in den Ohrmuscheln und im Gesicht des anderen knabberten und schleckten. Er schmeckte so gut. Sein Lächeln war warm.

Lars Hamrin war Student und Arztsohn aus Stockholm. Ich war ZehenPelles Nancy. Das vergaß ich. Die Unmöglichkeiten wurden einfach von mir abgespült, wenn ich in seinen Armen lag. Ich war wie verwandelt. Ich erkannte mich selbst nicht wieder, hatte nicht gewußt, wie ich sein konnte, so vertrauensvoll und froh. So verspielt und verrückt. Woran erinnerte ich? Vielleicht an einen Welpen, der nie geschlagen worden ist, sondern voll und ganz vertraut.

Ich biß in seine Ohrläppchen und küßte und liebkoste mit meiner Zunge die Grübchen hinter seinem Schlüsselbein und den Adamsapfel, der genauso markant war wie der von Hilding, doch der von Lars lockte mich an, er war an den Seiten mit rauhen Bartstoppeln bewachsen, aber ganz nackt und seidenweich in der Mitte. Wenn er spürte, wie ich über seine Kehle schleckte, wurde er wie wahnsinnig und preßte sich an mich, dann rollten wir durch Moos und Heidekraut, und ich fühlte das Harte und Heiße, das sich unter dem Wollstoff in seiner karierten Golfhose bewegte, es pochte und stieß, und es schmerzte in meinem Innern, es schmerzte und zog in mir wie in einem Hohlraum. *Was du auch tust, paß auf, Mädchen!* Mutters Stimme. Meine Angst. Nein! Nein, nein! Noch nicht, nicht jetzt!

Ich wand mich aus seinem Griff und strich meinen Rock glatt. Und er sah plötzlich so aufgelöst und teigig aus wie Bettys Kerl damals, als ich sie auf dem Küchenfußboden erwischte. Die Augen wirkten hohl, als er sich abwandte und auf einen Baumstumpf oder Stein setzte und den Kopf hängenließ.

Ich kniete mich hin und legte die Arme um ihn und meine Wange an seine, aber was konnte ich tun? Ich traute mich ja nicht! Ich hatte solche Angst, schwanger zu werden. Aber darüber schwieg ich. Ich konnte ihm nicht erzählen von Dora und Betty und Mutter und Hurenbälgern und der Schande und dem Preisgegebensein, all das, worüber ich viel zuviel wußte. So streichelte und tröstete ich, so gut ich konnte, und da packte er meine Schultern und sah mir in die Augen – verzeih mir, Nancy, verzeih –, dabei glaubte ich doch, ich wäre schuld, weil ich mich nicht traute.

Natürlich wußte ich, daß es besondere Gummis gab, die einen angeblich vor einer Schwangerschaft schützten. Darüber hatten mich die Bengel in der Schule zu einem frühen Zeitpunkt aufgeklärt, hatten herumgealbert und damit angegeben, daß sie Pimmelgummis hatten, aber sicher hatten sie die, Adamssons Spezial! Obwohl ich nicht glaube, daß auch nur einer von ihnen je eine derartige Gerätschaft zu Gesicht bekommen hatte. Diese Schutzmittel schienen für sogenannte bessere und etwas bessere Leute gedacht zu sein, das war mir klargeworden, seit ich bei der Post arbeitete. Ich wußte sehr genau, wer sie zu bestellen pflegte, obwohl es natürlich der Schweigepflicht unterlag. Ruben Karlsson war es, der mich darüber aufklärte, worum es sich handelte, wenn die kleinen platten Päckchen mit privatem Absender eintrafen, die per Nachnahme zu bezahlen waren. »48-Tupfer« nannte er sie hin und wieder, weil unter dem Absender eine Masse von schwarzen Pünktchen stand, oder er sagte schlicht und einfach »Sonnabendsvergnügen«. »Aha, ist wieder Zeit für das Sonnabendsvergnügen!« Und dann grinste er bedeutsam, und Hilding wurde rot. Es war wohl dieser Ausdruck, der mir begreiflich machte, worum es sich drehte. Manchmal sprach Ruben auch von »Pastorenpäckchen«, und das war nicht verkehrt.

Lars hatte nie gemurmelt, er hätte Zugang zu solchen Schutzmitteln, und darüber war ich froh, es hätte mir nicht gefallen. Zumindest beim ersten Mal sollte die Liebe die totale, bedingungslose Verschmelzung sein, die ich mir vorstellte. Und das erste Mal sollte mit Lars geschehen, mit wem sonst? Alle anderen Male im übrigen natürlich auch, das ganze Leben lang. Aber wie sollte ich es wagen? Und wann?

So nach und nach erlaubte ich ihm, meine Brüste anzufassen, das war später in der Woche. Er knöpfte die neue Bluse und den Büstenhalter auf, den ich im Versandhauskatalog bestellt hatte, welch ein Glück, daß er vollkommen neu war! Dann streichelte und küßte er meinen Busen und saugte an meinen Brustwarzen, aber das konnte ich kaum aushalten, ich wurde schlaff vor Begehren, ich floß einfach aus wie eine kraftlose Puppe. Und da stand es auf der Kippe, daß ich beinahe alle Warnungen vergessen hätte. Ich lag halb im Moos in einer kleinen Mulde, er lehnte sich über mich, die rechte Hand suchte sich ihren Weg über meinen nackten Oberschenkel, strich mit tastenden Bewegungen leicht wie ein kleiner Katzenfuß mit eingezogenen Krallen über die Innenseite. In mir brannte es vor Lust. Er legte den Brustkorb auf mich, belastete meinen Körper, atmete schwer. Sein Mund grub tief in meinem, feucht und warm, die Zunge spielte, die Hand stahl sich unter die Charmeuse, kreiste um meinen Bauch. In der letzten Sekunde wand ich mich heraus und richtete mich zunächst sitzend auf, dann kniete ich mich hin, beugte mich über ihn, griff nach seinem Kopf und zog ihn herauf, drückte ihn an mich und wiegte ihn ein wenig, als wäre ich eine Mutter, die ein Kind zwischen ihren Brüsten tröstet. Als ich endlich aufstand, liefen mir Schauer über den Rücken, die Luft außerhalb seiner Umarmung fühlte sich kühl an. Ich war so klebrig zwischen den Beinen, daß ich fürchtete, es würde aus mir herausrinnen.

Mutter hatte mich bereits am zweiten Tag durchschaut.

»So, du, Nancy! Nun hast du also jemanden kennengelernt! Das sehe ich dir doch an. Hoffen wir man bloß, daß er gut ist.«

Sie war neugierig, das merkte man, und auch froh, als sie sah, daß ich froh war. Aber ich wollte noch nichts sagen, es war so neu, ich zuckte nur mit den Schultern und spitzte den Mund, obwohl in mir fast das Herz zerplatzte.

»Ja doch, sicher ist der gut. Mach dir keine Sorgen!« So murmelte ich, ohne sie anzugucken oder mich ansehen zu lassen.

»Wenn du bloß auf dich aufpaßt. Und denk gut nach.«

Ich wußte genau, was sie meinte, es war die alte Geschichte. Die Röte stieg mir die Wangen hinauf, ich fühlte, wie sie sich erhitzten, also zog ich mich zurück und floh die Dachbodentreppe hinauf. Ich wollte mit meiner großen Kostbarkeit allein sein, niemand durfte an sie rühren, ja, sie nicht einmal anpusten, es wäre einer Entweihung gleichgekommen.

Aber an einem anderen Tag wußte Mutter dann Bescheid, wenn auch aus einer anderen Richtung. »Hab von Maja gehört, daß Arvid dich gestern abend gesehen hat. Oben auf dem Berg. Mit einem Studenten«, sagte sie. »Jedenfalls hatte er so eine weiße Mütze auf, zumindest nach Arvids Ansicht. Was ist es denn für einer?«

Ausnahmsweise sah sie mir direkt in die Augen, während sie fragte, ihre Angst und ihr Mißtrauen waren deutlich zu hören und auch zu sehen.

Verdammter BiegenArvid! Wo hatte der sich denn herumgeschlichen? Und wie viel hatte er wohl gesehen?

Wie auch immer, ich beschloß, die Wahrheit zu sagen. Nun war es auch egal, da es nun einmal war, wie es war.

»Ja, er heißt Lars. Lars Hamrin. Er ist aus Stockholm. Und wohnt bei Burvalls.«

Meine Zunge und meine Lippen benahmen sich auf eigenartige Weise, als sie die Worte »er« und »Lars« formten und aussprachen. Die Worte wurden so geschlechtlich, so männlich, und meine Weiblichkeit stand da mitten im Raum, verschämt, aber auch stolz. Auch für mich gab es nun zum allerersten Male ein »er«. Ich war berührt und auserwählt. War ein eigener Körper mit einem eigenen geheimen Leben geworden. Dennoch bereute ich sofort, was ich gesagt hatte. Warum sagte ich Lars? Warum sagte ich den Namen? Warum machte ich es so wirklich? Ein plötzlicher Hauch von Unruhe flatterte vorbei, als hätte ich nach einem Traum gegriffen, der keine Berührung vertrug. Keine Worte.

Apropos Worte. Worüber redeten wir, Lars und ich, zwischen den Kußfesten und dem Getaumel im Moos? Er erzählte natürlich von seiner geplanten Medizinerausbildung, daran dachte er viel, merkte ich. Es würde viele Jahre dauern, bis er fertig war, er beabsichtigte, Chirurg zu werden, sagte er. Aber zuerst mußte er zum Kommiß, er würde im Herbst zwanzig, und dann kam die Musterung. Er hatte einen älteren Bruder, der Theologie studierte und Pastor werden wollte. Genau wie sein Großväterchen, setzte er mit einem Lächeln hinzu, auf der Seite, also der mütterlichen, gab es reichlich Priester. Eine Schwester hatte er auch, die hieß Gudrun. Sie war fünfzehn Jahre alt und ging in die achtklassige Mädchenschule. Ich grinste angestrengt: Aha! Achtklassig. Obwohl ich überhaupt nicht wußte, was für eine Art von Schule das war.

All diese Auskünfte quälten mich, ich wünschte, er hätte nicht soviel von seiner Familie gesprochen. Ich fand es angeberisch, obwohl es mit Sicherheit nicht so gemeint war. Lars erzählte mit Freude und ganz natürlich, aber das, was ich erfuhr, ließ meinen Mut nur sinken und verlieh mir das Gefühl, total unmöglich zu sein. Was hatte ich für einen Platz in dem Ganzen? Meine eigenen Studienversuche per Korrespondenz wirkten im Vergleich geradezu lächerlich, ich schämte mich für die Schufterei mit den englischen Grammophonplatten, ich hätte mich nicht getraut, einen einzigen kleinen Satz in einer fremden Sprache zu sagen, weder auf deutsch noch auf englisch. Meine Zunge hätte sich dabei wahrscheinlich am Gaumen verhakt.

So hörte ich meistens zu, nickte und lächelte höflich, aber halbinteressiert, während ich fieberhaft nach Themen suchte, mit denen ich zu dem Gespräch beitragen konnte. Das war nicht leicht. Immerhin erzählte ich vom Berg, von Klein Ann-Katrin, die sich verlaufen hatte, von dem Soldaten, der vielleicht ein Wilddieb, vielleicht ein Engel war. Da sprudelte ich mit großer Einfühlung los, zeigte den Pfad im Wäldchen mit den kleinen Kiefern und deutete in die Richtung zum Vesee, wo, wie man behauptete, ein Seeadlerpaar auf einer kleinen Insel nistete. Ich erzählte auch vom Gneter, von dem Apfelstückchen, das seinem Leben ein Ende gemacht hatte. Die Wolfsgrube war eine unserer wenigen Sehenswürdigkeiten, dorthin nahm ich ihn mit, aber die alte Falle, von der uns der Lehrer in der Schule berichtet hatte, machte nicht mehr viel her, sie war fast bis oben hin gefüllt mit Abfällen und Ästen. Dorthin hätte ich damals Doras braune Tasche werfen sollen, wenn ich nicht so feige gewesen wäre und mich statt dessen versteckt hätte. Aber über dieses Ereignis in meinem Leben sagte ich natürlich nichts, das hätte noch gefehlt. Nein, über mich und meine Welt verlor ich nicht viele Worte, und er fragte auch nicht. Vielleicht lag es daran, daß er von Burvalls bereits in Kenntnis gesetzt worden war, was wir für welche waren, er hatte schließlich von Anfang an gewußt, wo wir wohnten. Vermutlich war ihm auch klar, daß wir ZehenPelles genannt wurden. Vielleicht fragte er aus Feingefühl nie nach meinem Zuhause und meiner Familie? Ich weiß nicht.

Auf der anderen Seite der Landstraße, vom Berg aus gesehen, auf dem Abhang zur Waldlichtung und zum Acker von HeidePetrus hatte ich mein Zuhause. Dort war das, was zu mir gehörte. Dort lag das Häuschen mit dem Plumpsklo und dem Holzschuppen, dem Keller und dem Brunnen, Vaters neuem Anbau, Mutters Saubohnenreihen, dem Geländer der Bodentreppe, blankgescheuert und knorrig. Dort gab es die Erinnerungen an Dora, wie sie auf dem Kamm blies und sich drehte und über den Linoleumboden tanzte, dort war Lütt-Eriks Scheitel mit dem Taufwasser befeuchtet worden, dort war das Waffeleisen und das Flackern der lütten Lampe an trüben Morgen, bevor Mutter den Herd angemacht hatte. Dort waren meine Liebe und mein Stolz, das war nicht zu leugnen. Das ZehenPelleleben trug ich in mir wie in einem Körbchen, doch ich nahm nie den Deckel ab, nicht vor Lars. Wie hätte er es verstehen sollen?

Wenn ich den Nadelweg zu Norrbodas Milchkannenständer hinaufeilte und ihn dort dunkel und schmal mit der Studentenmütze auf dem Kopf stehen sah, auf mich wartend, mit gestreckten Beinen und beiden Füßen auf dem Boden leicht nach hinten an den Fahrradsattel gelehnt, die Hand auf das silbergraue Holz gestützt, begann es in mir vor Freude zu zucken und vor Stolz zu singen. Mein, mein, mein. Der Eifer schob mich wie eine Engelshand am Rücken, ich konnte gar nicht schnell genug zu ihm gelangen und seinem Lächeln begegnen und seinen Duft spüren. Wir waren abgetrennt von allen anderen Zusammenhängen. Es gab ihn und mich und die Liebe. Nichts sonst. Doch Mutter wurde mißtrauisch, das merkte ich ihr an. Sie freute sich nicht länger über meine Freude, als sie wußte, mit wem ich mich verabredete. Und das verärgerte mich.

Zwei Tage vergingen, drei, vier, fünf. Der sechste Abend war ein Sonnabend, löwenzahngelb und warm. Amseln und Drosseln saßen hoch auf den Baumspitzen und flöteten einander zu, die Vorjahrestriebe der kleinen Tannen leuchteten in dem Grün mit weichen, frischen Zapfen, ebenso rosenrot und aufwärts strebend wie meine Brustwarzen. Als wir einander zugewandt, blind und zusammengeklebt, Haut an Haut bis hinunter zur Taillengrenze, gemeinsam in dem geschützten Moosnest lagen, das wir uns ausgesucht hatten, übrigens nicht weit entfernt von dem Stein, auf dem ich meine hellblaue Strickjacke damals vergessen hatte, löste Lars seinen Gürtel, knöpfte seinen Hosenschlitz auf, nahm meine linke Hand und führte sie in seine Hose. Er lotste mich durch den weichen Unterhosenstoff, bewegte vorsichtig meine ängstlichen Finger, drückte meinen Griff behutsam, aber bestimmt um das Harte und Heiße zusammen, das viele Namen hatte, aber keinen, der gut genug war, nicht für mich und nicht für Lars.

Was dachte meine Hand? Ich hatte nie berührt, nie richtig gesehen, nur das eine oder andere Mal etwas unter Vaters Nachthemd und bei meinen beiden Brüdern hervorblitzen sehen, dann hatte ich mich geschämt und schnell abgewendet. Als ich so zehn, elf Jahre alt war, hatte der Pimmeljunge zusammen mit Ivar hinter Lindgrens Kuhstall gestanden und mir zugebrüllt: »Komm her, dann zeig ich dir den Pimmel!« Und ich war weggelaufen, rot vor Ärger. Tief im verborgenen lag auch die schreckliche Erinnerung an LüttOskar, der mit offener Hose in dem Steinhaufen zwischen den niedrigen Ebereschen stand und sabberte und griente und mir mit etwas Weichem und Ekelhaftem zuwippte. Aber das hier war

Lars, und weder Pimmel noch Schwanz oder Schwengel waren Namen, die gut genug waren für seine Feinheit.

Obwohl ich auch jetzt nicht hinzugucken wagte. Meine Hand war verschreckt und ein kleines bißchen widerwillig, muß ich zugeben. Daß er so groß war! Das hatte ich nicht erwartet. So groß und hart. Wie sollte der durch den engen Spalt zwischen meinen Beinen dringen können und dort drinnen im Unerforschten Platz finden? Es mußte furchtbar weh tun. Dieser Gedanke kam mir. Lars hatte seinen Kopf zwischen meine Brüste gebohrt, er dampfte vor Hitze und atmete schwer, die Hand, die meine Hand hielt, drückte fester, ich spürte Blutgefäße unter meinen Fingerspitzen pochen, spürte, daß er sich bewegte und zu zittern begann. Wie ein kleines Tier. Da mußte ich plötzlich lächeln, wurde von einer solchen Zärtlichkeit erfüllt, mein rechter Arm stützte seinen Kopf, ich drückte ihn an mich, liebkoste mit den Lippen den Haaransatz und die Stirn. Er war nun ganz und gar aus dem Hosenversteck befreit. Ragte steinhart und pochend aus dem Hosenschlitz. Ich hielt noch immer meine Augen geschlossen. Lars hatte sich auf den Rücken gedreht, er öffnete die Knie und führte meine Hand hin und her, immer fester und schneller, und dann, ohne Vorwarnung, drehte er sich in die entgegengesetzte Richtung und stieß mich fort, ich hörte ihn stöhnen. Nun lag er mit dem Gesicht im Moos auf dem Bauch, und ich war außerhalb. Lag mit leerer Hand da.

Es gefiel mir nicht. Es schien nicht richtig. Kläglich und falsch. Erniedrigend. Und die Schuld lag bei mir, ich war diejenige, die es nicht wagte. Lars berühren, der immer noch von mir abgewandt war, konnte ich nicht, nicht jetzt. Als wäre eine Schande zwischen uns. Ich stand auf, klopfte meinen Rock ab, knöpfte den BH und die Bluse zu, spürte, daß ich fror. Im Wald war es dämmerig. Zeit, nach Hause zu gehen.

Aneinandergedrückt und schweigend gingen wir in derselben alten Reifenspur den Berg hinunter. Ich hatte sein hellgraues Jackett an, das war ein schönes Gefühl, ich wollte darin sein, eingehüllt sein in den Stoff, der ihn umschlossen hatte, den Geruch von seinem Körper und Reste seiner Wärme in sich hatte, und der mich auf eine Art zugehörig machte, als teilten wir Haus und Hof miteinander.

Als wir uns eine Weile später an der zottigen Tanne trennten, wo unsere Fahrräder versteckt waren, hielt er mich an den Schultern ein Stück weg von sich und fragte mich direkt in die Augen das, was er begriffen haben mußte, aber dennoch bestätigt haben wollte: »Nancy – hast du noch nie?«

»Nein. Und du?«

Da zuckte er die Achseln. Ja. Ja doch. Das hatte er.

»Aber ich habe noch nie jemanden wie dich getroffen, Nancy. Du bist so hübsch. Du bist wie eine Blume.«

Er sagte, daß er mich liebte, und ich sagte dasselbe zu ihm, und das Wort war so groß und so besonders in meinem Mund. Insgeheim hatte ich es natürlich schon oft verwendet und in meinen Phantasien genüßlich geschmeckt, aber es mit der Zunge und den Lippen auszusprechen, zu sagen: *Ich liebe dich*, das war wie ein Sprung. Er nannte mich auch Liebling und Blume und gab mir andere kleine Kosenamen. Und er küßte meine Mundwinkel und Lider zart und vorsichtig, als wir auseinandergingen, das tat er immer, es war wie eine Segnung.

An diesem sechsten Abend in der Glückseligkeitswoche, als ich im Leerlauf den Hügel hinunter und mit vom Abschiedskuß noch feuchten Lidern durch die Gartentür rollte und die Erinnerung an das Pochen in meiner linken Hand spürte, wußte ich klar und ohne

Zweifel, daß ich mich nun entschieden hatte. Nun wollte ich alles aufs Spiel setzen! Ich öffnete die Holzschuppentür, lehnte das Fahrrad an den Sägebock, tapste auf Zehenspitzen über den Kies zur Veranda und schlich die Dachbodentreppe hinauf. Nicht ein Laut war aus der Küche zu hören. Ich zündete den Kerzenstummel an, der im Stearin auf der Untertasse klebte, nahm den Spiegel vom Nagel, setzte mich ans Fenster und betrachtete mein Gesicht, genau wie ich es eines Abends vor langer Zeit getan hatte, als ich vierzehn und Dora in dem bestellten Taxi abgereist war und Stockholm-Charlie in der Abschiedseile seine nach Tabak duftenden Lippen auf meine gedrückt hatte, hastig und fest zu meinem allerersten Kuß.

Wie anders war es nun! Ich lächelte mir zu. Mein Mund war von all den Küssen geschwollen, die Augen glänzten im Schein der Flamme, ich war so erfüllt von Glück, daß die Tränen aufstiegen und überliefen. Danke, guter, guter Gott! Danke, guter Gott, für Lars!

Der Bethausgott, der mir vertraut war, sah mit Strenge auf das fleischliche Begehren. Es kam darauf an, vor unreinen Gedanken und Abwegen immer auf der Hut zu sein, wetterte der Prediger. Die Fleischeslust war das Werk des Teufels! Erst im Rahmen der Ehe und zum Fortbestand der Familie durften Mann und Frau sich vereinigen. Ansonsten war es Sünde, und damit basta! Es war sogar vorgekommen, daß Gemeindemitglieder, die nachweislich »gesündigt« hatten, indem sie im voraus vom Liebesglück kosteten, gezwungen wurden, vor die Gemeinde zu treten und öffentlich Abbitte zu leisten. Selbst war ich nie Zeugin einer solchen Darbietung gewesen, da ich ja eine »Außenstehende« war, aber es gingen schließlich Gerüchte um, ich wußte, wen es betraf, das taten alle im Dorf.

Mein eigener Gott, den ich zwar ein ums andere Mal

als nicht vorhanden verworfen hatte, mit dem ich ein ständiges Gespräch führte, war überhaupt nicht so. Er nahm mit mir teil. Er hatte von Beginn an alles miterlebt. Er wußte, daß ich die reinste Liebe für Lars hegte. Sie hätte nicht reiner und schöner sein können. Also verdammte er nicht und sprach keine Verbote aus, sondern schüttelte nur bedenklich den Kopf und war ein wenig besorgt, genau wie Mutter. Doch das half nun nicht mehr, ich hatte mich entschieden. Wozu sollte ich Lars so quälen? Ich liebte ihn. Und morgen abend würde ich es unter Beweis stellen, da würde er mich bekommen, ganz und gar, wie ein vollkommen reines Geschenk.

In dieser heiligen Gewißheit schlief ich ein.

Der Tag darauf war ein Sonntag. Da ich nicht arbeiten mußte, hätten Lars und ich uns viel früher treffen können, wir hätten den ganzen Tag zusammensein können, wenn wir daran gedacht hätten. Aber als wir uns am Abend zuvor getrennt hatten, taten wir es mit demselben Ritual und denselben kindisch traurigen und zärtlichen Abschiedsworten: »Tschüs! Schlaf gut! Bis morgen!«

Ich bereitete mich sorgfältig vor. Wusch meine Haare am Brunnen und spülte sie sorgfältig mehrere Male. Dann schmuggelte ich Seife, Waschschüssel und einen Eimer warmes Wasser in die Dachkammer. Splitternackt auf einem alten Sackhandtuch stehend, die Tür ordentlich mit der Schnur am Nagel gesichert, nahm ich eine gründliche Waschung meines ganzen Körpers vor. Das vorstehende Haarbüschel, das sich über der Mündung des Spalts kräuselte, war weicher und heller als das Haar auf meinem Kopf, fast ein bißchen rötlich, fand ich, und der Gedanke an Dora fuhr mir durch den Kopf, ihr dunkler Haarschwall, der von roten und grünen Strähnen durchzogen war, wenn die Sonne darauf schien. »Tu nur, was du selber willst, Nancy! Vergiß das nicht!«

Nein, Dora, aber jetzt will ich, ich will! Mit Leib und Seele. So antwortete ich ihr. Und Dora verstand und nickte mir jetzt aufmunternd zu.

Die weiße Bluse hatte ich schon am Morgen gewaschen, sie flatterte luftig auf der Leine zwischen den Ebereschen und duftete nach Sommer, als ich sie später mit dem schweren schwarzen Eisen bügelte, das ich auf dem Herd aufgeheizt hatte. Mutter beobachtete meine Unternehmungen, das merkte ich wohl, aber sie sagte nichts.

Zahnbürsten waren nie Bestandteil der Garnitur von notwendigen Artikeln bei uns ZehenPelles gewesen. Mutter hatte ja inzwischen ein Gebiß, sowohl oben als auch unten, die wurmstichigen schwarzen Stümpfe waren herausgezogen. Sie brauchte nicht mehr aus Scham mit der Hand vor ihrem Mund rumzufummeln, wenn sie mit den Leuten redete, und der wummernde Schmerz war nur noch eine Erinnerung. Vater war mit kräftigeren Hauern ausgestattet, die Backenzähne waren zwar zum Teufel, sagte er, seine Wangen waren also eingefallen, aber er hatte allemal Zähne, um sein täglich Brot zu kauen, und das hätte er dem Kautabak zu verdanken, betonte er immer. Irgendwelche Sperenzchen mit der Zahnbürste waren da reineweg unnötig.

Ich jedenfalls hatte für den eigenen Gebrauch sowohl Bürste als auch Zahnpasta gekauft, ungefähr zur gleichen Zeit, als ich anfing, Watte und Gaze zu kaufen und richtige Binden zu fertigen, wie Dora es mir gezeigt hatte. Nun kam ich um das Flickenbündel herum, wenn ich meine Tage hatte. Seitdem ich eigenes Geld verdiente, konnte ich meine Angelegenheiten auf freiere Weise regeln, was Unterwäsche und sogenannte Hygieneartikel anging. Aber noch immer kaufte ich solche Dinge am liebsten unten im Ort, wenn ich dort etwas zu erledigen hatte, ich schämte mich irgendwie vor Perssons.

Als wir an diesem zähen Sonntag gegessen und abgewaschen hatten, als die Uhr sich so unendlich langsam vorwärts bewegte, daß man hätte meinen können, sie wäre kaputt, verschwand ich mit dem wassergefüllten Senfglas hinterm Haus und bürstete und gurgelte gründlich, die Zahnpastaspucke befleckte das stoppelige Gras. Dann zog ich mir die frisch gebügelte Bluse an und kämmte mir vor dem Kommodenspiegel die Haare. Besonders erregt war mein Körper nicht, vielmehr fühlte ich mich verschlossen und kühl, auch feierlich und nicht weniger ängstlich. Wie würde es sein? Wie würde es sich anfühlen? Würde ich damit fertig werden? Würde ich den Erwartungen von Lars entsprechen, der es schon gemacht hatte und Vergleiche anstellen konnte?

Als die Uhr wenige Minuten vor acht anzeigte und es Zeit für mich wurde, mich auf den Weg zu machen, nahm Mutter den Holzkorb und ging gleichzeitig mit mir geschäftig nach draußen.

Als ich das Fahrrad herausholte, sagte sie: »Bleib heute nicht so lange weg, NancyLütte, du mußt morgen früh raus. Und du, äh, du weißt wohl, was du tust, du überlegst dir das gut?«

Mutter, die hatte im Gefühl, was vor sich ging, aber sie hätte sich keine Sorgen zu machen brauchen. Denn am siebten Abend stand kein Lars an Norrbodas Milchkannenständer und wartete auf mich. Und auch an keinem anderen Abend.

XVI

Was nützt es, zu erzählen, wie es sich anfühlte? Wie ein eisiger Schmerz, der mitten hindurchschnitt, das ist alles, was ich sagen kann. Ich verstand überhaupt nichts, würde es niemals tun.

Zuerst versuchte ich mir einzureden, daß es eine Erklärung gäbe, es war etwas passiert, was sein Kommen verhinderte, so mußte es schließlich sein, natürlich war es so! Am nächsten Tag würde ich erfahren, wie alles zusammenhing, am nächsten Tag würde er um Viertel nach zwölf unten in der Pfarrhofallee stehen und auf mich warten, genau wie beim ersten Mal. Oder vielleicht würde er auch wie ein Irrer angeradelt kommen und mich einholen, wenn ich auf dem Heimweg war, die Mütze würde wie ein weißer Tupfer unten in der Kurve auf dem Sjötorpsväg leuchten, und er würde winken und rufen, was das Zeug hielt: »Hallo, Nancy, hallo! Bleib stehen!«

In der ganzen peinigenden Woche, die darauf folgte, klammerte ich mich an diese Möglichkeiten. Jeden Morgen wappnete ich mich mit neuen Erklärungen und Konstruktionen, ich wartete und hoffte mit bis aufs äußerste gespannten Sinnen. Es flatterte jedesmal in meiner Brust, wenn die Tür zum Postamt aufging – nun stürzt er herein! Er war es nicht. Es waren bloß dieselben alten Dorfbewohner, die mit ihren Pensionszetteln und Milchrechnungen kamen und gingen, und ich verabscheute sie alle. Wie konnten sie da rumlaufen wie immer und ihr altes normales Leben weiterleben, als wäre nichts geschehen? Sahen sie mich nicht? Sahen sie nicht, daß ich mit einem Messer im Bauch herumlief, das schabte und schnitt? Sahen sie nicht den Schmerz, der sich um meinen Hals schnürte, daß ich beinahe erstickte? Für sie war die Welt genau wie immer, aber ich ging mit eiskalten Händen herum, obwohl es draußen sommerlich warm war.

Mutter sah natürlich. Und begriff. Aber das war auch nicht gut. »Ist er wieder abgefahren«, sagte sie. »Zurück nach Stockholm. Ja, ja. Das ist bestimmt gut so, Nancy Lütte. So ist das. Gleich und gleich gesellt sich gern. Und solche Herren – die wollen nur eins. Ein Abenteuer. Sei froh, Nancy, daß du mit heiler Haut davongekommen bist. Denn das bist du doch?«

Da bäumte ich mich auf. Ich starrte sie an, in meinem Gesicht war weit aufgerissener Zorn, meine Stirn straffte sich und die Augen brannten. Abenteuer? Mit heiler Haut davongekommen? Pah, wie dumm sie war! Kam mit ihrer alten Leier. Was wußte sie schon von mir und Lars. So einer war er ganz und gar nicht. Das zwischen uns war etwas vollkommen anderes, das niemand betatschen und beschmutzen durfte. Auch Mutter nicht. Sie hatte nichts mit uns zu tun. Ich kehrte ihr den Rücken zu und ging.

Abend für Abend schlich ich kurz nach acht zum Milchkannenständer hinauf. Mutters Blicke folgten mir, ihr Mitleid hing mir wie ein Rucksack über den Schultern, kratzig und beklemmend, und ich schüttelte es ab. Ich wollte ihr Hätscheln nicht! Dies war mein Leben und meine Angelegenheit, nicht ihre. Zum ersten Mal, soweit ich weiß, schnitt ich Mutter von mir ab und schleuderte sie von mir. Auch das war wie ein Weinen. Ich saß auf einem Baumstumpf ein Stück höher am

Hang auf der anderen Seite der Landstraße, direkt oberhalb der Tannen, unter denen wir immer unsere Fahrräder abgestellt hatten. Ich war hinter ein paar knorrigen Wacholderbüschen und kleineren Weiden verborgen, doch die Aussicht war gut, die Augen klebten am Straßenrand. Als es allmählich kühler wurde und er nicht gekommen war, obwohl ich ihn mit meiner Willenskraft an mich zog und zerrte und betete und bat: Lieber, lieber Gott, barmherziger Vater, du, der alles sieht und alles weiß – laß ihn kommen!, irrte ich eine Weile planlos herum, ging aber nicht den Berg hinauf zu unseren alten Plätzen. Ich hielt die Einsamkeit der Kiefern und das Mitgefühl der Tannen nicht aus. Das Flöten der Amsel machte mich krank.

Eines Abends nahm ich all meinen Mut zusammen und beschloß, die Sache in die eigene Hand zu nehmen. Wahrhaftig! Ich wollte mich aufmachen und nach Sjötorpet radeln und nachgucken, ob er zu sehen war, andernfalls würde ich hineingehen und nach ihm fragen. Das konnte ich doch tun? Ich streckte den Rücken. Dann mußte ich mich wohl zum Narren machen, wenn die Dinge so lagen, es half nichts. Vielleicht war er krank? Er lag vielleicht da unten und hatte keine Möglichkeit, von sich hören zu lassen. In meiner Phantasie fuhr ich voraus und malte mir Dialoge aus, stellte mir seine Freude über mein Kommen vor.

Doch als ich mich der Abzweigung nach Sjötorpet näherte, war mein Mut bereits gesunken. Ich radelte mit ein paar verstohlenen Seitenblicken vorbei, hielt bei der Loge, stand und las am Schwarzen Brett die Öffnungszeiten der Bibliothek, tat, als wäre ich unterwegs, um etwas zu erledigen. Dann fuhr ich nach Hause und ging in die Dachkammer hinauf. Lag da und starrte an die Decke.

Pfingsten kam. Auf der Lichtung blühten und dufteten die Maiglöckchen. Ich wollte nichts.

Eines Tages, als ich von der Post nach Hause kam, lag der rot und weiß getupfte Kleiderstoff, den ich im Katalog bestellt hatte, ausgebreitet auf der Wachsdecke. »Jetzt müssen wir wohl loslegen und was daraus nähen, Nancy, oder was? Bald ist Mittsommer, besser, wir erledigen das vor dem großen Reinemachen und so.«

Ich zuckte mit den Achseln. Was kümmerte mich ein Kleid? In mir nagte die Frage: Warum, warum? Was ist geschehen? Ich konnte an nichts anderes denken. In mir war ein Krampf des Wartens.

Mutter nahm dennoch Maß, nachdem ich mich lustlos für ein Modell entschieden hatte. Sie hielt noch den Daumen auf das abgenutzte Maßband, als sie mich ängstlich ansah: »Aber, mein liebes Kindchen, was hast du abgenommen! Das sind vier Zentimeter weniger in der Taille. So geht das nicht, Nancy! Du mußt! Du mußt versuchen, diesen Jungen zu vergessen. Trag die Nase hoch. Das geht allmählich vorüber, das tut es. Obwohl es schwer ist.«

Da kam das Weinen, und ich schämte mich dafür. Ich schämte mich, vor Mutter zu weinen, es machte mich wieder zu einem Kind, und das wollte ich nicht sein, das konnte ich nicht. Nie wieder. Als sie versuchte, mich an sich zu ziehen und zu streicheln und zu trösten, schrie ich: »Laß mich in Ruhe! Laß mich in Frieden!« Und dann rannte ich hinauf in die Dachkammer und warf mich mit strömenden Tränen auf das Sofa.

Einige Tage später erhielt ich eine eindeutige Nachricht. Über Frau Burvall. Sie kam eines Morgens, kurz nachdem wir geöffnet hatten, in die Post gesegelt, und Fräulein Hansson stützte natürlich bei weitgeöffneter Luke die Ellbogen auf den Tresen und war unendlich liebenswürdig, das war sie immer zu solchen, die vom gleichen Schlag waren wie sie. Ich hörte das ganze Gespräch. Ich stand am Sortiertisch und ordnete Ablieferungsscheine in eine Box ein, sie sollten numeriert hinter eine emporragende gelbliche Pappscheibe gelegt werden, auf der Juni 1941 stand.

»Jaa, das muß man sich mal vorstellen, dieser Krieg, was der anrichtet! Göran wollte ja diesen Sommer mit einem Freund nach England fahren, danach wollten sie weiter nach Frankreich, dort ein paar Tage bleiben und ihr Französisch auffrischen. Aber das ist ja nun geplatzt!«

Frau Burvall sprudelte los, PostBerta nickte und machte an den passenden Stellen hm, hm. Ich stand da wie eine Statue mit untätigen Händen und gespitzten Ohren.

»Nun fahren sie statt dessen rauf nach Jämtland«, fuhr die Burvallsche fort, »Sonntag haben sie sich auf den Weg gemacht. Sie wohnen in Åre im Sporthotel. Wollen im Gebirge wandern und Blumen anschauen, Göran interessiert sich ja so für Pflanzen, das hat er immer getan! Danach wie immer an die Westküste. Jaa, besser, die Jungs nutzen die Gelegenheiten jetzt und amüsieren sich ein bißchen, bevor sie zum Militärdienst müssen. Weiß ja niemand, was dann wird. Sein Kamerad ist der Sohn von einem Paar, das zu unseren besten Freunden zählt, er wird Arzt, wie sein Vater. Ein richtig netter Junge. Er war übrigens einige Wochen hier draußen in Sjötorpet. Lars Hamrin heißt er und wohnt in Stockholm. Göran und er sind seit Jahren dicke Freunde. Und der Kleine ist in Dalarna bei meiner Mutter, wir sind also diesen Sommer allein, Nils-Olof und ich. Berta könnte doch irgendwann mal runterkommen und Nachmittagstee mit uns trinken?«

Wie es sich anfühlte? Es fühlte sich nicht an. Ich war steif, als breitete sich eine kriechende Lähmung in mir aus.

Am Tag danach kam überdies eine Postkarte, die an Nancy Pettersson, Post, Lunda adressiert war. Ich schnappte sie mir und steckte sie in die Stempelschublade unter dem Tisch, wo die weißen Knäuel aus alten Baumwollappen lagen. Mein Herz klopfte hörbar, und vor meinen Augen blitzten Sterne, aber ich nahm zumindest auf, daß auf der Vorderseite eine blaue Bergkuppe abgebildet war. Später, als PostManne und der Kontrolleur sich auf ihre Touren gemacht hatten und Fräulein Hansson am Telefontisch beschäftigt war, schmuggelte ich die Karte vorsichtig in meinen Rucksack, gelesen habe ich sie auch da nicht. Ich wollte nicht und wagte es nicht. Noch für eine kurze Zeit wollte ich von der Hoffnung zehren, die Worte dichten, wie sie mir selbst gefielen:

Verzeih mir! Ich mußte mit Göran eilig abreisen.
Aber ich sehne mich jede Minute nach Dir.
Bald bin ich zurück.
Nancy, ich liebe Dich.
Dein für immer.
Lars

Vielleicht stand es da?

Erst als ich mich in der Einsamkeit des Wäldchens zwischen der Landstraße und unserm Grundstück befand und das Fahrrad an eine struppige Tanne kurz vor Ågrens Abzweigung gelehnt hatte, streifte ich den Rucksack ab und nahm die Karte heraus. Meine Finger waren eiskalt. Ich las folgendes, geschrieben in ziemlich großer und nachlässiger Handschrift:

Hallo Nancy!
Ich halte mich zusammen mit Göran in Åre auf,
wandere und sammle ein paar Pflanzen.
Es ist schön hier, und das Wetter ist recht nett.
Mach es gut und hab einen fröhlichen Mittsommer!
Herzliche Grüße!
Lars

Darunter stand in kleinerer Schrift:

I'll never forget you!

»Ich werde dich nie vergessen.« Und auf englisch! Das war am schlimmsten.

I'll never forget you. Hm! Mit kleinen Buchstaben. Und recht nettes Wetter. Sammle ein paar Pflanzen.

Bedeutete ihm das, was zwischen uns gewesen war, überhaupt nichts? Seine ernsten Augen, das Schlüsselbeingrübchen, der Mund, das pochende Glied, das in meiner Hand lag. Die Worte im Ohr: Ich liebe dich, Nancy! Du bist die Schönste, die es gibt. Du bist wie eine Blume. War das alles bloß eine Lüge? War ich eine Idiotin, über die man höhnisch lachen konnte?

Aber wie sah dann die Liebe aus? Wie offenbarte sie sich? Ob es sie überhaupt gab?

Åke und Betty. Betty und der Obergefreite rumpelnd auf dem Fußboden. Vater und Mutter auf der Ausziehbank. Dora und Charlie. Das nicht ausgetragene Kind, das in einem blutigen Pappkarton in den Strom geworfen wurde.

Die Gedanken taumelten durch meinen Kopf. Die Erika vom Gneter rannte besinnungslos die Straße entlang, während der Gneter an einem gespaltenen Liebesapfel erstickte. Gott war eiskalt, tat nichts.

Vielleicht konnte die Liebe nur geträumt werden. Und mit Gott war es genauso.

Dennoch, trotz allem! Hinter meinen Tränen und der Trauer und dem vollständigen Unvermögen, zu verstehen und zu akzeptieren, weigerte ich mich, an dieses Nichts zu glauben. Saras helles Haar. Börje hinter ihr. Die Blüte der Frühlingsanemone. Der Scheitel des kleinen Erik. Lars hatte mich geliebt. Er mußte mich geliebt haben. Ich konnte nicht aufhören, daran zu glauben – ich mußte glauben dürfen, *ich mußte glauben dürfen*! Wer war ich sonst? Was war ich wert?

Ich steckte das Bergmotiv in die alte Pralinenschachtel mit der gelben Rose auf dem Deckel, verbarg sie ganz weit unter den Filmstarbildern, den Schneewittchenkarten und den Briefen von Dora. Es war offenbar mein Schicksal, meine Träume und Sorgen in dieser Schachtel zu sammeln.

XVII

An einem Tag in der Mittsommerwoche putzten Mutter und ich die längliche Abseite auf dem Dachboden. Dort lagen schwarze, vertrocknete Katzenköttel zwischen den Balken hinter dem Schornstein, es roch auch nach Katzenpisse, wenn man mit dem Besenstiel in Sägemehlfüllung rührte. Der Winter war einfach viel zu kalt gewesen, auch für die Katze, das mußte man verstehen.

Gemeinsam zogen wir die mit Kunstwolle gefüllten Kissen und die schlaffen Strohmatratzen heraus, deren Halme sich schon vor langer Zeit aufgerieben hatten. Wir schleppten sie zum Abfallhaufen und leerten den Inhalt aus, nachdem Mutter die fest verschnürten Nähte an den kurzen Enden aufgetrennt hatte. Der rot und grau gestreifte Matratzendrillich war an mehreren Stellen rattenzerfressen. Ich sah, daß Mutter sich schämte: Hier hatte sie, ZehenPelles Frida, es nicht vermocht, richtig Ordnung zu halten!

»Das kommt davon, wenn man in einem Rattennest wohnt«, brummte sie wütend, und das Stroh qualmte, als sie die Bezüge umstülpte und durchprügelte. »Schlimmer kann es wohl nicht mehr werden«

Aber nun gab es eine große Wäsche am Brunnen, und danach wurde geflickt. Dann gingen wir den schmalen Pfad nach Norrboda und fragten, ob wir neues Stroh zum Füllen bekommen könnten, sie hatten einen gewaltigen graugelben Haufen neben der Scheune. Es war geplant, daß alle, Åke und Betty mit den Kindern, Börje und Sara und auch Lennart, zum Feiertag nach Hause kommen sollten, und nun galt es, nach besten Kräften Schlafplätze zusammenzuschustern.

Vater schnurrte. Er mochte Festtage und außerordentliche Veranstaltungen, ihm gefiel der Tumult, die Düfte von Töpfen und Backblechen heiterten ihn auf, in seinen Mundwinkeln zuckte es vor Wohlbehagen und Stolz, wenn er saubere weiße Gardinen und frisch gereinigte Flickenteppiche sah. Donnerlüttchen, Mutter! In dieser Hinsicht war Vater wie ein Kind.

Doch in diesem Jahr, am Tag vor Mittsommer, genauer gesagt am 22. Juli 1941, wurde die Weltordnung, die kleine und die große, insofern gestört, als Deutschland zum Angriff auf die Sowjetunion überging. Bei uns in Dalängen hörten die Feiertagsvorbereitungen mit einem langgezogenen Klagelaut auf, so wie sich die Spannung des aufgezogenen Reisegrammophons leiernd ihrem Ende näherte. Das Radio und seine Botschaften wurden das allerwichtigste.

»Tjä«, sagte Vater, als die erste Erstarrung sich gelöst hatte, »auch gut so. Nun hat sich dieser Hitlerdeubel in den eigenen Arsch gekniffen. Rußland knackt der nicht. Nee, ihr werdet noch sehen – bald ist Schluß mit dem ganzen Irrsinn.«

Mutter stand bleich da. Sie hatte eine unverbesserliche Russenangst in sich, Gott weiß, woher die gekommen war. Beruhigend wirkten Vaters Worte nicht auf sie. Die Zukunft war eine Sache für sich, aber das Leben wollte ja heute gelebt werden, und was würde nun werden. Würden die Jungs und Åke wieder blitzeinberufen werden, nachdem ihnen endlich eine kleine Unterbrechung bewilligt worden war und sie gerade wieder mit der Arbeit zu Hause losgelegt hatten? Würde es überhaupt einen Mittsommer geben? Hatte es noch Sinn, sich mit dem Plundergebäck und allem abzumühen? Plunderteilchen waren Vaters Lieblingsgebäck, sie mußten nach Großmutters Rezept hergestellt, darin war er pingelig, und genau ausgeschnitten werden mit vier Klauen. Jetzt mußten wir nur noch den Blätterteig dafür machen und die Birken abholen.

Mich berührte die Nachricht kaum. Sogar ein Weltkrieg wurde von meinem Liebeskummer überflügelt. Daß Schweden sich in der kritischsten Situation seit dem Ausbruch des Krieges befand, daß die Regierungsvertreter wie verbrühte Ratten durch die Flure rannten, daß Per Albin in diesen Junitagen hoch mit dem Schicksal des Vaterlandes pokerte, davon wußte keiner bei uns ZehenPelles. Und was hätten wir dagegen unternehmen sollen?

Es wurde trotzdem Mittsommer. Alle kamen nach Hause. Das Wetter war mittelmäßig. Die Birken hingen schlaff in Blechdosen rings um die Veranda, der Duft war wehmütig und welk, genau wie der Liebestraum. Ich hatte dieses Jahr keinen Blumenkranz geflochten, den man über den Eingang hängen konnte, aber wir aßen Fleischbällchen und Hering genau wie immer. Vater war angeheitert und kam mit seinen Theorien. Åke lächelte. Die Kinder quengelten. Ich saß wie in einer Büchse.

Wieso ging ich mit zum Tanzboden in dem Hain unterhalb des Badehauses? Weiß nicht. Es lag wohl daran, daß Sara mich mitschleppte. »Du mußt mitkommen, Nancy«, sagte sie. »Mir zuliebe.« Ich zuckte die Achseln. Tja, warum nicht? War schließlich egal, ob ich mitging oder hier rumsaß wie eine Eule.

Sie, ich, Börje und Lennart machten uns auf den Weg, Åke und Betty wollten *vielleicht* nachkommen, aber das taten sie nicht. Sara saß vor Börje auf der Lenkstange, und Lennart war schon von Anfang an halb voll.

Ich war ja noch nie zum Tanz gegangen. Ich wußte nicht einmal, ob ich tanzen konnte. Zu Doras Zeit hatten wir uns zwar hin und wieder zur Musik aus dem Radio oder zu Doras Geträller auf dem Kamm durch die Küche gedreht. Aber mich auf diesen runden Holzboden hinaufzuwagen und mich lächerlich zu machen vor den Leuten, nein, das traute ich mich nicht! Ich wollte eine Weile am Geländer stehen und Saras Handtasche festhalten, das hatte ich beschlossen, und das hatte ich Sara auch gesagt, es war die Bedingung dafür, daß ich mitkam. Und außerdem, wer sollte mich auffordern?

Ich bereute es bereits fürchterlich, als wir durch das Holzkreuz geschleust wurden und ich die Tombola und den Schießstand und die Leinen sah, die mit roten und blauen Glühlampen zwischen den Birken hingen, und die Gruppen von Rotzbengeln, die herumrangelten und besoffen spielten, obwohl sie sich wahrscheinlich nur mit Wichtelbrause gestärkt hatten.

Lennart jedenfalls hatte Branntwein in der Reisetasche mitgebracht, als er nach Hause kam, zumindest ein paar Halbliterflaschen. Er hatte Vater beim Essen und beim Kaffeetrinken einen Schnaps nach dem anderen eingeschenkt, und ich sah natürlich, daß Mutter darüber nicht froh war, aber Lennart schien ihre warnenden Blicke nicht zu bemerken, die deutlich verkündeten: Es reicht jetzt, hört ihr! Er hatte auch einen Flachmann zum Tanzboden mitgebracht, der lag in der Innentasche seines Jacketts. Er nahm einen Schluck, als wir die Fahrräder abgestellt hatten, und er bot Börje auch etwas an, aber Börje sagte nein.

Sara und Börje gingen gleich hinauf, und Lennart ließ auch nicht auf sich warten. Er hatte irgendeine Thusnelda aufgefordert, die ich nicht erkannte, und fegte mit ihr los, was das Zeug hielt, man merkte, daß er nicht ganz nüchtern war.

Die Akkordeonmusik war gar nicht so übel, hätte man bloß tanzen können. Und jemanden zum Tanzen gehabt.

Ich fror meine Mundwinkel ein, so gut ich konnte, und versuchte, ungerührt und leicht belustigt dreinzuschauen, während ich dort am Geländer stand, aber am liebsten wäre ich ein Vogel gewesen, der direkt hinauf in die Luft sausen und schnell und unbemerkt verschwinden konnte, so falsch und fremd kam ich mir vor. Was hatte ich hier verloren? Die Leute lachten und redeten überall, oben auf dem Tanzboden drängten sich die Paare, es tanzten auch Mädchen miteinander. Es gab zwar viele, die genau wie ich am Geländer standen und herumhingen, aber alle schienen jemanden zu haben.

Natürlich kannte ich einige, das ist klar, ich hatte ja immer in Lunda gewohnt. Und natürlich grüßte ich nach rechts und links und nickte und lächelte ein bißchen, aber niemand kam und stellte sich neben mich, ich schien ausgeschlossen zu sein, das war ich immer gewesen. Vermutlich strahlte ich eine Einsamkeit aus, die erschreckend war und mißverstanden wurde. Nur mit Lars. Mit Lars war ich auserwählt, ihm war ich nah, mit Lars war ich eine andere, eine blühende Nancy, die weich wurde und lebte. Nein! Nein. Jetzt nicht an ihn denken. *Nicht denken!*

Dann kam ja Börje und sagte: »Nun tanzen wir, Schwesterchen!« Wahrscheinlich hatte Sara ihn überredet, kann ich mir vorstellen.

»Nein – ich kann nicht«, zischte ich und machte einen Schritt rückwärts. »Ich kann nicht! Das hat keinen Sinn. Tanz du mit Sara, dann steh ich hier so lange, ich werde sowieso bald nach Hause fahren.«

Aber Börje gab nicht nach. Er hatte wohl seine Anweisungen.

»Na gut«, willigte ich ein. »Selber schuld!«

Und dann war ich dort drinnen im Gewimmel, und Börje führte geübt und bestimmt, er hob mich in den Drehungen fast vom Boden, und ich hab keine Ahnung, wie es kam, doch plötzlich lief es gut, es machte richtig Spaß! Ich hatte weiße Stoffschuhe und mein rot und weiß getupftes Kleid an, ich bewegte mich leicht, und als ich den Takt gefunden hatte, ging es beinahe von selbst.

Dreimal war ich mit Börje oben, er machte immer einen Tanz mit Sara und einen mit mir. Nach der dritten Runde stand GroßFriedrichs Hugo vor mir und griente. Was sollte ich tun? Ich traute mich nicht, ihm eine Absage zu erteilen, denn sonst wäre über mich gesagt worden, ich sei scheißwichtig und eingebildet. Hugo war groß und breit, breitmäulig und rothaarig und trug einen karierten Pullunder, es war schrecklich unangenehm, als er sich an mich drückte, doch ein kleines Kribbeln lief dennoch wie eine kitzelnde Luftblase durch mich hindurch, obwohl ich es überhaupt nicht wollte. Ich erinnerte mich an damals in der Schule, mir fiel der Stift ein, den er in die Kartoffel steckte und auf und nieder bewegte, daß der Saft spritzte. Das war damals, als BrotÅke Betty geschwängert hatte und ich deswegen gehänselt wurde. *Nimm dich bloß in acht, sonst mach ich dasselbe mit dir, dasselbe mit dir...* Die Worte saßen noch immer wie ein lustvoller Schrecken in mir. Als der Tanz beendet war, konnte ich mich gar nicht schnell genug davonstehlen. Ich fahre jetzt nach Hause, dachte ich, aber ich mußte mich noch von Sara und Börje verabschieden.

Als ich mir meinen Weg durch das Gewimmel bahnte, griff jemand nach meinem Arm. Es war Hilding. »Hallo, Nancy, sollen wir tanzen?«

»Hallo, lange nicht gesehen! Nee – ich weiß nicht – ich wollte eigentlich gerade nach Hause.«

Wir tanzten ein paarmal. Walzer und Foxtrott. Keinen Hambo, denn den konnte ich nicht. Es lief nicht besonders. Hilding war längst kein so geschickter Tänzer wie Börje, sogar Hugo war sicherer gewesen und hatte besser den Takt gehalten, aber bei Hilding fühlte ich mich geborgen, er sah so lieb aus, und ganz hübsch war er auch, trotz des langen Halses und des Adamsapfels, der so groß und nackt über dem Hemdkragen stand.

»Es war nett, dich zu treffen«, sagte ich, »aber nun werde ich wirklich nach Hause fahren, vielen Dank.«

Sara und Börje saßen am Tresen und tranken Citronil und Champis. Ich stürzte ein Glas hinunter, dann machte ich mich davon. Lennart ging ich aus dem Weg, ich schämte mich für ihn. Er war nun ziemlich betrunken, es sah albern aus, wie er da vor Yvonne stand, dem Dienstmädchen aus Ålbäcke, und mit den Armen ruderte. Der Schlips hing schief, und er konnte kaum geradeaus gehen, als er sie mit einer Hand an ihrem Ellbogen und der anderen an ihrer rechten Arschbacke zum Tanzboden schob, als wäre sie eine Karre mit einer Milchkanne drauf. Aber sie plusterte sich nur auf und knickerte verzückt. Dumme Gans, dachte ich. Wirst schon sehen, wie gut das geht. Der fällt doch jeden Augenblick auf seinen Hintern.

Armer Lennart, dachte ich dann. Er war unglücklich, das begriff ich. Eifersüchtig auf Sara. Fühlte sich wohl einsam und verlassen, genau wie ich.

Als ich das Drehkreuz passiert hatte und auf dem Weg zu dem Wäldchen war, wo unsere Räder standen, tauchte GroßFriedrichs Hugo plötzlich von irgendwoher auf und baute sich breitbeinig vor mir auf. »Hörma Nancy – du hast's doch gar nicht so eilig, was! Wollen wir nicht noch mal tanzen? Wir kennen uns doch, du und ich.«

Ich sah das Freche in seinem Grinsen und bekam wirklich Angst. Da war auch noch etwas anderes in seinem Gesicht und in seinen Augen, eine siegesgewisse

Entschlossenheit: Jetzt, verdammich, Nancy, jetzt ist es soweit!

Ich machte ein schnelles Ausweichmanöver und schlüpfte vorbei, rannte zum Fahrrad, es waren nicht viele Meter dorthin, aber Hugo kam genauso schnell hinterher, er griff nach dem Lenker und hielt mich auf, als ich versuchte loszufahren.

»Wieso bist du so unmöglich, Nancy? Du und ich – das weißt du doch? Ein hübsches Mädchen wie du!«

Er kam ganz nah an mich heran. Die linke Hand packte den Fahrradlenker, der rechte Arm legte sich stahlhart um meinen Rücken, die Hand fingerte sich durch die Achselhöhle und grabschte nach meiner Brust. Ich fühlte seinen Atem, er roch nach Tier, und es flimmerte vor Angst und Wut vor meinen Augen.

Es war nicht menschenleer auf dem Platz vor dem Drehkreuz. Die Leute schlenderten jetzt rein und raus, wie sie wollten, der Verkauf von Eintrittskarten war für den Abend beendet. Es war Mittsommernacht, aber nicht richtig hell, auf dem trockenen, aufgesprungenen Lehmboden zwischen den Birken, der im Alltag zur Kuhweide von Valfridssons gehörte, stand eine Gruppe Jungs oder Kerle, ich konnte sie in der Dämmerung nicht genau erkennen, der Himmel war von dünnen Wolkenvorhängen verschleiert. Ich meinte zumindest, den Knecht von Bergströms zu hören, seine Stimme war grell und leicht zu erkennen. Sie waren wohl nicht ganz nüchtern. Würde einer von ihnen kommen und mir helfen, falls ich schrie?

»Hörma – du brauchst doch nicht so verflucht eingebildet zu sein! Nancy – komm jetzt!«

Er ließ das Fahrrad los, es fiel mit einem scheppernden Laut auf die Erde, dann zog er mich an sich, während er gleichzeitig sein Knie zwischen meine Beine steckte. Ich zog meinen Unterleib mit aller Kraft zusammen und schob meinen Hintern so gut ich konnte von ihm weg, dann wand ich meinen rechten Arm heraus und scheuerte ihm eine mitten in die Fresse, ich schlug und kratzte, sah nur noch rot.

»Nein, verflucht noch mal!«

Ich schrie.

Plötzlich waren sie im Halbkreis um mich herum, ich weinte und schlug und wand mich wie eine Wildkatze, Hugo hielt mich immer noch fest, ich hing rücklings über seinem Arm, der Griff war steinhart, die eine Hand hatte er unter mein Kleid gesteckt, er riß und zerrte am Gummiband meiner Charmeuseunterhose.

»Hugo, zum Deubel! Hör damit auf! Laß sie in Ruhe. Für die taugen nur Studentenschwänze. Das weißt du doch.«

Wessen Stimme war das? Ich weiß es nicht. Weiß auch nicht, ob derjenige dafür sorgte, daß Hugo mich losließ und von sich stieß, oder ob es das Blinken an der Mütze des Dorfpolizisten war, aber auf einmal waren alle verschwunden. Ich lag auf der Erde und zitterte. Ein gutes Stück entfernt von mir sah ich die Rückseite von Dorfpolizist Nilsson auf den Tanzboden zuschaukeln, gleichmäßig und dunkelblau, die Hände auf dem Rücken, er hatte nichts bemerkt.

Ich guckte weder rechts noch links, mit gesenktem Kopf rappelte ich mich auf, stellte mein Fahrrad hin und kreuzte, auf den Pedalen stehend, zwischen Liebespaaren und halbvollen Kerlen hindurch auf die Straße hinaus und weiter nach Hause. Ich war blind vor Wut und Weinen. Rotz und Tränen flossen, vermischten sich auf der Oberlippe, rannen in den Mund, ich schluchzte und zog die Nase hoch. Die Akkordeonmusik war aus immer größerer Ferne zu hören. Auf der Flucht hatte ich nur einen einzigen Gedanken: Ich muß weg von hier! Hier kann ich nicht länger leben! Ich kann ihn nie wieder sehen, das ertrage ich nicht!

Ein Schande. Eine Schande. So empfand ich es. Genau wie damals, als LüttOskar sich in dem Ebereschengehölz vor mir entblößte, fühlte ich mich beschmutzt und auf eine verdrehte Weise auch mitschuldig, obwohl meine Vernunft mir sagte, daß ich es nicht war.

Damals hatte niemand etwas erfahren, nun hatten sie ringsherum gestanden und zugesehen, während Hugo unter meinem Kleid wühlte. Obwohl er nie an mich herankam, war ich erniedrigt. Sie würden jedesmal daran denken, wenn sie mich sahen.

Für die taugen nur Studentenschwänze!

»Lars, Lars, warum hast du mich so im Stich gelassen?«

Klagend und brennend salzig wurden diese Worte immer wieder aus meinem zusammengepreßten Mund gestoßen, das Schluchzen nahm zu, gewann beinahe die Oberhand – *nein, stopp jetzt, Nancy* –, ich spürte die Gefahr, zu weit zu gehen. Mußte mich beherrschen, mich beruhigen, mußte mein Gesicht mit klarem kaltem Brunnenwasser abspülen, mußte das neue Kleid untersuchen, war es zerrissen? Mußte, o Gott! Mußtemußtemußte! Plötzlich Ruhe, das Gesicht starr, als wäre eine Maske aus Spinnweben über Wangen und Stirn gekleistert worden.

Es war Mittsommer. Die Nachtviole blühte, und die Scheunen schliefen. Kuhaugen spiegelten das Glitzern in einem Graben, und der Duft von Birkenlaub schlich die Straße entlang.

XVIII

Trocken und mager wurde dieser Sommer, der dritte nach Kriegsausbruch. Die unreifen Blaubeeren vertrockneten. Das Haferfeld rauschte, und die Kühe standen in einer Reihe und brüllten nach Wasser. Unterhalb des sandigen Steilhangs in der Kiesgrube loderten purpurrot und mannshoch die Weidenröschen, das weiße Kraushaar unten war schon aufgeblüht. Es war Juli. Ich lag mit Hilding in der türlosen Baracke bei dem alten Schießstand oberhalb von Gneten. Wir lagen in der Ecke auf einer zerschlissenen Steppdecke.

In früheren Zeiten – ja, mein Gott, das war, als ich klein war und Betty noch zu Hause wohnte und Dora vielleicht auch – konnte man das Knallen von diesem Schießstand bis zu uns hören. Es war an frühen Sonntagmorgen vor der Hochmesse, da machte der Schützenverein seine Übungen, und Vater gefiel das gar nicht. »Den Sonntagsfrieden stören, ist das nötig«, murmelte er und bemitleidete vermutlich jedes Tier des Waldes. Er begriff nicht, wie die beschaffen waren, die mit der Büchse über der Schulter in den Hügeln lauerten und Vergnügen daran fanden, auf ein unschuldiges Hasenviech zu schießen. Aber das war lange her, wie gesagt. Nun gab es einen anderen Stand zum Ort hin, dieser hier war verlassen. Und ich wußte das.

Als ich in die Schule ging, hatte ich manchmal tollkühne Ausflüge zu diesem Ort unternommen, meist allein und meist an einem langweiligen Sonntag nachmittag. Hin und wieder kamen wohl auch Barbro und Kerstin mit, dann schnüffelten wir herum und suchten nach »Spuren« und verglichen die Funde: eine Kinokarte, ein zerrissener Lottoschein, eine Branntweinflasche mit gelblichem Inhalt, die wir beschnupperten und mit wilden Grimassen von uns schleuderten – igitt, verflucht, das war bestimmt Pisse! Kippen natürlich, ein paar Kronkorken von Pilsflaschen, ein schlabberiger Strumpf, ein hellblaues schimmeliges Hemd mit einem an der Schulternaht glatt abgerissenen Ärmel – was konnte das bedeuten? Was hatten die angestellt, diese Kerle, die hier lagen und schossen?

Blaßrosa Patronenhülsen, aufgeweicht und durchnäßt vom Regen vieler Herbste, lagen überall im Sand. Bei ihnen war ich immer ein wenig unsicher, stocherte vorsichtig mit den Zehen, was, wenn sie explodierten?

Der Platz lag verwaist unter der Sonne. Verlassen auch von den Vögeln, schien es, es war immer so still, doch kleine hellbraune Eidechsen sah man manchmal trippeln. Ein überwachsener Kieswall, davor eine längliche Mulde, wie ein Schützengraben sah das aus. Schwarze Bleche, perforiert von Einschußlöchern, lagen herum und rosteten. Es gab einen Duft von Tod und gefährlicher Männlichkeit, der seine Verlockung hatte. Wir schnupperten uns an ihn heran, keuchend wie Hündinnen, obwohl wir erst elf, zwölf Jahre alt waren und noch in unseren ausgeblichenen blauen Turnschuhen herumrannten.

Manchmal saßen wir schweigend in der Baracke und lasen alte Zeitungen. Der niedrige Wald von kleinen Kiefern umstand uns schon zu der Zeit stramm und dicht, die Äste waren rund und steif wie blaugrüne Flaschenbürsten, vom Harz ganz verklebt. Der Sand war heiß. Mitten im Sommer war der Sand besonders an dieser Stelle heiß, es brannte richtig.

Ja, genau. So war das. Ich kannte die Baracke und den Schießstand seit alten Zeiten und nahm Hilding mit dorthin. Ich war es, die in den überwucherten Waldweg ein Stück hinter Gneten bog. Weiß nicht, warum. Doch, übrigens weiß ich es doch. Ich muß der Meinung gewesen sein, daß das geschehen sollte, was dann geschah. Ich muß es gewollt haben.

Hilding war groß. Wenn wir eng umschlungen zusammen spazierengingen, fand ich fast ausgestreckt unter seiner Achselhöhle Platz. Wenn er mich bumste – warum nicht das Wort gebrauchen, das macht doch keinen Unterschied –, lag ich unter seiner Schulter, wandte das Gesicht zur Seite und starrte die Barackenwand an, sah die aufgerissenen Astlöcher und die Staubflocken, die sich im Luftzug sachte hin und her bewegten. Ach, mehr war also nicht dran? Beim ersten Mal hatte es weh getan und hinterher gebrannt, und es schmerzte, als ich mich auf den Fahrradsattel setzte, aber dann wurde es besser. Außerdem fiel es Hilding schwer, sich zu zügeln, die Sache war also schnell überstanden. Auch gut. Hilding war lieb, aber er küßte so naß.

Empfand ich denn gar keine Lust? Nee. Nicht direkt. Meine Gefühle waren verdreht und falsch, ich wußte es selbst. Als ich zum ersten Mal mit Hilding in das Kiefernwäldchen zog und mir vollauf bewußt war, was passieren würde, und als ich dann mit gespreizten Schenkeln auf der Decke lag und er in mich eindrang, war ich natürlich ziemlich aufgeregt, zumindest vor Spannung. Aber was dann anhielt, das war das Triumphgefühl, der Triumph über Lars: So du! Jetzt mach ich das. Ohne dich. Du hast es so gewollt!

Mitten im Entjungferungsschmerz zischte ich diese

Worte zwischen zusammengebissenen Zähnen unter Hildings Achsel hervor. Auch das war ein Betrug.

Juli wurde August. Wir lagen weiterhin mittwochs und samstags des Abends in der Baracke und wenigstens ein paarmal auch sonntags, dann kam Hilding schon am Nachmittag. Er holte mich zu Hause in Dalängen ab, bekam in der Laube Kaffee und wurde unverzüglich und wohlwollend als mein Verlobter betrachtet, das merkte ich wohl. Mutter sagte nie ein warnendes Wort, das Hilding betraf, das war das Merkwürdige. Sie stellte auch keine Fragen, war ein bißchen allgemein schöntuerisch, aber nicht übertrieben. Sie balancierte natürlich. War vermutlich inniglich froh, daß ich über meinen Liebeskummer hinweggekommen und diesen Studentenschnösel los war. Alles war besser, als daß ich wie ein Trauerkloß herumhing und abmagerte. Außerdem war Hilding ein hübscher und guter Junge, er war von der richtigen Sorte und hatte nette Eltern, mit ihm war alles in Ordnung. Schüchtern natürlich, genau wie Åke, das mochte Mutter. Vater sagte gar nichts. Er schien sich vor allem zu genieren, wenn er seinen Kartoffelacker und den blühenden Erbsenanbau auf der Böschung verlassen mußte, um in der Laube Kaffee zu trinken. Ich war immer seine Lütte gewesen, daran lag es wohl.

Zwischen mir und Mutter war es nicht wie vorher. Ich war nicht patzig zu ihr, aber ich zog mich zurück. Es war das mit Lars, das sie nicht verstanden hatte, da biß es sich. Wenn man es ganz ehrlich betrachtete, verstand sie wohl auch nicht, wieso ich mich mit meinen Kursbriefen abmühte. Obwohl sie lieb war und mich machen ließ, merkte ich, daß sie ganz tief drinnen der Ansicht war, ich hätte mir etwas Nützlicheres vornehmen können. Wozu sollte die Lernerei denn eigentlich gut sein? Ich hätte doch statt dessen nähen lernen können. Oder etwas anderes. Ihre Ansprüche ans Leben waren so anders als meine. Für sie lief es darauf hinaus, »klarzukommen«, zu überleben, es einigermaßen erträglich zu haben, möglicherweise hin und wieder mit ein wenig Überschuß auf dem gestrichenen Maß, höhere Anforderungen stellte sie nicht. Sie hatte einen geraden Rücken, ZehenPelles Frida, meine Mutter, das muß man sagen, aber sie stand immer fest auf dem Boden, immer auf dem ihr zugeteilten Fleckchen Erde. Dort schrubbte und scheuerte sie, backte Brötchen und trat die Nähmaschine, arbeitsam und reinlich, soweit es möglich war. Ordentlich und sauber und unantastbar, die Leute sollten nichts zu reden haben, das war wichtig für Mutter, und das war es wohl auch für mich. Aber ich war noch nicht mal achtzehn, und ich wollte noch etwas anderes, und ich wollte mehr, obwohl ich nicht wußte, was.

Doch, es war Mutter anzumerken, daß sie sich im stillen die Hände rieb und Zukunftspläne für mich und Hilding schmiedete, auch wenn sie klug genug war, damit hinterm Berg zu halten. Dachte wohl, nun wird alles gut für Nancy, nun kommt sie auf die richtige Bahn. Nun bleibt sie bei PostBerta und gibt sich damit zufrieden, und dann heiratet sie Hilding und siedelt sich hier irgendwo mit ihm an. Kriegt Kinder. Und dann ist ihr Leben abgesteckt und ordentlich. Hilding ist ein guter Junge. Und wenn er es nun so anstellt, daß sie in andere Umstände kommt, wird er sich bestimmt um sie kümmern.

Ich meinte, diese Gedanken lesen zu können, und setzte mich zur Wehr, gleichfalls im stillen.

Ich war unten im Ort gewesen und hatte Bettys neues Ratenzahlungsmobiliar bewundert: Sofa, Schreibtisch, vier Stühle und ein Wäscheschrank. Das hatte sie sich herbeigenörgelt, und natürlich sah es schick aus; dunkel poliertes Holz mit aufgeklebten Verzierungen rings um die Schlüssellöcher, aber ich wollte nicht so leben wie

Betty. Nee! Mutter brauchte sich nicht einzubilden, daß ich mich so zur Ruhe setzen würde.

Die Idee, von Lunda wegzuziehen, wuchs und rumorte nun seit einiger Zeit in mir, schon seit der Mittsommernacht, als das Grauenhafte mit GroßFriedrichs Hugo passierte. Dieses Ereignis war übrigens auch der Anlaß für mich gewesen, mich mit Hilding zusammenzutun, er wurde wie ein Schutz für mich, ein Anstandsschild. Und ich hatte jemanden, mit dem ich mich zeigen konnte, und das, was sie da über den »Studentenschwanz« gebrüllt hatten, würde bald in Vergessenheit geraten. Sie sahen ja, daß es nicht stimmte.

Hilding war von Anfang an mit Gummis ausgerüstet. Ich nehme an, daß er sie unten im Ort gekauft hatte, konnte wohl kaum per Nachnahme bestellen und Gefahr laufen, daß seinem Vater, PostManne, das Päckchen mit den 48 schwarzen Pünktchen unter die Augen kam. Hilding drehte sich zur Seite und ging unbeobachtet zu Werke, wenn er sich bereit machte, wie er es danach anstellte, weiß ich nicht genau, denn ich wollte nicht hingucken. Aber dann, während ich dastand und meine Kleider in Ordnung brachte und mich kämmte, schummelte es sich doch in meine Augenwinkel, wie er mit der Schuhspitze unter der Baracke wühlte, er vergrub sie wohl nach und nach im Sand, stellte ich mir vor.

Eigentlich vertraute ich diesen Gummis nicht recht. Was, wenn? Was, wenn sie kaputtgingen? Ich beobachtete aufmerksam meinen Körper, registrierte jedes Zukken im Unterleib, kniff mir in den Bauch und die Brüste. Einen leichten ziehenden Schmerz im Kreuz spürte ich tatsächlich ab und zu, manchmal glaubte ich sogar, mir wäre morgens ein bißchen übel.

Wenn der Zeitpunkt sich näherte, an dem ich meine Tage bekommen sollte, steigerte sich meine Nervosität. In einem fort mußte ich raus aufs Klo und in der Unterhose nachgucken. Nie hätte ich mir vorstellen können, daß ich diesen verhaßten Blutfluß so herbeisehnen würde! Aber nun war ich dankbar, wenn er kam, ein paar Tage verspätet. Dachte, nun muß das endlich aufhören. Nun mach ich Schluß mit Hilding. Aber es folgte noch ein Monat mit der gleichen Angst.

Dann stahl ich mich nach und nach hinaus. Sagte, ich müßte zu Hause lernen, wenn ich irgendwohin kommen sollte, es würde Zeit für mich, die Prüfung abzulegen. Hilding konnte einem leid tun, aber tödlich verletzt war er nicht. Ich glaube, er hatte seit langem begriffen, daß nichts aus uns werden würde. Außerdem sollte er zum Herbst gemustert werden, und dann kam der Barras, sein Leben würde sich verändern, er würde wegkommen aus Lunda und von der Gärtnerei bei seinem Onkel in Myra. Wir verabschiedeten uns ziemlich undramatisch. Was er dachte, weiß ich nicht, Hilding war kein großer Redner, aber ich fühlte einen Stich im Herzen, als ich ihn davonradeln sah. Ich hatte ihn ausgenutzt, und er hatte mich ausgenutzt, aber seine Unschuld war größer als meine. Und auf den Adamsapfel hatte ich ihn auch nicht geküßt, was mich doch vom allerersten Beginn an gereizt hatte, als er da groß und schlaksig vor dem Sortierfach stand.

Merkwürdigerweise begannen meine erotischen Phantasien wieder aufzublühen, nachdem Hilding und die Baracke keine Rolle mehr spielten. Nun wußte ich, wie es ging, und meine Lust war stärker und zielbewußter als früher. Manchmal schreckte ich aus dem Traum auf, weil mein Unterleib sich verkrampfte und zuckte. Doch mein Geliebter bestand immer nur aus einem Körper, ein Gesicht hatte er nicht.

XIX

Unterhalb der Kirche vergilbten die spärlichen Weizenfelder. Männer kamen auf Ernteurlaub nach Hause. Es brach eine hektische Zeit an, dann beruhigte sich alles. Die Heuharfen wurden auf Gummireifenwagen geworfen und zurück auf die Höfe gefahren, wo sie bis zum nächsten Jahr an die Scheunenwände gelehnt wurden. Die Kartoffeln wurden herausgeholt. Unten sahen sie ziemlich gut aus trotz der furchtbaren Dürre, die den ganzen Sommer angedauert hatte.

Vater warf die Ackererbsen auf die Böschung, wir hatten ein paarmal grüne Erbsensuppe gegessen, nun pulten wir den Rest und breiteten ihn zum Trocknen aus. Ich wurde beauftragt, zum Walderdbeerwäldchen am anderen Ende der Lichtung zu gehen und Pferdedung zu suchen, Elchschiet wäre übrigens auch gut geeignet, sagte Vater. Er brauchte ihn, um die neue Anpflanzung zu düngen. Ich rümpfte die Nase, aber Mutter nahm einen Sack und eine Mistgabel, und dann gingen wir eines Nachmittags zusammen und hatten richtig viel Spaß, während wir da zwischen den Grasbüscheln herumliefen und nach Scheiße suchten.

Nachdem Hilding an Mittwochabenden und sonnabends nicht mehr auftauchte, war es wieder fast wie früher zwischen Mutter und mir. Sie hatte sich natürlich gewundert, aber da zuckte ich nur die Achseln und sagte: »Ach was, das ist aus«, und dann fragte sie nicht mehr. Ich glaube nicht, daß sie enttäuscht war. Hilding war die nächstbeste Lösung gewesen, noch besser wäre es, wenn ich wieder die LüttNancy von früher wurde und das Leben in seinen gewohnten Bahnen verlief.

Mutter wußte allerdings nicht, daß meine Pläne, von zu Hause fortzugehen, einen neuen Anstoß bekommen hatten. Ich ging für mich allein herum und grübelte und dachte über diesen und jenen Ausweg nach. Ob ich an Sara schreiben und sie um Rat bitten sollte? Am liebsten hätte ich tagsüber irgendeine Arbeit gehabt und abends Kurse besucht, genau wie Börje. Ich mußte in einer Stadt wohnen, in der es eine Oberschule gab, so daß ich nach und nach meine Prüfungen für den Realschulabschluß ablegen konnte. Und außerdem brauchte ich richtigen Unterricht in den Sprachen und mußte wissen, wie es klang, wenn ich Wörter und Sätze auszusprechen versuchte, ob es richtig war oder falsch. Das Grammophon konnte mich darüber nicht aufklären.

Aber Eskilstuna?

Nee.

Doch, wieso nicht? Da wäre ich zumindest nicht völlig allein, ich hätte Sara und Börje, und auch Lennart, obwohl Börje und Lennart zur Zeit wieder einberufen waren.

Folkhögskola – Heimvolkshochschule – war auch ein Wort, das in meinem Innern spukte. Aber ich wußte nichts über solche Sachen, nicht, was es kostete, und nicht, wie man sich bei so etwas bewarb. Dann kam der Gedanke an Fräulein Vigren auf, die in der Fortsetzungsschule Gesellschaftskunde unterrichtet hatte und die ich so gern mochte. Sie wohnte im Ort, und sie hatte ja gesagt, ich solle mal vorbeikommen und sie besuchen.

Natürlich hatte ich es gut, weil ich als Postbotin weiterarbeiten durfte. Das Gehalt war nicht schlecht, und obwohl das Verhältnis zwischen mir und Fräulein Hansson kaum herzlicher geworden war, darf man behaupten, daß es immer noch korrekt war. Ich mochte weder sie noch ihre Art, mit den Kunden umzugehen, die je nach Person zwischen Herablassung und übertriebener Schöntuerei wechselte, und ich belauschte aufmerksam ihre Gespräche, um herauszufinden, ob sie wirklich ein Nazi war. Sie war es, glaube ich, es tendierten im übrigen einige in diese Richtung, das wurde mir nun klar. In dem Punkt hatte Ruben Karlsson recht behalten. Hilding war in bezug auf PostBertas Sympathien für Hitler und seine Lehren ebenfalls felsenfest überzeugt gewesen. Wir beide hatten viel über solche Dinge geredet, die die Arbeit betrafen, zumindest das hatten wir gemeinsam, immerhin.

Es gab keine Blaubeerernte in diesem Jahr und auch keine nennenswerte Preiselbeerernte, abgesehen von ein paar spärlichen Büscheln hier und da auf dem langen dunklen Gesträuch unten am Rand des Moors und vereinzelten Fleckchen oben im Steinhaufen. Mutter war natürlich enttäuscht, es war schade um den Verdienst, den hätten wir gut gebrauchen können. Ich jedoch war erleichtert. Es fiel mir schwer, den Berg hinaufzugehen, auf dem sandigen Weg mit dem Grasstreifen in der Mitte zu spazieren, die Orte zu sehen, wo ich und Lars... Es tat immer noch so weh, und ich grübelte. Konnte nicht verstehen. Würde niemals verstehen. Und Sehnsucht? Doch, die Sehnsucht meldete sich heftig zu Worte, aber ich wagte nicht, mich ihr hinzugeben, was hätte das genützt?

Vater rackerte wie ein Bekloppter mit dem Hacken der Klötzchen. Der Säger hatte zwar eine besondere Hackmaschine für das Generatorgasbrennholz bestellt, aber die Lieferung verzögerte sich, und für Vaters Geschmack durfte es gern noch ein bißchen dauern, so ansehnliche Verdienste wie jetzt hatte er in seinem ganzen

Leben noch nicht gehabt. Oft saß er abends mit dem Anilinstiftstummel am Tisch und schrieb und rechnete auf dem Zeitungsrand. Kniff den Mund zusammen: »Jaa, du, Mutter, da kommt was zusammen.«

Mutters Gefühle waren gemischt. Sie murmelte manchmal, daß er sich geradewegs das Leben aus den Knochen schinden würde und daß die armseligen Kronen das nicht wert wären. Aber immerhin bestellte sie das eine oder andere im Katalog von Åhlén und Holms, unter anderem eine Kreuzstichdecke und ein Paradehandtuch mit demselben Wichtelmotiv drauf, sie wollte versuchen, sie bis Weihnachten zu besticken. Einmal, als wir im Ort waren, ging sie in die vollen und kaufte sowohl einen neuen Kochtopf als auch einen neuen Kaffeepott aus Aluminium. Sie standen da und glänzten strahlend wie Silber.

Der Oktober kam. Das Espengehölz zwischen uns und Ågrens war so knallgelb, daß es in der Dämmerung von selbst leuchtete. Die Vogelbeerbäume ächzten unter blanken roten Trauben, das war ein altes Zeichen. Mir graute vor dem Winter, es wurde vorausgesagt, daß er entsetzlich werden würde, der kälteste seit Menschengedenken, mit meterweise Schnee.

Die Deutschen oder die Achsenmächte, wie sie im Radio sagten, setzten ihren Angriff gegen die Sowjetunion fort, doch trotz der ersten Erfolge schien es, als träte der Deutsche seit einer Weile auf der Stelle.

Vater triumphierte: »Was hab ich gesagt? Jetzt hat der Hitlerdeubel das Maul zu voll genommen. Wartet nur. Bald!«

Ich dachte noch immer nicht viel an den Krieg an sich, aber mit den Lebensmitteln wurde es schlimmer. Die Zuteilungen wurden geringer, und nun war beinahe alles knapp, es wurde sogar behauptet, daß Kleidung auf Marken zugeteilt werden sollte.

Am Ende des Monats schrieb ich den Brief an Sara. Ich tat es heimlich, und als ich nach ungefähr einer Woche Antwort bekam, belegte ich das Kuvert bereits beim Sortieren mit Beschlag, Mutter durfte weder von dem einen noch von dem anderen etwas wissen.

Sara schrieb, sie wäre froh, daß ich von mir hören ließe, es wäre eine gute Idee, nach Eskilstuna zu ziehen, fand sie, und natürlich würde sie alles in ihrer Macht Stehende tun, um mir zu helfen, mit der Arbeit und auch mit der Wohnung. Sie glaubte nicht, daß es Probleme geben würde, vorerst könnte ich in diesem Schrankbett bei ihren Eltern schlafen, von dem sie erzählt hatte. Sie würde schon jetzt nach Stellenanzeigen gucken und sich bei Bekannten ein bißchen umhören, auch wenn nicht geplant war, daß ich vor den Weihnachtstagen eintraf. Und Kurse gäbe es jede Menge, und die Stadt hatte einige Oberschulen, da bestand also kein Mangel.

»Viele Grüße an Tante Frida und Onkel Viktor«, stand am Ende. Aber die richtete ich nicht aus.

Zur gleichen Zeit, als ich den Brief an Sara schrieb, stattete ich auch Fräulein Vigren einen Besuch ab. Das war ein großer Schritt, denn nun hatte ich mich wirklich entschieden, die Sache spruchreif zu machen, so oder so. Mutter sollte sagen, was sie wollte.

Ich hatte Fräulein Vigren jetzt einige Jahre nicht gesehen, sie unterrichtete nicht mehr und hatte keine Veranlassung, in Lunda aufzutauchen. Ich fand, daß sie sich verändert hatte, sie war alt geworden, und in ihrer Wohnung herrschte ein fürchterliches Durcheinander, überall Bücher und Zeitungen, vor allem Zeitungen, sie lagen stapelweise auf jedem Stuhl. Offensichtlich schnitt sie häufig Artikel aus, denn der Fußboden unterm Schreibtisch war bedeckt von Papierstreifen und Schnipseln, und die lange Schere lag zuoberst auf einem Stoß. Fräulein Vigren machte einen verhuschten Eindruck auf mich, als sie herumfuhr und ihre Regale durchsuchte, ordentlich gekämmt war sie auch nicht, und vorn auf ihrer Bluse waren Flecken von eingetrocknetem Eigelb. Ich war beklommen und bereute, geklingelt zu haben, aber sie hatte sich gefreut, als sie aufmachte und mich erkannte, kein Zweifel. Sie hatte sich fast zu sehr gefreut.

Mit der Zeit kramte sie jedenfalls eine Adresse hervor, an die ich schreiben konnte, um Informationen über Heimvolkshochschulen in Schweden anzufordern, man konnte unter vielen wählen, aber Fräulein Vigren kreuzte einige an, die sie besonders empfehlen wollte. Eine Folkhögskola wäre das beste für mich, sagte sie, denn sie vermittelte einem nicht nur Wissen, sondern auch Erziehung. Viele gute und herausragende Mitbürger hatten ihre Bildung und Ausbildung gerade dort erworben.

Vorerst legte ich den Zettel von Fräulein Vigren zusammen mit dem Brief von Sara ganz oben in den Karton mit den gelben Rosen darauf. Ich brauchte Zeit, um in Ruhe über alles nachzudenken und mich auf das Gespräch mit Mutter vorzubereiten. Das war am schlimmsten. Wie würde sie es aufnehmen? Ich war ihre Jüngste. NancyLütte sagte sie immer noch ab und zu und mit so viel Zärtlichkeit in der Stimme. Es tat mir weh, daran zu denken, daß wir uns trennen sollten. Auch für mich würde es furchtbar leer werden. Mein Tag war ihrer, und ihr Tag war meiner. Wir waren uns so nah. Es war immer so gewesen.

Als ich im Ort war, um Fräulein Vigren zu besuchen, guckte ich natürlich auch bei Betty vorbei. Ich konnte zwar nicht lange bleiben, ich fuhr mit dem Rad, jetzt im Oktober wurde es sonst auf dem Rückweg zu dunkel und zu kalt, aber ich trank wenigstens eine Tasse Kaffee. Åke war zu Hause. Ich weiß nicht genau, ob er freigestellt worden war, aber als Börje und Lennart im Zusammenhang mit dem Russenkrieg wieder zum Bereitschaftsdienst einrücken mußten, blieb Åke verschont. Jetzt saß er jedenfalls mit LüttErik auf dem Schoß am Küchentisch. Er fing frühmorgens an zu arbeiten, belud zuerst den Lieferwagen und machte sich dann auf seine Runde durch Ort und Umgebung. Nun war er fertig für diesen Tag, trug aber immer noch seinen verwaschenen grünen Bäckereioverall mit dem Gürtel in der Taille. Mir wurde warm, als ich ihn ansah, wie immer.

Wie es Betty und Åke miteinander ging, konnte ich nicht wissen, Betty sagte nichts. Seit diesen Ausbrüchen, als ich sie zufällig mit dem Gefreiten erwischt hatte, und später, als sie mit Erik schwanger war, schwieg sie oft. Ließ mich nicht mehr an sich heran, attackierte mich auch nicht mehr, obwohl sie genauso griesgrämig wie immer sein und verächtlich den Mund verziehen konnte. Betty war älter geworden, zwar erst zweiundzwanzig, aber sie hatte drei Kinder geboren, und etwas in ihr war erloschen, das merkte ich.

Als ich kam, wollten sie gerade essen. Betty stand am Herd und zog ein paar Grützwürsten die Haut ab, zerhackte sie in der Bratpfanne, goß einen Schluck Wasser dazu und legte kalte Kartoffeln hinein. So pflegte Mutter es auch zu machen, es schmeckte gut mit roten Beten, aber als Betty mir davon anbot, lehnte ich dankend ab. Es sah so wenig aus und sollte für so viele reichen. Aber Kaffee bekam ich, dazu eine Weißbrotstulle. Das mit dem Weißbrot war eine gute Sache, Åke durfte jeden Tag mindestens ein Brot mit nach Hause nehmen, meistens eins, das gerissen oder sonst irgendwie fehlerhaft war, aber das spielte keine Rolle, der Geschmack war der gleiche, und sie waren frisch.

Gwendolyn und Dorothy waren wieder deutlich gewachsen, Lynn sollte zu Weihnachten fünf werden, und

Dotty war drei. Sie hatten eine Wolldecke über ein paar Stühle gehängt und sich eine Höhle gebaut, so hatte ich es als Kind auch gemacht. Ich mochte sie jetzt lieber als zu der Zeit, als sie noch richtig klein waren. Besonders mit Gwendolyn hatte ich Schwierigkeiten, als sie ein Säugling war, damals war ich erst dreizehn und störte mich an ihrem Gesabber und dem Pinkelgeruch in der Windel, eifersüchtig war ich wohl auch, Mutter verhätschelte Lynn fürchterlich. Nun freuten sich die Mädchen, wenn sie mich sahen, und ich, Tante Ansy, wie sie mich nannten, war auch froh und nahm sie in die Arme. Was LüttErik betraf, der war mein Junge, so niedlich und hübsch mit seinen großen blauen Augen. Ernster Blick.

Natürlich sagte ich Åke und Betty nichts von meinen Plänen, nach Eskilstuna zu ziehen. Immerhin hatte ich mich nun nach langen Grübeleien entschieden. Dem Enthusiasmus von Fräulein Vigren zum Trotz fühlte ich, daß ich mit der Folkhögskola vorerst warten wollte, und ich gestehe, daß das wohl vor allem mit dem Eingliedern in eine Gruppe zu tun hatte, es machte mir angst, daß man vielleicht das Zimmer mit einer unbekannten Kurskameradin teilen mußte. Ich war so daran gewöhnt, allein zu sein, und ich wollte es auch in jedem erdenklichen Zusammenhang bleiben. Das Außenseitertum schien mein Los zu sein.

Wie auch immer, ich hatte einen zweiten Brief an Sara geschrieben und mitgeteilt, daß ich nach den Weihnachts- und Neujahrsfeiertagen kommen wollte. Der Entschluß bereitete mir Herzklopfen, als ich ihn niederschrieb. Ein bißchen Geld hatte ich zurückgelegt, genug, um für den Anfang zurechtzukommen, aber es war wichtig, daß ich sobald wie möglich eine Arbeit fand. Das Angebot mit dem Schrankbett nahm ich natürlich dankbar an, bis ich ein Zimmer gefunden hätte.

Ich schrieb auch, daß Mama und Papa noch nichts wußten, daß ich aber bald mit ihnen sprechen wollte; wenn Sara ihnen also schrieb, wäre es besser, meine Pläne nicht zu erwähnen.

Nein. Genau das war es. Mama. Ich fürchtete den Moment, in dem ich mit ihr reden müßte.

Es wurde November. Frostige Morgen. Noch konnte man mit dem Fahrrad fahren, und Vater und ich machten uns, jeder für sich, mit einem Abstand von einer Viertelstunde oder zwanzig Minuten auf den Weg. Wie es wohl werden würde, wenn der Schnee kam. Ob er wieder so anfing wie im letzten Jahr?

Vater. Hm. Nach Weihnachten würde er sowieso allein die Landstraße entlanggehen und Spuren in die Schneewehen treten. Dann wohnte ich nicht mehr zu Hause.

Ich hatte eine Skihose bestellt, viele Mädchen hatten jetzt damit angefangen. Meine ging bis kurz unters Knie, sah ähnlich aus wie eine Golfhose, nur nicht so pluderig am Bein. Ich mußte dicke halblange Strümpfe tragen, die ein Stück über das Knopfbündchen reichten, die zog ich dann zusammen mit der Hose aus. Wenn ich die Postkarre mit den Säcken hinaufgezogen hatte, die Quittungen in der Wertpapiertüre überreicht hatte und mit der Grobsortierung für den Tag beginnen wollte, mußte ich nämlich in die Putzkammer gehen und ein Kleid anziehen. Das war Vorschrift. Fräulein Hansson erlaubte keine Hosen im Dienst, nicht bei einem Mädchen, das war nicht korrekt. Aber ich sang jeden Morgen ein Loblied auf diese Hose, fand mich darin sportlich, mannhafter und selbständiger. Es schien, als würde ich auf unerklärliche Weise mehr *Viktoria*, wenn ich sie anzog. Nancy Viktoria. Und hübsch sah es zusammen mit der Windjacke auch aus.

Die frostige Witterung mit dem smaragdgrünen Gras auf den Hängen und den harten, scharfen Reifenspuren ging in Schneematsch über. Es blies in den Kiefernkronen. Besonders nachmittags, wenn es früh dunkel wurde, konnte ich hören, wie der ganze Berg sang.

I'll never forget you, I'll never forget you.

Doch, das hatte er sicher vor langer Zeit getan. Aber ich vergaß nie. Mal hütete ich die Erinnerung, mal schleuderte ich sie fort von mir. Gestattete mir nicht, zu träumen und zu phantasieren, doch tief in meinem Innern konnte ich mich trotzdem nicht von einer kleinen starrsinnigen Hoffnung freimachen, obwohl ich sie mit Füßen trat und mich selbst verhöhnte. Das alles war so lächerlich. Wie eine Novelle in einem Magazin. Ich hatte Tausende und Abertausende von solchen Liebesgeschichten gelesen. Der Unterschied war nur, daß das hier meine war.

Nun wollte ich sowieso aufbrechen. Ein neues Leben anfangen. Es kribbelte in mir vor Angst und auch vor Erwartung, wenn ich daran dachte, und ich dachte daran vom Aufwachen bis zu dem Augenblick, in dem ich einschlief. Überdachte. Hatte bereits begonnen, mein altes Leben zusammenzufassen, obwohl ich erst achtzehn Jahre alt war. Manchmal dachte ich an Dora, aber inzwischen nicht mehr so oft, und die Erinnerungsbilder waren flüchtig, bewegten sich schnell. Ihre Fotografie, das Filmstarbild, das der Nähmaschinenvertreter gemacht hatte, stand zusammen mit dem Foto von Tore im Schneckenhausrahmen und dem von Vater mit den beiden Pferden Disa und Freja unverrückbar an seinem Platz auf der Anrichte in der Kammer. Ich pflegte mit dem Staubtuch drüberzuwischen, wenn ich Mutter beim Wochenputz half, meist tat ich es routiniert, ohne weiter hinzusehen und ohne nachzudenken. So war die Trauer allmählich zur Ruhe gekommen, der Schmerz hatte nachgelassen.

Das tut wohl jeder Schmerz, dachte ich. Mit der Zeit. Auch Lars wird irgendwann nicht mehr weh tun.

Der Ofen wärmte. Vater lehnte es ab, Briketts zu kaufen, aber ein paarmal in der Woche brachte er hinten auf dem Fahrrad einen Sack mit Endstücken und kleineren Klötzen von der Arbeit mit. Sie eigneten sich gut für das Heizen mit dem Ofen, hielten die Wärme zwar nicht über Nacht, aber doch eine ganze Weile. Zum Winter würden die Eltern außerdem die Kammertür schließen, wenn sie wollten, bräuchten dort überhaupt nicht zu heizen, weil dort niemand mehr schlafen würde. Der Gedanke ließ mir fast die Tränen kommen.

Ich hörte Mutter in der Küche hantieren, hörte, wie sie den Deckel der Ausziehbank hochklappte und gegen die Wand lehnte. Wie sie den Kasten herauszog, über die Ritze hob und zurechtrückte. Ich brauchte nicht hinzugucken, die Geräusche vermittelten all ihre Bewegungen, sie waren mir so vertraut.

Vor dem ersten Dezember mußte ich darüber sprechen, daß ich ausziehen wollte. Das war schon bald. Ich mußte ja einen Monat im voraus kündigen. Plötzlich waren die Gedanken bei Kujo, ich würde ihn vermissen.

An Hilding dachte ich nicht. Als wäre das, was zwischen uns war, nie passiert, als wäre ich immer noch unschuldig. Uneingenommen.

XX

An einem lange zurückliegenden Herbstabend, nachdem ich mich an der Suchaktion nach der Lütten von Nygrens beteiligt hatte und in der kohlschwarzen Dunkelheit durch die Gartentür gerollt kam, hatte mich eine grauenhafte Angst überkommen. Ich glaubte, daß ein breiter schwarzer Flügelschatten drohend über meinem Kopf kreiste, ich konnte bereits den Schmerz spüren, wenn die langen scharfen Krallen sich in meine Schultern bohrten. Das war wegen dieses Gerüchts über das Seeadlerpärchen, das vielleicht oder vielleicht auch nicht in der Krone einer Krüppelkiefer auf einer unerforschten Insel weit draußen im Vesee nistete.

An anderen Abenden, kühl und grünblau, es war im Frühling desselben Jahres, hatte ich mit zurückgehaltenem Atem und halboffenem Mund draußen auf dem Hügel unter dem drohenden Himmelsbogen gestanden, das Gehör bis zum äußersten gespannt. Hatte auf das wachsende Dröhnen von Flugzeugmotoren gewartet, auf die Explosionen gewartet, das blitzende Licht.

Aber nichts geschah. Es kam kein Hieb, es fiel keine Bombe. Das Leben ging weiter wie immer, und ich hörte auf, zu horchen und mich bereitzuhalten. Wenn das Unerwartete passiert, ist man nie bereit.

Der sechzehnte November in diesem Jahr, 1941, war ein Sonntag. Es lag nasser Schnee auf dem Hügel, die Schneebeerenbüsche standen schwarz und trugen braungefleckte weiße Beeren an den schweren Zweigen. Drinnen waren die Scheiben beschlagen, Mutter kochte Graupenbrei mit einem Fleischknochen.

Vater war draußen auf dem Holzplatz. Er hatte den Korb mitgenommen, aber BiegenArvid war gerade heruntergelatscht gekommen, um sich irgendein Werkzeug auszuleihen, also ließ das Brennholz auf sich warten.

»Sei so lieb, geh nach draußen und hol mir den Korb rein, Nancy«, sagte Mutter nach einer Weile. »In der Holzkiste ist kein einziger Sprickel mehr, und wann die fertig sind mit Reden, kann man nie wissen.«

Ich erhob mich widerwillig vom Tisch, an dem ich gesessen und ein Buch aus der Leihbücherei in der Loge gelesen hatte. Zuerst wischte ich mit dem Finger ein kleines Loch in die beschlagene Fensterscheibe und guckte hinaus. Richtig, da standen sie immer noch und schienen keine Eile zu haben. Sie hatten wohl irgendwas zu disputieren, Vater ruderte mit den Armen und war in gewohnter Ordnung zugange.

Etwas bockig begann ich, mir die Strickjacke anzuziehen, die über der Rückenlehne des Stuhls hing. Weiter kam ich nicht. Wir hörten jemanden schreien. Was? Das war doch BiegenArvid, der da schrie?

Mit gerunzelten Stirnen warfen Mutter und ich uns einen Blick zu. Was war denn nun los? In der nächsten Sekunde wurde die Küchentür aufgerissen, Arvid im Hausflur, Augen wie Kugeln: »Frida, beeil dich! Komm! Beeil dich, Frida! Viktor ist gefallen, er ist umgekippt!«

Wir rasten hinaus.

Vater lag auf dem Holzplatz. Im selben Augenblick, als wir auf die Veranda hinauskamen, sahen wir, wie er zusammengekrümmt und mit an die Brust gedrückten Armen und Fäusten ein paarmal im feuchten Sägemehl herumrollte. Wir rannten wie Vögel über den Kies, berührten ihn kaum. Als wir ankamen und auf die Knie fielen, hatte die Bewegung geendet. Vater lag auf dem Rücken, der Kopf war nach hinten gebeugt, die Oberlippe in einem Schmerzensgrinsen hochgezogen über die Zähne mit den Kautabakflecken, aber die Augen waren geschlossen. Die Mütze lag leer über seinem Kopf.

Ich sah ihn so, nahm das Bild so auf, mit der Mütze und allem, verstand es nicht, behielt es aber für immer eingeätzt in meiner Erinnerung.

»Lauf, Nancy, lauf! Beeil dich und lauf! Hol einen Doktor!«

Mamas Stimme.

Ågrens hatten im Sommer Telefon gelegt bekommen, ich mußte also nicht bis zu Perssons, ich rannte, so schnell ich konnte, am Holzzaun und dem Espengehölz entlang, ich war mitten drin im Verlauf der Ereignisse und hatte keine Gedanken und keine Begriffe, es schien, als liefe ein Wirrwarr von Blitzen im Zickzack durch meinen Kopf und um meinen Rücken und meine Schultern. »Beeil dich, Nancy! Beeil dich und lauf!« Und ich lief, daß es tief unten in meiner Brust brannte.

Einige Minuten später rannte ich denselben Weg mit Onkel Ågren im Schlepptau zurück.

»Ganz ruhig, Mädchen«, hörte ich ihn hinter mir keuchen. »Du platzt, wenn du so rast!«

Es war bedeckt und graukalt, hatte bereits zu dämmern begonnen. Auf dem Acker von HeidePetrus zeichneten sich schwarz die Pflugspuren unter dem nassen Schnee ab, die weißen Ränder der Furchen zogen das Himmelslicht an und leuchteten weiß. Mama war aufgestanden. Stand gerade mit gesenktem Kopf und hängenden Armen.

Auf dem Boden war es naß. Arvid in der Biege und Ågren trugen Papa gemeinsam hinein. Sie legten ihn auf die Bank in der Küche, es roch süßlich nach gekochtem Fleischknochen, die Scheiben waren beschlagen. Mama zog ihm die Schuhe aus, mit der Hand bürstete sie vorsichtig die Sägespäne von seinem blauen Arbeitskittel und von der Hose. Ihre Bewegungen so anders, so ehrfürchtig.

Da erst begriff ich, daß Vater tot war.

Tante Ågren kam. Da war der Doktor schon wieder weg und auch Schwester Hedwig. Papa war in die Kammer gelegt worden. Unsere beiden Kammerstühle aus braungebeizter Eiche waren auf den Linoleumboden gestellt und dazwischen der Deckel der Küchenbank plaziert worden. Mama wollte Papa über Nacht zu Hause behalten, am nächsten Vormittag würde der Leichenwagen kommen und ihn zur Leichenhalle vorne an der Kirche bringen.

Der Topf mit der Graupensuppe war von den Herdringen geschoben worden. Der Dampf war in Rinnsalen von den Scheiben gelaufen, Wassertropfen hingen in dem gelbgrauen Kitt. Alles war stehengeblieben. Ich kochte zumindest Kaffee und stellte Tassen hin, ich wußte kaum, was ich tat, aber meine Hände taten es trotzdem für mich. Mama sagte, ich solle einen Laib Roggenbrot aufschneiden und den Butterteller aufdekken, falls jemand eine Stulle wollte. Die Männer saßen am Tisch und schwiegen. Ich hörte bloß den Löffelklang, glaube nicht, daß jemand aß.

Mama und Tante Ågren wuschen Vater gemeinsam und brachten ihn in Ordnung, das begriff ich, obwohl ich nicht wagte, einen Blick durch die Türöffnung in die Kammer zu werfen. Ein Kochtopf mit lauwarmem Wasser stand neben dem Herd, sie schöpften daraus in die Waschschüssel und schütteten es wieder in den

Abfallkübel, gingen mehrmals mit dem Handtuch über dem Arm hin und her. Sagten nichts. Dann holte Mama ein Laken und zündete ein paar Kerzen an: »Komm jetzt rein, Nancy, und sieh Papa an!«

Als ich am nächsten Morgen aufwachte, lag ich auf der einen Hälfte der Küchenbank, die andere war nicht ausgezogen. Es war dunkel in der Küche, kein Feuer im Herd, keine lütte Lampe flackerte unterm Rauchfang, aber ein ganz, ganz schwacher Lichtschein loderte in der Kammer, die Tür stand einen Spalt weit offen.

Zuerst war ich verwirrt. Wieso lag ich hier? Dann erinnerte ich mich, und die Wahrheit ritzte einen eisigen Schnitt durch meinen Magen, gleichzeitig wurde mein Bewußtsein von einem festen Hieb getroffen: Mein Gott, die Uhr! Hab ich verschlafen? Die Post, der Bus!

Kein Gedanke daran, etwas in den Magen zu bekommen, auch kein Gedanke daran, mich zu waschen, nur schnell anziehen – nun kam es auf Minuten an! Was, wenn ich es nicht schaffte? Was, wenn die Säcke wieder mit zurück in die Stadt fuhren, niemand würde Post oder Zeitungen bekommen. Und Fräulein Hansson? Hilf! O hilf, guter Gott! Laß es mich schaffen!

Nicht ein Laut war aus der Kammer zu hören. Während ich mit dem Reißverschluß an meiner Jacke kämpfte, schob ich mit der Schulter vorsichtig die Tür auf.

Sie hatte die Nickelkerzenständer auf den kleinen Tisch gestellt. Sie standen in je einer mit Wasser gefüllten Glasschale von Großmutter, die eine Kerze war heruntergebrannt, die andere flackerte noch im Windzug vom Fenster. Ich sah den Körper unterm Laken, ausgestreckt und steif. Mama lag in ihren Kleidern halb auf der Sofalehne, sie schlief, und ich zog mich lautlos zurück.

Das Wetter war modderig. Ich kämpfte mich durch, so schnell ich konnte, stand immer wieder auf den Pedalen, aber dann schlingerte das Vorderrad, rutschte hierhin und dorthin. Genau in der Mitte zwischen Perssons und der Kirche traf ich auf den Bus. Ich sah die Scheinwerfer aus der Entfernung, warf das Fahrrad, stellte mich auf die Fahrbahn und winkte. Durch den Kopf fuhr mir: Ich muß nehmen, was ich auf dem Gepäckträger mitnehmen kann, und den Rest in den Graben legen und später abholen.

Er wich mir aus und bremste. »Die Postsäcke? Nee, die hat se selber geholt. Geh nach Hause, Nancy! Du brauchst heute nicht arbeiten.«

Ich blieb wie benommen stehen, als der Bus zischend davonfuhr. Fräulein Hansson? PostBerta? Wußte sie? Aber natürlich tat sie das. Sie mußte ja den Anruf beim Doktor verbunden haben, vielleicht hatte sie auch mit Schwester Hedwig gesprochen. Dann hatte sie es dem Busfahrer mitgeteilt, er hatte sich wohl gewundert, daß »se selber« da unten mit der Karre in der Allee stand.

Geh nach Hause, Nancy! Du brauchst heute nicht arbeiten.

Ich zerrte das Fahrrad aus dem Graben, wendete es heimwärts.

Der Busfahrer hieß Lindqvist. Er hatte meistens schlechte Laune. Seine Freundlichkeit an diesem Morgen löste das Weinen aus.

XXI

Betty und Åke kamen mit dem Vormittagsbus nach Hause, Lynn und Dotty und auch LüttErik waren dabei. Schwester Hedvig hatte am Abend zuvor bei Westmans Bäckerei & Café angerufen, hörte ich. Ich weiß nicht, ob Mutter sie darum gebeten hatte, aber das war wohl so. Åke hatte freibekommen, Bäcker Westman wollte die länglichen und die eckigen Weißbrote selbst ausliefern. Betty trug einen schwarzen Jumper unter dem Mantel, Mama hatte sich das schwarze Kleid und die schwarzen Strümpfe angezogen, die hatten wohl seit dem Tag, an dem Dora begraben wurde, zwischen Seidenpapier in der Kommodenschublade gelegen.

Wir standen schweigend und wie verloren in der Küche. Legten vorsichtig Holzscheite nach, schoben ebenso vorsichtig mit dem Feuerhaken die Luke zu. Sprachen wispernd, bewegten uns zaghaft. Sogar Lynn und Dotty waren gedämpft und machten große Augen. Nichts war sich gleich. Alles war unwirklich. Es war nicht zu fassen! Hier waren wir – und Papa nicht. Er war ein toter, steifer Körper, der unter einem Laken auf dem Deckel der Küchenbank lag. Er war fortgegangen und dennoch anwesend, mehr als je zuvor. Unsere Wahrnehmung kreiste nur um ihn.

»Wir müssen versuchen, so schnell wie möglich einen

Brief an Börje und Lennart auf den Weg zu bringen. Damit sie Urlaub beantragen können. Und an Sara müssen wir schreiben. Und an noch mehr Leute. Aber jetzt müssen wir uns erst mal nach der Beerdigung erkundigen, an welchem Tag das sein wird.«

Wenige Minuten vor zwölf kam der schwarze Wagen. Er bog bei Ågrens Abzweigung ein, fuhr rückwärts wieder hinaus und durch unsere Gartentür. Hielt auf dem Holzplatz. Der Pastor kam gleichzeitig in seinem eigenen Auto, es war nicht der Vertreter, der LüttErik getauft hatte, sondern der richtige Pastor, bei dem ich fast wie ein Dienstmädchen gearbeitet hatte.

Die Männer vom Bestattungsinstitut trugen den Sarg in die Kammer, hüllten Papa ein und hoben ihn hinüber. Mama mußte das Laken entgegennehmen, es wurde nicht mehr gebraucht. Der Bankdeckel wurde rübergetragen und an seinen Platz gelegt. Dann hievten sie den Sarg auf die Stühle. An den dürren Geranien am Küchenfenster waren noch ein paar spärliche Blüten gewesen, die hatte Mutter nun abgeschnitten und steckte sie behutsam zwischen Papas Finger.

Wir traten vorsichtig hinzu. Sahen das weiße Gesicht, die Nase war so scharf, doch die Zähne konnte man nicht mehr sehen, der Mund war geschlossen, das Kinn wurde von einem Gesangbuch abgestützt. Was ich empfand, war ein erstarrtes Entsetzen, eine Berührung war unmöglich. Im übrigen, warum sollte ich ihn jetzt streicheln? Papa und ich hatten einander nie berührt, es wäre mir unnatürlich vorgekommen. Trotzdem glaube ich, daß ich wollte, ja, ich weiß, daß ich wollte, das uneingelöste Gefühl war noch lange danach in meiner Handfläche.

Der Pastor las aus der Heiligen Schrift:

Ein Mensch ist in seinem Leben wie Gras,
er blühet wie eine Blume auf dem Felde;
wenn der Wind darübergeht, so ist sie nimmer da,
und ihre Stätte kennet sie nicht mehr.

Danach stimmte er ein Kirchenlied an, er mußte alleine singen, keiner von uns konnte den Text, und es hatte auch keiner von uns eine Singstimme, Papa hatte eine gehabt, und Dora natürlich, aber wir nicht. Aber er sang trotzdem kräftig und gut, und der Text war schön.

Wie ein Strom beginnt zu rinnen
Und mit Laufen nicht hält innen,
so fährt unsre Zeit von hinnen.

Als der Deckel aufgelegt wurde, begann Betty laut und hemmungslos zu weinen. »Papa! Papa! Geh nicht fort von mir!« Ihr Körper wurde von heftigem Schluchzen erschüttert. Lynn und Dotty stimmten ein.

»Beruhige dich, Betty, Liebes«, sagte Mama. »Beruhige dich jetzt. Denk an die kleinen Mädchen.«

Sie zog Betty an sich und trocknete ihr das Gesicht mit einem Taschentuch, strich die Haare aus der Stirn zurück. Betty tat mir so leid. Papa hatte ihr wohl mehr bedeutet, als Mama es jemals getan hatte.

Früher an diesem Morgen, als ich nach der Busbegegnung mit dem Fahrrad nach Hause fuhr, Schneeregen im Gesicht, hatte auch ich geschluchzt, die Tränen waren mir warm über die Wangen gelaufen, aber jetzt konnte ich nicht. Weiß nicht, warum. Es war wie eine Verstopfung. Vielleicht brauchte ich Zeit zum Nachdenken. Oder vielleicht wagte ich auch nicht, mich der Trauer hinzugeben, da hätte sie mich mit Haut und Haar ergriffen. In mir war so vieles, was einfach nur genau das war: Trauer. Um Dora und Papa und Lars und alles.

BiegenArvid war mit frischen Tannenzweigen unten bei uns gewesen und hatte sie in einem Halbkreis vor der Hausflurbrücke ausgelegt. Er hatte auch auf dem Kies kreuzweise Zweige ausgebreitet, so daß es aussah wie ein grüner Pfad von der Veranda bis zum Holzschuppen. Wir standen auf beiden Seiten dieses Pfads. Åke hatte LüttErik auf dem Arm, und Lynn und Dotty drückten sich an Betty, sie schluchzten immer noch, aber die Kälte machte sie so steif, daß das Weinen bald nachließ.

Später im Leben würde Siv Gwendolyn sagen, daß sie sich sehr wohl an ihren Großvater erinnern könne, aber nur schwach. »Er hatte immer eine blaue Arbeitshose an, und er humpelte doch und ging irgendwie schief, oder? Und wenn er dasaß und die Zeitung las, war er furchtbar böse. Dann mußten wir still sein, und Großmutter gab uns dreieckige Brotstücke mit Sirup drauf. Sirupstullen.« Das würde sie sagen.

Aber für Sigrid Dorothy und Erik Åke Viktor würde Karl Viktor Pettersson, genannt ZehenPelle, bloß ein Name sein, eine Person auf einem Foto, die zwischen zwei Ardennenpferden steht. Sie am Halfter festhält. *»Wenn der Wind darübergeht, so ist sie nimmer da, und ihre Stätte kennet sie nicht mehr.«*

Wir blieben auf dem Holzplatz stehen und winkten, als der Leichenwagen sachte durch die Gartentür fuhr und vorsichtig über Ågrens Abzweigung und weiter hinauf bis zur Landstraße schaukelte. Das Tageslicht war grau. Es roch nach Schneematsch und modrigem Laub. Ich hielt den Arm um Mutters Rücken, sie weinte noch immer nicht, griff aber nach meiner linken Hand und drückte sie fest, während wir wieder ins Haus gingen. »Jaa, du, NancyLütte – ein Glück, daß ich dich hab.«

PIPER

Marika Cobbold

Das Leben, wie es sein sollte

Roman. Aus dem Englischen von Sonja Hauser.
480 Seiten. Serie Piper

Als sich Esther und Linus, die einander seit ihrer Kindheit nur aus Briefen kennen, endlich treffen, sind die Umstände alles andere als romantisch: Esther Fisher, die engagierte Londoner Journalistin, die schon als kleines Mädchen gern widersprochen hat, tritt entschieden gegen ein monumentales Bauprojekt ein, das zwei alte Menschen von ihrem malerischen Grundstück vertreiben soll. Der Architekt ist Linus Stendal aus Schweden, der seit jeher ganz in seiner eigenen Welt lebt und sich mit jenem Bau – der Oper in Kent – einen Traum verwirklichen will.
So widrig die Voraussetzungen für die große Liebe auch sind, so unvermeidlich entdecken die beiden nach und nach ihre Nähe, ihre Freundschaft und ihre überwältigenden Gefühle füreinander.
Die Geschichte dieser außergewöhnlichen Beziehung, die Marika Cobbold mit Leichtigkeit und Humor erzählt, ist zugleich eine charmante Liebeserklärung an ihre schwedische Heimat.

01/1246/02/L

PIPER

Agneta Pleijel

Lord Nevermore

Roman. Aus dem Schwedischen von Gisela Kosubek.
509 Seiten. Gebunden

Zakopane in leichtem Regen. Tabakrauch hängt im Zimmer. Im Garten tanzen kleine Nebel zwischen den Obstbäumen. Und noch einmal richtet Stanislaw das Wort an seinen Freund: »Geliebter Lord Nevermore, ich folge dir. Du kannst nicht auf mich verzichten.« Stanislaw möchte, daß sie zusammenhalten, wie sie es immer getan haben. Und schließlich willigt Bronislaw ein, nimmt seinen Freund, den Künstler, mit auf die abenteuerliche Reise ins ferne Australien, auf der Flucht vor der Liebe und zur Erforschung der wilden Völker. Doch der Erste Weltkrieg wirft seine Schatten bis ans Ende der Welt, und unerwartet werden aus den Jugendfreunden Feinde, deren Wege sich schmerzlich trennen.

»Lord Nevermore« ist der grandiose Roman eines ganzen Jahrhunderts. Reisebuch, Liebesroman und Biographie in einem, erzählt er die Geschichte der ungewöhnlichen Freundschaft zweier historischer Gestalten.

KABEL

Judith Lennox

Zeit der Freundschaft

Roman. Aus dem Englischen von Mechtild Sandberg.
571 Seiten. Gebunden

Ein stilles Dorf in Dorset, zwei befreundete Familien und glückliche Kindertage – als die junge Topaz ihre Cousins Jack und Will besucht, machen die ungleichen Brüder kein Geheimnis daraus, wie verschossen sie beide in die impulsive Nachbarstochter Julia sind. Dann kommt der Krieg, und Jack, der Ältere, dessen Leidenschaft Julia erwidert, wird eingezogen. Erst Jahre später kehrt er zurück, Jahre, in denen sich vieles verändert: Topaz kann aus ihrer Schwäche für französische Küche eine kluge Geschäftsidee machen und gründet einen eigenen Catering-Service; Julia hat, während ihr Bruder Marius an der Front war, mit Geschick die väterliche Radiofabrik geleitet. Heimgekehrte Soldaten aber sind zu nichts mehr nutz. Und auch Julias Herz scheint jetzt einem anderen zu gehören. Nur die wohlhabende Carrie hat als einzige auf ihrem Gut Sixfields die Kriegszeit unberührt überstanden. Als sie dem gekränkten Jack ein verlockendes Angebot macht, stellt dieser die Weichen neu ... Liebe, Trotz und Hoffnung prägen das Bild einer betrogenen Generation, das Judith Lennox in ihrem bewegenden Roman zeichnet.

03/1048/02/R

PIPER

Judith Lennox

Am Strand von Deauville

Roman. Aus dem Englischen von Mechtild Sandberg.
655 Seiten. Serie Piper

Als die behütete Poppy 1920 dem Vagabunden Ralph begegnet, ist sie von seinem Charme überwältigt. Sie schlägt alle Warnungen in den Wind und heiratet ihn. Mit ihren drei Kindern führen sie ein unstetes Leben zwischen französischen Weingütern und italienischen Palazzi. Doch 1940, als die Deutschen in Frankreich einmarschieren, muß sich die Familie in England eine Existenz aufbauen. Die Tochter Faith, die sich immer nach einem Zuhause gesehnt hat, bewährt sich in den Kriegsjahren als Ambulanzfahrerin in London und kümmert sich selbstlos um die Verwundeten. Doch dann trifft sie Guy wieder, den sie seit ihrer Kindheit liebt. Guy ist Arzt und unglücklich verheiratet … Eine bewegende Familiensaga der englischen Erfolgsautorin.

01/1285/01/L